소설로 읽는 **한국 여성사** Ⅰ : 고대·중세편

서연비람은 조선 시대 왕궁 내, 강론의 자리였던 서연(書筵)에서 강관(講官)이 왕세자에게 가르치던 경전의 요지를 수집하여 기록한 책(비람備覽)을 말합니다. 서연비람 출판사는 민주주의 국가의 주인인 시민들 역시 지속 가능한 과거와 현재, 미래의 이치를 깨우치고 체현해야 한다는 믿음으로 엄착한 도서를 발간합니다.

소설로 읽는 한국문화사 시리즈

소설로 읽는 **한국 여성사** I : 고대·중세편

초판 1쇄 2022년 12월 30일

지은이 김민주·김종성·박선욱·유시연·엄광용·이진·정우련·하아무
편집주간 김종성
편집장 이상기
펴낸이 윤진성
책임편집 김연주
펴낸곳 서연비람
등록 2016년 6월 29일 제 2016-000147호
주소 서울시 강남구 도곡로 422, 5층
전자주소 birambooks@daum.net

ⓒ 김민주·김종성·박선욱 외, 2022, Printed in Korea.

ISBN 979-11-89171-46-9 04810
ISBN 979-11-89171-28-5 (세트)

값 14,500원

소설로 읽는

한국 여성사 I

고대·중세편

차례

책머리에

영국의 역사학자 트레벨리언(George M. Trevelyan)은 "역사의 변하지 않는 본질은 이야기에 있다"고 말하면서 역사의 설화성을 강조했다. 설화의 근간은 서사(narrative)이다. 1990년대 이후 한국 소설에서 서사가 사라졌다는 이야기가 유령처럼 떠돈다. 우리는 서사가 문학 작품뿐만 아니라 역사서의 기술에도 많이 사용해 왔다는 사실에 주목했다. 사마천(司馬遷)이 지은 『사기(史記)』의 상당 부분은 인물의 전기로 채워져 있고, 김부식의 『삼국사기』도 전기를 풍부하게 싣고 있다. 일연의 『삼국유사』는 불교 설화를 비롯한 여러 가지 서사가 풍부하게 실려 있다.

한국사를 총체적으로 살펴보려면 정치사뿐만 아니라 경제사·사회사·문학사·음악사·미술사·철학사·종교사상사·교육사·과학기술사·상업사·농업사·환경사·민중 운동사·여성사 등 한국문화사를 들여다봐야 한다. 마침 한국문화사를 소설가들이 소설로 접근하면 어떻겠느냐는 논의를 진행해온 (주)서연비람이 (사)한국작가회의 소설분과 위원회 소속 소설가들에게 집필을 의뢰하여 '소설로 읽는 한국문화사' 시리즈의 첫 번째 기획물인 『소설로 읽는 한국 여성사 I : 고대·중세편』과 『소설로 읽는 한국 여성사 II : 근세·현대편』을 계약하게 되었다.

(사) 한국작가회의 소설분과 위원회 회원들이 열심히 작품을 쓴 결과 총 17편의 중단편 소설이 모이게 되었다.

이 작품들 가운데 1편의 중편소설과 7편의 단편소설을 편집하여 『소설로 읽는 한국 여성사 I : 고대·중세편』을 출간하게 되었다. 『소설로 읽는 한국 여성사 I : 고대·중세편』에는 김종성 소설가가 집필한 중편소설 1편과 하아무·박선욱·엄광용·이진·정우련·김민주·유시연 소설가가 집필한 7편의 단편소설이 실려 있다. (사) 한국작가회의 소설분과 위원회 소속 8명의 소설가들이 한국사 속에서 치열한 삶을 살아갔던 유화부인·낙랑공주·허황옥·도미부인·평강공주·선덕여왕·문명왕후·기황후를 언어라는 존재의 집으로 초대해 그들의 삶과 사상을 탄탄한 문장으로 형상화했다.

'한국여성사Ⅰ:고대·중세편'의 기획과 작가 섭외 등 전반적인 일에 유시연 간사와 류서재 간사의 노고가 컸다. 또한 난고를 수습해 아름다운 책으로 만들어준 (주)서연비람 윤진성 대표와 이상기 편집장을 비롯한 편집진의 노고도 컸다.

끝으로 내외 환경이 어려운 이때 모든 힘을 다 기울여 창작 활동을 하는 (사)한국작가회의 회원 여러분들과 『소설로 읽는 한국 여성사Ⅰ:고대·중세편』을 출간하는 기쁨을 함께 하고자 한다.

2022년 9월 8일

(사) 한국작가회의 소설분과위원회 위원장

김종성

1. 하아무 l 유화부인 - 유화의 씨주머니

1

유화(柳花)는 차마 아들을 바로 보지 못하고 시선을 내리깔았다.

"너는 오늘, ……여기를 떠나거라."

하기 힘든 말을 하느라 부러 꾹꾹 눌러 밀어내야 했다.

"예? 어머니, 오늘 말입니까?"

추모(鄒牟)는 눈을 동그랗게 뜨고 어머니의 옆얼굴을 바라보았다. 그동안 수차례 부여를 떠나야겠다고 어머니에게 말해왔지만, 그 순간이 이리 갑자기 찾아올 줄은 몰랐다. 유화의 옥 귀걸이가 흔들리면서 은은하게 빛났다.

"더 이상 지체하면 안 될 것 같구나."

머뭇거릴 시간도 미리 슬퍼할 틈도 없었다. 유화는 아들의 눈을 가만히 응시했다. 아직 아이라고 생각했던 추모는 어느새 수염이 제법 거뭇하게 자라고 건장한 청년티가 나기 시작했다. 그래봐야 아직 스무 살도 안 되었는데 저 거친 세상을 홀로 어찌 헤쳐갈까 싶어 마음이 약해지기도 했다.

"그래도 이렇게 갑작스럽게……."

"아니다. 지금이 아니면 늦고 만다. 우선 저녁부터 먹고……, 서두르거라."

이내 유화는 마음을 굳게 다잡았다. 한 시진 전쯤 시녀 이내가 사색이 되어 달려와 귀띔해준 것이 떠올랐기 때문이었다. 금와왕의 첫째 부인 마씨에게 심부름갔다가 엿들었다는 이야기는 천인공노할 만했다. 대소와 부소, 영포 등 세 왕자가 추모를 데리고 사냥을 나가게 한다. 추모의 활 솜씨를 칭찬하면 우쭐해서 선선히 따라나설 것이다. 그러면 백두산 호랑이가 출몰해 사람을 물어간다는 갈사부족 땅에 추모를 떼어놓자는 얘기였다. 마씨가 추모를 사지(死地)에 몰아넣어 제거하자고 세 왕자에게 제안했다는 것이다. 대소가 안정적으로 권좌에 오르게 하려는 계책이었다.

"이내야, 고기를 더 가져오너라. 반찬도 더 내오고."

마지막으로 챙겨주는 밥이라 생각하자 마음이 급해졌다. 유화는 시녀를 재촉하면서도 정작 자신은 허둥대며 헛손질만 해댔다.

"든든하게 먹어야 한다. 무슨 일이든 밥심이 있어야 하느니라."

꿩고기를 씹던 추모가 유화를 보며 말했다.

"어머니도 드셔야지요. 갈 길이 멀 텐데."

유화는 추모의 웅숭깊은 눈을 마주 보며 해모수를 떠올렸다.

"아니다. 너 혼자 가야 한다. 그래야 무사히 부여를 탈출할 수 있다."

추모의 표정이 대번에 굳어졌다.

"하오나 어머니, 그럴 순 없습니다."

"내 말대로 하거라. 감정에 휘둘려선 안 된다. 마음이 약해져서도 안 된다."

"어머니를 사지에 두고 제가 어찌……."

"나까지 같이 사라지면 저들이 어떻게 하겠니. 저승사자처럼 혈안이 되어 쫓을 것이다. 하지만 내가 있으면 네가 다시 돌아올 것이라 안심할 것이고."

어미가 아들의 마음을 어찌 모르겠는가. 유화는 추모의 손을 꼬옥 잡았다.

"왕은 나를 함부로 할 수 없을 것이다. 왕은 네 아버지 해모수를 두려워한다. 게다가 마가나 우가보다 작지만, 우리 구가 부족을 적으로 만들 수도 없을 테고."

틀린 말이 아니었다. 추모는 그래서 더 마음이 아팠다. 부여 땅에서 농사와 길쌈에 관한 일에 대해 유화보다 뛰어난 이는 없었다. 금와왕의 후궁이라는 신분보다 그런 점에서 많은 백성에게 존경받고 있었다.

"예주는 내가 잘 돌보고 있을 테니……."

유화는 차마 말을 다 할 수 없었다. 추모와 예주는 이번 가을에 혼인하기로 약속되어 있었다. 서로 깊이 사랑하고 있었고, 유화 역시 예주를 매우 아끼고 있었다. 추모보다 먼저 예주를 눈여겨보았고 둘을 연결해 준 것도 그녀였다. 악머구리 같은 세 왕자의 등쌀에 어디 한 군데도 마음을 붙이지 못하고 있을 때였다. 일그러진 추모의 얼굴은 예주 덕분에 조금씩 펴질 수 있었다. 높지 않은 관직의 예주 아비도 싫지 않은 표정이었다. 추모가 비록 왕의 피붙이가 아니긴 했으나 유화의 탄탄한 입지를 이용하면 출셋길에 도움이 될 수도 있겠다 싶었던 거였다.

"걱정하지 말고 가거라. 네가 자리를 잡고 나라를 세우면 그리로 보내 주마."

추모의 귀에 어머니의 말이 다 들어올 리 없었다. 앞날을 전혀 예측할 수 없으니 막막하기만 했다. 심지어 부여라는 범의 아가리를 벗어나 또 다른 범의 아가리로 뛰어드는 건 아닐까 겁이 나는 것도 사실이었다.

그때 유화의 한마디가 귀를 찔렀다.

"한시도 잊으면 안 된다. 너는 태양의 후예 해모수의 아들이다. 또한 물의 신 하백의 후손이다. 알겠느냐!"

어찌 잊겠는가. 수없이 들어 이미 뼈에 새겨졌을 정도였다. 하지만 이젠 그런 사실이 부담스러울 지경이 되었다. 급기야 자신이 그런 위대한 분들의 후예란 것을 감당할 정도의 깜냥이 되는지조차 확신이 서지 않았다. 그러니 자신에게 주어져 있다는 소명도 현실감이 들지 않는 것이다.

추모가 밥을 먹는 동안 유화의 손길은 필요한 것을 챙기느라 분주했다.

2

추모는 어둠을 골라 은밀히 움직였다. 아직은 저녁 시간이라 어둠이 깊지 않은 탓에 인기척이 나면 곧바로 몸을 숨겼다. 마씨 부인의 오랜 읍소에 못 이겨 금와왕이 대소를 세자로 책봉한 이후 경계가 사뭇 삼엄해졌다. 야간에 곳곳에서 수직하는 경계병이 눈알을 굴렸고, 평상복을 입고 세작(細作) 활동을 하는 자들은 도둑고양이처럼 은밀하게 움직였다. 권력 이양기가 되자 각 부족의 눈치싸움이 극심해진 것이다.

"넌 우리와 달라. 말이 좋아 서왕자지 사실 왕자라고 할 수도 없지."

대소가 비웃음 띤 어조로 평소 입버릇처럼 뇌까리던 말이었다. 그 말투와 경멸하는 듯한 눈빛이 곱다시 되살아났다. 대소가 이기죽거리면 다른 여섯 왕자까지 같은 표정으로 추모를 노려보았다. 또한 그 뒤에는 왕비 마씨와 두 명의 후궁이 못마땅한 표정을 짓고 있었다.

"맞다. 넌 저들과 다르다. 훨씬 존귀하고 고결한 이의 아들이니까."

그런데 유화가 추모에게 들려준 해모수의 이야기는 무척 흥미로웠다. 때로는 몽환적이고 낭만적이었으며 이상적이었다. 반면 전장에서의 모습은 압도적이면서도 때로는 무자비한 면도 있었다. 처음 들뜨게 되지만 듣다 보면 다소 비현실적인 느낌이 들기도 했다.

"처음 네 아버지를 보았을 때 난 너무 압도되어 버렸지. 칠 척(尺) 넘는 키에 삼백 근 가까운 몸집은 무서울 정도였단다. 그런데 이상도 하지……. 그가 내 옆에 다가오자 딱 맞춤한 미남자가 되어 있었어. 무서운 느낌이 눈 녹듯이 사라져 버렸어. 천하를 호령하는 장수답지 않게 아름다운 얼굴, 따뜻한 미소에 반하지 않을 수 없었단다."

단 한 번도 보지 못한 아버지의 모습을 수없이 그려보았다. 하지만 수백, 수천의 피를 뒤집어쓴 장수의 모습과 귀골스러운 풍모가 매번 충돌해 하나의 상이 만들어지지 않았다. 그럴 때마다 추모는 어머니를 탓했다. 일관성 있게 설명하지 않고 뒤죽박죽 헷갈리게 이야기했기 때문이라고. 그러거나 말거나 어머니의 이야기는 계속됐다.

두 사람은 깊은 사랑에 빠졌다. 어머니는 자신의 사랑이 훨씬 더 깊었다고 자신했다. 부족장인 아버지 하백의 허락을 받아 훤화와 위화까지 세 자매가 압록강 강가의 웅심연(熊心淵) 주위를 돌며 물의 신에게 제사를 지내곤 할 때였다. 두 여동생은 물에서 놀며 호위병들의 관심을 돌렸고 그동안 유화는 해모수와 사랑을 나누었다.

그 무렵 뜻밖의 변고가 생겼다. 해부루 왕이 부여성에서 쫓겨나 가섭원으로 옮긴 뒤 힘을 기른 해부루의 아들 금와왕이 부여성을 되찾고, 이를 계기로 금와왕은 각 부족과 정략결혼을 맺기 시작했다. 가장 큰 마가 부족의 딸을 왕비로 삼고 저가, 구가, 우가 부족장의 딸들을 첩으로 맞아들였다. 약소 부족이기에 하백도 그 요구를 받아들일 수밖에 없었다. 당장은 유화가 너무 어리다는 것을 핑계로 버티던 하백도 금와왕의 협박에 못 이겨 결국 딸을 보내기로 했다. 유화는 그럴 수 없노라고 읍소했다. 해모수도 하백을 찾아가 무릎을 꿇고 유화를 사랑하고 있다고 밝혔다. 하백은 사랑의 불장난 이전에 자신에게 먼저 예를 갖추었어야 하는 일이었다고 불같이 화를 냈다. 설령 그 부분을 넘어간다고 하더라도 이건 일개인의 문제가 아니라 부족 전체의 운명이 달린 문제니 어쩔 수 없다고 돌아앉아 버렸다. 어떤 설득도 통하지 않자 해모수는 실망한 채 떠나고 말았다.

"그건 너무 무책임한 행동 아닙니까?"

추모는 도무지 상상되지 않는 아버지를 향해 도전하듯 일갈했다. 유화는 그런 추모를 타이르듯 주저앉혔다.

"더 들어보거라. 네 아버지가 그저 맥없이 물러선 것은 아니니까."

해모수는 유화가 부여성으로 가는 길목에서 일행을 막아섰다. 하백을 설득하는 데 실패했기에 완력을 써서라도 사랑하는 유화를 붙잡으려 했다. 하지만 호위병들을 가볍게 제압한 해모수는 절망에 또 한 번 몸부림쳐야 했다. 거기엔 유화가 없었기 때문이다. 그와 같은 불상사를 예측한 하백이 유화를 다른 길로 보내 해모수를 속였던 것이다. 해모수는 미친 듯이 말을 달렸다. 그가 드디어 부여성에 다다랐을 땐 이미 유화가 부여궁에 들어가고 난 후였다. 해모수는 눈물을 머금고 돌아설 수밖에 없었다. 수십 명의 소규모 호위병 정도면 몰라도 한 나라의 군대를 상대로 싸울 순 없었기 때문이다.

이때까지만 해도 해모수도 유화도 임신 사실을 몰랐다. 유화가 부여궁에 들어간 뒤 곧 몸에 변화가 오고 입덧이 시작되었다. 왕비와 후궁들이 먼저 그 사실을 알게 되었고 이내 금와왕의 귀에까지 들어가게 되었다. 그러나 유화가 궁에서 곧 쫓겨나게 될 거라는 왕비의 예상은 빗나갔다. 오히려 금와왕은 해모수의 아이라는 사실을 알게 된 후 어의를 불러 자세히 진맥하고 시녀를 더 붙여 극진히 돌보게 하였다. 태양의 후예로 추앙받는 해모수가 부여를 공격해 올 경우 유화와 아이를 볼모로 이용할 수 있다는 계산을 했기 때문이다. 추모가 태어난 후에도 금와왕은 그런 태도를 유지했다. 추모가 성장하는 과정을 보며 신궁에 가까운 활 실력과 무예 실력, 주변 사람을 다루는 모습에서 "역시 해모수의 아들답다"는 생각에 고개가 끄덕여지기도 했다.

문제는 왕비와 후궁들, 왕자들이었다. 노골적으로 유화와 추모를 견제하고 틈만 나면 위해를 가하려고 들었다. 갓난쟁이 추모를 산속에 버린다든지, 돼지우리와 마구간에 방치하는 만행을 자행했다. 다행히 추모는 흙투성이가 되고 가축들의 똥오줌에 범벅이 되어서도 멀쩡했다. 밤새 산속에서, 또 짐승 우리에서 어떻게 견디어 살아 있는 것인지 알 수 없었지만 어쨌든 다행한 일이었다. 금와왕이 신문하고 윽박질러도 후궁들과 왕자들은 모르쇠로 일관했고, 죄 없는 아랫것들만 추달 당하고 옥에 갇혀 고초를 겪었다. 유화와 추모에 대한 시기 때문에 벌어진 일인 줄 알고 있었지만, 그 이상 어찌할 수도 없었다. 왕비와 후궁들의 부족들을 지나치게 자극해서 좋을 건 없었기 때문이다.

그렇게 유화와 추모는 살얼음판을 걷듯 수시로 생사를 넘나들며 부여궁에서 견디어왔다.

"어? 주몽 왕자님 아니십니까요?"

추모는 화들짝 놀라 상념에서 뛰쳐나왔다. 협보의 목소리였다. 추모는 얼른 협보를 어둠 속으로 잡아끌었다. 협보의 입을 틀어막는데 시큼한 술 냄새가 훅 끼쳐져 왔다. 다행히 길에는 아무도 보이지 않았다.

"왕자님. 무슨 일입니까요? 이 늦은 시각에."

먼저 협보가 술을 얼마나 마셨는지부터 확인해야 했다.

"에이, 이제 겨우 술시 아닙니까요. 술 시작하는 술시."

농담하는 걸 보니 그리 많이 마시진 않은 것 같았다. 짧게 설명하고 곧 오이와 마리가 있는 집으로 갔다. 부여성 서문 부근에 둘은 같이 지내고 있었다. 협보는 따로 나이 든 어머니를 모시고 살았다.

셋은 부여군의 하급 장수로 의협심이 강하고 병영에서 실력도 출중했다. 무예 실력이 뛰어나 왕실이나 왕자들을 호위하거나 사냥 때 자주 차출을 당했다. 이들은 대소 왕자를 비롯한 왕자들을 싫어했다. 비록 하급 장수이기는 해도 엄연히 아래 군졸들이 있는데 왕자들은 아랑곳없이 함부로 대했다. 이것저것 가져오라거나 심지어 물떠오라는 잔심부름을 시키기도 했다. 그걸 아래 군졸들에게 시키면 대뜸 "내가 네놈한테 시켰지, 저놈한테 시켰느냐!"며 호통을 쳐댔다. 말끝마다 시비요 욕설이니 어쩔 수 없이 따르긴 해도 좋은 감정일 리 없었다.

일곱 왕자와 추모의 처지가 다르다는 사실은 모두 알고 있었다. 누구보다 활 솜씨가 뛰어나서 군졸들은 '주몽(朱夢) 왕자님'이라고 불렀다. 만주어로 활을 잘 쏘는 사람이라는 뜻인데, 어려서부터 별명으로 불렸던 이름이었다. 하지만 대소와 왕자들이 싫어했기 때문에 '주몽'을 입에 올리는 것은 금기시되어 있었다. 그럼에도 오이, 마리, 협보는 공공연히 혹은 일부러 남 들으라는 듯 '주몽 왕자님'이라고 불렀다.

추모는 셋을 보며 낮게, 그러나 힘주어 선언했다.

"이 밤 내로 부여를 뜬다!"

셋은 마침내 올 것이 왔다는 듯 결연한 표정이 되었다. 벌써 여러 해 전부터 의논해왔던 일이었고 각자의 역할도 정해져 있었다. 추모가 들려 준 마씨 부인과 왕자들의 계략을 듣고 셋은 분노했다. 유화 부인과 예주가 남는다고 하자 안타까워하기도 했다.

마리가 협보를 향해 걱정하는 투로 말했다.

"그나저나 넌 어머니를 두고 떠날 수 있겠나?"

그러자 협보는 호기롭게 손을 훼훼 내두르며 답했다.

"성님, 걱정 마시우. 아, 우리 엄니가 뭐라는 줄 압니까? 다 큰 아들놈 하고 같이 사는 게 챙피허답니다요. 사내새끼가 그게 뭐냐고, 장가를 가든 전쟁터에 가든 사라져 달라고요. 허참……."

오이도 옆에서 거들었다.

"하기야 자네 어머님 같으면 그리 말하고도 남을 분이지. 진정한 여장 부시지, 암. 전쟁터에 남편 잃고 널 이리 헌헌장부(軒軒丈夫)로 키우셨으 니."

그 사이에 협보는 술을 깨느라 세수를 하고 방가지똥 잎을 질겅질겅 씹 으며 돌아왔다.

추모는 각자가 준비해야 할 것을 다시금 상기시키고 자시에 다시 만나 기로 했다.

협보가 상기된 표정으로 말했다.

"그나저나 이제 주몽 왕자님이라 마음껏 불러도 되니 기분 좋습니다요. 대소든 누구든 눈치 안 보고 말입니다요."

3

'그래, 이제부터 주몽으로 살자. 그래서 백성들이 무얼 원하는지 정확하게 꿰뚫어 보리라. 과녁판을 꿰뚫어 보듯이. 한 나라의 주군으로서 무얼 해야 하는지 모르는 아둔한 왕이 되지 않으리라. 권력욕에 눈멀고 귀가 닫힌 청맹과니가 되지 않으리라.'

셋과 헤어진 주몽은 북문 쪽으로 향했다. 북문 못미처 훈련원 내에 있는 왕실 마구간이 어둠 속에서 어슴푸레 보였다. 주변을 살핀 주몽은 소리 나지 않게 마구간으로 들어갔다. 인기척을 느낀 말들이 몸을 일으키며 반응을 보였다.

"쉬~. 나다. 내가 왔어. 옳지, 착하지. 조용히 있어."

주몽의 손길과 냄새를 알아챈 말들은 이내 조용해졌다. 주몽은 한 마리 한 마리 쓰다듬으며 가볍게 몸통을 토닥여주었다. 말들은 익숙한 손놀림에 가늘게 떨며 화답했다. 금와왕의 애마부터 일곱 왕자의 말을 건사하는 이곳에는 모두 열두 마리가 있었다.

"그동안 잘 있었느냐?"

주몽은 갈기가 유독 길게 늘어지고 윤기가 나는 붉은색 말을 끌어안았다. 주몽이 이곳 마구간지기였을 때 금와왕으로부터 받은 말이었다.

두 해 전쯤부터 주몽은 이곳에서 일했다. 아침부터 저녁까지 말똥을 걷어 말리고 말에게 먹일 꼴을 베었다. 오래 그 일을 해온 노비 돌로미와 말을 먹이고 청소하고 훈련시키다 보면 하루가 금방 갔다. 서자인 주몽이 마구간지기가 된 것은 왕자들의 반발 때문이었다. 영포는 하루 종일 "저 녀석 꼴 좀 안 보고 살면 원이 없겠다"고 싫은 티를 냈다. 부소는 "네가 해모수 아들 맞긴 하냐? 내가 듣기론 못생긴 아귀가 네 아비라던데" 시시 껄렁한 농담을 던지며 비아냥댔다. 대소는 수시로 왕에게 "언제 역모를 일으킬지 모릅니다. 미리 제거해야 합니다" 은근히 쏘삭였다. 오래 듣고 있던 금와왕은 주몽에게 왕실 마구간지기로 일할 것을 명하기에 이르렀던 것이다.

유화는 분노와 절망감에 괴로워하는 주몽을 타일렀다. "길 없는 곳에서 길을 찾아내고, 불지옥의 아비규환 가운데서도 살아갈 희망의 끈을 붙잡으며, 한 치 앞도 볼 수 없는 폭풍우나 폭설에도 민초를 이끄는 것, 그것이 너의 사명이다. 그러니 가서 거기에서 길을 찾아라." 유화의 어조는 부드러웠으나 한편으론 단호했다.

반신반의하며 마구간으로 간 주몽은 재미있는 사실을 발견했다. 왕실 마구간인 만큼 말들은 모두 훌륭했다. 늠름하고 튼튼한데다 외관도 훌륭했지만 그런 중에도 차이가 있었다. 왕처럼 군림하는 녀석도 있고 주몽처럼 다른 놈들에게 짓눌려 잔뜩 주눅이 든 녀석도 있었다. 그중에 유독 마르고 털빛이 바랜 듯한 녀석이 있었다. 누가 봐도 영양 상태가 좋지 못했다. 같이 일하던 돌로미는 "저놈은 너무 거칠고 말을 듣지 않습니다요"라며 상대하기도 싫다는 듯 손을 홰홰 내저었다. 아니나 다를까 녀석은 사람의 손길이 싫다는 듯 다가가기만 해도 괴성을 지르고 뒷발질을 해댔다. 무척 말랐음에도 다른 말보다 더 빠르고 도약력이 훌륭했다. 그런데 아무리 좋은 풀과 맛있는 곡식을 줘도 잘 먹지를 않고 성질만 부렸다. "도대체 왜 저럴까?" 주몽은 여러 날 녀석의 몸 구석구석을 살피고 행동을 관찰했다. 한두 달 지난 어느 날 주몽은 마침내 그 이유를 알아냈다. 녀석의 잇몸에 바늘 같은 아주 짧은 쇳조각이 박혀 있었던 것이다. "이게 널 그토록 괴롭혀서 그랬구나." 주몽은 그것을 빼내고 환부(患部)에 쑥을 짓찧어 발라주었다. 상처가 아물기 시작하자 녀석의 먹는 양이 늘어났고 주몽을 대하는 태도 역시 달라졌다.

그 무렵 금와왕과 왕자들이 모두 마구간을 찾아온 일이 있었다. 함께 말을 타고 사냥하기 위해서라고 했다. 돌로미는 혼자 낮게 "만날 말을 궁으로 데려다주었는데 오늘은 무슨 일로 다 나오셨을까? 별일이네." 중얼거렸다. 주몽 왕자님이 일 잘하고 있는지 직접 보려고 나온 것 같다는 말을 그렇게 표현한 것 같았다. 금와왕은 "일은 잘하고 있느냐?"며 하나 마나 한 말을 던졌다. 그와 반대로 왕자들은 뒷전에서 부러 불평을 늘어놓았다. 말의 눈에 눈곱이 태산처럼 꼈다는 둥, 털을 제때 빗겨주지 않아 가시덤불 같다는 둥, 고약하고 이상한 냄새가 난다는 둥 트집을 잡았다. 그러다가 부소가 비쩍 마른 녀석을 보며 "저놈은 왜 저리 말랐느냐? 잘 돌보지 않아서 그런 것 아니냐?"고 억지를 부렸다. 돌로미가 원래부터 저랬다고 변명하자, 영포가 "아바마마, 저 녀석을 추모에게 주시지요" 하며 빈정거렸다. 왕도 "그래, 이제 추모도 제 말이 필요할 때가 되었지" 하며 허락했다. 그들이 썰물처럼 빠져나간 후 주몽은 자신의 말을 쓰다듬었다. "잘 되었다, 잘 되었어."

상처가 완전히 낫자 녀석의 모습은 하루가 다르게 좋아졌다. 조금씩 살이 오르고 털빛도 살아나더니 마치 저녁노을처럼 활활 타는 듯 빛이 났다. 서너 달이 지나고 녀석은 왕실 마구간의 어느 말에 못지않은 늠름한 자태를 자랑하게 되었다. 몸무게가 늘고 건강해진 후에는 더욱 민첩하고 빨라지게 되었다. 주몽은 유난히 붉게 빛나는 녀석을 '단홍(丹紅)'이라 부르기로 했다.

"잠깐만 발 좀 내밀어 보아라."

주몽은 소리가 나지 않게 단홍의 발을 헝겊으로 싸매었다. 단홍은 그러는 이유를 안다는 듯 고분고분 따라주었다. 주몽은 단홍의 눈을 똑바로 보면서 나직이 속삭였다.

"비록 너와 난 사람과 짐승으로 서로 다르게 태어났지만, 이제부터 우린 가족이다. 넌 나의 동생이다. 알겠지?"

단홍도 주몽을 보며 그의 제안을 뜨겁게 받아들였다. 처음 만났던 순간부터 쇳조각을 빼내고 회복되어가던 일들이 떠올랐다. 왕실 사람들의 눈을 피해 산과 들을 내달리던 것, 함께 합을 맞추어 창을 다루고 활을 쏘며 훈련했던 기억들이 주마등과 같이 눈앞을 지나갔다.

주몽은 서문을 피해 서문과 남문 중간쯤으로 다가갔다. 서문과 남문을 지키는 군졸들의 눈에 띄지 않게 수시로 전후좌우를 살폈다. 중간쯤 약간 볼록하게 솟은 언덕으로 다가갔다. 언덕을 이용해 다른 성벽에 비해 비교적 낮게 토성을 쌓아 허술한 편이었다. 문제는 성 바깥쪽 해자를 건너는 것이었다.

"넌 여기서 잠깐 기다리고 있거라."

주몽은 단홍에게 이르고 칡넝쿨을 잘라 붙잡고 성벽을 내려갔다. 가슴께까지 차는 해자를 건너자 미리 준비해둔 통나무를 찾았다. 통나무를 건너편 성벽에 걸쳐 단홍이 건너오게 할 계획이었다. 통나무 세 개를 걸치고 칡넝쿨로 묶어야 했다. 그런데 통나무 하나를 해자 건너편으로 걸치려고 할 때였다. "히히힝"거리는 단홍의 소리가 들리는가 싶더니 이내 주몽 바로 옆에 착지했다.

주몽은 깜짝 놀라 통나무를 내던지고 단홍의 고삐를 쥐었다. 해자의 너비만 해도 열두 자가 넘었고 성벽 높이는 그보다 더 높았다. 그걸 단번에 뛰어 건넌 것이었다.

"너 정말 대단하구나."

주몽은 단홍과 뺨을 맞대고 비볐다. 곧 단홍을 타고 성벽과 멀어져 어둠 속으로 내달렸다. 단홍이 낸 소리를 누군가 들었다면 이상하게 생각할 수도 있기 때문이었다.

4

유화는 속이 탔다. 벌써 자시가 되었는데 주몽이 오지 않고 있는 것이다. 일부러 불을 끈 방에서 유화는 온갖 상상에 빠졌다. 오이와 마리, 협보를 만나 각자 해야 할 일을 논의하고 주몽은 왕실 마구간에서 단홍을 빼내야 한다. 병졸들의 검문이나 순찰에 걸리지 않으면 다행이지만 만약 발각되면 그때부터 부여성 내가 발각 뒤집어지고 만다. 가뜩이나 왕비 마씨와 왕자들이 위험한 계획을 세워둔 상황이라 그들도 긴장하고 있을 터였다.

"부디 조용히, 조심해야 하는데……."

믿고 싶지만 쉬이 믿어지지 않을 때가 많았다. 용맹하고 진중한 면도 있지만 아직은 피가 한창 끓는 청년이다. 경험과 실패에서 배울 수 있는 것을 얻기엔 이른 나이인 것이다. 오이와 마리에 비해 감정이 앞서는 데다가 약간 덜렁대는 편인 협보도 걱정이 되었다. 게다가 한밤중에 주몽을 따르는 수십 명의 병사가 남몰래 움직이는 건 결코 쉬운 일이 아니었다. 들키지 않는 것을 바라는 것보다는 주몽 일행들이 가장 적게 피해를 보는 가운데 부여를 빠져나가는 것을 바라는 것이 현실적이었다.

"곧장 바로 오면 좋으련만……."

그러나 그것도 무망한 바람이라는 생각이 들었다. 주몽과 예주는 이제 막 사랑에 빠져 한창 들불처럼 불타오르는 중이었다. 아무리 어미가 현명하게 대처해서 나중에 보내주겠노라 했어도 마지막 이별조차 없이 헤어지기는 어려울 것이다. 그럴 시간에 얼른 부여를 떠나면 좋겠다는 건 유화의 생각일 뿐이었다. 시간이 갈수록 무언가가 사방에서 옥죄어오고 있는 느낌에 가만히 앉아 있을 수가 없었다.

그때 밖에서 낯선 인기척이 들려왔다. 유화는 긴장하며 문에 가까이 귀를 갖다 대었다. 밖에서도 안의 상황이 궁금한지 문에 다가서는 듯한 발기척이 느껴졌다. 어쩌면 문을 사이에 두고 유화와 누군가가 서로의 움직임을 견제하고 있는지도 몰랐다.

'추모가 오늘 밤 떠날 걸 눈치채고 감시하고 있구나.'

오싹한 기분이 온몸을 휘감았다.

시녀 이내에 의하면 금와왕은 평소처럼 몇 달 전에 들인 젊은 후비의 처소에 들었다. 대소를 비롯한 세 왕자는 재상 아란불의 아들 아거보와 어울려 술을 마시다 조금 전 헤어졌다. 대소가 태자로 책봉된 후 밤마다 축하 술자리가 이어졌고, 낮이면 정적을 제거할 궁리를 했다.

'이럴 때 추모가 들어오면 안 되는데…….'

발기척의 임자는 곧 멀어져 갔지만 유화의 불안은 좀체 가시지 않았다.

그 시각 주몽은 유화의 예측대로 예주와 함께 있었다. 단홍을 성밖 자작나무 숲속에 눈에 띄지 않게 매어두고 다시 성안으로 들어왔다. 이번에 가면 언제 만날지 알 수 없었다. 만나지 않고 떠난다면 두고두고 후회할 것 같았다.

"꼭 가야 해요? 안 가면 안 되나요?"

예주는 이별에 대한 아쉬움과 야속함으로 흘러내리는 눈물을 주체하지 못했다. 주몽의 처지를 누구보다 잘 알고 있었다. 그럼에도 어쩔 수 없이 터질 것만 같은 가슴을 부여잡고 온몸을 떨어댔다. 눈 속에 가득 담아두기라도 하려는 듯 주몽을 바라보다가 이 밤이 지나면 볼 수 없다는 사실에 감정이 북받쳐 올라 오래 쳐다보지 못하고 가슴만 쳤다.

첫사랑과의 이별에 주몽도 어쩔 줄 몰라 좌불안석(坐不安席)이었다. 거기에다가 사랑하는 여자가 울고 있는 상황에 대해 어찌해야 하는지 배운 적이 없었다. 사냥에 나가선 짐승의 미간을 노리거나 숨통을 끊으면 되었지만 우는 여자 앞에서 어찌해야 하는지 몰랐다. 활을 쏘면 콩을 반쪽 낼 수 있을 정도지만 슬픔에 잠긴 여자는 무엇을 겨눠야 하는지조차 알 수 없었다.

"나도 가슴이 터질 것 같아."

그저 한마디 하고는 그녀를 안은 채 볼을 비벼댔다. 두 사람은 대책 없는 슬픔과 서러움으로 하나가 되어 서로에게 스며들었다. 어쩌면 마지막이 될지도 모른다는 불안감에 더욱 강렬하게 젖어 들었고 하나가 되었다. 이 짧은 순간이 영원이 될 수 있다는 순수한 감정으로 서로를 받아들였다.

흐렸던 하늘은 급기야 소나기를 쏟아내고 있었다.

5

"넌 상황이 심각한 것을 모르느냐? 목숨이 경각에 달려 있건만."

유화는 주몽을 응시하며 엄하게 재우쳤다.

"송구합니다, 어머니."

주몽은 머리를 숙였다. 예주와 함께 있는 시간이 그리도 속절없이 빨리 흘러갈 줄 몰랐다. 유화는 주몽의 손을 잡았다. 떠나야 하는 아들을 책망하고만 있을 때가 아니었다.

"명심해야 한다. 너는 아버지의 나라 조선을 다시 일으켜 세워야만 한다. 그것이 너의 사명이다."

수없이 얘기했던 말이지만 다시 일깨워준다. 평소 같으면 주몽도 "제가 어찌 그렇게 큰일을 감당한단 말입니까" 의문을 제기했겠지만, 이 순간까지 그럴 수는 없었다.

"분골쇄신하겠습니다."

유화가 듣고 싶었던 말이다.

"그리고 이것을 가져가거라……."

유화는 준비해두었던 것을 주몽 앞에 내어놓았다.

"씨주머니다."

"예? 씨주머니?"

"다섯 가지 곡식의 종자니라. 보리와 콩, 조. 기장, 그리고 삼씨다. 잘 간수해 가져가거라."

"이걸 왜……?"

주몽은 씨주머니를 받아 들고 안을 들여다보았다. 다섯 개의 작은 주머니가 들어 있는데 그것까지 열어보지는 않았다.

"상서(尙書)에 이르기를 '오직 백성이 나라의 근본이니(民惟邦本), 근본이 튼튼해야 나라가 안녕하다(本固邦寧)'고 했느니라. 그러기 위해서는 백성을 먹여 살리는 것이 중요하지 않겠느냐. 백성이 굶주리지 않아야 비로소 네 천명(天命)이 바로 설 것이다."

"어머니 말씀 뼈에 새겨 두고 실행하겠습니다."

"이제 되었다. 늦었다. 어서 떠나거라."

어둠 속에서 유화는 주몽의 등을 떠밀었다. 단단하고 널따란 등판이 믿음직스러웠다.

유화는 손바닥으로 문을 두 번 쳤다. 곧 밖에서도 두 번 치는 소리가 났다. 시녀 이내가 나가도 괜찮다고 보내는 신호였다.

"부디 몸조심하시고 건강하십시오……"

마지막 인사와 함께 주몽의 눈길이 느껴졌다. 인사가 채 끝나기도 전에 주몽의 그림자는 별궁의 담을 뛰어넘고 있었다. 유화는 주몽이 사라진 쪽을 망연히 바라보며 오래 움직이지 못했다.

주몽은 마리, 협보와 만나기로 한 장소로 향했다. 인적이 끊어진 시간이지만 더 어두운 길을 골라 뛰었다. 간혹 개가 발작적으로 짖어댈 때는 놀란 가슴도 가슴이지만 오륙이 죄다 굳어지는 것만 같았다. 간신히 정신줄을 붙안고 가다 보면 돌부리를 차기도 하고 계단이 진 바닥 때문에 땅을 구르기도 했다.

멀리서 다가오는 주몽을 발견한 마리가 주위를 경계하며 서둘렀다.

"주몽 왕자님, 바삐 움직여야 하겠습니다."

"무슨 일이 있는가?"

주몽의 물음에 협보가 계면쩍은 듯 머리를 긁적이며 답했다.

"그게, 제가 오줌 눌 데를 찾다가 먼저 누고 있는 놈과 딱 마주치고 말았지 뭡니까요. 방금, 왕자님 오시기 전에 말입니다요."

"그래서?"

곁에 있던 마리가 거들었다.

"성벽 수직을 서던 군졸이었는데 협보가 단매에 때려눕혔답니다. 같이 수직을 서던 놈이 오줌 누러 간 동료가 안 오면 찾을 것 아닙니까. 기절한 놈을 찾는 건 시간 문제지요."

"어쩔 수 없었습니다요. 너무 놀라서 그만……."

얼마든지 일어날 수 있는 일이었다. 주몽은 가장 중요한 것부터 확인했다.

"그건 잘했다. 그보다 우리 병사는?"

"약속한 대로 자작나무 숲에서 대기하고 있습니다."

"좋아. 서두르자. 저들이 알아채기 전에."

세 사람이 몸을 일으키자 얼마간 떨어진 곳에서 동료를 부르는 군졸의 소리가 들렸다. 주몽이 먼저 칡넝쿨을 붙잡고 성벽을 내려가고 마리와 협보가 뒤따랐다.

주몽이 자작나무 숲에 들어서자 기다리고 있던 병사들은 환호했다. 모두 열일곱 명이었다. 주몽과 오이, 마리, 협보를 합치면 스물한 명이었다. 주몽은 손을 들어 병사들을 제지했다.

"나도 여러분들을 만나서 반갑다. 하지만 지금 우린 그럴 시간이 없다. 곧 저들이 우릴 추격해올 것이다. 우린 충분히 용감하고 실력도 뛰어나다. 그러나 엄청난 숫자의 군사를 맞서 이길 순 없다. 빨리 여기를 벗어나야 한다. 자, 모두 나를 따르라!"

주몽이 탄 단홍과 열아홉 마리의 말들은 부여성과 점점 멀어져가기 시작했다.

그 시각, 부여성 여기저기에 횃불이 불붙었다. 군졸 하나가 누군가로부터 공격을 받았다는 보고를 받은 장수는 밤이 늦었지만, 궁에 알릴 수밖에 없었다. 대소가 태자로 책봉된 이후 경계령이 강화되어 있었다. 술에 취해 깊이 잠들었던 대소와 왕자들은 힘겹게 눈을 떠야 했다. 대소의 명령으로 주몽의 처소와 별궁을 뒤졌으나 주몽은 어디에도 없었다. 유화는 도대체 무슨 난리법석인지 모르겠다는 표정으로 도리질을 쳤다. 곧 왕실 마구간의 단홍과 기마대 마구간의 말들 이십여 마리가 사라졌다는 소식도 전해졌다.

"추모 일당을 붙잡아라. 저항하면……, 죽여도 좋다."

술기운이 가신 대소는 명령을 내렸다. 곧 정신이 든 듯 덧붙였다.

"추모는 더 이상 부여의 왕자가 아니다. 대왕을 제거하고자 역모를 꾸민 역적이다. 지금 놈을 잡지 못하면 더 많은 역도를 모아 쳐들어올 것이다. 놈들을 오늘 반드시 붙잡아야 한다!"

지금까지 왕자 신분이었던 주몽을 제거하려면 왕자 신분에서 끌어내려야 했다. 군졸들은 동요하는 듯했지만 이내 명령에 복종했다.

대소와 부소, 영포는 세 개의 추격대로 나뉘어 추격을 시작했다. 각각 일백여 명 안팎의 날랜 군졸을 이끌고 대소는 남쪽 졸본 방면으로, 부소는 서쪽 발한산 방면, 영포는 동쪽 황룡국 방면으로 출발했다. 나머지 어린 왕자들은 부여성과 일대를 샅샅이 살피게 했다.

"날이 밝기까지가 제일 중요하다. 도주한 방향을 알아내야 한다. 그래야 잡을 수 있다."

조급해진 대소는 곧 일계급 승진을 내걸었다. 그러다가 얼마쯤 가서는 이내 황금 백 냥을 상금으로 걸기도 했다. 또 얼마쯤 가서는 승진과 상금 둘 다를 약속하였다.

한참을 달렸을 때 멀리서 척후병이 깃발을 흔들고 있었다. 무언가 발견했다는 신호였다.

"이쪽으로 간 것이 확실합니다."

척후병은 남쪽을 가리켰다. 대소는 말에서 내려 주변을 살폈다. 횃불을 갖다대자 이십여 마리가 남쪽으로 달려간 발자국이 선명하게 남아 있었다. 새벽에 잠깐 내린 소나기 덕분이었다.

"쉴 틈이 없다. 빨리 따라잡아야 한다. 서둘러라!"

대소는 금방 따라잡을 수 있다는 생각에 희미한 미소를 지었다. 남쪽으로 조금 더 가면 엄리대수(淹利大水)를 만나게 되었다. 그 강을 건너려면 배가 있어야 하는데, 한밤중에 말과 사람을 태울 수 있는 배를 구할 수 없을 게 명약관화했다.

"바보 같은 놈, 네깟 놈이 도망가봤자 내 손바닥 안이지."

대소는 박차를 가했다.

6

주몽 일행들은 갑자기 나타난 무리 때문에 잠시 멈추게 되었다. 돌연 어둠 속에서 화살이 날아들었는데 그중 하나가 주몽 옆에 있던 협보의 어깨에 박혔다.

"매복이다. 흩어져라!"

곧 모습을 드러낸 스무 명 남짓의 사내들은 우락부락하고 대부분 과하마를 타고 있었다. 과하마는 작지만 비교적 빠르고 지구력이 강해서 산길에 적합해 산악전에 강했다. 창과 칼, 도끼, 철퇴 같은 무기들을 든 것으로 보아 정규군은 아니었다.

'야정(野丁)들이다! 왜 이놈들이 한밤중에 나타난 거야.'

야정들은 무기를 마구 휘두르며 덤벼들었다. 야정들은 부족에 속하지 않고 산에서 살거나 돌아다니며 사람들을 습격하고 약탈하는 무리였다.

주몽 일행들은 야정들의 기습에 놀랐지만 이내 대열을 정비하고 맞서 싸웠다. 거칠고 사나운 야정들이라고 하지만 군사 훈련을 받은 병사들을 이길 순 없었다. 협보까지 화살이 박힌 채 싸우는 데다가 자기 패거리가 하나둘씩 쓰러지자 야정들은 주춤거렸다. 주몽이 소리쳤다.

"멈추어라! 우두머리가 누구냐."

뒤에서 우두머리로 보이는 텁석부리 사내가 나섰다.

"알아서 뭐 하려느냐. 네놈들이 우릴 소탕하려고 이렇게 밤낮없이 지랄 하는데 우리가 멍청히 앉아서 당할까 보냐. 어림없다!"

주몽은 대강의 사정을 알 것 같았다. 야정들이 숙영하다가 주몽 일행이 나타나자 자신들을 토벌하려는 관군(官軍)으로 착각해 공격했던 거였다.

"우리는 너희들을 치러 온 것이 아니다. 우리는 우리 갈 길이 바쁘다."

"토벌대가 아니라고? 정말이냐?"

"사실이다. 우리 일행 몇이 다쳤으나 더 문제 삼지 않겠다."

야정들이 먼저 공격한 것에 대한 책임을 물을 시간이 없었다. 우두머리 가 자기 패거리와 이야기를 나누는 동안 협보의 어깨에 꽂힌 화살을 뽑고 경미하게 다친 병사들을 치료했다.

그때 후미를 경계하던 병사가 뛰어왔다.

"추격대가 따라붙은 것 같습니다. 잘해야 한두 마장 거리입니다. 땅울 림으로 보아 일이백 명쯤 되어 보입니다."

주몽은 병사들을 향해 지시했다.

"우리는 계속 이동한다. 각자 병장기 잘 챙기고, 서둘러라."

주몽 일행이 서두르는 것을 본 야정들은 무기를 꼬나잡고 괜히 찌그렁 이를 부리려 했다. 주몽이 버럭 소리를 질렀다.

"그래봐야 괜히 지체했다간 우리나, 너희나 뼈도 못 추릴 것이다. 그러 길 원하느냐?"

잠시 텁석부리 우두머리가 제 패거리와 눈짓을 주고받더니 비실비실 물러섰다. 주몽과 일행도 주변을 수습하고 모두 말에 올라탔다. 야정들 때 문에 지나치게 지체가 되었다. 일행은 박차에 박차를 가했다. 협보도 간단 하게 지혈만 한 채 일행에 뒤처지지 않게 말을 달렸다.

대소는 어지럽게 찍힌 말 발자국과 몇 군데 핏자국을 보고 대번에 알아 챘다. 주몽이 누군가와 싸운 것이었다. 큰 싸움은 아니지만, 녀석의 발길 을 붙잡고 지체시킨 것은 분명했다. 아마도 야영하던 중소 규모의 상단이

거나 야경 패거리들일 수도 있었다. 그리 오래된 자국이 아니었다.

"역도들은 바로 우리 코앞에 있다. 바짝 쫓아라!"

대소의 짐작으로는 엄리대수가 가까웠다. 눈앞에 엄리대수 앞에서 오도 가도 못하고 어쩔 줄 모르는 추모의 모습이 보이는 것만 같았다. 한 번도 사냥해보지 못했지만, 함정에 빠진 호랑이를 쓰러트릴 수 있을 것만 같은 흥분이 전신을 휩쌌다. 주몽을 제거한다면 아직도 자신을 미숙하게 생각하는 부왕(父王)도 다른 시선으로 보게 될 것이다.

한참을 달렸을 때 희미하게 물의 냄새가 났다. 엄리대수가 매우 가까워졌다는 것을 느낄 수 있다.

'물의 신 하백의 외손자 추모. 그렇다면 혹시나……?'

돌연 머릿속 어딘가에 들어 있던 말들이 떠올랐다. 대소는 머리를 세게 가로저었다. 그럴 리가 없었다. 하백은 이미 오래전에 죽었고 그 후로 구가 부족도 사분오열(四分五裂)되지 않았던가. 설령 누군가 있다고 하더라도 부여에 맞서 감히 반역자를 도울 순 없을 터였다.

"반역자 추모 패거리가 보입니다!"

누군가 소리쳤다. 스물이나 될까, 멀리 엄리대수 앞에 주몽 일행이 작게 보였다. 밤의 끝자락에 따라온 박명이 그들의 모습을 선명하게 보여주었다. 이쪽 대소의 추격대를 발견한 듯 당황해하고 있는 게 분명했다. 앞은 강으로 막혀 있고 되돌아갈 수도 없기 때문이었다.

"역도 추모가 저기 있다. 잡아라!"

대소가 주몽을 가리키며 외쳤다. 그때 강에서 십여 척의 배가 나타났다.

"아니, 저 배가 어디서 나타난 거냐?"

배는 곧장 주몽 일행에게로 향했다.

"안 돼. 빨리 달려라! 놓쳐선 절대 안 된다!"

그러나 주몽 일행은 차례로 배에 올라 유유히 강을 건너고 있었다.

7

주몽은 뒤를 돌아보았다. 강가에 도착한 대소는 격렬하게 이쪽을 가리키며 소리를 지르고 있었다. 추격대가 쏘아대는 화살이 배에 못 미처 강에 빠지며 동심원을 만들어냈다.

주몽은 옆에 있던 오이를 보며 격려했다.

"수고했네. 시간을 잘 맞춰서 와주었네."

"주몽 왕자님, 늦지 않아 다행입니다."

오이는 가슴을 쓸어내리며 말했다. 마리와 협보가 미리 주몽을 뒤따르기로 한 병사들을 깨우고 자작나무 숲으로 이동하는 동안 오이는 곧바로 엄리대수로 향했다. 강가에 흩어져 사는 마을을 다니며 하백의 후손을 수소문했다. 사람들은 오이를 의심하는 눈으로 경계했다. 천신만고 끝에 유화의 육촌 조카라는 하운(河雲)을 만날 수 있었다. 하운은 오이가 가져간 청동거울을 알아보았다. 주몽에게 받아서 가져간 청동거울은 유화의 것으로, 손잡이 부분에 삼족오 문양이 뚜렷했다.

"이는 분명 우리 구가 부족의 문양입니다."

하운의 주선으로 겨우 배를 구해 주몽 일행의 도강을 도울 수 있었다. 주몽은 졸본으로 가 나라를 세울 테니 와서 도와 달라고 하운에게 요청했다.

"꼭 그리하겠습니다, 왕자님."

하운과 어부들은 부복하여 깍듯한 예를 올린 후 돌아갔다.

강을 건너고 한두 마장쯤 달리자 넓은 평원이 나왔다. 주위는 완전히 어둠이 걷히고 여명이 비쳤다. 주몽은 병사들에게 휴식을 취하게 하고 말도 풀을 뜯게 하였다.

주몽도 단홍이 풀을 뜯게 하고 한숨을 돌렸다. 가야 할 남쪽을 바라보는데 눈앞으로 경이로운 장면이 펼쳐졌다. 이제 막 보리 수염이 노랗게 익어가는 보리밭이었다. 그리 넓지 않지만, 아침이슬이 앉아 햇살에 반짝이는 모습이 무척이나 보기 좋았다.

'보리를 베어 배불리 먹을 수 있다면…….'

밤새 먼 길을 달려와 허기가 졌다. 문득 어머니가 준 씨주머니 생각이 났다. 다행히 단홍의 허리에 안전하게 매달려 있었다. 나뭇가지에 쓸렸는지 야정들과 싸우다 그랬는지 옆구리가 약간 터졌지만, 안에 든 작은 주머니는 무사했다.

어머니의 목소리가 되살아났다.

"나라를 이끄는 힘은 용맹과 지략이지만 그것만으로는 부족하다. 농사가 잘되도록 도와 백성들이 굶지 않도록 하는 것 역시 중요하고 또 중요하니라."

주몽은 씨주머니가 더 터지지 않도록 단단히 여미고 깊숙이 보관했다. 반짝이는 아침이슬을 보며 새로이 세울 나라는 주몽과 유화의 나라로 불리게 될 것이라 확신했다.

2. 박선욱 | 낙랑공주 – 비운의 자명고

1

고구려 제3대 대무신왕 15년(서기 32년) 4월, 하루는 대무신왕이 호동왕자를 불러 탄식하며 말했다.

"우리 고구려가 옥저를 평정했으나, 낙랑이 버티고 있으니 문제로구나."

"병력이 강해서 그러하옵니까?"

호동왕자가 물었다.

"낙랑에는 비밀병기로 불리는 자명고각(自鳴鼓閣)이 있지. 적이 쳐들어오면 스스로 울리는 북과 뿔피리이니라."

"괴이한 물건이로군요."

"호동아! 너는 곧 낙랑국에 들어가 두루 동태를 파악하도록 해라. 고각이 어느 곳에 감춰져 있는지, 그것을 어떻게 부숴야 하는지 계책을 세워 오너라."

"알겠사옵니다."

인사를 올리고 후원을 물러나는 호동왕자를 대무신왕은 흐뭇한 눈으로 바라보았다.

문득, 동부여와 전쟁을 벌였던 과거의 일들이 떠올랐다. 동부여를 정벌할 때 키 크고 힘센 괴유가 진흙 수렁 속에 빠진 대소왕의 머리를 베어왔던 일이 어제 일처럼 생생했다. 대무신왕 자신이 정예병을 이끌고 동부여 군사들을 물리쳤던 일들도 손에 잡힐 듯했다. 동부여가 멸망하자, 대소의 막냇동생인 갈사왕은 압록곡 갈사수 부근에 갈사국을 세웠다. 대무신왕에게는 이미 첫째 왕후가 있었지만, 갈사왕의 손녀딸을 두 번째 왕후로 맞이하여 호동을 낳았다. 대무신왕은 빼어나게 잘생기고 명민한 호동왕자를 특별히 더 사랑했다.

다음날, 이른 아침에 호동왕자는 두루·무륵·양소, 세 부하를 거느리고 사냥에 나섰다. 조우관을 쓴 호동왕자와 책을 쓴 부하들이 말을 타고 평원을 가로질러 가자, 시원한 바람이 옷자락 사이로 파고들었다. 몇 개의 산 등성이를 넘어 옥저 지방을 두루 둘러본 호동왕자는 내처 달려 낙랑국의 동쪽 변경까지 들어갔다. 네 사람이 깊은 산 속 수풀이 울창한 곳에 이르렀을 때였다. 어디선가 한 무리의 군마 소리가 어지럽게 나는 듯싶더니, 돌연 호랑이의 포효 소리가 들려왔다.

"왕자님! 저쪽인가 봅니다."

두루의 눈빛에 긴장감이 어렸다. 멀지 않은 곳에서 심상치 않은 움직임이 느껴졌다.

"어서 가 보자. 이럇!"

호동왕자와 부하들이 전속력으로 말을 달려갔다. 산모퉁이를 막 돌아 나가자, 관복 차림의 사람들이 집채만 한 호랑이 앞에서 우왕좌왕하고 있었다. 그들의 맨 앞쪽, 턱수염을 기른 중년 남자가 탄 말이 겁에 질렸는지 날뛰고 있었다. 무리의 우두머리로 보이는 중년 남자는 비단 모자를 썼는데, 말굽 모양의 황금 허리띠 고리가 햇빛을 받아 유난히 반짝였다.

"모두 비켜서시오!"

말에서 내린 호동왕자가 앞으로 썩 나서며 벽력같이 고함을 쳤다. 그는 어느새 맥궁에 화살을 메겨 호랑이를 노려보았다. 월도를 거머쥔 양소가 비호같이 발을 움직여 호동왕자의 앞으로 나섰다. 두루와 무륵도 칼을 빼들어 양소의 뒤에 양 날개를 펼친 듯 섰다. 세 사람이 삼각뿔 형태로 월도와 칼을 번득이며 곧추서니 빈틈이 하나도 없어 보였다.

그때였다.

"어흥!"

눈에 불을 켠 호랑이가 바위를 박차고 날아올랐다. 동시에, 호동왕자가 번개같이 활을 쏘았다. 연달아 세 대의 화살이 바람을 가르며 날아갔다. 화살은 정통으로 호랑이의 목덜미를 꿰뚫었다.

"크르르, 컥!"

호랑이가 외마디 소리를 내며 땅에 털썩 쓰러졌다. 방금 전까지 전율하던 산천초목이 고요해졌다. 중년 남자의 날뛰던 말도 안정을 되찾았다.

"어이쿠! 그대 덕분에 큰 위기를 넘겼소이다."

중년 남자가 호동왕자에게 다가오며 말했다. 중년 남자는 얼굴에서 빛이 나는 청년을 유심히 보며, 그가 보통 사람이 아님을 직감했다.

"별말씀을요! 어르신, 어디 다치신 데는 없으신가요?"

"보다시피 멀쩡하다오. 그런데, 혹시 그대는 북국 신왕의 아드님이 아니시오? 나는 이곳 낙랑국의 왕 최리라 하오."

평양 일대를 다스리던 낙랑국은 북쪽의 고구려를 북국(北國)으로, 고구려 3대 대무신왕을 신왕(神王)으로 불렀다.

"고구려국 호동왕자, 인사 올립니다. 그런데, 어찌 저를 알아보신 것입니까?"

"금장식에 새 깃털을 꽂은 그대의 조우관을 보고 추측하였소. 그리고, 북국 신왕의 왕자가 준수하다는 소문이 옥저와 낙랑국에까지 두루 퍼져 있어 그리 짐작한 것이오, 허허."

"저를 좋게 봐주시니 몸 둘 바를 모르겠습니다."

"한데, 여기까지는 어인 일로 오신 것이오?"

"사냥도 하고 산천 유람이나 할까 해서 나섰는데, 이곳까지 이르게 되었습니다."

"나는 변방을 순행 중이었는데, 그대가 아니었다면 큰 경을 치를 뻔하였소. 이렇게 만나게 된 것도 기이한 인연인데, 우리 낙랑국 구경이나 한 번 하시는 게 어떻겠소? 나를 구해준 은인에 대한 감사의 표시이니 거절하지 마시구려."

"나그네를 초대해 주시니 영광입니다. 답례로 호랑이를 대왕께 바칩니다."

"호랑이를? 허허, 고맙소."

최리 왕은 흡족한 표정으로 수염을 쓰다듬고는, 신료들에게 명을 내렸다.

"여봐라! 이제 환궁하자!"

"예!"

왕의 분부를 받은 신하들은 호동왕자가 잡은 호랑이를 수레에 싣고 평양으로 향했다. 최리 왕은 말 위에 앉은 호동왕자를 한 차례 쳐다보며 수염을 쓰다듬었다.

'왕자의 이목구비가 어쩌면 그리도 또렷하니 잘생겼단 말인가? 우리 낙랑공주랑 잘 어울리겠어. 궁성에 머무르는 동안 어떻게든 부마로 삼아 보리라.'

최리 왕은 오늘 처음 만난 호동왕자가 마음에 들어서 혼자 빙긋 웃었다. 들판을 가로질러 한참을 가다 보니, 어느덧 평양 도성에 이르게 되었다.

'낙랑국은 한(漢)나라와 교역을 하면서 번성하고 있다던데, 과연 듣던 대로 모든 게 깨끗하고 번듯하구나!'

도성 안으로 들어서면서 호동왕자는 속으로 감탄을 금치 못했다. 두루와 무륵, 양소도 눈을 휘둥그레 뜨면서 놀라는 눈치였다. 궁성을 둘러싼 성벽은 튼튼해 보였고 사람들의 발걸음은 가벼워 보였다.

2

그날 저녁, 궁 안의 후원(後苑)에서 잔치가 벌어졌다. 여러 신하들과 장수들, 병사들이 궁 안의 커다란 연못 가에 마련된 길쭉한 소나무 탁자 앞에 앉아서 웃고 떠드느라 정신이 없었다. 탁자 위에는 온갖 산해진미와 고기와 떡이 한가득 차려져 있었다. 탁자와 탁자 사이의 빈터에는 큼지막한 돌이 세워져 있었고, 그 속에 이글거리는 숯을 넣은 뒤 청동으로 만든 술동이를 올려놓아 술을 익히고 있었다. 그 앞을 지키고 선 하인들은 술을 채우라는 윗전의 명에 따라 분주히 탁자를 오가며 표주박으로 술을 따르고 있었다.

거기서 조금 떨어진 높다란 누각 위에는 최리 왕과 호동왕자가 제법 규모가 큰 다탁을 앞에 두고 앉아서 이야기꽃을 피우고 있었다. 다탁 위에는 검붉은 옻칠을 하고 금동 테를 두른 큼지막한 접시에 과일이 탐스럽게 올려져 있었다. 다탁 아래쪽에는 청동으로 만든 곰 모양의 상다리 장식이 달빛을 받아 반짝였다.

"자, 어서 한 잔 드시오!"

최리 왕이 호동왕자에게 먼저 술을 따라주었다. 그러고는 곁에 서서 시중을 들고 있는 시녀에게 명했다.

"공주를 모셔 오거라."

"예, 대왕마마."

시녀가 종종걸음으로 물러났다. 잠시 후, 휘장 안쪽에서 공주가 걸어와 최리 왕 옆에 앉았다. 하늘하늘한 옷차림이며 사뿐사뿐한 걸음걸이며, 마치 선녀가 하늘에서 내려온 것만 같았다. 공주 뒤에는 쟁반 위에 청동 병을 받쳐 든 시녀가 서 있었다.

"왕자! 내 딸이오."

"아, 예."

호동왕자는 일어서서 공주에게 예를 갖추었다.

"왕자님께 인사 올립니다."

"공주님, 저는 고구려국 왕자 호동이라 합니다."

호동왕자는 낙랑공주의 눈부시게 아름다운 자태를 보았다. 낙랑공주 또한 호동왕자의 귀티 흐르는 용모와 늠름한 모습을 마주 보았다. 누가 먼저랄 것도 없이 두 사람의 가슴이 쿵, 하고 뛰기 시작했다.

"공주야, 호동왕자님께 차 한 잔 따라 드리렴."

최리 왕이 낙랑공주에게 말했다.

낙랑공주가 손짓하자, 시녀가 쟁반 위에 든 청동 병을 공손히 탁자 위에 올려놓았다. 공주는 청동 병을 두 손으로 받쳐 잡고 주둥이를 기울여 호동왕자의 잔에 따랐다.

"왕자님, 제가 만든 두견차입니다."

"고맙소이다, 공주님! 두견차라면, 진달래로 만드셨나요?"

"산진달래나무 잎을 말렸다가 볶아 만든 것이지요."

"음, 향긋한 내음이 코끝에 스미는군요. 참 좋습니다."

"허어! 두 사람이 한자리에 앉아 있으니 선남선녀가 따로 없소이다 그려. 아하하하하."

호동왕자와 낙랑공주를 바라보던 최리 왕이 수염을 쓰다듬으며 너털웃음을 웃었다.

"아바마마도 참."

낙랑공주의 얼굴이 붉어졌다.

"그럼, 나는 잠시 신하들 있는 데로 가 볼 테니, 두 사람은 편안하게 이야기를 나누도록 하라."

'북국 왕자와 공주가 빨리 친해지면 좋겠어.'

최리 왕은 속으로 중얼거리며 누각을 내려갔다.

이때, 후원 한쪽에서는 최리의 신하인 아물록이 수하들과 더불어 술잔을 기울이다 말고 누각 쪽을 날카롭게 쏘아보고 있었다.

"폐하께서는 고구려의 왕자를 지나치게 환대하시는군. 그래 봐야 북국의 호랑이 새끼일 뿐인데 말이야."

"호동이 저놈을 그대로 두면 언젠가 큰 후환이 될 터인데, 폐하께서 저토록 감싸고 도니 큰일이옵니다."

"웃흠! 수일 내로 그놈들을 없애 버려야겠어. 나, 아물록은 적국의 원수들이 우리 낙랑 땅에서 어슬렁거리는 꼴은 못 보겠단 말이다. 알겠느냐?"

"알겠사옵니다. 저희에게 맡겨만 주옵소서. 적도들을 깨끗이 쓸어버리겠나이다."

"오냐! 쥐도 새도 모르게 처리하라!"

"옛!"

아물록이 낮은 목소리로 지시하자 수하들은 한목소리로 답한 뒤 어둠 속으로 사라졌다.

아래쪽에서 모종의 흉계가 꾸며지는지 알 바 없었던 호동왕자와 낙랑공주는 몇 잔째 뜨거운 차를 마시고 있었다. 잠시 후, 어색한 분위기를 풀고자 호동왕자가 입을 열었다.

"공주님! 저랑 같이 좀 걷는 게 어떻겠습니까?"

"그렇게 해요, 왕자님."

낙랑공주는 선선히 호동왕자의 제안을 받아들였다. 누각을 내려온 두 사람은 휘영청 밝은 달빛을 받으며 천천히 앞으로 나아갔다. 연못 근처에는 술을 마시며 고기를 뜯는 병사들로 가득했기에, 될수록 한적한 곳을 거닐었다. 걷다 보니 성곽 가까운 곳으로 접어들게 되었다.

두 사람은 옛 조선을 세운 선조들의 이야기에서부터, 고조선이 한나라의 침입을 받아 무너진 가슴 아픈 이야기에 이르기까지 많은 이야기를 나누었다. 그러다가, 호동왕자가 조심스레 질문을 던졌다.

"공주님, 낙랑국에는 신비로운 자명고각이 있다던데, 그게 사실인가요?"

"사실이에요. 외적이 쳐들어오면 북과 뿔피리가 저절로 울려서 우리 군사들에게 알려주지요."

낙랑공주는 자랑스러운 어조로 자명고각에 대해 설명해 주었다.

"말씀을 듣고 보니 자명고각이 몹시 보고 싶군요."

"그건 안 돼요. 자명고각은 낙랑국의 보물이라서 병사들이 지키고 있거든요."

낙랑공주는 고개를 저으며 입을 굳게 다물었다.

"알겠소. 더 이상 묻지 않으리다."

호동왕자는 얼른 다른 데로 화제를 돌려 이야기를 이어 나갔다. 낙랑공주도 잠시 보였던 경계심을 풀고 다시금 호동왕자의 말에 귀를 기울였다. 성벽을 따라 고즈넉한 길을 나란히 걷다 보니, 낙랑공주는 마치 오래전부터 그를 알고 지내온 것처럼 친근한 감정이 생겼다. 옥돌을 깎아놓은 듯 반듯하고 늠름한 그의 모습에 기대고 싶은 마음마저 들었다.

호동왕자 또한 아름답고 맑은 낙랑공주와 달빛 속에서 길동무가 되었다는 게 이 세상의 일이 아닌 것처럼 여겨졌다. 이 모든 순간이 애틋하고 기꺼웠다. 비록 짧은 만남이었지만 두 사람은 어느덧 끌리는 사이가 되고 말았다. 성벽 길을 다 돌기에는 너무 멀었다. 두 사람은 중간쯤에서 발길을 되돌렸다. 도란도란 이야기를 나누다 보니 벌써 누각이 보였다.

"어머, 다시 처음 그 자리로 오게 되었네요."

"그렇군요."

호동왕자와 낙랑공주가 연못을 돌아 누각 앞에 이르렀을 때, 공중에서 귀에 익은 음성이 들렸다.

"두 사람이 어찌 이리도 잘 어울린단 말인가? 아하하하."

낙랑왕 최리가 누각 난간을 붙잡고 크게 웃었다.

잔치가 막바지에 이르자 연못 근처에는 몇몇 취한 병사들이 화톳불 근처에 쓰러져 잠꼬대를 하고 있었다. 호동왕자가 별채로 돌아올 때는 한밤중이었다. 오솔길을 홀로 걷는데, 어둠 속 어디선가 부하들이 그림자처럼 나타나 호동왕자의 앞과 뒤를 호위했다.

"허, 새삼스럽게 왜 이러느냐?"

"왕자님! 긴히 드릴 말씀이 있습니다."

두루가 목소리를 낮추었다.

"말해 보아라."

호동왕자가 눈을 둥그렇게 뜨고 두루를 쳐다보았다.

"아까 잔치가 한창 벌어지고 있을 때, 우연히 어떤 자들의 밀담을 엿듣게 되었습니다."

"밀담?"

"후원의 연못 북쪽에 바위 하나가 있사온데, 저희는 와자지껄한 사람들 틈에서 벗어나 바위 뒤편으로 가서 술잔을 기울이고 있었나이다."

"그런데?"

"조금 있으니 신분이 높아 보이는 관리 하나가 수하들로 보이는 사내들 몇을 데리고 바위 앞쪽에 자리를 잡더군요. 거기서 그가 섬찟한 언사를 늘어놓더이다."

"섬찟한 언사라니?"

"그자가 부하들더러 왕자님과 저희를 모두 없애라는 명령을 내렸나이다."

"뭣이라고?"

호동왕자의 눈썹이 치켜 올라갔다.

"그 관리는 최리 왕을 은연중 무시하는 듯했습니다."

이번에는 무륵이 한마디 했다.

"거사일은 언제라더냐?"

"수일 내라고만 했지, 거사일을 따로 밝히지는 않았사옵니다."

"으음."

"아 참! 그자들이 흩어질 때 귀담아들은 게 있사옵니다."

양소가 잊은 게 있다는 듯 얘기했다.

"말해 보아라."

"그 관리가 자신의 이름을 아물록이라 말하는 것을 똑똑히 들었습니다."

"아물록? 음, 알겠다. 모두 경계를 늦추지 말되, 자연스럽게 행동해야 한다."

"옛!"

"우리가 별채에서만 머물면 아물록이란 자의 표적이 될 수 있다. 내일은 궁성 안의 이곳저곳을 구경하도록 하자. 다니면서 성안에서 고각을 숨겨 놓을 만한 곳이 어디인지 눈여겨보는 게 좋겠다. 그리고, 나는 잠시 다녀올 데가 있다. 모두 각별히 조심하라."

"알겠습니다."

호동왕자는 부하들의 전송을 받으며 별채 문을 급히 나섰다.

3

다음날, 별궁(別宮) 안채에서 평소보다 일찍 일어난 낙랑공주는 오래오래 세수하고 머릿결을 다듬는 데 공을 들였다. 자수를 놓으려 수틀을 만지는가 하면 멍하니 뜰을 바라보느라 턱을 괴기도 했다. 활짝 열린 창 너머로 보이는 정원에서는 온갖 곱고 아름다운 꽃들이 피어 있었다. 그 꽃들 속에서 한 사람의 얼굴이 보였다. 호동왕자였다.

"공주님, 어제 북국 왕자님을 만나 보시니 어떠셨어요?"

곁에 서 있던 시녀가 생글생글 웃으며 물었다.

"그걸 왜 묻느냐?"

"공주님이 딴 사람처럼 느껴져서요."

"내가? 왜?"

"오늘 아침 내내 창밖만 쳐다보고 계시잖아요? 꼭 누구를 기다리는 사람처럼요."

낙랑공주와 시녀는 어릴 적부터 함께 자랐기에 허물없는 사이였다. 그런 까닭에 시녀는 공주와 둘만 있을 때는 스스럼없이 속마음을 얘기하곤 했다.

"난, 그냥, 뜰에 핀 꽃들이 좋아서 바라보고 있었는걸."

"공주님! 딴 사람은 몰라도 저는 잘 알아요. 공주님이 지금 무엇을 생각하는지를 말이에요."

"내가 대관절 누구를 생각한다는 말이냐?"

"아이, 호동왕자님 말이에요."

"얘, 계화야, 괜한 소리는 그만하고, 아바마마께 문안 인사나 올리러 가자꾸나."

낙랑공주는 속마음을 들킨 것 같아 얼른 말을 돌렸다. 시녀 계화는 그 모습을 보고 까르르 웃었다.

"제 말이 맞지요? 호호."

두 사람이 한참 수다를 떨고 있을 때, 밖에서 내관이 왕의 행차를 알렸다.

"대왕마마 납시오!"

"어머! 부왕께서 이른 아침에 어인 일로 예까지 납시었지?"

낙랑공주와 시녀 계화는 얼른 일어나 문 앞으로 나아가 다소곳이 섰다.

"공주, 게 있느냐?"

최리 왕이 성큼 들어오며 환하게 웃었다.

"소녀, 지금 아바마마께 문안 인사를 올리러 가던 참이었사옵니다."

낙랑공주가 변명하듯 말했다.

"내가 조금 빨랐구나. 그건 그렇고, 넌 호동왕자를 어찌 생각하느냐?"

최리 왕이 불쑥 물었다.

"무엇을 말이옵니까?"

낙랑공주는 짐작하는 바가 있으면서도 최리 왕의 갑작스런 질문에 귀밑까지 빨개졌다.

"이 아비는 호동왕자가 너의 배필로 참 잘 어울릴 것이라 여긴단다. 그래서 그를 우리 낙랑국으로 초대한 것이니라."

"아바마마, 소녀는 어제 처음 왕자님을 뵈었을 뿐이온데, 어찌 그런 말씀을……."

"고구려는 지금 막 떠오르는 태양처럼 강대해지고 있어. 우리 낙랑국은 한나라와 교역을 하면서 부족함 없이 지내고 있지만, 고구려가 언제 침입할지 알 수가 없어 불안하구나. 이 기회에 너와 호동왕자가 혼인하게 되면 두 나라가 화목하게 지낼 수 있을 것이다. 하여, 너의 생각을 묻는 것이란다."

낙랑공주는 말없이 듣고만 있었다. 왕이 말을 마치자, 부왕을 바라보며 입을 열었다.

"사실 소녀는 어제 왕자님을 마음속으로 받아들였사옵니다. 그런즉, 아바마마의 뜻에 따르겠사옵니다."

"정말이냐? 그렇다면, 당장 너와 호동왕자를 혼인시켜야겠구나. 아하하핫."

최리 왕은 만족스럽다는 듯이 크게 웃었다.

4

늦은 오후, 호동왕자가 두루, 무륵, 양소를 거느리고 별채 문밖으로 나갔다. 도성 안의 고만고만한 집들 사이에는 미로 같은 길들이 숨어 있었다. 마차가 다니는 큰길 뒤로는 골목길이 있었고, 골목길을 이리저리 헤매다 보면 또 다른 길이 나왔다. 사람들로 북적대는 널찍한 마당을 품은 길이었다. 마당에는 온갖 물건들을 파는 좌판들이 들쑥날쑥 자리 잡고 있었다. 낙랑국에서 가장 큰 시장통이었다.

"인절미 사려!"

"호미 팔아요!"

"촉감도 보들보들한 비단 좀 보시구려!"

"진귀한 그릇 구경하시려오?"

시장 상인들은 누구든 눈에 띄기만 하면 물건을 팔기 위해 큰 소리로 외쳤다. 목청껏 호객하는 바람에 귀가 먹먹할 지경이었다. 호동왕자와 두루, 무륵, 양소는 장꾼들과 행인들로 북적거리는 이곳저곳을 실컷 구경하다가 장터를 벗어났다.

겉으로는 팔자 좋게 구경하는 듯했지만, 네 사람은 자명고각을 숨겨 놓을 만한 건물이 있나 하고 주의를 기울이는 중이었다. 성벽 한쪽에 솟은 망루를 뚫어져라 쳐다보았지만, 그 속에는 북과 뿔피리 비슷한 형상조차 없었다. 성안 곳곳을 다니면서 비밀 창고 같은 게 있을까 하고 사방을 둘러보아도 의심이 갈 만한 장소를 발견하지 못했다.

"왕자님! 참으로 이상합니다. 자명고각을 어디에 숨겨 놓았는지 도무지 감을 잡을 수 없습니다."

두루가 종잡을 수 없다는 표정을 지으며 말했다.

"거참."

양소는 뒷머리를 긁적이며 혼잣말처럼 중얼거렸다. 무륵 또한 고개를 갸우뚱했다.

"하긴, 낙랑국이 아끼는 보물을 눈에 띄기 쉬운 장소에 둘 리가 없지. 여기서 이럴 게 아니라 바람이나 쏘이다 오자."

호동왕자가 뚜벅뚜벅 앞장서서 걷자, 부하들도 뒤를 따랐다. 한참을 걷다 보니, 버드나무가 휘늘어진 강가에 이르게 되었다. 버드나무 사이로 우뚝우뚝 솟은 붉은 소나무가 운치를 더하는 언덕에 너럭바위가 있었다.

"여기서 잠시 쉬어 갈까?"

"그러죠."

호동왕자가 바위에 앉았다. 두루, 무륵, 양소는 경치 구경을 하면서도 사방을 주시했다. 드넓은 강물 위로 고기잡이배들과 뗏목들이 분주히 오가고 있었다. 부푼 돛을 단 배들도 있었고, 강 이쪽과 저쪽을 오가는 나룻배도 보였다. 한가롭고 평화로운 풍경이었다.

그때였다. 나무들 사이로 날카로운 뭔가가 날아왔다. 츠츳, 하는 소리가 바람결을 갈랐다. 호동왕자는 본능적으로 칼을 빼 들어 휘둘렀다. 두루, 무륵과 양소도 번개같이 빼 든 장검으로 암기를 막아냈다. 째앵, 하는 금속 부딪히는 파열음이 허공에 균열을 일으켰다. 땅바닥에 떨어진 것은 여덟 개의 표창이었다.

"웬 놈이냐?"

두루가 벽력같이 고함을 치며 표창을 날린 괴한을 노려보았다. 호동왕자는 날래게 맥궁에 화살을 메겨 소나무 쪽의 괴한을 향해 쏘았다. 피윳! 하는 소리와 함께 소나무 쪽 괴한 하나가 쓰러졌다.

동시에, 호동왕자와 두루가 바람처럼 빠르게 소나무 쪽으로 뛰어갔다. 무륵과 양소도 그 뒤를 바짝 따르며 엄호했다. 소나무 사이에 숨어 있던 복면의 괴한들도 칼을 치켜세우며 마주 달려왔다.

'괴한의 숫자가 여덟? 그렇다면 우리는 한 사람당 둘씩 상대하마.'

호동왕자와 두루, 무륵, 양소는 어릴 적부터 동무처럼 지내며 무예 연마를 해온 사이였다. 여러 형태의 상황을 가정한 상태에서 실전에 가까운 검술 훈련을 오래 해온 터였다. 이 때문에 어떠한 돌발 상황에도 당황하지 않고 응전해 나갈 자신이 있었다. 호동과 부하들이 한 사람당 두 명씩 겨냥해 장검을 휘두르자, 괴한들이 주춤거렸다. 둘이 한 몸처럼 움직이니 그 힘은 배가되어 네 명이나 다섯 명에게 협공당하는 듯한 강한 기세를 느꼈던 것이다.

"야핫!"

호동왕자의 칼이 빛처럼 빠르게 맨 앞의 괴한을 베었다. 호랑이가 앞발을 치켜들어 억세게 내려치는 듯한 매서운 검날이 날아들자 괴한 둘이 억, 소리를 지르며 뒷걸음질을 했다. 두루도 자신 앞으로 다가온 두 명의 괴한을 상대하였지만, 전혀 밀리지 않았다. 무륵과 양소 또한 검날을 번득이며 괴한들을 압도해 나갔다. 괴한들은 처음에는 옷깃이 베어져 당황해하더니 팔과 가슴에 상처를 입으면서 눈에 띄게 위축되었다. 호동왕자의 검날에 피가 튀었다. 살갗이 베어진 괴한의 옷자락에 검붉은 핏물이 배어 나왔다. 단 몇 합만 겨루면 상황을 종료시킬 게 틀림없었다. 바로 그때, 어디선가 새된 목소리가 들려왔다.

"쳐라!"

그들 중 우두머리가 괴한들에게 명령하는 소리였다. 그와 동시에 서쪽에서 한 무리의 새로운 복면 괴한들이 병장기를 앞세워 쳐들어왔다. 미리 매복해 있던 괴한들의 숫자가 수십 명이어서 그저 놀라울 뿐이었다. 참으로 아찔해지는 바로 그 순간, 이번에는 동쪽에서 뿔 나팔 소리와 함께 고함이 들렸다.

"역도(逆徒)들아! 꼼짝 마라!"

그와 더불어 수십여 명의 군사들이 칼날을 번득이며 격전장 한복판으로 뛰어들었다.

"호동왕자님! 기운 내십시오!"

왕실 수비대의 정예 무사들이 호동왕자와 부하들을 에워싸며 호위했다.

'드디어 왔구나!'

호동왕자가 회심의 미소를 지었다. 동쪽의 군사들은 대나무를 쪼개는 기세로 서쪽의 괴한들과 드잡이를 벌였다. 조금 전까지 숫자만 믿고 기세 등등하던 복면 괴한들이 왕실 수비대가 나타나자 추풍낙엽처럼 쓰러지기 시작했다. 칼을 떨어뜨리는 놈, 상처를 입고 나뒹구는 놈, 발에 밟혀 버둥

거리는 놈 등등 아수라장이 따로 없었다. 이제 호동왕자와 부하들은 멀찍이 떨어져 싸움판을 구경하게 되었다. 궁금증을 참을 수 없다는 듯 양소가 다가와 물었다.

"왕자님, 이게 도무지 무슨 상황인가요?"

"내 이럴 줄 알고 대비책을 세워놓았다."

"어떻게요?"

이번에는 참을성 많은 무륵이 호동왕자를 빤히 쳐다보았다. 두루는 짐작하고 있었다는 듯 싱긋 웃으며 귀를 기울였다.

"어제 공주님께 가서 아물록이란 자가 우리 목숨을 노린다는 사실을 알렸지. 그리고, 오늘 우리가 장터를 돌다가 강가에서 다리쉼을 할 때 괴한들에게 습격받을 수 있으니, 구원병을 미리 매복시켜 달라고 부탁했단 말이야. 그랬는데, 이토록 절묘한 순간에 왕실 수비대가 나타나 활약해 주다니! 정말 놀랍구나."

"그런데, 강가에 괴한들이 나타날 줄은 어찌 아셨습니까?"

"어제 너희들의 보고를 받고 나서 곰곰 생각했다. 아물록이란 자는 우리를 분명 미행할 터, 시장통에서는 사람들이 많으니 한적한 강가로 가면 반드시 암습을 해올 것이라고 직감했지. 해서, 낙랑공주께 미리 귀띔해놓은 것이다."

양소의 물음에 호동왕자가 대답했다.

"그럼, 아물록이 왕자님 손바닥 위에서 놀아난 셈 아닙니까?"

"좋을 대로 생각하려무나. 하하하."

호동왕자와 부하들이 이야기를 나누는 동안 왕실 수비대의 정예 무사들이 복면 괴한들을 모두 제압했다. 최리 왕의 지시를 받은 수비대장은 아물록과 그의 수하들을 모두 처형했다.

　낙랑국에 반기(叛起)를 들던 정적(政敵)까지 소탕하여 마음이 몹시 흡족해진 최리 왕은 호동왕자와 낙랑공주를 서둘러 혼인시켰다. 성대한 혼인식은 나라 안의 경사요 축제였다. 혼인식이 끝난 뒤, 호동왕자는 낙랑국에 머물며 처가살이를 했다. 둘은 들로, 산으로, 강가로 자주 나들이를 갔다. 낙랑공주는 호동왕자와 함께 말을 타고 들판을 달려갈 때 행복감을 느꼈다. 꿩 사냥을 다닐 때는 아이마냥 기뻐했다.

　꿈 같은 날들이 흘러가던 어느 날, 호동왕자는 본국에 돌아갈 때가 되었다고 말했다.

　"공주! 나는 이제 가야 하오. 고국에서 아바마마가 나를 부르시오."

　낙랑공주는 그 말을 듣자마자 눈가가 붉어졌다.

　"기어이 가셔야 하나요?"

　"지엄하신 아바마마의 명을 어찌 거역하겠소?"

　호동왕자는 고구려의 풍습에 따라 아이가 없는 아내를 본국으로 데려갈 수 없어서 가슴이 아팠다. 낙랑공주는 공후를 타며 슬픈 목소리로 노래를 불렀다.

　　그대여, 물을 건너지 마오
　　그대 그예 물을 건너셨구려.
　　물에 빠져 영영 못 오시니
　　가신 임을 어이할거나.

　　公無渡河(공무도하)
　　公境渡河(공경도하).
　　墮河而死(타하이사)

當奈公何(당내공하).

노래를 다 부른 낙랑공주는 기어이 눈물방울을 떨어뜨리며 애달파했다. 호동왕자는 공주를 꼭 안고 등을 다독여 주었다.

"이른 시일 내에 그대를 데려가겠소. 그러니, 괴롭더라도 조금만 견뎌 주오."

며칠 후, 호동왕자는 두루·무륵·양소를 데리고 낙랑국을 떠났다. 낙랑공주는 성문 밖까지 나왔지만, 국경 근처까지 따라가려는 것을 호동왕자가 만류하자 금세 눈가가 촉촉해졌다. 떠나는 호동왕자도 마음이 무거웠다. 두루가 거듭 재촉하는 바람에 겨우 말머리를 돌렸다.

고구려에 도착한 호동왕자는 맨 먼저 대무신왕을 알현하고 인사를 올렸다.

"아바마마! 그동안 옥체 보전하셨나이까?"

"오냐! 낙랑에서 새신랑이 되었다지? 나도 드디어 며느리가 생겼구나. 하하."

"신부를 데려오지 못해 송구하옵니다."

"우리네 풍습이 그러하니까 어쩔 수 없지. 아무튼 축하하노라. 호동아, 낙랑국 자명고각에 대해 알아는 보았느냐?"

"그게, 워낙 비밀병기라서 좀처럼 어디 있는지 알아내지 못하였나이다."

"저런, 쯧쯧. 빨리 그 소재를 파악하여 부수도록 하여라. 낙랑은 북과 뿔피리가 있어 난공불락이니라. 게다가, 한나라와 교역을 늘리면서 풍족해지더니 교만해지고 있어. 한나라는 최근 들어 낙랑에 대한 간섭을 심하게 하니, 장차 낙랑을 친 뒤 머지않아 우리 고구려로 쳐들어올 게 뻔히 보이는구나."

대무신왕은 오랜만에 아들을 만난 기쁨이 컸지만, 그 마음을 지그시 눌렀다. 그보다는 주변의 작은 나라들을 복속시키면서 더욱 부강한 나라를 만들겠다는 야망을 숨기지 않았다. 특히 옛 조선을 무너뜨리고 예맥족을 짓누르는 한나라에 대해 강한 적개심을 갖고 있었다. 낙랑이 한나라와 군사적 동맹이라도 맺게 되면 고구려는 양쪽의 협공을 받게 될 터였다.

'부왕께서는 늘 옛 조선이 개척했던 광대한 강역을 되찾아오실 꿈에 부풀어 계시거늘, 아들인 내가 힘을 보태야 하지 않겠는가?'

호동왕자는 등불 아래에서 편지를 썼다.

"공주! 어찌 지내고 계시오? 날마다 그대를 보고 싶어 견디기 힘드오. 하지만, 그대가 우리 고구려에 들어와 나의 진정한 아내가 되기 위해서는 해야 할 일이 있소. 낙랑국에 있는 북과 뿔피리를 부숴 달라는 것이오. 부왕께서는 고구려의 며느리가 되려면 그만한 충성심이 있어야 한다고 말씀하셨소. 그대가 자명고각을 부쉈다는 소식을 인편에 전해 준다면, 그때는 지체 없이 당신을 고구려로 데려오리다. 늘 건강하기를 바라오."

호동왕자의 편지는 비밀리에 낙랑국에 들어간 두루의 부하의 손에서 낙랑공주에게 전해졌다. 편지를 열어본 낙랑공주는 금세 안색이 창백해졌다.

'아! 어찌하여 왕자님은 나에게 이런 시련을 안기는 것인가? 자명고각을 부수면 나라를 저버리는 배신자가 되고, 그이의 원대로 하지 않으면 왕자님과는 영영 헤어지고 만다. 이를 어찌할 거나?'

낙랑공주는 번민에 빠져 괴로워했다. 그 사이, 두루의 부하가 답장을 썼나 해서 몇 번 찾아왔다가 허탕을 치고 갔다. 사흘째 되던 날 밤, 낙랑공주는 굳은 결심을 하고 잡인의 출입이 금지된 무기고 앞으로 갔다.

"공주님! 여긴 웬일로 오셨사옵니까?"

무기고를 지키던 두 명의 병사가 깜짝 놀라 물었다.

"우리나라의 보물을 지키느라 수고하는 너희들을 위해 작은 선물을 가져왔으니 마음껏 마셔라."

낙랑공주는 미리 준비해 간 술병과 녹두전을 내놓았다. 두 병사가 걸신들린 듯 먹고 마시더니 금세 코를 골며 쓰러졌다. 잠이 잘 오는 약초를 달여 넣은 까닭이었다. 낙랑공주는 병사의 주머니에서 꺼낸 열쇠로 자물쇠를 열어 자명고각을 보관해둔 방으로 들어갔다. 그곳에 고색창연한 북과 뿔피리가 있었다. 낙랑공주는 품에서 꺼낸 비수로 먼저 자명고를 찢은 다음 뿔피리의 주둥이를 잘라서 망가뜨렸다. 자명고각을 부술 때, 마치 자신을 산산이 찢어발기는 듯한 끔찍한 생각이 들어 온몸이 와들와들 떨렸다.

별궁으로 돌아온 낙랑공주는 답장을 썼고, 깊은 밤에 찾아온 두루의 부하에게 건네주었다. 두루의 부하는 그 길로 몰래 성문을 빠져나가 질풍처럼 말을 달려 고구려로 들어갔다.

날이 밝자, 그 편지는 호동왕자의 손에 쥐어졌다. 답장을 읽은 호동왕자는 즉시 대전으로 나아가 대무신왕께 보고했다.

"아바마마! 낙랑공주가 자명고각을 부쉈다고 하옵니다."

"그게 정말이냐?"

대무신왕은 호동왕자의 보고를 받고 크게 기뻐했다.

"정말이옵니다."

"그렇다면 지금 즉시 군사를 이끌고 가서 낙랑을 치도록 하라!"

"예, 폐하!"

호동왕자에게는 대장군의 직책과 함께 어검이 주어졌다. 두 마리의 용이 칼집과 손잡이에 아로새겨진 보검은 곧 왕명을 상징했다. 호동왕자는 2천 명의 철갑 기병과 3만 명의 군사를 거느리고 낙랑국 정벌에 나섰다. 옥저를 지나 도성 가까이 쳐들어갈 때까지 낙랑국에서는 전혀 눈치를 채지 못하다가, 고구려 군사들이 성을 겹겹이 에워싼 뒤에야 화들짝 놀라 우왕좌왕했다. 북과 뿔피리만 믿고 방심하다가 허를 찔린 셈이었다.

"대왕마마! 성을 포위한 고구려 군사들이 북문을 부수고 있나이다."

보고받은 최리 왕은 크게 놀라 쓰러질 지경이었다.

"아니, 자명고각이 왜 울리지 않았단 말이냐?"

"북과 뿔피리가 이미 부서져 있었사옵니다."

"뭐?"

최리 왕은 그것이 낙랑공주의 소행임을 알게 되었다.

"여봐라! 당장 공주를 붙잡아 오너라!"

잠시 후, 병사들에게 붙잡혀온 낙랑공주는 왕 앞에서 무릎을 꿇었다.

"아바마마! 소녀를 벌하여 주소서!"

"네가! 네가 정녕 제정신이냐? 내 너를 용서할 수 없다. 에잇!"

격노한 최리 왕이 칼을 휘둘렀다. 낙랑공주가 피를 흘리며 쓰러졌다.

자명고각이 울리지 않은 낭패감, 막강한 고구려 군사들에게 맹렬한 공격을 당한다는 공포감 때문인지 성은 한 시진 안에 함락되었다. 최리 왕은 저항다운 저항도 못 해보고 항복하고 말았다.

"공주! 내가 왔소! 공주, 어디 있소?"

호동왕자가 궁전 안으로 뛰어오며 소리쳤다. 바닥에 쓰러진 낙랑공주를 발견하고는 얼음처럼 굳어졌다. 호동왕자는 싸늘하게 식어가는 낙랑공주를 두 팔에 안고 오열했다.

"공주! 내가 잘못했소. 모든 게 내 탓이오. 나를…… 용서하지 마시오."

승전보를 안고 고구려에 돌아온 호동왕자는 개선장군의 칭호를 얻었다. 하지만 그는 전혀 기쁜 낯빛이 아니었다. 공후를 타던 낙랑공주의 부드러운 흰 손, 가녀린 듯 고운 노랫가락을 떠올리며 홀로 상념에 젖는 일이 많았다.

그즈음, 대무신왕의 원비는 날이 갈수록 왕의 신임을 얻고 있는 호동왕자의 존재를 눈엣가시처럼 여기고 있었다. 자신이 낳은 왕자가 태자 책봉을 받기를 학수고대하고 있는데, 대소 신료들뿐만 아니라 고구려국 사람들 모두가 호동왕자만을 칭송하고 있으니 내심 불안해진 것이었다. 이대로 두었다가는 언젠가 호동왕자가 태자 책봉을 받을지도 모른다는 조바심이 일어났다. 무슨 수를 써서라도 그 일만은 막아야 한다고 마음먹은 원비는 한 가지 묘책을 떠올리고는 곧바로 덫을 놓았다.

원비는 대무신왕이 찾아온 날, 매우 슬픈 빛으로 하소연을 했다.

"폐하, 저는 요즘 괴로운 일이 많사옵니다."

"무엇이 그리 괴롭소?"

대무신왕이 묻자, 원비는 양미간을 찌푸리며 말했다.

"호동왕자가 저를 자꾸 안으려 하더니 겁탈하려 하였사옵니다. 내가 낳은 자식이 아니라도 어미는 어미인데, 그럴 수가 있사옵니까?"

"호동이가 어찌 그럴 리가 있소?"

처음에는 대무신왕이 믿지를 않았다. 하지만 자꾸 같은 말을 되풀이하니, 호동왕자를 아끼는 대무신왕이라도 의심이 가지 않을 수가 없었다.

어느 날, 대무신왕은 호동왕자를 조용히 불러 꾸짖었다.

"호동아! 네가 대체 왕비에게 무슨 짓을 한 것이냐? 사람이 사람다워지려면 결단코 해괴한 짓을 저질러서는 아니 되느니라. 부디 지금이라도 늦지 않으니 자중자애하거라."

이 말을 들은 호동왕자는 억장이 무너졌다. 아무런 잘못이 없는 사람에게 죄를 뒤집어씌우려 한 원비가 악귀처럼 여겨졌다.

'이 무슨 어이없는 일이란 말인가?'

호동왕자는 왕 앞에 불려가 질타받은 뒤 눈에 띄게 말수가 줄었다. 밥도 먹는 둥 마는 둥 하고 두루와 무륵, 양소와 더불어 말타기와 무예 겨루기도 하지 않았다. 대궐의 여러 사람에게서 주워들은 말로 대강의 사정을 눈치챈 두루만이 호동왕자가 처한 곤경의 원인을 알고 있었다.

"왕자님! 왜 폐하께 진실을 고하지 않습니까? 왜 황당한 음모의 피해자가 되어 식음을 전폐하다시피 하십니까?"

야심한 밤, 두루가 찾아와 호동왕자에게 간절한 어조로 설득했다. 하지만, 호동왕자는 묵묵부답이었다.

"왜 말씀하지 않습니까? 왕자님은 저와 무륵, 양소의 희망이었고 든든한 벗이었습니다. 생사의 갈림길에서 늘 함께하지 않았습니까? 그런데, 왜 홀로 멍에를 지고 수렁 속으로 빠져들려 하십니까?"

두루는 급기야 눈물을 뚝뚝 흘리며 간청했다. 한참 말없이 듣고만 있던 호동왕자가 이윽고 입을 열었다.

"두루야, 내가 진실을 말하면 어찌 되겠느냐? 아바마마는 사랑하는 이의 죄를 물어야 한다. 자신이 낳은 왕자가 태자 책봉을 받게 하기 위해, 배다른 왕자인 나를 음해(陰害)했다는 죄명(罪名)으로 말이다. 그러면 지아비와 지어미의 관계는 모질게 끊어지지 않겠느냐? 아바마마가 왕비를 폐하는 무서운 왕이 되실지도 모른다. 그분은 나의 생모가 아니라 해도 사사롭게는 큰어머니시니라. 지엄한 궁중에서 나는 그분을 어마마마로 모시는 게 당연한 법도이다. 그리하거늘, 내 어찌 진실을 아뢰겠느냐? 진실을 아뢰어, 평화롭던 궁궐을 어지럽게 만들고 부부간을 끊게 만들며, 어버이와 아들 사이를 갈가리 찢어 놓겠는가 말이다!"

호동왕자의 마지막 말은 울음에 가까웠다. 감정에 북받쳐 발음이 뭉개지며 울먹임으로 변했다. 두루는 눈물 젖은 호동왕자의 눈을 차마 쳐다보기가 어려웠다. 그날은 그렇게 물러 나왔다.

호동왕자는 이제 예전의 명랑하고 씩씩한 모습이라고는 찾아볼 수가 없었다. 누구보다도 담력이 세고, 누구보다도 용감했던 고구려 사나이의 기백은 자취를 감추어 버렸다. 활을 쏘면 백발백중이요, 말을 타면 바람보다 빠르게 앞으로 내달리던 늠름함도 다시 보기 어려웠다. 그가 유일하게 손으로 쓰다듬으며 귀하게 여기는 것은 낙랑공주가 타던 공후뿐이었다.

그 사이에도 원비는 대무신왕의 귀에 호동왕자에 대한 험담을 계속 퍼부어댔다. 하소연을 하는 것인지 악담을 하는 것인지, 입만 열면 호동왕자가 담을 넘어와 자신의 옷을 벗기려 했다는 둥, 강제로 입을 맞추며 능욕하려 했다는 둥 온갖 추문을 만들어 내기에 바빴다. 이렇게 되고 보니, 제

아무리 호동왕자를 감싸고 도는 대무신왕이라 해도 배겨낼 도리가 없었다. 한번 의심하기 시작하자 의심이 또 다른 의심을 낳고, 의심을 진심으로 믿는 지경에 이르렀다.

"호동을 불러와라!"

마침내, 머리끝까지 화가 난 대무신왕이 신하들에게 소리쳤다. 영문을 모르고 끌려온 호동에게 대무신왕이 대뜸 호통을 쳤다.

"네가 아직도 정신을 못 차렸단 말이냐? 이제 꼴 보기도 싫다! 어서 내 눈앞에서 사라져라!"

호동왕자는 핏기 없는 얼굴로 대전을 빠져나왔다. 대소 신료들이 자신을 보며 손가락질하는 것만 같았다. 궁녀들도 남몰래 속삭이며 자신의 험담을 하는 것처럼 여겨졌다. 하늘을 이고 사는 게 두려웠다. 진실을 알리는 게 무서웠다. 그렇다고 이대로 가만히 있자니, 그것은 더욱 고통스러운 일이었다.

자신의 방에 돌아온 호동왕자는 조우관을 썼다. 사냥복으로 갈아입은 그는 활 대신 공후를 등에 메었다.

'올 때가 있었으니, 갈 때가 있는 법. 모든 것은 내가 지고 가자.'

그는 혼잣말로 중얼거리더니, 말을 타고 들판을 달리기 시작했다. 이때, 멀리서 익숙한 말을 발견한 두루가 무륵, 양소에게 손짓했다.

"왕자님이 탄 말이 틀림없어. 저건 왕자님이 아끼는 비룡이야! 방에만 틀어박혀 있던 왕자님이 모처럼 밖에 나오셨으니, 우리도 얼른 따라가 보자!"

두루와 무륵과 양소가 제각기 말을 타고 호동왕자를 뒤쫓기 시작했다. 우뚝 솟은 미루나무 아래에서 비룡이 멈추었다.

"낙랑공주! 그대는 나에게 두견차를 주었지. 이제 그 향기로운 차를 마시러 당신께 가오. 이 공후도 그대의 것이니, 내 목숨과 더불어 공후도 거두어 주오."

말에서 내린 호동왕자가 눈앞에 누군가가 있는 것처럼 다정하게 말했다. 말을 마친 그는 품에서 비수를 꺼낸 다음 자기 가슴을 찔렀다. 붉은 피가 솟구쳐 나왔다.

　"안 돼요, 왕자님!"

　미루나무까지 달려온 두루가 말에서 고꾸라지듯 내려 호동왕자를 껴안았다. 호동왕자의 피가 두루의 옷섶을 적셨다. 뒤늦게 달려온 무륵, 양소가 그 앞에서 무릎을 꿇었다. 세 부하의 오열을 거두어들이듯이, 서편 하늘로 떨어지는 낙조가 대지를 붉게 물들였다.

3. 김종성 l 허황옥 – 가야를 찾아서

가락국(駕洛國)이라는 작은 나라가 동아시아사에 처음 나타나는 것은 서기 42년이다. 『삼국사기』 「열전」에 가락국은 가야(加耶)·금관국·남가야라는 이름으로 나타난다. 〈김유신은 왕경인(王京人)이다. 그의 12세 할아버지는 김수로(金首露)인데, 어디 사람인지 알지 못한다. 김수로는 후한(後漢) 건무(建武) 18년 임인(서기 42년) 구봉(龜峯)에 올라 가락 9촌을 살펴보고 마침내 그곳에 가서 나라를 열고 이름을 가야라고 했다. 뒤에 나라 이름을 금관국으로 고쳤다. 그 자손들이 대대로 이어져 수로의 9세손인 구해에 이르렀는데, 그는 혹은 구차휴라고도 하며 김유신에게 증조할아버지가 된다. 신라인들은 스스로 소호금천씨(少昊金天氏)의 후예이므로 성을 김씨로 한다고 하였다. 「유신비」(庾信碑)에도 역시 "헌원(軒轅)의 후예요, 소호(少昊)의 자손이다"라고 했으니, 곧 남가야의 시조 수로(首露)와 신라의 왕실은 성씨가 같은 셈이다.〉 가야의 건국 시조와 구체적인 건국 연도 등을 기록하고 있다. 가락국의 후예인 김유신 가문이 신라의 중대(中代) 왕실과 더불어 동일한 소호금천씨 출자(出自) 관념을 가지고 있었음을 보여준다. 그리고 『삼국사기』 「신라본기」에 다음과 같이 기록되어 있다. 〈금관국주 김구해가 왕비 및 세 아들인 맏아들 노종, 둘째 아들 무덕, 막내아들 무력과 함께 자기 나라의 보물과 재물을 가지고 와서 항복했다. 법흥왕은 이들을 예로 대접하여 상등의 관위를 주고 본래 그들의 나라를 식읍(食邑)으로 삼게 하였다. 그 아들 무력은 벼슬이 각간(角干)에까지 이르렀다.〉 가락국이 멸망한 것이 서기 532년이라고 기록하고 있다. 가락국은 동아시아사에 무려 4백 90년 동안이나 실재(實在)했다.

김해시의 구산동 지석묘(支石墓)는 길이 10미터, 너비 4.5미터, 높이 3.5미터, 무게 350~400톤 규모로 주위에 길이 85미터 이상, 너비 19미터의 깬 돌(割石)을 깐 기단묘(基壇墓)이다. 매장 주체부에서 구덩이를 파고 시신을 안치한 목관을 묻은 무덤인 구덩무덤(土壙木棺墓) 1기와 한반도에서는 서기전 2~1세기에 통용했던 옹형토기(甕形土器) 1점, 두형토기(豆形土器) 1점이 출토되기도 했다. 출토된 유물에 비춰 제작 시기는 서기전 2~1세기로 추정된다. 따라서 구산동 지석묘가 조성된 시기는 서기전 2~1세기 무렵이 될 수밖에 없다. 거대한 지석묘를 만들기 위해서는 막대한 인력과 전문적인 기술이 필요하며 이러한 인력의 동원은 잉여생산물의 축적과 정치적 지도력이 존재할 때 가능한 것이기 때문이다.

구산동에서 거대한 지석묘가 축조될 때 창원시 다호리에 소재한 다호리 고분에서는 널무덤이 축조되고 있었다. 해발 4백 33미터의 구룡산 북서쪽으로 뻗어 내린 해발 20미터 정도의 구릉 일대와 평지에 유구(遺構)가 분포 되어 있는 다호리 고분은 선사시대에서 역사시대로 바뀌어가는 과정을 알려주는 유적으로 한국식동검 문화의 전통을 지닌 정치 세력의 집단 묘역으로 파악되고 있다.

다호리 고분의 70여 기 덧널무덤 가운데 주목을 받은 분묘는 쇠검(鐵劍)·쇠투겁창(鐵矛)·꺾창(鐵戈)·쇠망치(鐵鎚)·원통 모양 철기화살통·붓 5자루·삭도(削刀)·부채 자루 등 많은 껴묻거리(副葬品)가 묻혀 있던 1호 묘였다. 1호 묘 바닥에 설치된 요갱(腰坑)의 대바구니 안에서 출토된 한식(漢式) 청동거울인 성운경(星雲鏡), 한(漢)나라 무제(武帝) 원수(元狩) 4년(서기전 119년)에 처음으로 주조한 화폐인 오수전(五銖錢), 말 또는 호랑이 모양의 띠고리로 허리에 차도록 되어 있는 장신구인 청동대구(靑銅帶鉤) 등을 통해 한나라 또는 낙랑과의 교류가 있었다는 것을 알 수 있다. 특히 다호리 고분 1호 묘에서 출토된 붓 5자루와 삭도는 가락국의 한자 전래와 관련하여 주목되는 유물이다. 나무를 깎아 만들고, 그 위에 흑칠한 붓은 중국에서 발굴되어 나온 유물들이 대나무로 만든 것이면서 한쪽에만 필모(筆毛)가 붙어 있는 것과는 다르게 필모가 두 끝(兩端)에 붙어 있다. 5자루의 붓과 함께 목간(木簡)에 잘못 쓴 글씨를 깎아내는 데 사용한 쇠칼인 삭도, 천칭(天秤)에 물건을 올려놓고 무게를 달 때 사용하는 저울추인 겁마(砝碼) 등이 함께 묻혀 있었던 것으로 보아, 교역할 때 증빙 문서를 작성하면서 필기 용구로 사용한 것으로 추정된다. 5자루의 붓과 삭도는 한자가 서기전 100년 전쯤 삼한시대에 한반도 남부에 전래하였고, 가야 문화권에서 이른 시기에 지배층을 중심으로 문자 생활을 하였으며, 문서 기록을 통한 교역과 같은 경제 활동이 이루어졌다는 것을 알 수 있는 고고학적 물증이다. 구산동 지석묘와 다호리 통나무 목관묘가 축조된 시기는 곧바로 서기 42년 김수로가 가락국을 건국한 시점과 거의 맞물린다는 점에서 가야사에서 매우 중요한 시기이다.

한편 1세기 전반 무렵에 조성된 것으로 추정되는 김해시 신문동 1호 널무덤에서는 서기전 1세기 후반경 전한(前漢)대에 만들어진 한식청동거울(漢鏡)의 하나인 일광경(日光鏡)과 수정팔찌·쇠검·주머니호·점토대토기(粘土帶土器) 등이 출토됐다. 특히 문자가 도드라지게 새겨진 일광경에 "햇빛이 나타나면 천하가 크게 밝아진다"는 의미의 '견일지광천하대명(見日之光天下大明)'이 새겨져 있어 주목을 끌었다. 3세기에 조성된 것으로 추정되는 김해 양동리 332호 덧널무덤에서 출토된 문자가 양각(陽角)된 청동세발솥(銅鼎)의 입술 부분에는 "서ㅇ궁정용일두병중십칠근칠량칠(西ㅇ宮鼎容一斗幷重十七斤七兩七)"이라는 글자가 적혀 있다. "서ㅇ궁에서 사용하는 솥으로 용량은 1말이며, 무게는 17근 7량 7돈"으로 풀이된다. 제작 시기는 1세기로 추정된다. 김해시 양동리에서 출토된 것으로 전해지는 방격규구사신거울(方格規矩四神鏡)은 왕망(王莽)이 신(新)나라를 세운 이후인 후한(後漢) 전기의 전형적인 양식을 갖고 있는 거울로 꼭지 주위에 12자의 글이 새겨져 있고, 무늬의 가장자리에도 글이 새겨져 있다. 글의 내용은 신선(神仙) 세계에 대한 동경을 담고 있다. 비록 이것들이 모두 중국 계통 유물이고, 그 유물에 새겨진 문자의 내용이 가락국과 직접적인 관계가 있는 것은 아니지만 가락국의 유적 발굴 조사를 통하여 거의 기대하기 어려운 명문(銘文)을 확인했다는 점에서 의의가 있다. 이들을 통해 가락국 사람들이 이른 시기부터 한자를 인식하고 있었거나 한자를 사용하고 있었다는 것을 추정할 수 있다.

수로왕(首露王) 2년 계묘(43년) 봄 정월이었다.

"짐이 도성(都城)을 정하여 설치하려고 한다."

수로왕이 좌중에 둘러선 9간들을 향해 말했다.

이내 수레를 타고 임시 궁궐의 남쪽 신답평(新畓坪)으로 갔다. '신답평'은 옛날부터 묵은 밭인데 새로 경작했기 때문에 이렇게 불렀다.

"이곳은 땅이 마치 여뀌잎과 같이 공간이 좁고 작지만, 지세가 빼어나기 그지없다. 16나한(羅漢)이 살 만한 곳이다. 더구나 1로부터 3을 이루고, 3에서 7을 이루는 원리가 있는지라 일곱 분의 성인(聖人)이 머물 만한 곳으로 여기가 가장 알맞다. 이 땅을 개척해서 강토를 정하면 나중은 참으로 좋은 곳이 될 것이다."

사방의 산악을 응시하는 수로왕의 두 눈이 예사롭지 않았다. "1로부터 3을 이루고, 3에서 7을 이루는 원리가 있는지라"는 말은 음양오행설에서 숫자 1을 상징하는 물(水)로부터 3을 상징하는 나무(木)가 나오고, 그 나무에서 숫자 7을 상징하는 불(火)이 생긴다는 뜻이다.

나라 안의 장정·인부·기술자들을 두루 징발하여 신답평으로 모이게 하여 1천 5백 보 둘레에 나무 기둥을 세우고, 다듬은 돌을 계단식으로 쌓아 올린 다음 흙을 켜로 다져가며 쌓아 올렸다. 봄 3월 10일에 이르러 나성(羅城)의 축조를 마쳤다. 그리고 나서 터를 마련해 두었던 궁궐·관사·무기고·곡식 창고는 농사일이 바쁘지 않은 때를 기다려 그해 겨울 10월부터 비로소 공사를 시작했다. 그 이듬해인 서기 44년 봄 2월에 건축물의 공사를 다 끝냈다. 수로왕은 좋은 날을 택하여 왕이 정사를 보는 궁궐을 가락전(駕洛殿)이라 이름 붙였다. 그곳에서 수로왕은 여러 가지 정사를 처리하고 일반 사무도 힘껏 보살폈다.

철기(鐵器)라는 선진 문물을 가지고 북방에서 내려온 수로집단(首露集團)이 김해 지역에 출현하여 가락국을 건국하기 이전에 김해 지역에는 작은 분지를 꿰뚫고 흐르는 해반천(海畔川) 주변 등지에서 지석묘를 만든 구간사회(九干社會) 사람들이 가락 9촌을 형성하여 살아가고 있었다. 그곳에 생활 공동체를 통솔하고 대표하던 우두머리들인 9간이 존재하였다. 김해 지역에 흩어져 있던 작은 단위 세력 집단들인 가락 9촌의 우두머리들인 9간이 다스리는 구간사회를 '읍락 사회(邑落社會)'라는 개념으로 이해할 수 있다. 서기전 2세기 무렵 김해 지역에 청동제 검·철제도끼(鐵斧)·검은 목긴항아리(黑陶長頸壺) 등을 껴묻은 서북한 지역 계통의 독무덤과 구덩이를 파고 시신을 안치한 목관을 묻은 무덤인 덧널무덤(土壙木棺墓)이 나타났다. 기원전후에 조성된 김해시 양동리고분에서는 중국 한나라 계통의 청동거울(銅鏡), 왜(倭) 계통의 청동제 창인 동모(銅鉾) 등, 외국과의 교류를 유추할 수 있는 고고자료들이 출토되었고, 대형 철검(鐵劍), 대형 철모(鐵鉾) 등이 무기류와 당시 화폐로도 사용된 납작도끼(板狀鐵斧)가 출토되었다. 이 무렵 널무덤인 다호리 1호 묘, 봉황대회현동패총 등에서 철기문화 유적이 나타나기 시작하는 사실을 감안하면 수로(首露)가 구간사회를 통합하여 서기 42년에 가락국을 건국했다고 볼 수 있다. 구간사회가 가락국의 건국이라는 전환점을 맞게 된 것이다. 9간보다 늦은 시기에 정착한 이주민 성격의 세력 집단으로 볼 수 있는 수로집단으로 표상되는 가락국 지배 계층의 관념이나 세계관 등이 한반도 북부의 고조선 주민들과 크게 다르지 않았다. 위만조선이 멸망할 때, 고조선 유민들이 남하하여 한반도 남부에 정착하면서 진한(辰韓)과 변한(弁韓) 지역에 정치적 변동이 일어났다. 그 결과 진한 지역에는 사로국(斯盧國)이 건국하게 되었고, 변한 지역에는 가락국이 건국하게 되었다. 초기 가락국 지배 계층은 고조선 유민들로 이루어졌다는 것을 유추할 수 있다.

서기 45년 어느 날이었다. 봉황성(鳳凰城) 모래언덕 인근의 부두에 낮선 병선(兵船) 한 척이 와 닿았다. 수로왕이 가락국을 다스린 지 3년째가 되는 해의 일이었다. 탈해(脫解)는 병선에서 내려 도로를 따라 걸어갔다. 도로는 부두에서 똑바로 뻗어 봉황성과 만나고 있었다.

돈대 위의 쇠부리터에서 연기가 가느다랗게 피어올랐다.

어절시구 불매야 저절시구 불매야
한마음 한 몸 불어주소 쿵덕쿵덕 디뎌주소
어절시구 불매야 저절시구 불매야

불매노래가 바닷바람에 실려 퍼져나갔다. 숯쟁이들이 바소쿠리에 한짐씩 지고 온 목탄을 토둑에 쏟아부었다. 수건을 이마에 질끈 동여맨 불매꾼들이 거친 숨을 몰아쉬며 연방 풀무를 밟아 바람을 냈다. 토둑 위로 시커먼 연기가 솟아올랐다.

"쇠 넣어라."

골편수의 카랑카랑한 목소리가 돈대를 울렸다.

잘 달아오른 화덕처럼 이글거리고 있는 토둑 안에 쇠쟁이가 바소쿠리에 한짐씩 지고 온 철광석을 쏟아부었다. 토둑에서 시뻘건 불길이 치솟아올랐다. 키가 작달막한 쇠쟁이가 열기를 피해 주춤거리며 뒤로 물러섰다. 스스로를 안차고 다부지다고 자부하는 탈해가 흘깃흘깃 쇠부리터를 쳐다보며 돈대를 지나 봉황성으로 향해 갔다. 완하국(琓夏國) 병사들이 그 뒤를 따랐다.

"돈대에 있는 쇠부리터가 예사롭지 않습니다. 토둑 옆에 쌓여 있는 게 토철이 아니라 철광석인 것 같았습니다."

광대뼈가 도드라진 병사가 근심어린 눈으로 쇠부리터를 뒤돌아보며 말했다.

"음, 물금(勿禁) 철광산에서 가져온 게 틀림없어."

탈해가 신음하듯이 말했다. 그는 햇볕에 그을린 얼굴에다 떡 벌어진 어깨를 가지고 있었다.

탈해 일행이 곧 성문 앞에 도착했다. 물고기 두 마리가 서로 마주보는 문양이 새겨져 있는 성문에 탈해의 시선이 꽂혔다.

"성문을 좀 열어주시오."

탈해가 고개를 앞으로 내밀며 말했다.

"어디서 왔소?"

성벽 위에서 창을 든 병사가 내려다보며 소리쳤다.

"완하국에서 왔소이다."

부리부리한 눈의 병사가 말했다.

"완하국에서 무슨 일로 왔소?"

창을 든 병사의 말끝이 암팡졌다.

"수로왕을 만나 뵙고자 왔소이다."

탈해가 말했다. 말소리의 끝이 뾰족하게 날이 서 있었다.

"기다려 보시오."

성벽 위에서 창을 든 병사가 사라졌다. 얼마 후 파수대장이 방패와 창을 든 병사들과 함께 성문을 열고 밖으로 나와 탈해 일행을 맞았다.

"따라오시오."

탈해는 옹골차고 든직한 파수대장을 따라 가락전으로 갔다.

"무슨 일 때문에 나를 만나러 왔는가?"

꼿꼿한 자세로 어좌(御座)에 앉아 탈해를 내려다보며 수로왕이 드레지게 말했다.

"크흠, 왕의 자리를 빼앗으러 왔소."

탈해가 목가다듬을 한 번 하고 말했다.

"……."

탈해를 내려다보는 수로왕이 이맛전을 으등그렸다.

"왕의 자리를 빼앗으러 왔다는데 왜 답변이 없소?"

탈해는 끓어오르는 화가 목울대까지 차올랐다. 화를 가까스로 눌러 참았다. 눈어염의 힘살이 미세하게 떨렸다.

"…어째서 왕의 자리를 빼앗으려 하는 건가?"

수로왕의 눈씨가 서릿발 같았다.

"물금 철광산이 탐이 나기 때문이요."

탈해가 말을 끝내고 손가락으로 관자놀이를 눌렀다.

"하늘이 나에게 명해서 왕위에 오르게 하여 장차 나라를 안정시키고 백성들을 편안하게 하도록 하였으니 감히 하늘의 명을 어기고 왕위를 그대에게 넘겨줄 수 있겠는가? 또한 나의 나라와 백성을 그대에게 맡길 수 없다."

탈해를 가납사니로 여긴 수로왕이 치밀어 오르는 속을 꾹 누르며 말했다. 이 말을 통해 수로왕이 왕위에 올랐을 무렵부터 도덕성과 역사의식의 근거인 유학의 천명사상(天命思想)이 가락국에 들어와 있었음을 알 수 있다. 황산하(黃山河)와 창해(滄海, 남해)가 만나는 지점에 위치했던 가락국은 일찍부터 낙랑이나 한(漢)나라와 교역을 했다는 사실이 양동리고분과 대성동고분에서 출토된 유물을 통해 살펴볼 수 있다. 이러한 중국 계열 유물이 가락국의 옛 땅에서 발견되는 점을 미루어 보아 낙랑과 교역을 할 때 문물뿐만 아니라 유학도 함께 들어왔을 것이라는 것을 추정할 수 있다.

"그러면 항해술로 겨루어 승부를 결정합시다."

탈해가 흰 이를 내밀어 말했다.

"그렇게 하든지요."

탈해의 말을 귀 넘어 듣던 수로왕이 남의 이야기하듯이 대꾸했다. 그의 얼굴에 범접할 수 없는 기운이 감돌았다.

탈해가 궁궐 밖으로 나갔다. 성문 앞에서 기다리고 있던 병사들이 창을 들고 천천히 걸음을 뗐다. 바다 위에 떠 있는 병선들의 돛대에 매달린 붉은 돛이 바닷바람에 펄럭였다. 쌍어문(雙魚紋)이 새겨진 붉은 깃발을 펄럭이며 병거(兵車)가 왕궁 쪽으로 다가오고 있었다. 칼과 창으로 무장한 가락국 군사들이 말을 타고 그 뒤를 따랐다. 행렬이 자못 길고 기세가 위엄이 있고 씩씩했다.

"수로왕과 왕위를 다툰다는 일은 참으로 난망한 일이야. 우렁잇속 같은 수로왕의 마음속을 도무지 알 수가 있어야지. 가락국에서 머뭇거리다가는 목숨을 부지하기 어렵겠군."

오른손으로 목울대를 쓰다듬는 탈해의 목소리는 단단한 몸에서 나오는 역정답지 않게 조금 쉰 듯하고 거친 느낌이 있었다.

"붉은 깃발을 펄럭이며 왕궁으로 가는 병거가 예사롭지 않았습니다."

광대뼈가 도드라진 병사가 창을 고쳐잡으며 말했다.

탈해는 물길 옆 돈대로 가지 않고 부두로 갔다. 그곳에는 완화국의 수군(水軍)들이 타고 온 병선 한 척이 정박해 있었다. 탈해는 중국 배가 다니는 물길을 따라 떠나려 했다. 망산도 인근 해역에 완화국 수군의 병선 수십 척이 닻을 내리고 있다는 보고를 들은 수로왕은 탈해가 창해 연안에 머물러 있으면서 반란을 꾀할까 염려했다. 9간들에게 명령해 사병(私兵)들을 출동시키도록 했다. 9간들이 이끄는 사병들이 돈대를 향해 갔다.

"완화국 군사들이 탄 병선이 떠나려 하고 있습니다."

유천간의 부장(副將)이 숨을 몰아쉬며 아뢰었다.

"급히 수군을 출동시켜 그 뒤를 추격하라."

유천간이 가락검을 치켜들었다. 칼자루에 조각된 물고기들의 지느러미가 햇빛을 받아 반짝, 빛을 발했다.

구간들이 이끄는 사병들이 탈해가 탄 병선을 향해 화살을 집중적으로 쏘아댔다. 탈해가 탄 병선이 달아나기 시작했다. 쌍어문이 새겨진 붉은 깃발을 단 가락국 병선 5백 척이 바닷물로 뒤덮여 있는 해만(海灣)을 빠져나가는 완화국 병선을 뒤쫓았다. 탈해가 이끄는 완하국 수군은 바닷길을 따라 사로국의 경계로 들어갔다. 가락국 병선이 부두로 모두 돌아왔다. 탈해가 탄 병선은 사로국 동쪽 하서지촌 아진포 앞바다에 가 닿았다.

2

동아시아의 사서(史書)에 구야국(狗倻國)·구야한국(狗耶韓國)·가락국·가야국(加耶國)·대가락·대가야·금관국·임나·임나가라·수나라·금관가야·남가라 등의 이름으로 기록되어 있는 '가야(加耶)'라는 말의 기원에 대해서는 여러 가지 설이 충돌하고 있다. 가야 여러 나라가 낙동강 유역에 자리잡고 있었으므로 '가람', 또는 '갈래'의 뜻을 갖고 있다고 보는 설, 바닷가에 위치했다는 의미의 '갓나라(邊國)'에서 왔다는 설, '가나(駕那)'에서 온 것으로 보고, 가야 사람들이 쓰는 뾰족한 고깔에 그 기원을 두고 있다는 설, 한국어의 '겨레', '갈래'가 음운변화로 가야가 됐다는 설, '신국(神國)', '큰나라'의 뜻을 갖고 있는 '간나라'가 변했다는 설, 개간한 평야를 뜻하는 '가라(Kala)'에서 왔다는 설, 성읍(城邑)이란 의미의 '구루(溝婁)'에서 왔다는 설, 가락과 가야는 모두 '물고기'라는 뜻의 고대 남인도 드라비다 계통의 말로 '가락'은 구(舊) 드라비다어로 '물고기'를 뜻하는 것이고, '가야'는 신(新) 드라비다어로 '물고기'라고 보는 설 등이 있다. 이 가운데 가락과 가야라는 말의 기원이 물고기라는 것은 쌍어(雙魚)가 드라비다 문화권에 속하는 판디아 왕국의 상징이었다는 점에서 주목된다. 두 마리의 물고기는 한 쌍의 물고기라는 뜻의 쌍어, 또는 신성한 물고기라는 뜻의 신어(神魚) 등으로 표현하고 있다. 메소포타미아 문명을 이룩한 수메르인들은 점토판에 쌍어를 새겨 놓았고, 서기전 1천 2백 년경 북부 메소포타미아에 정착한 아시리아인들이 아시리아 문화를 꽃피우기 시작할 때 쌍어를 만물을 보호하는 신으로 숭배했다. 두 마리 물고기를 숭배하는 쌍어 신앙은 서기전 1894년에 건국한 바빌로니아 시대에도 계속되어 왕권의 상징처럼 쌍어문이 유행했다. 함무라비가 엘람·아시리아·마리·라르사를 정복하고 메소포타미아 지역을 석권하자, 바빌로니아는 강력한 제국으로 떠올랐다. 바빌로니아의 지배를 받던 민족들의 이동으로 쌍어 신앙이 서쪽으로는 지중해로, 동쪽으로는 페르시아로 퍼져나가게 되었다. 서기전 8세기부터 서기전 3세기 사이에 유럽 남동쪽 끝에 있는 거대한 내해(內海)인 흑해(黑海)를 근거지로 일어난 기마민족(騎馬民族)인 스키타이인들은 서기전 5세기부터 3세기 사이에 번영했다. 그들은 물고기 한 쌍을 그린 부적을 말의 이마에 달고 다녔고, 물고기 한 쌍의 무늬를 말안장에 장식해 다녔다. 그들을 통해 쌍어 신앙은 중앙아시아와 알타이 산악지대의 유목민들에게 퍼졌다. 서기전 3세기부터 서기 3세기 사이에 쌍어 신앙은 남인도에 존속했던 판디아 왕국과 북인도에 존속했던 아유타국(阿踰陀國)에 퍼져나갔다. 기원 전후에 발흥한 쿠샨 세력의 침입으로 아유타국이 크게 흔들렸다.

가락국 권역이었던 낙동강 하류 지역에 신어산(神魚山)·만어산(萬魚山)·어곡산(魚谷山) 등 물고기 '어(魚)'자가 들어간 산이 많은 것은 물고기 숭배 신앙과 무관하지 않다고 볼 수 있다.

서기 48년 가을 7월 27일, 9간들이 조회(朝會)할 때였다.

"대왕께서 아직 좋은 배필을 만나지 못하고 있습니다. 나라 안의 규수 가운데서 가장 좋은 사람을 궁중에 뽑아 들여 배필로 삼도록 하옵소서."

9간들이 수로왕에게 아뢰었다.

"음……."

수로왕은 눈을 지그시 감고 고개를 주억거렸다.

"오천간의 맏딸이 현숙합니다."

키가 크고 고비늙은 아도간이 머리를 조아렸다. 그의 수염이 가늘게 떨렸다.

"그렇사옵니다. 오천간의 맏딸을 배필로 삼도록 하옵소서."

몸피듬이 강파르고 야무져 보이는 피도간이 말을 끝내고 오천간의 멀끔한 얼굴을 흘낏 바라보았다.

"그 일은 그대들이 그리 걱정하지 않아도 될 일이오."

표정 없는 얼굴로 앉아 듣던 수로왕이 9간들을 바라보며 낮은 목소리로 말했다.

"……?"

9간들은 모두 놀라 수로왕을 바라보았다.

"내가 이곳에 내려온 것은 하늘의 명이오. 나를 짝하여 배필이 있게 됨도 또한 하늘의 명일 것이오. 그대들은 염려하지 마오."

수로왕이 힘주어 말했다.

"황공하옵니다."

9간들은 모두 머리를 조아렸다.

"지금 작은 배와 좋은 말을 준비해서 이 길로 망산도에서 기다리도록 하시오."

수로왕은 유천간에게 분부를 내렸다.

반듯한 콧날이 도드라져 보이는 유천간은 고개를 갸우뚱거리며 수로왕의 명령에 따라 작은 배와 좋은 말을 준비해 망산도로 갔다.

"신귀관, 그대는 승점(乘岾)에 가서 유천간이 기다리고 있는 망산도에서 어떠한 일이 생기거든 그 일을 잘 살펴뒀다가 지체 말고 내게 알려 주시오."

수로왕은 신귀간에게도 명했다.

눈언저리에 주름살이 가느다랗게 잡혀 있는 신귀간이 고개를 갸우뚱거리며 수로왕의 분부대로 승점으로 갔다.

문득, 바다의 서남쪽 모퉁이에서 용의 형상을 한 용선(龍船)이 두 개의 붉은 빛깔의 돛을 달고 북쪽으로 향하여 미끄러져 왔다. 망산도에서 기다리고 있던 유천간은 먼저 횃불을 올렸다. 용선은 재빨리 육지 쪽으로 달려왔다. 높은 돛대에는 물고기 두 마리가 서로 마주 보는 문양이 새겨진 주황빛 깃발이 펄럭이고 있었다. 용선이 땅 가까이 뱃머리를 대자마자, 용선 안에 타고 있던 사람들이 다투듯이 땅에 뛰어 내렸다. 긴 항해로 인한 탓인지 그들의 얼굴은 피로의 빛이 역력했다. 그러나 그들은 매우 신중하고 정중한 태도를 잃지 않고 있었다. 이 광경을 바라보고 있던 신귀간은 대궐로 향했다.

"상감마마, 상감마마의 분부를 받들어 유천간은 망산도에서 신은 승점에서 기다리고 있는데 드디어 주황빛 깃발을 단 배가 도착하였사옵니다. 배는 범상한 모습이 아니었으며 배 안의 사람들도 정중한 태도를 지니고 있었사옵니다."

유천간이 아뢰었다.

"매우 기쁜 일이오. 바로 하늘이 내게 아름다운 배필을 보내신 것이오. 그들을 맞이해 오시오."

수로왕이 담담한 목소리로 9간들에게 말했다.

9간 등은 곧바로 목련으로 만든 키를 바로잡고, 좋은 계수나무로 만든 아름다운 노를 저어 허황옥(許黃玉) 일행을 맞이하러 갔다.

"오시느라고 고생 많으셨습니다. 저희들을 따라 대궐로 가십시다."

유천간 등이 말했다.

"나는 그대들을 평소에 알지도 못하는데, 어찌 경솔하게 따라갈 수 있겠느냐?"

용선에서 내린 허황옥이 가슬가슬한 입술을 혀끝으로 축여 말했다.

유천간 등은 머리를 긁적이며 돌아가 수로왕에게 허황옥의 말을 전달했다. 수로왕도 그 말이 옳다고 여겨 유사(有司)를 거느리고 행차하여 대궐 아래로부터 서남쪽으로 60보쯤 되는 곳의 산기슭에 장막을 치고 임시 행궁(行宮)으로 삼았다. 수로왕은 오른발로 바닥을 툭툭 치며 허황옥을 기다렸다.

얼굴빛이 거무스름한 허황옥은 산 바깥 별포(別浦) 나루터 입구에 용선을 대고 뭍에 올라와 높은 언덕바지에서 쉬고 있었다. 거기서 그녀는 입고 있던 비단 바지를 벗어 산신령에게 폐백으로 드렸다.

허황옥을 모시고 온 잉신(媵臣)은 두 사람이었다. 그들은 천부경(泉府卿) 신보(申輔)와 종정감(宗正監) 조광(趙匡)이었고, 그들의 아내는 모정(慕貞)과 모량(慕良)이었다. 노비들도 20여 명 따라왔다.

허황옥이 행궁 쪽으로 성큼성큼 걸음을 내디뎠다. 그녀가 행궁 가까이 오자, 수로왕이 나가서 맞이하였다. 그리고 두 사람이 함께 행궁 안으로 들어갔다. 그녀를 직접 모셔온 잉신과 그 아랫사람들은 섬돌 아래로 내려가 늘어서서 수로왕을 뵙고 곧 물러났다.

"공주를 직접 모셔온 두 잉신 부부에게는 각각 다른 방을 하나씩 주어 편안히 쉬게 하고 노비들은 한 방에 대여섯 사람씩 들게 하라. 그리고 난초로 만든 음료수와 혜초(蕙草)로 빚은 술을 주고, 무늬 있는 요와 빛깔이 고운 이불을 주어 자게 하라. 그리고 가져온 의복이며 옷감들이며 보물들은 많은 군사들을 선발하여 지키게 하라."

수로왕이 유사에게 분부하였다.

수로왕과 허황옥은 함께 침전에 들었다.

"저는 아유타국의 공주입니다. 성은 허씨이고, 이름은 황옥입니다. 나이는 열여섯 살입니다. 저의 부모님들이 한나라에 살기 전에 조상대대로 살았던 곳은 신독(身毒, 인도)의 아유타국입니다. 마가다국·간다라국 등 열여섯 개 나라로 분열되어 있었던 신독을 마우리아 왕조가 통일하고 다시 숭가 왕조에 이르렀을 때 한나라 감숙(甘肅)과 청해(靑海) 일대에 살고 있던 흉노(匈奴)의 한 갈래였던 대월지(大月氏)와 관계가 있던 쿠샨의 군사들이 아유타국의 국경을 넘어 왕성(王城)을 침공해 왔습니다. 쿠샨의 지배를 받게 되자, 아유타국의 사제(司祭)들과 왕족들의 생명이 위태로워졌습니다. 아유타국의 북쪽은 하늘을 찌를 듯한 높은 설산(雪山)이 병풍처럼 둘러쳐져 있어 사람들이 넘어가기에는 어렵고, 설령 넘어갔다 해도 사막이 펼쳐져 있어 사람이 살기에 적당하지 않았습니다. 그럼에도 불구하고 쌓어 신앙으로 무장한 아유타국 백성들은 사제들을 따라 설산을 넘어 한나라의 운남(雲南), 사천(四川) 지방으로 떠나갔습니다."

허황옥이 웅숭깊은 목소리로 말했다.

중국 당나라 때 승려인 현장(玄奘)이 스승과 경전을 찾아 서역(西域)을 두루 돌아다니고 돌아오기까지의 보고들은 것을 기록한 기행문인 『대당서역기(大唐西域記)』에 의하면 아유타국은 먹을 것이 풍족하고, 풍속이 아름다우며 1백여 곳의 사원에 3천여 명의 승려가 있었다고 한다. 고려공산맥(高黎貢山脈)·노산산맥(怒山山脈)·운령산맥(雲嶺山脈) 같은 높은 산맥이 연속적으로 뻗어 있는 운남은 애뢰산맥(哀牢山脈)에 의해 산맥 서쪽의 협곡지대와 산맥 동쪽의 평원지대로 분리된다. 이들 산맥 사이의 깊은 계곡으로 이라와디강의 원류인 은마이카강·살원강·메콩강 등이 흐르고 있다. 사방이 매우 높은 고원으로 둘러싸여 있는 사천의 동부지역은 붉은 분지라고도 하는 광활한 함몰 지대인 사천 분지가 자리 잡고 있다. 주민들의 대부분은 외곽 구릉지대에서 쌀·밀·수수·보리·콩 등을 재배하며 살고 있었다.

"운남, 사천 지방이면 일 년 내내 눈에 뒤덮여 있는 설산을 넘어가야 하는데……."

수로왕이 나지막한 음성으로 말했다.

"저의 부모님을 비롯한 왕족들과 잉신들은 설산 쪽으로 가지 않고 사라유강에 용선을 띄웠습니다. 신독의 갠지스강 상류 있는 사라유강의 근원은 부처님이 수행한 티베트 수미산(須彌山)에서부터 남쪽으로 흘러 내려오는 카날리강으로 이어져 흐르는데 아요디아에 와서 사라유강으로 이름이 바뀌었습니다. 바닷바람이 돛대를 감싸고 돌면서 잉잉거렸습니다. 용선을 타고 바다를 건너 동쪽으로 가려 하였습니다. 바닷바람이 사납게 울부짖기 시작했습니다. 점점 높아지고 있던 파도가 고물을 뛰어넘었습니다. 뱃전에 기대어 맥을 놓고 바닷바람이 불어오는 쪽을 응시하고 있던 부왕(父王)의 몸이 비틀거리는 순간 산더미 같은 파도가 뱃전을 때렸습니다. 부왕의 온몸이 흠뻑 젖었습니다. 용총줄을 붙잡고 아랫배에 힘을 잔뜩 주고 있던 저는 부왕을 향해 발걸음을 뗐습니다. 다시 배가 심하게 출렁였습니다. 바닷바람이 크고 사나운 짐승처럼 으르렁거리는 소리가 났는가 싶더니 파도에 휩쓸린 부왕이 돛에 머리를 부딪혀 갑판에 세 번이나 뒹굴었습니다. 항해를 계속할 수 없었습니다. 되돌아가자고 황후가 침울한 목소리로 말했습니다. 갠지스강을 지나 사라유강으로 되돌아갔습니다. 서쪽을 향한 한 마리 물고기의 모양을 하고 있는 왕성이 보였습니다. 그 순간 저의 눈에서는 눈물이 왈칵 쏟아져 내렸습니다. 용선이 닻을 내리자, 황후는 이 파사석탑(婆娑石塔)이 공주를 안전하게 지켜줄 것이라 하시며, 파사석탑을 실으라고 명했습니다. 파사석탑을 용선에 싣고 나자, 부모님은 자신들은 아유타국에 남아 백성들을 보살피겠다며 어서 떠나라고 말했습니다. 용선은 파사석탑을 싣고 갠지스강을 빠져나와 벵골 바다로 들어섰습니다."

허황옥이 잠시 말을 멈추었다. 『삼국유사』「탑상」'금관성파사석탑' 조에 따르면 파사석탑은 서기 48년 허황옥이 고향인 아유타국을 떠나 가락국으로 올 때 바다의 풍파(風波)를 잠재우기 위해 싣고 온 것으로 전해진다. 원래는 인도의 스투파처럼 네모난 돌이 역삼각형 형태인 것으로 추정되는 파사석탑은 위에서부터 2~3번째 돌에 둥근 구멍이 뚫려 있는 석조불탑(石造佛塔)이다.

"용선은 바다로 나오자 동쪽으로 향했습니다. 부감도로국(夫甘都盧國, 미얀마), 심리국(諶離國, 타일랜드), 도원국(都元國, 말레이시아) 연안을 거쳐 해안선을 따라 북상하다가 일남(日南, 베트남)에 닻을 내렸습니다. 일남의 항구에는 신독 상인들이 모여 살고 있는 마을이 있었습니다. 그곳에서 물과 음식을 구해 용선에 싣고 해안선을 따라 북쪽으로 향했습니다."

허황옥이 말 한마디 한마디를 천천히 입 밖으로 밀어냈다. 교주(交州)에 속한 일남군(日南郡)은 옛 진(秦)나라의 상군(象郡)으로 5개의 현(縣)이 있다. 가구는 1만 5천 4백 60호(戶)였으며, 인구는 6만 9천 4백 85명이었다. 한나라 무제(武帝) 원정(元鼎) 6년(서기전 111년)에 설치하고, 이름을 고쳤다. 크고 작은 물줄기가 16개나 있고, 모두 아울러 합쳐져서 3천 1백 80리를 흘러간다.

"광동(廣東) 해안을 지날 때였습니다. 조금 순하게 불던 바람이 오후쯤에 점점 강하게 불어왔습니다. 뱃전의 시울이 수면에 기울어졌습니다. 바닷물이 뱃전의 시울을 타고넘어 배 안으로 쏟아져 들어왔습니다. 종정감이 불안한 표정을 지으며 저를 쳐다보고 있었습니다. 공주님, 용총줄을 꼭 잡으세요. 소리에 힘이 잔뜩 들어가 있었습니다. 걱정마세요. 꽉 쥐고 있습니다. 저는 크게 한번 숨을 들이쉬고는 큰 소리로 말했습니다. 배 안의 모든 사람들은 입을 꾹 다물고 수평선만 쳐다보고 있었습니다. 수평선 위로 구름이 내려앉고 있는 것만이 보일 뿐이었습니다. 배안은 깊은 적막에 잠겨 있었습니다. 시커먼 구름이 바람을 몰고 왔습니다. 해가 수평선 아래로 떨어지자, 하늘이 바다와 한 덩어리로 엉켰습니다. 어둠이 가득 내린 밤하늘은 바람 소리로 가득했습니다. 집채 같은 파도가 금방이라도 하늘에 닿을 것만 같았습니다. 용선은 파도의 등마루를 타고 비틀거리며 앞으로 나아갔습니다. 거대한 앞발 두 개를 쳐든 흑룡으로 변한 파도가 용선을 덮쳤습니다. 돛대가 부러지고 붉은 돛이 찢어졌습니다. 부러진 돛대 끝에 매달려 있는 붉은 깃발에 물고기 두 마리가 서로 마주 보고 있었습니다. 용선은 바람이 부는 대로 표류하기 시작했습니다. 바람 소리가 잦아지자, 수평선 위로 휘부염한 빛이 피어오르기 시작했습니다. 끝이 없는 큰 바다 한가운데에 용선이 떠 있었습니다. 하루가 지나가고 이틀이 지나갔습니다. 섬 하나 보이지 않았습니다. 막막할 뿐이었습니다. 공주님, 공주님 정신차리세요. 종정감의 다급한 목소리가 들렸습니다. 제 목소리는 제 자신의 귀에조차 들리지 않았습니다. 온몸이 오들오들 떨려왔습니다. 저는 부러진 돛대에 용총줄로 허리를 메고, 담요를 덮어 상체를 가렸습니다. 정신과 육체의 힘은 이미 다하고, 정신이 헛갈리고 흐리멍덩해졌습니다. 저도 모르게 쓰러져서 깊은 잠에 빠졌습니다. 난파된 용선은 사흘 밤 나흘 낮을 표류하다가 한나라 상선(商船)에게 구조되었습니다. 참으로 날떠퀴가 좋은 날이었습니다. 한나라 상선은 양자강(揚子江) 물길을 따라가다가 남군(南郡)에서 머무르게 되었습니다.”

허황옥이 손수건을 꺼내 눈자위를 꾹꾹 눌렀다.

『후한서(後漢書)』「남만서남이열전(南蠻西南夷列傳)」에 남만(南蠻), 즉 토착민이 반란을 일으킨 사실을 기술하고 있다. 〈건무(建武) 23년(서기 47년) 남군 도산만(漊山蠻) 뇌천(雷遷) 등이 처음으로 반란을 일으켜 백성들을 노략질했다. 후한(後漢) 조정은 무위장군(武威將軍) 유상(劉尙)으로 하여금 군사 만여 명을 이끌고 가 반란군을 토벌하도록 했다. 반란군의 주동자와 그 종족 7천여 명을 강하군(江夏郡) 안으로 이주시켰다. 지금의 면중만(沔中蠻)이 이들이다. 화제(和帝) 영원(永元) 13년(101년) 무만(巫蠻)·허성(許聖) 등이 군(郡)에서 세금을 거두어들이는 것이 공평하지 못한 것에 원한을 품고 함께 모여 반란을 일으켰다. 이듬해 여름 후한 조정은 사자를 파견하여 형주(荊州)의 여러 군의 군사 만여 명을 독려하여 반란군을 토벌하였다. 허성 등은 깊고 험한 지형에 의지하여 주둔하고 있었기 때문에 오랫동안 격파하지 못했다. 토벌군은 여러 부대가 길을 나누어 동시에 진격했다. 토벌군 일부가 파군(巴郡)과 어복(魚復)에서 여러 길을 통하여 공격하니 반란군들이 흩어져 도망갔다. 그 거수(渠帥)들을 참수하고 계속해서 추격하여 허성 등을 크게 격파했다. 허성 등이 항복을 청했다. 모두 사면하여 또다시 강하군으로 이주시켰다. 영제(靈帝) 건녕(建寧) 2년(169년) 강하만(江夏蠻)이 반란을 일으키자 주군(州郡)에서 토벌하여 평정했다.〉 한

나라 고조(高祖) 유방(劉邦)이 위(魏)·촉(蜀)·오(吳) 삼국을 통일하기 전 촉 땅인 남군에서 토착민이 반란을 일으킨 해가 광무제(光武帝)가 후한을 다스리던 서기 47년이었다. 남군의 반란 세력 7천여 명이 한나라의 정부군에 의해 강제로 이주하게 되어 정착하게 된 강하군은 지금의 중국 중부 호북성(湖北省) 무창(武昌) 지방이다. 영원(永元) 13년(101년) 남군의 반란 세력이 두 번째 반란을 일으켰다. 주동자가 허성(許聖)이었다. 이 기록을 통해 허씨 성을 가진 사람이 서기 47년경 양자강 상류 사천성(四川城)과 양자강 중류 호북성 무창 지방에 살고 있었다는 사실을 알 수 있다. 사천성 남쪽 운남성(雲南省)에서 발굴된 한나라 시대에 사원 건축에 사용된 벽돌(塼)에 쌍어문이 조각되어 있었다. 한편 무창 지방의 사원에서 제기(祭器)가 발굴되었는데 그것의 바닥에 쌍어문이 그려져 있었다. 기록과 유물을 통해 한나라 때 양자강 유역에 물고기를 숭배하는 사람들이 살았다는 것을 유추할 수 있다. 양자강이 한가운데로 흘러가는 남군은 물고기와 쌀이 풍부하게 생산되는 고장인 어미지향(魚米之鄉)으로 오늘날 중국 호북성 제귀현(秭歸縣)으로 사천성·상해(上海)를 연결하는 지점에 자리 잡고 있어 수륙(水陸) 교통의 요지이기도 했다.

"남군에서 잠시 머무르다가 낙랑과 구야한국(狗耶韓國)을 오가는 한나라 상단(商團)이 들락거리는 상해 포구로 옮겨갔습니다. 그곳에는 낙랑 상단과 구야한국 상단도 들락거렸습니다. 상해를 가로지르는 황포강(黃浦江) 끝자락에 짐을 풀고 아유타촌(阿踰陀村)이라 이름 붙이고 살게 되었습니다. 금년 여름 5월 어느 날이었습니다. 종정감이 저에게 말하기를, '어젯밤 꿈속에서 하늘에 계신 상제(上帝)님을 뵈었는데, 그때 상제님께서는 가락국왕 수로는 하늘이 내려보내 왕위에 오르게 했으니, 왕으로서 신령하고 성스러운 사람이다. 그런데 새로 나라를 세워 백성들을 다스리고 있으나 아직 배필을 정하지 못하였다. 경들은 반드시 공주를 보내 수로왕과 짝이 되게 해야 할 것이다'라고 말씀하시고는 하늘로 올라가셨습니다. 꿈을 깬 후에도 아직까지도 상제님의 말씀이 귀에 쟁쟁합니다. 공주님께서는 어서 서둘러서 수로왕이 있는 가락국을 향해 떠나가야겠습니다. 저는 종정감의 말에 따라 수놓은 비단(錦繡)과 두꺼운 비단과 얇은 비단(綾羅), 비단옷(衣裳), 필로 된 비단(疋緞), 금은(金銀), 구슬과 옥(珠玉), 아름다운 옥(瓊玖), 장신구(服玩器) 등 한사잡물(漢肆雜物)을 배에 싣고 바다로 나왔습니다. 멀리 신선들이 먹는 찐 대추(蒸棗)를 구하고, 하늘로 가서 3천 년에 한 번씩 열매가 열리며 신선들이 먹는 복숭아(蟠桃)를 좇으며 반듯한 이마를 갖추어 이제야 감히 임금의 얼굴(龍顔)을 뵙게 되었습니다.”

말을 마친 허황옥이 긴 팔을 들어 머리를 쓸어올렸다. 신선들이 먹는 찐 대추를 찾아, 신선들이 먹는 복숭아를 좇아왔다는 것은 선계(仙界)로 신선을 찾아왔다는 의미로, 곧 수로왕을 찾아왔다는 것을 뜻하는 말이다. 왕은 종종 신선에 비유되었다.

“짐은 태어나면서부터 자못 신성한 몸이라서 이미 공주가 먼 곳에서 나를 찾아오시는 것을 미리 알고 있었소. 신하들이 왕비를 들이라고 청을 했으나 따르지 않았소. 이제 어질고 정숙한 공주가 스스로 찾아왔으니 나로서는 무척 다행스러운 일이오.”

잠자코 귀를 기울이고 있던 수로왕이 조용히 입을 열었다.

“소녀는 상제님의 명을 받들어 폐하를 모시고자 가락국에 왔습니다.”

허황옥이 숙이고 있던 얼굴을 천천히 들었다.

“부디 백성을 따뜻하게 보살피고, 덕을 널리 펴, 백성들을 편안하게 하는 어진 왕비가 되어 주기 바라오.”

수로왕이 허황옥에게서 눈길을 거두며 말했다.

수로왕과 허황옥은 드디어 혼인하였다. 그리고 이틀 밤 하루 낮을 함께 지냈다. 물끄러미 일렁이던 바다를 바라보던 허황옥이 고개를 돌렸다.

“제가 멀리에서 미리 올 것을 알고 있었다고 했는데, 혹여 염사치(廉斯鑡)라는 분을 알고 있으신지요?”

"짐이 이 땅에 오기 전에 이 땅에는 아직 나라 이름도 없었고, 임금과 신하의 호칭도 없었소. 그때를 지나서 아도간·여도간·피도간·오도간·유수간·유천간·신천간·오천간·신귀간 등 9간이 있었소. 이들 9간은 가락 9촌의 우두머리로서 휘하에 백성을 거느리고 있었소. 백성들이 무릇 1만 호에 7만 5천 명이나 되었소. 그들은 스스로 산과 들에 무리 지어 살며, 우물을 파서 물을 마시고, 밭을 갈아 곡식을 거둬 먹고 살았소. 염사치는 짐이 이 땅에 처음 왔을 때 백성들을 이끌고 있던 9간의 한 사람인 유수간의 아버지였소. 해반천 가에 자리 잡은 해반상단을 이끌고 한나라와 낙랑을 오가며 덩이쇠(鐵鋌)를 내다 팔고 한나라와 낙랑에서 나는 갖가지 물품을 사서 배에 싣고 오곤 했소. 유수간이 공주 이야기를 하길래 염사치를 궁궐로 불러 종정감을 한번 만나보고 오라 했소."

말을 끝낸 수로왕이 허왕후를 그윽한 눈길로 바라보았다. 아도간은 아도촌의 우두머리였고, 여도간은 여도촌의 우두머리였고, 피도간은 피도촌의 우두머리였고, 오도간은 오도촌의 우두머리였고, 유수간은 유수촌의 우두머리였고, 유천간은 유천촌의 우두머리였고, 신천간은 신천촌의 우두머리였고, 오천간은 오천촌의 우두머리였고, 신귀간은 신귀촌의 우두머리였다. 이들 9간은 가락 9촌의 백성들을 통솔했던 것이다.

"저희가 살고 있던 곳에 낙랑의 상단이 들락거렸는데, 그 사람들이 말하기를 낙랑에서 뱃길로 가면 구야한국이라는데 이르는데 그곳에서 덩이쇠를 싣고 오는 사람의 우두머리가 염사치라는 말을 들은 적이 있었습니다."

허왕후가 다시 입을 열었다.

가락국은 일찍부터 해상 교통로를 이용해 중국 계통의 문물을 수입하고, 철을 수출하여 국력을 키우는 등 국제 교역을 활발하게 전개했다. 가락국의 도성인 봉황성은 선진 문물을 왜에 전파하는 등 중국과 일본열도를 연결하는 해상 무역로의 중요한 중개무역항이었다. 『삼국지(三國志)』 「위서(魏書)」 '오환선비동이전(烏丸鮮卑東夷傳)' 왜인(倭人) 조에 대방군(帶

方郡)에서 왜로 가는 총(總) 이수(里數)가 기록되어 있다. 대방군에서 서해안을 따라 배로 나아가 남해에 들어서서 동쪽으로 방향을 바꿔 가면 구야한국(狗邪韓國)에 이르게 된다. 그곳까지는 7천 여리나 된다. 다시 바다를 건너 천여 리를 배로 건너가면 대마국(對馬國)에 이른다. 다시 남쪽으로 한해(瀚海)라고 불리는 바다를 건너 1천여 리를 가면 일지국(一支國)에 이른다. 다시 바다를 건너 천여 리를 가면 말로국(末盧國)에 이른다. 다시 동남쪽으로 육로로 5백 리를 가면 이도국(伊都國)에 이른다. 다시 동남쪽으로 육로로 백 리를 가면 노국(奴國)에 이른다. 다시 동쪽으로 육로로 백 리를 가면 불미국(不彌國)에 이른다. 다시 남쪽으로 물길로 20일 가면 투마국(投馬國)에 이른다. 다시 남쪽으로 바닷길로 10일을 가고, 육로로 한 달 동안 가면 야마대국(邪馬臺國)에 이른다. 『삼국지』「위서」에 대방군에서 일본열도를 왕래하는데 2년에서 2년 반이라는 기간이 걸린다고 기록되어 있다. 대방군에서 야마대국까지의 총 이수는 1만 2천 리로 기원 전후에서 3세기 후반까지 동아시아의 여러 나라를 연결하는 국제 무역로였다.

9간은 수로왕이 가락 9촌을 통일해 가락국을 세우기 전부터 이미 존재하던 재지(在地) 세력이었다. 그 재지 세력 가운데 한 사람이 작은 키에 비해 몸집이 큰 염사치였다. 상단을 꾸려 육로를 이용해 낙랑군으로 들어갔다가 바닷길을 통해 변한으로 돌아오곤 했던 그는 낙랑에 그 이름이 알려져 있었다.

왕망(王莽)이 세운 신(新)나라의 지황(地皇) 연간(서기 20년~22년)에 염사치는 진한의 우거수(右渠帥)가 되었다. 호쾌하고 담대했던 그는 낙랑이 토지가 기름져서 사람들의 생활이 풍요하고, 안락하다는 현실을 직시하고 있었다. 그뿐만 아니라 그는 물방울 등 특정 모양의 난(卵)집을 만들고 장식용 옥(玉), 혹은 칠보와 같은 작은 보석 끼워 넣은 금제띠고리, 가늘게 쪼갠 대나무로 포개어 짠 후 겉면에 채색한 무늬를 놓아 만든 바구니인 채협(彩篋), 향로의 일종인 박산로(博山爐), 각종 솥 같은 청동기(靑銅器), 귀걸이·팔찌·띠고리 같은 장신구, 쇠칼·손칼·쇠뇌·화살촉·창·쇠가지창 등의 무기류, 수레갖춤(車輿具)이나 말갖춤(馬具), 토기류 등은 한나라 문화와 서북지방의 토착문화가 융합되어 나타난 낙랑문물에 대해 깊은 동경을 느끼고 있었다. 낙랑의 공예와 회화의 수준이 매우 높다는 사실을 깨달은 그는 낙랑으로 가서 살기로 마음먹었다. 읍락(邑落)을 나와 낙랑을 향해 걸음을 옮기던 그는 밭에서 긴 장대를 휘두르며 참새를 쫓아내고 있는 사내를 만났다.

"훠어이 워어이, 썩 물러가지 못할까. 잡아먹기 전에 물러가라."

머리를 박박 깎은 사내의 말투가 마한(馬韓) 사람의 말투가 아니었다. 새들이 밤나무 숲으로 몰려가 밤나무 가지에 앉았다.

"말투를 들어보니 마한 사람이 아닌 거 같소. 한(漢)나라에서 왔소?"

염사치가 물었다.

"그러하오. 나는 이름이 호래(戶來)라고 하는 한나라 사람이오. 한나라 사람 1천 5백 명과 함께 벌목하러 왔다가 진한 사람들의 습격을 받아 포로가 되어 모두 머리를 깎이고 노예가 된 지 3년이 되었소."

호래가 머리를 끄덕이며 나지막한 목소리로 대답했다.

"나는 한나라의 낙랑에 투항하려고 가는 길인데 같이 가지 않겠소?"

염사치가 목소리를 낮추었다.

"그러겠소."

호래가 긴 장대를 만지작거렸다.

"그럼 내가 저 밤나무숲에서 기다리고 있을 테니까, 어두워지면 저 밤나무숲으로 나오시오."

염사치가 밤나무숲을 가리켰다.

어둠이 밤나무숲에 내리자, 호래가 도둑고양이처럼 어둠을 밟고 밤나무숲으로 들어섰다.

"어서 갑시다."

염사치가 어깨로 가쁜 숨을 몰아쉬었다.

"국경으로 통하는 지름길은 저 길로 가면 됩니다."

앞장서 걷던 호래가 사득다리에 옷소매가 걸려 걸음을 멈추고 뒤돌아보았다. 다 낡은, 그의 옷소매에서는 풀어진 옷 솔기가 삐져나와 있었다.

"어두워지기 전에 예성강을 건너야 할 텐데……."

염사치가 혼잣말처럼 중얼거렸다.

호래가 삐져나온 옷 솔기를 손으로 꾹꾹 누르며 걸음을 뗐다. 그들이 사랫길을 벗어났을 때 땅에 납작코를 박고 있는 초가집 뒤란에서 수건을 머리에 두른 아낙네들이 사래질하고 있었다.

명개가 거무스레하게 드러나 있는 데서 손짓하여 부를 만큼 가까운 거리의 마을에서 아기 울음소리가 들렸다.

"숲에 들어가 주먹밥으로 요기를 좀 하고 가지요."

내내 입을 다물고 걷던 호래가 동네 어귀에 둥실하게 숲을 이루고 있는 동산을 가리켰다.

"그럽시다."

염사치가 마른침을 넘겼다.

바위에 앉아 주먹밥과 물로 허기를 채운 그들은 걸음을 빨리했다.

저녁켠에 염사치와 호래가 마한의 국경을 넘었다. 어둠 속으로 잠겨드는 강을 건너 그들은 걸음을 재촉했다. 산골짜기에 어둠이 짙게 내려앉기 시작했다. 그들은 들판을 지나 낙랑군의 함자현(含資縣)에 이르렀다. 염사치는 호래와 함께 함자현 관청으로 갔다. 호래가 넌덕스럽게 말 휘갑을 치는 바람에 말의 졸가리를 매동그릴 수가 없었던 함자현 당국자는 그에게 맹문이 다루듯이 몇 마디 던져보고 나서 고개를 갸웃거렸다. 호래가 말재기가 아닌가 의심이 든 함자현 당국자는 염사치에게 하나하나 캐물었다. 그는 한나라 사람이 진한에 포로로 잡혀 강제로 괴롭고 힘든 노동을 하고 있다고 보고했다.

"아니 그렇게 많은 사람들이 붙잡혀 머리를 깎이고 노예처럼 생활한다고?"

"네 그러하옵니다."

"뿐만 아니오라 노예 생활을 하다가 죽은 사람이 5백 명이나 됩니다."

함자현 당국자가 염사치로부터 들은 사실을 낙랑군 당국에 보고하였다. 낙랑군은 염사치를 길라잡이와 통역으로 삼아 잠중(岑中)에서 큰 배를 타고 진한으로 들어가 호래와 같이 항복한 한나라 사람들을 맞이하여 생존자 1천 명을 구할 수 있었다. 나머지 5백 명은 이미 죽은 뒤였다.

"너희는 5백 명을 돌려보내라. 그렇지 않으면 낙랑이 1만 명의 군사를 보내 배에 태우고서 너희를 공격해 올 것이다."

염사치가 진한 측에 일러 말했다.

"그 5백 명은 이미 죽었으니 우리는 대속(代贖)할 것으로 내겠다."

진한 측이 말했다.

이미 죽은 사람 5백 명의 대가로 진한 사람 1만 5천 명과 변한포(弁韓布) 1만 5천 필(疋)을 내주었다. 염사치는 이를 받아 바로 낙랑군으로 돌아왔다. 낙랑군에서 염사치의 공(功)과 의(義)를 기려 그에게 벼슬자리를 내리고 논밭과 집을 하사했다. 염사치의 자손들은 여러 대(代)를 지나 안제(安帝) 연광(延光) 4년(125년)에 이르러서는 선조의 공으로 인하여 부역(賦役)과 조세(租稅)를 면제받았다.

『삼국지』「위서」'오환선비동이전'의 〈진왕(辰王)은 목지국(月支國)을 통치한다. 신지(臣智)에게는 간혹 우대하는 호칭인 신운견지보(臣雲遣支報) 안야축지(安邪踧支) 분신리아불열(濆臣離兒不例) 구야진지염(狗邪秦支廉)의 칭호(稱號)를 더하기도 한다〉라고 하는 기록에 '구야진지염'이라는 구절이 보인다. '염(廉)'은 '염사(廉斯)'의 줄임말로 볼 수 있고, '진지'는 삼한 여러 소국의 거수 가운데 가장 큰 권력을 가진 존재를 일컫는 칭호인 신지로 볼 수 있다. 염사치가 구야국의 신지라면 그는 변한 사람이다. 『삼국지』「위서」에 변진(弁辰)은 진한과 잡거(雜居)하고 있는데 성곽이 있는 점과 의복이 모두 같고 언어와 풍속에 다른 점이 있다고 기록되어 있다. 염사치가 살았던 시대에는 진한과 변한이 잡거했기 때문에 변한 출신의 염사치도 진한의 우거수(右渠帥)를 칭할 수 있었다.

허왕후가 타고 온 배를 상해의 아유타촌으로 돌려보내기로 했다. 뱃사공은 모두 15명이었다. 그들에게 각각 쌀 10섬과 필로 된 베·무명베·비단 30필을 주어 돌아가게 하였다.

가을 8월 1일 수로왕은 허왕후와 같이 수레를 타고 대궐로 향했다. 잉신 부부들도 말머리를 나란히 했다. 허왕후가 가져온 한사잡물도 모두 수레에 싣고서 천천히 대궐로 들어왔다. 시간은 정오를 가리키고 있었다. 허왕후는 중궁전을 거처로 정했다. 잉신 부부와 그들에게 속한 사람들에게는 널찍한 두 집을 주어 나누어 살게 했다. 나머지 따라온 사람들에게는 20여 간짜리 영빈관 한 채를 주어 사람 수에 따라 구별해 적당히 나누어 거처하게 하고, 날마다 음식을 풍부하게 제공했다. 싣고 온 한사잡물은 대궐 안의 창고에다 간수해 두고, 허왕후의 사계절에 쓰는 비용으로 충당하도록 했다.

어느 날이었다.

"전하, 9간들은 모든 신료들의 우두머리가 되나, 그 직위와 명칭이 모두 소인배나 시골 사람들의 명칭이므로 고관 직위의 명칭이라고 할 수 없습니다. 혹 어쩌다 문명된 외국인이 전해 들으면 반드시 웃음거리가 될 수밖에 없을 것입니다."

허왕후가 말했다.

"왕후도 그렇게 생각했소?"

수로왕이 물었다.

"네, 전하."

"어떻게 고치면 좋겠소?"

"유수간(留水干)의 이름을 윗글자는 그대로 두고 아랫글자만 바꾸어 유공간(留功干)이라 하고, 유천간(留天干)의 이름을 유덕간(留德干)이라 하는 게 어떠사옵니까?"

"...칭호를 고치자는 왕후의 깊은 뜻을 알겠소. 그리하리다."

며칠 후 수로왕은 9간들을 가락전으로 불렀다.

"9간들은 모두 여러 관리의 으뜸인데, 그 직위와 명칭이 모두 소인이나 농부들의 칭호이고, 고관 직위의 칭호가 아니다. 구간의 이름을 고치려고 한다. 그대들의 생각은 어떤가?"

수로왕이 신하들을 내려다보며 말했다.

"전하, 갑자기 칭호는 왜 고치시려 합니까?"

유수간이 고개를 갸웃거렸다.

"만일 외국에 전해진다면 반드시 웃음거리가 될 것이다."

수로왕의 입술에 힘이 들어가 있었다.

"그럼 어떻게 고치려 하옵니까?"

아도간이 머리를 조아렸다.

"아도를 고쳐서 아궁(我躬)이라 하고, 여도를 고쳐서 여해(汝諧)라 하고, 피도를 피장(彼藏)이라 하고, 오도를 오상(五常)이라 하고, 유수와 유천의 이름은 윗글자는 그대로 두고 아랫글자만 고쳐서 유공(留功)과 유덕(留德)이라 하고, 신천을 고쳐서 신도(神道)라 하고, 오천을 고쳐서 오능(五能)이라 했다. 신귀(神鬼)의 음(音)은 바꾸지 않고 그 훈(訓)만 고쳐서 신귀(臣貴)라고 하려 한다. 어떻게 생각하느냐?"

수로왕이 말을 멈추고 9간들을 응시했다.

"그리하시는 게 좋겠습니다. 아도라는 이름이 칼잡이 이름 같았는데 아궁이 아주 좋습니다."

아도간이 아뢰었다.

"전하의 뜻대로 하옵소서."

9간들이 일제히 머리를 조아렸다.

9간의 존재는 가락국이 초기부터 정치 조직을 갖추고 있었다는 것을 말해주고 있다. 내친김에 수로왕은 주(周)나라 규례와 한(漢)나라의 제도에 의해 관료의 품계(品階)를 나누어 정했다. 이른바 이것은 옛것을 고쳐서 새것을 취하고, 관직을 나누어 설치하는 방법이었다. 이에 비로소 나라를 다스리고 집을 정돈하며, 백성들을 자식처럼 사랑하니 그 교화는 엄숙하지 않아도 위엄이 있고, 그 정치는 엄하지 않아도 다스려졌다. 더구나 수로왕이 허왕후와 함께 사는 것은 마치 하늘에게 땅이 있고, 해에게 달이 있고, 양(陽)에게 음(陰)이 있는 것과 비유할 수 있었다. 그리하여 그 공로야말로 도산(塗山)의 딸이 하(夏)나라 우(禹)임금을 보필하고, 요(堯)임금의 딸들인 아황(娥皇)과 여영(汝英)이 순(舜)임금을 도와 교씨(嬌氏)를 일으킨 것과 같았다.

3

가야의 여러 소국(小國)들은 변한(弁韓)에서 출발했다. 변한과 진한을 합하여 24국인데, 대국(大國)은 4천~5천 가(家), 소국은 6백~7백가이며, 총 4만~5만 호(戶)이다. 변한과 진한은 마한처럼 여러 개의 읍락이 하나의 소국을 이루고, 각 소국에는 거수(渠帥)라 불리는 우두머리들이 있었다. 변한 12국은 미리미동국·접도국·고자미동국·고순시국·반로국·낙노국·미오야마국·감로국·구야국·주조마국·안야국·독로국이다. 변한은 여러 개의 작은 별읍(別邑)에 각기 거수가 있다. 그중에서 큰 것은 신지(臣智)라 하고, 다음은 험측(儉側)이라고 하며, 다음은 번지(樊祇)라고 한다. 그다음으로 살해(殺奚)가 있고, 다음으로 읍차(邑借)가 있다. 『후한서』 「동이열전(東夷

列傳)」의 기록을 통해 우리가 알 수 있는 것은 이 시기까지 '가야'라는 명칭을 쓰지 않았다는 사실이다.

서기 77년 가을 8월 음집벌국 군사들까지 끌어들인 사로국의 탈해니사금은 물금 철광산을 탈취하기 위해 아찬(阿飡) 길문(吉門)에게 출정 명령을 내렸다. 길문은 사로국과 음집벌국 연합군을 이끌고 금성을 떠나 황산하로 향했다. 길문이 총공격을 개시하라는 명령을 내렸다. 연합군이 함성을 지르며 가락국 군사들을 향해 내달렸다. 황산진 어귀에서 전투가 벌어졌다. 사로국 군사들과 가락국 군사들이 맞붙었다. 화살이 비 오듯 쏟아져 내렸다. 가락국 군사들이 화살에 맞아 피를 흘리며 쓰러졌다. 철광석을 가득 실은 수레를 끌고 가는 말들을 향해 사로국 군사들이 불화살을 퍼부었다. 가락국 군사들이 말고삐를 세차게 당겼다. 말들이 날카로운 울음을 내지르며 쓰러졌다. 가락국 군사들이 후퇴했다. 음집벌국 군사들이 달아나는 가락국 군사들을 향해 화살을 쏘아댔다. 가락국 군사 1천여 명이 목숨을 잃었다. 가락국 군사들이 패배했다는 파발이 봉황성에 전해지자, 가락국 사람들이 술렁거렸다. 사로국 연합군이 승리했다는 파발이 금성에 전해졌다. 사로국 사람들은 길거리로 뛰쳐나와 환호했다. 탈해니사금은 길문을 파진찬으로 삼고 가락국과의 전투에서 세운 공적을 포상하였다.

탈해니사금에 이어 왕위에 오른 파사니사금은 변경을 방어하는 것에 대해 골똘히 생각했다.

"짐이 덕이 없음에도 이 나라를 차지하고 있는데, 서쪽으로는 마한과 이웃하고 남쪽으로는 가락국과 경계를 접해 있다. 덕망은 백성을 편안하게 할 수 없고, 위엄은 이웃 나라가 두려워하기에 부족하다. 마땅히 성새(城塞)와 보루(堡壘)를 잘 수리하여 외적의 침입에 대비하도록 하라."

파사니사금이 영을 내려 말했다. 그 무렵 사로국은 가소성과 마두성의 두 성을 쌓았다. 가소성과 마두성 모두 남쪽의 가락국 세력의 공격을 방비하기 위해 축조한 것으로 사로국의 도성인 금성의 남쪽 방면에 위치해 있었다.

서기 94년 봄 2월, 가락국 군사들이 마두성을 에워쌌다. 파사니사금은 아찬 길원으로 하여금 군사 1천 명을 이끌고 나가 싸우도록 했다. 사로국 군사들은 가락국 군사들을 공격하여 퇴각시켰다.

서기 96년, 가을 9월 초하루 어슬녘 가락국 군사들과 미리미동국(彌離彌凍國) 군사들이 뗏목을 타고 황산하를 건너 사로국의 남쪽 변경을 습격하였다. 남악(南岳)에 봉화가 올랐다.

파사니사금은 칼날이 위로 향한 큰 도끼(鉞)의 자루를 잡고 성주(城主) 장세(長世)에게 내리면서, "이 도끼날에서부터 하늘에 이르기까지 성주가 모두 통제하라"고 말하고, 다시 날이 아래로 향한 작은 도끼(斧)의 자루를 잡고 장세에게 주면서, "이 도끼날에서부터 땅에 이르기까지 성주가 모두 통제하라"고 명했다. 부월(斧鉞)은 작은 도끼와 큰 도끼로 출정하는 대장 또는 군직(軍職)을 띤 사람에게 임금이 손수 주던 것으로 땅에서부터 하늘까지 처리할 수 있는 권한을 장수들에게 부여하는 의식이었다.

가락국 군사들은 수로왕의 명에 따라 갈대밭에 매복해 있었고, 미리미동국 군사들은 관목 숲속에 군영(軍營)을 차리고, 경계를 늦추지 않았다. 2년 전 봄 전투에서 승리했던 사로국 군사들은 적군의 숫자가 얼마 되지 않는다는 것을 알아채고 기세가 올랐다.

"전군 앞으로."

장세가 큰 도끼를 높이 치켜들며 목청을 돋웠다.

사로국 군사들이 달려오자, 군영을 빠져나온 미리미동국 군사들이 황산하 쪽으로 내달렸다. 사로국 군사들이 미리미동국 군사들을 뒤쫓기 시작했다. 사로국 군사들이 갈대밭을 중간쯤 들어섰을 때였다. 매복해 있던 가락국 군사들이 사로국 군사들의 등 뒤로 화살을 쏘아댔다. 수로왕을 호위하던 거도가 쏜 화살이 장세의 뒤통수에 박혔다.

성주 장세가 전사하고, 군사들 절반이 죽었다는 파발을 받은 파사니사금의 얼굴빛이 붉으락푸르락해졌다.

"6부의 사병(私兵)들을 다 동원토록 하라."

뼛속으로 스며드는 울음을 삼키며 파사니사금이 단호한 목소리로 명했다. 그는 아는 것이 많았으며, 작은 일에는 마음을 두지 않는 성미였다.

파사니사금은 6부의 사병들과 관군을 합쳐 정예병 5천을 거느리고 금성을 떠났다. 사로국 군사들이 황산하로 다가오자 수로왕이 온밤을 버티며 숲속에 매복해 있던 가락국 군사들에게 공격하라는 명을 내렸다. 가락국 군사들이 사로국 군사들이 달려오고 있는 갈대밭으로 달려갔다. 가락국 군사들과 사로국 군사들이 갈대밭에서 서로 맞붙었다. 미리미동국 군사들이 함성을 지르며 쏟아져 나왔다. 미리미동국 군사들의 칼끝에 사로국 군사들이 갈대밭으로 꼬꾸라졌다. 사로국 군사들이 갈대밭에서 고개를 들고 화살을 쏘아댔다. 숲속에 매복하고 있던 가락국 군사들이 불화살을 쏘아댔다. 갈대밭이 불바다가 되었다. 황산하 일대는 매캐한 냄새와 시체 타는 냄새로 가득했다.

수로왕은 가락검을 치켜들고 후퇴하라는 명을 내렸다. 칼의 손잡이 부분에 조각되어 있는 두 마리의 물고기가 금세라도 파닥거리며 뛰어오를 것만 같았다. 가락국 군사들과 미리미동국 군사들은 노획한 물자를 버려두고 후퇴했다.

"적군이 물러가고 있다. 뒤쫓지 말고 금성으로 돌아가자."

파사니사금이 긴 칼로 봉황성을 향해 내달리는 가락국 군사들을 가리켰다. 사로국 군사들은 숲속을 뒤져 가락국 군사들과 미리미동국 군사들이 버려두고 간 물자들을 거두었다.

가락국과 사로국이 황산하를 사이에 두고 한 번 나아갔다 한 번 물러섰다 하면서 서로 공격하고 방어하는 싸움을 벌이고 있을 때 가락국 서쪽의 마한에 속한 나라들의 움직임도 심상치 않았다. 『삼국지』 「위서」 '오환선비동이전 한전(韓傳)'에 삼한 중에서 세력이 가장 컸던 마한을 이루고 있던 54개 소국의 이름을 기술하고 있다. 목지국을 중심으로 한 마한의 54개 소국 가운데 큰 나라는 1만여 호, 작은 나라는 몇천 호밖에 되지 않는데 모두 합치면 10여만 호가 되었다.

서기 97년 봄 정월, 파사니사금이 군사를 동원하여 가락국을 치려했다. 수로왕이 금성으로 사신을 보냈다. 파사니사금이 봉황성으로 사신을 보냈다. 두 나라는 극적인 화해를 이루었다. 파사니사금은 허물어진 마두성과 가소성을 새롭게 고쳐 쌓고, 군사들을 훈련시키는데 힘을 쏟았다. 그로부터 5년 동안 사로국과 가락국 사이에 전투가 벌어지지 않았다.

몇 해 전부터 여름에 가뭄이 들고, 가을에 우박이 내려 날던 새가 맞아 죽었고, 겨울에 금성에 지진이 나서 민가가 무너지고 백성들이 죽었다. 파사니사금은 궁성을 새로 쌓기 위해 백성을 동원하였다. 백성들은 마음속에 불만이 가득하였으나, 드러내놓고 말할 수는 없었다. 새 궁성이 완공되자, 파사니사금은 월성이라 이름한 다음, 금성을 떠나 그곳으로 옮겨 갔다.

사로국 세력권 안의 두 소국인 음즙벌국(音汁伐國)과 실직곡국(悉直谷國)이 국경을 두고 다툼이 극심해졌다. 음집벌국은 현재의 경주시 안강읍에 가까운 지역에 있었던 소국이고, 실직곡국은 현재의 삼척시 일대에 있었던 소국이었다. 급기야 음즙벌국의 주수(主首)와 실직곡국의 거수가 월성으로 와서 파사니사금에게 두 나라 사이의 경계를 결정해 줄 것을 청하였다. 서기 102년 가을 8월의 일이었다.

파사니사금은 음즙벌국 편을 들기도 어렵고, 실직곡국 편을 들기도 어려웠다. 건밤을 꼬박 새운 그는 아침참이 되어서야 가락국의 수로왕을 떠올렸다.

파사니사금은 유사를 보내 영빈관에 머무르고 있는 음즙벌국의 주수(主首)와 실직곡국의 거수에게 대전(大殿)으로 들라고 했다.

"가락국 수로왕에게 물어보도록 하면 어떻겠는가? 가락국 수로왕은 나이도 많고 지식이 많아, 훌륭한 판결을 내려줄 것이다."

파사니사금이 목소리를 낮추었다.

"수로왕이라면 현명한 판결을 내릴 걸로 생각합니다"

읍집벌국 주수가 온몸에 가시를 세우고 고개를 돌려 실질곡국의 거수를 바라보았다.

"수로왕은 훌륭한 판결을 내릴 겁니다."

실직곡국의 거수가 조심스럽게 입을 열었다.

파사니사금 가락국에 사신을 파견하여 수로왕을 월성으로 초대했다.

수로왕은 묘견과 신료들을 데리고 봉황성을 떠나 월성으로 향했다. 태자 거등은 봉황성에 남아 허왕후를 도와 정사를 돌보기로 했다. 수로왕 일행이 황산하를 건너 작원관(鵲院關)을 지날 때 까치떼가 날아와 그들을 반겼다. 작원관은 작원나루로 출입하는 사람과 짐을 검문하던 곳이었다.

수로왕 일행이 월성으로 들어서자, 파사니사금이 마중 나왔다. 여러 통로로 파사니사금의 인물됨에 대해 들어 온 수로왕이었지만 지금 만나보니 그 인물됨이 범상하지 않다는 것을 단박에 알아차릴 수 있었다.

"이렇게 만나 뵙게 되어 기쁘게 생각합니다."

파사니사금은 수로왕에게 자리를 권했다.

파사니사금이 주최한 연회가 끝난 후, 수로왕은 묘견과 부종정감(副宗正監) 묵수를 은밀히 불렀다.

"묘견 공주와 함께 음즙벌국과 실직곡국 사이에 분쟁이 된 경계를 살펴보고 오시오."

수로왕이 묵수에게 명했다.

"말씀을 받들겠습니다."

묵수가 상기된 얼굴로 말했다. 그는 천부경 신보의 맏아들로 나가고 들어오는 돈을 따져서 셈하는데 능해 가락국의 교역 문서를 담당하고 있었다.

두 소국의 경계를 살피고 묘견과 묵수가 돌아왔다.

"다툼이 된 땅을 음즙벌국에 속하게 하는 게 좋을 것 같습니다."

묘견이 고개를 수그리고, 나직이 아뢰었다. 그녀의 허리에 찬 곡옥(曲玉)이 흔들렸다.

"왜 그렇게 생각하느냐?"

수로왕이 눈을 쓱벅거리며 물었다. 봉황성에서 쉬지 않고 월성까지 수레를 타고 달려온 탓인지 그의 몸과 마음은 피곤했다. 그는 오른손으로 눈자위를 눌렀다.

"다툼이 된 경계가 실직곡국 도성에서 멀리 떨어져 있고, 음즙벌국 경계에서는 이와 잇몸처럼 가까이 있습니다."

"나도 그렇게 생각했다. 실직곡국 거수가 욕심이 과했다. 음즙벌국 주수와 실직곡국 거수를 오도록 해라."

수로왕이 가잠나룻을 손으로 쓸어내렸다.

"다툼이 된 땅을 음즙벌국에 속하게 한다."

얼굴에 위엄이 서려 있는 수로왕이 판정을 내렸다.

실직곡국 거수는 자신의 귀를 의심했다. 그의 핏기가 없는 얼굴이 일그러졌다.

판정 소식을 전해 들은 파사니사금은 사로국을 제 혼자 다 먹여 살리는 것처럼 가살을 떨고 있는 한기부(漢岐部) 부주(部主) 보제(保齊)가 가탈을 부리지 않고, 가만히 있지 않을 것이 불을 보듯 뻔하다고 생각했다. 그러나 그로서는 어찌할 수 없었다. 실직곡국은 사로국과 멀리 떨어져 있었으나, 음집벌국은 사로국 국경에서 멀리 떨어지지 않은 곳에 위치해 있었다. 음집벌국의 움직임에 사로국으로서는 신경을 곤두세우지 않으면 안 되었던 것이다.

파사니사금이 사로국을 구성했던 6개의 정치체인 6부(六部)에 명하여 수로왕을 위해 잔치를 베풀게 하였다. 5부는 모두 이찬(伊飡)이 잔치의 주관자가 되었다. 그러나 한기부만이 수로왕이 어떻게 나오는가 드레질을 한번 해볼 요량으로 얼굴이 길쭉하고 턱이 강파른 잡찬(迊湌)을 주관자로 삼았다. 잡찬은 17관등 가운데 셋째 등급의 벼슬로 이찬의 아래, 파진찬(波珍湌)의 위였다.

"배를 타도 항상 뒷전이었던 제가 부주 대신 주관하게 되었사옵니다."

잡찬이 수로왕에게 고개를 숙여 보이며 드레 없이 이기죽거렸다.

"무엄하도다."

수로왕이 갈퀴눈을 하고 잡찬을 노려보았다.

수로왕은 자신의 노복(奴僕)인 탐하리에게 명하여 보제를 죽이라고 명하고는 가락국으로 돌아갔다. 이 소식을 보고 받은 파사니사금은 탐하리를 잡아들이게 하였다. 탐하리는 음즙벌국 주수 타추간의 집에 도망가서 의지하였다. 파사니사금은 음집벌국 주수에게 사람을 보내 탐하리를 내놓으라고 했다. 타추간이 그를 보내주지 않았다. 파사니사금이 몹시 분하게 여겨 군사를 일으켜 음즙벌국을 공격했다. 음집벌국 주수가 자신의 무리와 함께 스스로 항복하였다. 사로국 군사들은 음집벌국을 병합한 것을 실마리로 동해안을 따라 북쪽으로 진격하여 오십천이 동해와 만나는 하구에 자리 잡은 실직곡국의 도성을 점령했다.

『삼국사기』「신라본기」에만 보이는 이 기사에서 주목되는 것은, 사로국을 구성하는 한기부가 대외 문제에 있어서 독자적인 행동을 하고 있다는 것이다. 이것은 초기 단계의 삼한 소국의 정치 권력의 한계와 읍락 집단의 상호 관계를 반영하는 예라고 볼 수 있다. 또한 수로왕이 영남 지역에서 정치적 위상이 확고했음을 미루어 짐작하게 하는 사건으로 사로국보다 가락국이 우세했던 정세를 반영한 것이라고 할 수 있다.

4

　서기 115년 봄 2월, 사로국이 물금 철광산을 탈취하려고 군사를 일으키려 한다는 급보를 물금성(勿禁城) 성주로부터 받은 수로왕은 사로국의 남쪽 변경을 공격하라고 명했다. 가을 7월, 가락국 군사들이 봉황성에 도열했다. 물금성으로 떠나는 가락국 군사들을 전송하기 위해 수로왕과 허왕후가 신료들을 거느리고 나왔다. 수로왕과 허왕후 사이에 태어난 10남 2녀 가운데 둘째 딸 묘견이 흰 머리카락이 귓바퀴를 덮은 조광과 함께 다가왔다. 상단을 이끌고 낙랑으로 가다가 태풍을 만나 상선이 침몰하는 바람에 바다 한가운데에 빠져 죽었던 맏딸 묘선처럼 묘견은 상선을 타면 결기가 센 성미가 가시지 않는 여장부였다.

　독로국(瀆盧國) 군사 1천이 물금성 안으로 들어갔다. 나머지 1천은 뗏목을 타고 황산하를 건너 가락국 군사 군영으로 들어갔다. 지마니사금이 친히 군사들을 거느리고 금성을 떠났다는 파발이 물금성에 도착했다. 물금성에서 불화살이 밤하늘로 솟아올랐다.

　지마니사금은 관군 5천으로 물금성을 포위하고, 근위병 1천과 6부 사병 4천은 뗏목을 만들어 황산하를 건너는 작전을 세웠다. 가락국 군사들이 숲속에 매복하고 사로국 군사들을 기다리고 있었다. 지마니사금이 이 사실을 깨닫지 못하고 곧바로 뗏목으로 황산하를 건넜다. 모래톱 가까이에 뿌리를 내리고 있는 갈대숲에 매복해 있던 가락국 군사들과 독로국 군사들이 일어나 지마니사금을 여러 겹으로 포위했다. 지마니사금이 군사들을 지휘하여 맹렬히 싸웠다. 사로국의 관군과 6부 사병은 물금성을 에워싸고 연합군이 성문 밖으로 나오지 못하게 했다.

　마침내 지마니사금이 이끄는 사로국 군사들은 가락국 군사들과 독로국 군사들의 포위를 뚫고 퇴각하였다.

　서기 116년 가을 8월 지마니사금은 장수를 보내어 가락국의 물금성을 공격하게 했다. 보름이 지나도록 사로국 군사들은 물금성을 깨뜨리지 못했다. 지마니사금이 소집한 6부 회의에서 6부의 사병을 총동원해 물금성을 함락시키기로 결의했다. 6부 부주 모두 사병의 동원을 찬성했다. 지마니사금이 탄 병거가 삐걱거리며 대궐 앞을 지나갔다. 관군과 6부의 사병으로 구성된 정예군사 1만이 그 뒤를 따랐다. 6부 귀족들과 백성들이 길거리로 나와 출정하는 군사들을 전송했다. 사로국 군사들이 물금천에 이를 때까지 가락국 군사들은 그림자조차 눈에 띄지 않았다. 가락국 군사들과 미리미동국 군사들은 물금성 안에 진을 치고 성문을 굳게 닫고 있었다.

"우리 사로국은 물금 철광산이 필요하다. 저 물금 철광산을 우리 것으로 만들면 우리 백성들은 농사를 지을 때 철로 만든 농기구를 이용할 수 있고, 전투를 할 때 적을 무찌를 수 있는 칼과 창을 만들 수 있다. 또한 철광석을 녹여 덩이쇠를 만들어 낙랑과 왜에 수출할 수 있다. 물금 철광산을 빼앗아야만 우리가 황산하를 차지할 수 있다."

지마니사금의 쉰 목소리가 물금천 위로 퍼져나갔다.

히히잉.

말 울음소리가 적막을 뚫고 갈대밭으로 퍼져갔다.

둥 둥 둥 둥 둥.

북소리가 점점 격렬해졌다.

지마니사금이 명을 내리자, 사로국 군사들이 함성을 지르며 쌍어문이 그려져 있는 성문으로 돌진했다. 가락국 군사들과 미리미동국 군사들이 돌을 성벽 아래로 내리굴렸다. 사다리를 타고 성벽을 올라가던 사로국 군사들이 피를 흘리며 성벽 아래로 굴러떨어졌다. 뒤이어 화살을 사로국 군사들을 향해 쏘아댔다. 순식간에 갈대밭에 숨어 있던 사로국 군사들의 등 위로 소나기가 퍼붓듯이 화살이 쏟아졌다. 이에 질세라 사로국 군사들은 물금성을 포위하고 성안으로 화살을 쏘아댔다. 가락국 군사들과 미리미동국 군사들도 화살을 쏘아대며 맞대응했다. 사로국 군사들의 시체가 물금성 아래에 쌓였다. 불길이 사로국 군사의 시체에 옮겨붙었다. 안개가 자욱하게 물금천에 내렸다. 검은 구름이 몰려왔다. 비가 쏟아지기 시작했다. 가락국 군사들과 미리미동국 군사들은 성문을 굳게 닫은 채 꼼짝도 하지 않았다. 다음 날 비가 계속 내렸다. 가락국 군사들과 미리미동국 군사들은 성벽 위에서 사로국 군사들을 노려볼 뿐 돌을 내리굴리지도 않고 화살을 쏘아대지 않았다. 사흘째 되는 날에도 비는 온종일 내렸다. 나흘째 되는 날에도 비가 온종일 내렸다. 닷새째 되는 날에도 비가 온종일 내렸다. 엿새째 되는 날에도 비가 온종일 내렸다. 이레째 되는 날에도 비가 온종일 내렸다. 여드레째 되는 날에도 비가 온종일 내렸다. 아흐레째 되는 날에도 비가 온종일 내렸다. 열흘째 되는 날에도 비가 온종일 내렸다. 물금성으로 통하는 길은 진창이 되었다. 금성으로부터 보급이 끊긴 지 이틀이 지났다. 지마니사금은 서둘러 물금성을 차지하기 위한 계책을 짜내었다. 빗속을 뚫고 물금성을 공격했다. 흙탕물을 흠뻑 뒤집어쓴 앳된 얼굴의 병사가 몸을 부르르 떨었다. 흙탕물이 뚝뚝 떨어져 내렸다. 가락국 군사들과 미리미동국 군사들은 성벽 위에서 줄기차게 화살을 쏘아댔다. 사로국 군사들이 화살에 맞아 진창 바닥에 하나, 둘 쓰러져 갔다. 사로국 군사들은 가락국 군사들과 미리미동국 군사들의 완강한 저항에 부딪혀 물금성을 깨뜨릴 수 없었다.

"폐하, 큰일 났습니다. 독로국 군사들이 원군으로 오고 있습니다."

파발군이 말에서 내리며 거칠게 숨을 몰아쉬었다.

지마니사금의 등이 뻣뻣하게 굳어졌다. 그는 지휘관을 불러 모아 대책 회의를 열었다. 독로국 군사들은 철갑옷·칼·창 등 충분한 군수물자를 가락국으로부터 공급받는 데다, 전투 역량이 뛰어났다. 가락국 군사들과 미리미동국 군사들과의 싸움도 힘겨운데 독로국 군사들까지 몰려오면 승산이 없었다. 지마니사금은 군사들에게 후퇴 명령을 내렸다. 지마니사금이 이끄는 사로국 군사들은 물금성의 성문을 깨트리지 못하고 물금천을 건너 월성으로 돌아갔다.

봉황성 감제고지(瞰制高地)를 둘러보고 가락전으로 돌아온 수로왕은 며칠 동안 고민해온 두 아들에게 허씨 성을 부여하는 문제를 종결지어야겠다고 생각했다. 그는 시녀에게 중궁전에 가서 내전(內殿)을 모셔오라고 명했다. 은실로 물고기를 수를 놓고 있던 허왕후가 시녀로부터 수로왕의 전갈을 듣고, 가락전으로 왔다.

"무슨 급한 일이라도 있사옵니까?"

허왕후가 수로왕 앞에 앉으며 물었다.

"일전에 왕후가 말했던 거 오늘 결정했어요."

목에서 밀어내듯 수로왕이 말했다.

"……."

"거문과 거도가 허(許)씨 성을 쓰도록 하는 게 좋겠어요."

수로왕이 말했다.

"가락국의 앞날을 위해서 잘 생각하신 겁니다."

수로왕의 속내평을 짐작할 수 없어 봄 내내 속을 끓였던 일이 잘 풀렸다는 생각에 허왕후의 낯빛이 환해졌다.

"그래 거문에게 다전(茶田)을 관리하라고 했다고요?"

수로왕이 물었다.

"네. 셋째가 다전 관리를 잘할 거예요."

허왕후가 나직하게 말했다. 그녀는 아유타국을 떠날 때 챙겨왔던 봉차 씨앗을 잘 간수해 가락국으로 가져왔다. 그때 가져온 차를 구지봉 인근의 다전에서 재배하고 있었다.

"때가 오면 거문을 사농경으로 임명할 생각이오."

수로왕이 깊게 숨을 들이마신 뒤 입을 뗐다.

"거도는 사병을 관리하면서 무술을 연마하도록 하는 게 좋을 거 같아요"

허왕후가 말끝을 누르며 한마디를 거들었다.

"거도가 검술과 궁술에 소질이 있으니까… 앞으로 가락국 국방을 책임지는 장령(將領)감이지요."

수로왕이 말을 끝내고 허왕후를 바라보았다.

수로 집단은 구지봉 아래 서촌에 집촌(集村)을 이루고 살고 있었고, 허황옥 집단은 구지봉 아래 동쪽에 집촌을 이루고 살고 있었다. 김해 지역에서 조상 대대로 집촌을 이루어 살아오던 9간 집단들과 달리 수로 집단과 허황옥 집단은 외국에서 도래한 세력이었다. 김해 지역 곳곳에 점점이 박혀 있는 9간 세력의 움직임에 늘 촉각을 세우지 않을 수 없었다. 그뿐만 아니라 동북쪽의 사로국 세력이 황산하를 향해 침투해오는 것도 문제지만, 서쪽의 안야국(安邪國)과 서남쪽의 고자미동국(古資彌凍國)의 움직임도 예사롭지 않아 군사력을 키우지 않을 수 없었다.

그날 밤 수로왕과 허왕후는 밤이 이슥하게 깊어지도록 서역 이야기를 나눴다.

"장건(張騫)은 흉노(匈奴)를 견제하기 위해 서녘의 대월지(大月氏)와의 동맹을 도모하고자 한나라의 도성 장안에서 하서회랑(河西回廊)을 지나 서역(西域)으로 가다가 흉노에게 잡혀 10년 동안 포로 생활을 했다고 합니다. 장건은 대원(大宛)과 강거(康居)를 거쳐 대월지에 다다랐지만, 뜻을 이루지 못한 채 13년만인 한나라 무제(武帝) 2년(서기전 127년) 장안(長安)으로 돌아와 보고 들은 것을 무제에게 아뢰었다고 합니다."

허왕후가 차분히 가라앉은 목소리로 말했다.

서역은 한나라 무제 때 처음으로 한나라와 통하였다. 본래 36국이었으나 그 뒤에 차츰 나누어져 50여 국이 되었다. 흉노의 서쪽, 오손(烏孫)의 남쪽에 자리 잡은 서역은 북쪽의 천산산맥(天山山脈)과 남쪽의 객라곤륜산맥(喀喇崑崙山脈), 곤륜산맥(崑崙山脈), 아이금산맥(阿爾金山脈) 등이 있다. 중앙에는 타클라마칸사막(塔克拉瑪干沙漠)을 가로질러 타림강(塔里木河)이

동쪽으로 흐른다. 동서로는 6천여 리이고, 남북으로 천여 리에 이른다. 한 나라와 흉노가 동아시아의 주도권을 두고 대립하는 가운데 전략적 중요성을 지닌 서역은 동쪽으로는 한나라와 접하고 옥문(玉門)과 양관(陽關)으로 막혀 있으며, 서쪽으로는 총령(葱嶺)으로 차단되어 있는 곳이다.

"동쪽 오초령(烏鞘嶺)에서 시작해 서쪽 옥문관(玉門關)에 이르는 하서회랑에 대해서 어릴 때 할아버지에게서 들은 적이 있소."

수로왕이 허왕후에게 바투 다가앉았다.

하서회랑은 기련산맥(祁連山脈) 북쪽, 합려산맥(合黎山脈)과 용수산맥(龍首山脈)의 남쪽, 오초령 서쪽에 있다. 황하(黃河) 서쪽에 있는 데다 두 산맥 사이에 늘어선 좁고 긴 평지이므로 이런 지명이 붙었다. 동서의 길이는 약 1천 킬로미터나, 남북의 너비는 수십 킬로미터밖에 안 되며, 고도(高度)는 해발 천 5백 미터 내외이다.

"하서회랑은 내륙의 대원으로 이어지는 중요한 통로이자 여러 나라의 상단이 오고 가는 중요한 통로였지요."

허왕후가 목소리를 가다듬었다.

흉노의 서남쪽, 한나라의 똑바른 서쪽에 자리 잡고 있던 대원은 한나라에서 대략 1만 리쯤 떨어져 있다. 그들의 풍속은 정착 생활을 하면서 밭을 갈아, 벼와 보리를 심어 먹었다. 포도주를 만들어 마셨고, 한혈마(汗血馬) 같은 좋은 말이 많았다. 피와 같은 땀을 흘리며, 바람처럼 빨리 달린다는 한혈마의 조상은 천마(天馬)의 새끼라고 한다. 성곽과 가옥이 있으며, 그 속읍(屬邑)으로는 크고 작은 70여 개의 성(城)이 있었다. 백성의 숫자는 대략 수십만 명쯤 된다. 활과 창으로 무장한 대원의 군사들은 말을 타고 활을 쏜다. 그 북쪽에는 강거가, 서쪽에는 대월지가, 서남쪽에는 대하(大夏)가, 동북쪽에는 오손이, 동쪽에는 우미(扜罙)와 우전(于寘)이 자리 잡고 있다. 우전의 서쪽은 강물이 모두 서쪽으로 흘러 서해로 들어가며, 동쪽은 강물이 모두 동쪽으로 흘러 염택(鹽澤)으로 들어간다. 장안에서 대략 5천 리쯤 떨어져 있었던 염택의 물은 지하로 흘러들고, 그 남쪽은 황하(黃河)가 발원하는 곳이다. 옥돌이 많이 나며 황하는 중국으로 흘러간다. 또한 누란(樓蘭)과 고사(姑師) 등은 모두 성곽이 있으며 염택에 인접해 있다. 흉노의 오른쪽은 염택의 동쪽에 자리 잡고 있다. 농서(隴西)의 장성에 이르러 남쪽으로는 강(羌)과 접하여 한나라로 통하는 길을 가로막고 있다.

한나라 사람들이 포창해(蒲昌海), 또는 염택이라고 불렀던 로프노르 호(湖) 서쪽 연안의 오아시스에 자리 잡고 있던 누란이라는 소국이 동아시아사의 문헌에 그 이름이 나타난 것은 『사기(史記)』「흉노열전(匈奴列傳)」에 수록된 서기전 2세기에 쓰인 편지 중에서 발견된 것이 최초이다. 서기전 77년에 장건이 이끄는 사절단을 보낸 한나라에서는 누란을 선선(鄯善)이라고 불렀다. 장건이 몸소 방문했던 곳은 대원·대월지·대하·강거 등이었고, 또한 그는 그 주변 5~6개의 큰 나라에 관해서도 전해 들었다. 그는 이 모든 것을 한나라 무제(武帝)에게 아뢰었던 것이다.

"서역의 정세가 우리가 처해 있는 정세와 비슷해요."

"황산하가 사로국과 가락국 틈에 끼어 있는 하서회랑과 같은 것이라고 생각이 들어요."

"바닷길과 물길은 우리 가락국의 생명줄이에요. 황산하가 막히면 우리 가락국은 반로국과 불사국(不斯國)을 비롯한 북쪽의 나라들과 교역하는 길이 막힐 뿐만 아니라, 미리미동국과 독로국과의 왕래도 어려워질 게 걱정이오."

"지난번 전쟁 때 미리미동국과 독로국의 도움이 없었더라면 어려운 전쟁이 될 뻔했어요."

"그래요. 미리미동국 군사들과 독로국 군사들의 활약이 대단했지요."

"황산하를 잘 지켜야 미리미동국과 독로국과 동맹을 계속 이어갈 수 있어요."

"그리고 또… 창해가 막히면 한나라, 낙랑, 왜와 교역하는 길이 막힙니다."

수로왕이 잠시 말을 멈추었다. 창문 틈으로 새어 들어온 달빛이 침전에 하얗게 부서졌다. 주위가 온통 교교하게 가라앉았다. 간간이 정적 사이로 모래톱을 핥으며 부서지는 파도 소리가 파고들었다.

"폐하 밤이 깊었습니다. 침수에 드시옵소서."

허왕후가 천천히 입술을 열어 침묵을 밀어냈다.

5

맏아들인 태자 거등과 어머니 허왕후의 성(姓)을 따라 허씨 성을 계승하게 된 둘째 아들 거문과 셋째 아들 거도의 말만 듣고 해양 교역에만 힘을 쓰는 왕실의 정책에 불만을 품은 7왕자들이 그들을 따르는 백성들을 이끌고 지리산 방면으로 떠난 지도 5년의 세월이 흘렀다. 넷째 아들·다섯째 아들은 그들을 따르는 백성들과 함께 지리산(智異山) 천왕봉(天王峰)에서 남북으로 길게 뻗어 내린 산줄기가 잠시 숨을 가다듬어 완만한 구릉성 산지를 이루고 있는 어서촌에 터를 잡았고, 여섯째 아들과 일곱째 아들은 그들을 따르는 백성들과 함께 경호강변 하촌(下村)에 터를 잡았다. 그리고 여덟째 아들·아홉째 아들·열째 아들은 그들을 따르는 백성들과 함께 경호강(鏡湖江)을 계속 따라 내려가다가 관개가 편리하며 토양이 비옥한 대평촌에 터를 잡았다.

닭 볏이 될망정 쇠꼬리는 되지 말랬다고 가락국의 백성들에게서 왕자 대우를 받던 거열과 거민을 비롯한 7왕자들은 태자와 허씨 성을 계승하게 된 두 왕자들이 맨 앞자리를 차지하고 앉아 있는 서연(書筵)이 열릴 때마다 주눅이 들어 『시경(詩經)』강론(講論)에도 흥미를 잃어갔다.

따스한 바람이 남녘에서 불어와
저 대추나무 잔 가지에 불어대네.
어머님은 저리도 훌륭하신데
우리에겐 괜찮은 자식 없네.

凱風自南(개풍자남)

吹彼棘薪(취피극신).

母氏聖善(모씨성선)

我無令人(아무령인).

"앞의 두 구절은 어머니가 자식을 길러주신 공에 대하여 노래하고 있고, 뒤의 두 구절은 어머니의 은혜를 노래하고, 더불어 그 자식들이 어머니의 은혜에 보답하지 못하는 것에 대해 스스로 뉘우치고 자신을 나무라는 것을 노래하고 있어요."

종정감이 『시경』의 「국풍(國風)」 강론을 끝내고 서책을 거두어 서연을 떠날 때까지 거열과 거민은 서리 맞은 푸새같이 뒷자리에 앉아 고개를 푹 수그리고 오수에 잠겨 있었다.

바다는 짐승의 울음소리를 내며 바다 안개(海霧)를 봉황성으로 쓸어냈다. 수로왕은 여섯째 아들 거열과 일곱째 아들 거민이 백성들을 남겨두고, 지리산으로 들어간 후 소식이 끊어져 가슴앓이를 하고 있었다. 불길한 생각이 자꾸만 머릿속에 맴돌았다. 수로왕은 잠을 이루지 못하고 있었다. 든 바다에서 스멀스멀 몰려온 안개가 구지봉을 휘감고 돌다가 들대로 미끄러져 내려와 봉황성을 넘어 침전 위로 내려앉았다.

파도 소리가 줄기차게 안개를 봉황성으로 밀어냈다. 바다가 뒤척이며 거친 숨을 몰아쉬었다. 그때마다 바다는 수로왕의 코 고는 소리를 삼켜버렸다. 파도가 안개를 뭍 쪽으로 줄기차게 밀어냈다. 안개가 바람을 타고 빠르게 흘러왔다. 이윽고 안개는 쌍어문이 새겨져 있는 봉황성 성문을 휘감았다. 등잔불이 흔들렸다. 침전이 한밤중처럼 깜깜해졌다. 수로왕은 침방 안으로 사로국 군사처럼 진주해온 안개의 포로가 되어 옴짝달싹 못하였다.

안개를 뚫고 북쪽 구지봉에서 불현듯 수상한 소리가 들려왔다. 환청(幻聽)이 아니었다. 분명히 사람의 목소리였다. 안개가 자욱이 깔리고 있었다.

무슨 소리가 들리는 것 같았다.

네가 누워 있는 곳이 어디냐?

사람의 목소리가 들려왔다. 위엄있는 목소리였다. 그 모습을 숨기고 소리만 내서 말하고 있었다.

가락국 봉황성입니다.

수로왕이 불안한 목소리로 대답했다.

수로왕은 소리 나는 쪽으로 계속 귀를 기울였다. 그는 안개의 늪 속으로 빠져들어 가고 있었다.

네가 왜 거기에 누워 있느냐?

소리가 또 말했다.

하늘이 명하기를, 이곳에 가서 나라를 새로 세우고 임금이 되라고 하였기 때문에 여기에 왔습니다.

수로왕의 숨소리가 거칠어지기 시작했다.

조상들의 묘가 모래에 묻혀 사라져 가는 데도 태평스럽게 잠만 자고 있느냐? 그리고도 네가 대원의 왕손(王孫)이라고 할 수 있느냐?

소리가 침방 안을 가득 채웠다.

그때 안개를 헤치고 노랫소리가 가늘게 들려오기 시작했다.

거북아, 거북아

머리를 내밀어라.

만일 내밀지 않으면

구워서 먹겠노라.

龜何龜何(구하구하)

首其現也(수기현야).

若不現也(약불현야)

燔灼而喫也(번작이끽야).

　수로왕은 현기증이 일었다. 옴나위없이 누워 머리를 감싸 쥐었다. 등줄기로 한기가 흘러내렸다. 이 노래를 외치며 춤을 추어라. 그러면 대왕을 맞아 너희들이 기뻐 춤추게 되리라. 노랫소리가 가늘어지면서 안개 속으로 사라졌다. 백성들은 그 말대로 모두 기쁘게 노래 부르고 춤추었다. 노래하고 춤춘 지 얼마 되지 않아 그들은 우러러 머리 위를 바라보았다. 가공한 호양목(胡楊木)에 서로 머리를 맞대고 있는 물고기 두 마리를 새긴 기둥이 하늘에서 드리워져 땅에 닿고 있었다. 양가죽으로 시체를 싼 다음 관 속에 넣고, 호양목을 가공한 뚜껑으로 덮은 관이 기둥 끝에 매달려 있었다. 모래와 함께 바람이 휘몰아쳐 오고 있어. 타클라마칸사막을 넘어온 바람 소리가 점점 더 거세져서 눈을 뜰 수 없어. 앞을 분간하기 힘들어. 바람 소리에 빨려들어 타클라마칸사막으로 튕겨 나가는 것만 같아.

　소리가 가늘어졌다.

　수로왕이 손을 앞으로 내저었다. 땀이 비 오듯 쏟아져 내렸다.

　하서회랑이 막히면 조상들이 묻혀 있는 누란으로 갈 수 없어.

　소리가 말했다.

　노랫소리가 점점 가까이서 들려왔다.

　조상들이 …묻혀 있는 …누란으로 갈 수 …없어.

아주, 아주 먼 곳에서 들려오는 소리가 아련하게 멀어져 갔다. 수로왕의 몸속에 남아 있는 마지막 진까지 뽑혀 나가는 것만 같았다. 달무리처럼 흐리마리한 그림자가 사라졌다. 서서히 안개가 걷히고 있었다.

"전하, 전하."

허왕후가 다급한 목소리로 말했다.

수로왕의 온몸이 땀국에 흠뻑 젖어 있었다. 천천히 고개를 든 그는 어섯눈을 뜨고 일어나 앉았다.

새벽 어슴이 가락전 뒤의 대나무숲에 내려앉고 있었다. 어둠발이 가고 동살이 침방으로 퍼지고 있었다. 침방이 몹시 낯설어 보였다.

"귀에서 노랫소리가 계속 들려와."

수로왕이 굽죄인 목소리로 말했다.

"무슨 노랫소리가 들려와요?"

허왕후가 수로왕의 오른팔을 잡으며 물었다.

" '거북아 거북아, 머리를 내밀어라. 만일 내밀지 않으면, 구워서 먹겠노라'라는 노래였어."

수로왕이 왼팔로 침상을 짚으며 말했다. 노랫소리가 여전히 그의 귓전을 맴돌고 있었다. 현기증이 일게 하는 노랫소리는 겪어보지 않은 사람은 알 수 없는 고통으로 오갈들기에 더할 나위 없이 알맞았다.

"아유타국 사제가 언젠가 이런 말을 한 적이 있어요."

"어떤 말을……?"

"인간이 자연을 초월한 그 어떤 대상이나 힘에 의거하는 존재에 대해 인간의 욕망을 실현하고자 하는 경우에는 자연을 초월한 그 어떤 대상이나 힘에 의거하는 존재에 대해 훌륭한 것을 존경하고 찬양하지만, 그것이 실현되지 않을 경우에는 인간의 입장에서 위협하게 된다고 말했어요."

"음."

"신령스러운 존재인 거북이를 부르는 것으로 시작되는 노래에서 '만약 내밀지 않으면, 구워서 먹으리'라 하고 위협하는 주술(呪術)이 그것을 말해주고 있어요. 이건 일종의 위협하는 주술에 관계된 노래로 보여요."

허왕후가 차분한 음성으로 말했다.

"할아버지가……."

이마에 맺힌 땀을 훔치는 수로왕의 손등에 힘줄이 솟아났다.

"할아버지라뇨?"

수건으로 수로왕의 얼굴의 땀을 닦는 허왕후의 얼굴에 당혹해하는 빛이 지나갔다.

"할아버지가 오셨댔어."

발 뻗고 제대로 잠을 이루지 못하고, 여윈잠을 잔 수로왕이 귀신에 홀린 사람처럼 허공을 바라보았다.

"전하, 어젯밤 할아버지께서 나타나 조상들이 묻혀 있는 누란으로 갈 수 없다고 말했다는 데 그게 무슨 말이에요?"

허왕후가 의아하다는 듯이 물었다.

"그게 얘기하자면… 우리 집안에 입에서 입으로 전해져 내려오는 집안 내력이 길어요…."

충혈된 눈으로 허왕후를 물끄러미 바라보던 수로왕이 말끝을 흐렸다.

"듣고 싶어요. 저희 집안에도 입에서 입으로 전해져 내려오는 내력이 있는데 엄청 길거든요."

허왕후의 눈이 잿빛을 띤 흰빛으로 빛났다.

"나의 고조할아버지는 원래 서역 36국 중의 하나인 대원에 살았지요. 한나라 장건이 대원의 한혈마에 반한 나머지 천마(天馬)라고 이름 붙였다는 이야기는 잘 알려졌지요. 한나라 무제가 대원에 잘 달리는 말이 많은 것을 탐내 이사장군(貳師將軍) 이광리(李廣利)로 하여금 군사를 거느리고 가서 대원을 치도록 했지요. 전쟁에서 올린 성과로 잘 달리는 말을 많이 탈취해 장안으로 돌아갔으나 많은 군사를 잃어버렸지요. 무제가 파견한 관리들이 세금을 혹독하게 거두고, 재물을 강제로 빼앗아 백성들을 도탄에 빠뜨리자. 이를 견디지 못한 대원인(大宛人)들이 여러 번 반란을 일으켰지요. 장두(長頭)를 섰던 고조할아버지는 한나라 군사들의 칼끝을 피해 가족들을 이끌고 누란으로 피했지요."

수로왕이 말을 멈추었다.

대원은 파미르고원 바로 서쪽에 위치한 중앙아시아 페르가나분지에 있었다. 서기전 102년에 한에 항복하고 여러 번 사신을 보내 한혈마를 바쳤다.

"누란에 임시 거처를 정한 고조할아버지는 서역의 여러 나라들을 오가며 장사를 했지요. 우리 대원인에게는 태어난 고장이 영원한 고향이 아닌 거예요. '고향을 한번 떠나면 새로운 고향을 찾고자 하는 바람이 마음속에 생겨나곤 해'라고 고조할아버지가 입버릇처럼 말하곤 했다는 거예요. 그러다가 가족들을 데리고 아예 누란에 눌러앉아 살다가 돌아가셔서 염택의 언덕에 장사지냈지요. 어쩌면 고조할아버지의 영혼은 페르가나분지 위에서 떠돌고 있을지도 몰라요. 태어난 고장이 영원한 고향이 아닌 거야라고 입버릇처럼 말했지만, 조상님들의 묘가 페르가나분지에 있다고 가족들 몰래 눈물짓곤 했다는 거예요. 할아버지는 누란인(樓蘭人)들이 우니(扜泥)로 옮겨 가던 해 대원으로 갈까 망설이다가 가족을 이끌고, 우니로 갔지요."

수로왕이 다시 말을 이어 나갔다.

누란인들은 만년설(萬年雪)과 빙하로 덮여 있는 천산산맥에서 발원한 타림강이 흘러드는 염택의 기슭에서 농사를 지으며 살았다. 한나라에서 누란으로 가는 길은 둘로 나누어진다. 하나는 곤륜산맥의 북쪽 기슭을 따라 서쪽으로 가는 남로(南路)이고, 다른 하나는 천산산맥의 남쪽 기슭을 따라 서쪽으로 가는 북로(北路)이다. 서역의 소국들 중 염택의 서쪽 연안 오아시스에 자리 잡고 있던 누란은 한나라와 가장 가까웠다. 1만 4, 5천의 인구를 가진 누란은 남로와 북로의 분기점에 위치하여 끊임없이 흉노와 한나라의 위협과 약탈에 시달렸다. 누란인들은 남로와 북로를 오가는 상인들의 향도(嚮導) 역을 담당하여 식량·물·낙타 등을 오가는 사람들에게 공급했다.

새로운 누란 왕이 왕위에 오르자, 흉노와 한나라는 누란에 사신을 보내 인질을 보내라는 명령을 내렸다. 새 누란 왕은 흉노와 한나라의 명령대로 두 아들 가운데 형 안귀(安歸)는 흉노에, 아우 위도기(尉屠耆)는 한나라에 보냈다. 새 누란 왕도 왕위에 오른 지 몇 년을 못 넘기고 죽었다. 흉노는 인질로 잡아 두었던 첫째 왕자 안귀를 누란으로 보내, 왕위에 오르게 했다. 28세의 나이로 왕위에 오른 그는 흉노를 가까이하고, 한나라를 멀리하는 정책을 펴 한나라의 심기를 거스르는 결과를 초래했다.

서기전 77년 한나라 대장군 곽광(霍光)은 소제(昭帝)에게 아뢴 뒤 평락 감(平樂監) 부개자(傅介子)를 누란에 보내서 왕 안귀에게 죄를 물어 죽이라고 했다. 황금과 비단을 휴대한 부개자는 외국에 하사품을 내려주어 명성을 얻기 위해서라고 공언하며 용맹한 병사들을 데리고 누란으로 갔다. 그가 누란에 도착해서 왕에게 하사품을 주겠다고 속였다. 왕은 기뻐하며 부개자와 함께 술을 마셨다. 왕의 얼굴에 취기가 돌자, 부개자는 그에게 은밀히 알리고 싶은 말이 있다고 말했다. 왕이 부개자 쪽으로 몸을 기울였다. 그 순간 한나라의 병사 2명이 동시에 뒤에서 왕을 찔렀다. 좌우에 있던 귀족들이 모두 흩어져 도망갔다.

"누란의 왕 안귀는 한나라에 반항한 죄로 천자께서 나를 보내어 왕에게 죄를 물어 죽이라고 했다. 왕의 동생으로 한나라 장안에 인질로 가 있는 위도기를 새로운 왕으로 세우겠다. 잠시 후 왕의 동생이 한나라의 병사들과 함께 도착할 것이다. 괜히 반항하여 시끄럽게 해서 나라의 멸망을 자초하지 말라."

부개자의 말이 날카로운 칼이 되어 누란인들의 목을 다 베어버리기라도 할 것만 같았다.

이윽고 부개자는 왕 안귀의 머리를 베어서 역체(驛遞)를 통해 한나라의 궁궐로 보냈다. 북궐(北闕) 아래에 그 머리를 매달았다. 부개자는 의양후(義陽侯)에 봉해졌다. 옛 누란 왕의 둘째 왕자 위도기를 새로운 누란 왕으로 앉혔다. 한나라는 염택 호반에 자리 잡고 있는 누란이 흉노와 가까이 위치해 있다는 이유로 누란의 성읍(城邑)을 버리고, 그곳에서 4백 2킬로미터 떨어진 염택의 남쪽 기슭 우니로 성읍을 옮기고 나라 이름을 선선(鄯善)으로 고치라는 명을 내렸다.

누란인들이 선선으로 옮겨가기 열흘 전에 수로왕의 고조할머니는 자신을 염택이 내려다 보이는 언덕에 묻어달라는 유언을 남기고 숨을 거두었다. 고조할아버지와 남은 가족들은 물고기가 입질하고 있는 모습을 한 크고 작은 바위들이 산 아래까지 강물처럼 흘러 내려간 것처럼 널브러져 있는 천어산(千魚山) 기슭에 모래를 뒤집어쓰며 서 있는 호양목 기둥 사이로 느릿느릿 걸어갔다. 그들은 바위와 모래를 들어내고 염택 호숫가에 뿌리를 내리고 있던 호양목을 베어 와서 관을 짰다. 사제가 양가죽으로 시체를 싼 다음 관 속에 넣고, 호양나무를 가공한 뚜껑으로 덮었다. 그리고 관 위에 호양나무를 육각형과 팔각형으로 깎아 가공한 뒤 서로 머리를 맞대고 있는 물고기 두 마리를 새긴 기둥을 세웠다. 유언대로 고조할머니를 염택이 내려다 보이는 언덕 위에 묻어준 뒤 고조할아버지와 남은 가족들은 자신들이 자리 잡는 대로 고조할머니의 묘에 성묘하러 올 것이라고 생각했다. 짐을 가득 실은 말과 낙타의 행렬이 선선을 향해 남쪽으로 이동했다. 천어산 기슭에서 떠오른 태양이 끝이 보이지 않는 행렬 위로 붉은빛을 흩뿌리기 시작했다.

"선선으로 가셔서 어떻게 되었어요?"

허왕후가 바짝 앞으로 다가앉았다.

"한나라 도성인 장안을 들락거리며 장사를 하던 고조할아버지는 증조할아버지와 함께 상단을 이끌고 하서회랑을 지나오다가 산에서 굴러내린 돌에 맞아 돌아가셨지요. 선선의 언덕 양지바른 곳에 고조할아버지를 장사지낸 증조할아버지는 언젠가는 증조할아버지의 묘를 증조할머니가 묻혀 있는 염택 호수가 내려다 보이는 언덕 위에 이장해야 한다고 입버릇처럼 말했다고 해요. 누란은……."

수로왕이 말끝을 흐리며 허왕후를 바라보았다.

"누란인들에게 누란은 어떤 곳이지요?"

"누란은 선선으로 옮겨간 누란인들에게 조상들의 묘가 있었기에 언젠가는 돌아가야 할 땅이었지요."

타림강을 따라 뿌리를 내리고 있는 호양목 숲이 염택 호반까지 펼쳐져 있었다. 누란인들은 염택을 둘러싸고 있는 물억새와 갈대숲 사이로 물길을 그물처럼 촘촘하게 뚫었다. 초가을에 많은 갈색 꽃을 피웠던 물억새가 차차 은백색으로 변해 갔고, 염택으로 흘러 들어가는 타림강에서 물고기들이 은빛을 반짝이며 수면 위로 뛰어올랐다. 누란인들은 물길과 물길 사이에 갈대밭을 개간해 벼·보리·수수·콩 같은 농작물을 심었다. 『한서(漢書)』 「서역전(西域傳)」에 〈선선은 원래 누란이라 불렀다. 그곳은 장안에서 6천 리, 양관(陽關)에서 1천 리 지점에 있다. 가구 수는 1천 5백 70호, 인구는 1만 4천 1백 명, 군인은 2천 9백 12명이다〉라고 기록되어 있다. 이 기사로 선선의 전신인 누란의 인구와 나라의 크기를 짐작할 수 있을 것이다. 누란인들이 선선으로 옮겨 간 서기전 77년부터 한나라의 권세 있는 신하인 왕망이 왕위를 찬탈하여 신(新)나라를 세웠던 서기 8년까지 서역에서 한나라는 흉노보다 더 강한 힘을 행사하여 서역의 소국들을 한나라의 지배하에 두었다. 마침내 한나라는 서역에서 흉노를 몰아내는 데 성공했다. 그러나 신나라의 왕망은 서역의 소국들과 우호를 다지는 일을 여줄가리로 여기고 소국들을 경시하는 정책을 폈다. 흉노와 내통하여 한나라를 배반하는 소국들이 나타났다.

서기 8년 수로왕의 할아버지는 선선의 사내들과 함께 낙타들을 이끌고 누란을 향해 출발했다. 모래와 함께 바람이 휘몰아쳐 왔다. 바람이 만들어 낸 모래산의 능선들이 주름을 잡고 있었다. 타클라마칸사막을 넘어온 바람 소리가 거세졌다. 눈을 뜰 수 없을 정도로 강한 바람이었다. 앞을 분간하기 힘들었다. 선선을 떠난 지 열흘째 되는 날 그들은 꿈에도 그리던 누란의 성읍에 도착했다. 그들은 바람 소리에 빨려들어 타클라마칸사막으로 튕겨 나가는 것만 같았다. 모래와 같이 휘몰아치는 바람이 끊임없이 목덜미 속으로 파고들었다. 누란은 누런 모래가 뒤덮은 하늘 아래 모래 언덕에 납작 엎드려 있었다. 봄볕이 모래바람을 헤치고 누란에 찾아오면 파릇파릇한 잎이 마치 쉬리 떼가 몰려오는 모습을 했던 호양목들과 키가 작고, 원줄기와 가지의 구별이 분명하지 않고, 밑동에서 가지를 많이 치는 나무인 관목(灌木)들이 신기루같이 사라지고 없었다. 살아서 천 년간 쓰러지지 않고, 죽은 뒤에도 천 년 동안 썩지 않는다는 호양목들도 사라지고 없었다. 누란인들이 땔감으로 쓰고, 가축들의 먹이로 주던 관목들이 사라지고 없었다. 그뿐만이 아니었다. 한나라와 흉노의 틈바구니에서 살아남기 위한 방편으로 한나라와 흉노에 각각 왕자를 인질로 보내 살아남으려고 몸부림쳤던 누란의 성읍이 흔적도 없이 사라지고 없었다. 사라진 것이 또 있었다. 아름다운 염택이 모래바람을 타고 모래산의 능선 속으로 사라지고 만 것이었다. 낙타 등에 앉아 물끄러미 모래산의 능선을 바라보던 할아버지는 그 자신이 염택호 호반에 와 있다는 것을 알아챘다. 저길 보게나. 저곳이 우리가 찾아가는 천어산묘(千魚山墓)인가 보네. 할아버지의 손끝이 가리키는 곳에 호양나무 기둥들이 모래산 능선에 목만 내밀고 모래바람을 온몸으로 맞고 있었다. 할아버지와 선선의 사내들은 낙타 등에 몸을 맡긴 채 타림강의 물고기가 바위로 변했다는 전설을 간직한 너덜겅을 향해 갔다. 천어산 비탈은 모래 능선으로 변해버린 지 오래였다. 크고 작은 잿빛 바위가 모래에 묻혀 흔적조차 찾을 수 없는 너덜겅을 지나 호양목 기둥을 향해 갔다. 누란인들은 호양목 기둥을 천 개나 천어산에 세웠던 것이다.

목을 길게 빼고 모래 능선 속으로 빠져들고 있는 호양목 기둥 사이로 느릿느릿 걸어갔다. 바람의 기세는 여전히 가라앉지 않고 있었다. 모래가 발목까지 푹푹 빠졌다. 모래 능선 아래에는 천 개의 관이 잠들고 있었다. 서로 머리를 맞대고 있는 물고기 두 마리가 새겨진 호양목 기둥이 선명하게 들어왔다. 물고기 무늬 밑에 꽃잎 무늬가 하나 새겨져 있는 것을 확인한 할아버지는 어머니하고 외마디 소리를 내지르며 모래 능선에 엎드려 눈물을 터뜨렸다. 같이 간 사내들도 조상의 무덤을 찾아 모래 능선을 헤맸다. 천어산이 붉게 물들어가면서 모래바람도 서서히 잦아들었다. 모래 능선을 타고 내려온 어둠이 할아버지의 등 위로 내려앉았다.

"할아버진 언제 장안으로 가게 된 거예요?"

허왕후가 말끝을 높였다.

"초주검이 되어 누란으로 돌아온 할아버지는 한 달 가까이 미음만 드시며 누워 있다가 일어나 가족들에게 선언하듯이 말했대. 우리가 살아가야 할 곳은 장안이야. 장안으로 가자는 말을 거역할 수 없었던 가족들은 낙타 위에 짐을 싣고 선선을 떠나 장안으로 갔지요."

수로왕이 그 광경이 눈앞에 생생하게 보이는 듯하다는 얼굴로 말했다.

"누란에서 장안까지 가시느라 엄청 고생하셨겠네요."

허왕후가 눅눅한 기운을 밀어내며 말했다. 누란에서 장안까지 거리는 가늠도 되지 않을 정도로 먼 거리였다.

"그런데 장안은 장사꾼이 살만한 데가 못된다고 생각한 할아버지는 다시 가족을 이끌고 상선에 몸을 싣고 상해로 가 정착했어요."

수로왕이 잠시 말을 멈추었다.

"그럼 아유타촌 이야기는 들어본 적이 있었겠네요."

"들어본 적이 있고말고요."

"그렇군요."

허왕후는 가리사니가 툭 터지는 것 같았다.

"누란에 가서 조상들 묘에 성묘를 해야하는데 조상님들께 뵐 면목이 없어요."

"육로로 누란까지 가기에는 많은 나라들이 국경으로 막고 있어 어려워요. 바닷길로 해서 가는 방법을 생각해 봐요."

"황산하를 장악하지 못하면 우리 가락국은 더 성장하지 못해요."

"우리 가락국이 흉노와 한나라 사이에 끼어 한나라를 따랐다가 흉노를 따랐다가 하던 누란 같은 운명이 되면 안 된다고 생각해요."

"그렇게 되어서는 안 되지요."

수로왕이 몸을 일으키며 말했다.

"바다가 우리 가락국의 생명줄이에요. 바다는 어머니처럼 온 생명을 품어 줘요."

허왕후가 가라앉은 목소리로 가리새를 타주었다.

6

사로국이 골벌국(骨伐國)과 연합하여 불사국을 공격하여 황산하 물길의 안전이 점점 위태로워지고 있었다. 그뿐만이 아니었다. 열 사람의 신하(十臣)를 중심으로 형성된 위례의 십제(十濟)가 미추홀의 비류 세력을 흡수하여 백제(百濟)로 성장하여 마한의 소국들을 하나하나 통합하며 나날이 강성해지고 있었다. 그뿐만 아니라 안야국이 가락국의 해상 교역로에 끼어들려고 하는 것도 걱정이었다.

"만어산(萬魚山)으로 순행(巡幸)을 떠나야겠어요."

수로왕은 겉으로는 기색이 아무렇지도 않은 듯이 예사로웠으나 마음속은 어지러웠다.

"만어산으로 순행을 가신다고요?"

가락바퀴(紡錘車)로 실을 감고 있던 허왕후가 손놀림을 멈췄다. 실을 감는 용도로 사용되었던 가락바퀴는 가운데 구멍이 뚫린 둥근 원판 형태의 유물로 주로 흙을 빚어 구워 만들었다.

"독로국을 다독거려 줄 필요가 있어. 회맹(會盟)을 가질까 해요."

수로왕은 입속으로만 되뇌던 '회맹'이란 말을 입 밖으로 밀어냈다.

"독로국 거수도 오나요?"

허왕후가 가락바퀴에 실을 감으며 물었다.

"이번에 덩이쇠를 듬뿍 하사한다 했으니 꼭 올 거요."

수로왕이 어조를 누그러뜨리고 말했다. 바다에 인접해 있는 지리적 이점을 살려 자신들도 직접 낙랑과 교역을 하겠다는 것을 허락하지 않은 데 대해 서운한 감정을 숨기지 않던 독로국 거수는 지난번 만어산 회맹에 직접 나오지 않고 동생을 대신 보냈다. 창해에서 멀지 않은 곳에 자리 잡고 있었던 독로국은 창해 해로(海路)에 직접적 영향을 끼치는 소국으로 수로왕으로서는 독로국의 움직임에 마음에 쓰였던 것이다.

"폐하, 한사잡물도 함께 나누어 주면 좋아할 것입니다."

가리사니가 좀 잡힌 허왕후가 말했다.

"한사잡물이 여유가 있습니까?"

수로왕이 굳어진 얼굴을 풀며 말했다.

"얼마 전 상해의 아유타촌장이 해반상단 편에 한사잡물을 전해왔습니다."

"그거참 좋은 일이요."

수로왕이 흡족한 표정을 지었다.

짙은 녹색을 띤 잿빛에 배 쪽으로 갈수록 빛깔이 옅고 산뜻한 흰색 물고기들이 상류로 거슬러 올라가고 있었다. 비늘을 번득이며 물살을 거슬러 올라가는 은어 떼를 내려다보며 수로왕은 만어산을 떠올렸다. 해반천에 봄이 찾아오면 은어는 넓고 큰 바다로부터 돌아와 여름내 강물을 거슬러 올라갔다.

　수로왕 일행이 봉황성 성문을 나왔을 때, 바다 위로 붉은 해가 솟아올랐다. 손에 창을 들고 머리에 투구를 쓴 병사들이 말고삐를 천천히 당겼다. 이어서 수로왕과 허왕후를 태운 수레 뒤로 덩이쇠와 한사잡물을 가득 실은 수레가 천천히 움직였다. 물고기 비늘 같은 갑옷을 입은 묘견과 묵수가 말고삐를 꽉 쥐고 그 뒤를 따랐다. 줄달아 사흘을 퍼붓던 비가 잦아들어 빗밑이 드는가 싶더니 어제 비가 그쳤다. 황산하 상류에서 줄기차게 내리퍼부은 비로 불어난 강물이 강둑을 절써덕거렸다. 삼사미 길목의 나루터에서 수로왕 일행이 범선(帆船)을 타고 황산하를 건너 작원관을 지났다. 까치 떼들이 작원나루 위를 빙빙 돌고 있었다. 밀양강이 황산하와 만나는 지점에 위치한 삼랑진 어귀에는 갈대들이 무성했다. 황산하를 훑고 밀려온 바람에 어가 행렬의 깃발이 나부꼈다. 어가의 행렬이 삼랑나루에 도착했을 때 해는 구름에 가려져 보이지 않았다. 삼랑나루는 창해에서 멀리 떨어진 탓인지 봉황성에 비하면 날씨가 서늘했다. 독로국 거수와 미리미동국 거수가 육각형 모양을 한 삼랑정 앞에서 병사들을 거느리고 기다리고 있었다. 독로국 거수가 타고 온 수레를 끌던 말이 적갈색 털로 뒤덮인 뒷다리가 가려웠는지 지름이 두세 아름되어 보이는 느티나무에 비게질해 댔다. 수로왕의 행렬을 뒤따라 독로국 거수와 미리미동국 거수의 행렬이 만 마리의 물고기 떼가 살고 있다는 설화가 서려 있는 만어산으로 오르는 너설로 접어들었다. 『삼국유사』「탑상」'어산의 부처 그림자(魚山佛影)'조에 다음과 같이 기록되어 있다. 〈옛 기록에 이렇게 말했다. 만어산은 옛날의 자성산(慈成山)이요, 혹은 아야사산(마땅히 마야사로 써야 한다. 이는 물고기를 말한다)이라고도 한다. 그 곁에 가라국이 있었다〉. 보득솔이 군락을 이루고 있는 곳에 이어 험한 바위와 돌이 삐죽삐죽 내밀어 있는 곳을 지나자, 크고 작은 바위들의 흐름이 산정상에서 시작하여 골짜기 중턱까지 이어졌다. 온통 바위너설이어서 천혜의 요새 같았다. 크고 작은 바위들이 강물처럼 흘러 내리다가 널브러져 있는 모습이 물고기가 입질하고 있는 모습처럼 보였다. 마치 거대한 어룡(魚龍)이 엎어져 있는 듯한 형상을 이루고 있는 어룡바위 앞에서 회맹 의식을 시작했다. 희생물로 삼은 소의 왼쪽 귀를 잘라 쟁반에 담아 그 피를 제기(祭器)에 담았다. 새삼스러운 눈길로 어룡바위를 살펴보던 독로국 거수가 떨리는 목소리로 묵수가 건네준 맹약서를 읽기 시작했다. 독로국과 미리미동국은 가락국을 우방국으로 삼아 길이 의지할 것이다. 희생물(犧牲物)을 잡아 피를 마시고 내내 친목하여 재앙을 서로 나누고 서로 도와 은의(恩義)를 형제처럼 해야 할 것이다. 맹세를 어겨 몰래 함께 군사를 일으키면 산신의 재앙을 받을 것이다. 이어서 수로왕이 흰 수염을 한번 쓰다듬은 뒤 먼저 희생의 피를 마셨다. 뒤이어 독로국 거수가 희생의 피를 마셨다. 마지막으로 미리미동국 거수가 희생의 피를 마셨다. 크고 작은 물고기들이 입을 벌리고 있는 모습을 한 너덜겅 위로 구름이 뒤덮기 시작했다. 그 광경은 마치 크고 작은 물고기 떼가 구름을 타고 만어산 정상으로 올라가고 있는 것만 같았다. 수로왕이 어룡바위 앞에서 물러 나왔을 때 구름을 뚫고 햇빛이 너덜겅 위로 쏟아져 내렸다. 회맹 의식 내내 턱 끝이 뾰족한 얼굴에 그늘이 깔려 있던 독로국 거수가 어룡바위 앞에서 물러났다. 이어 미리미동국 거수가 어룡바위 앞에서 천천히 물러났다.

검은 바위들이 반짝반짝 빛을 내며 꿈틀거렸다. 물고기가 입질하는 모양의 검은 돌을 바라보던 허왕후는 눈길을 은어 모양의 바위로 돌렸다. 너덜겅의 바위 하나하나의 생김새가 예사롭지 않다고 생각했다. 그녀는 작은 돌을 하나 집어 큰 돌을 두드려 보았다. 쇠북 소리가 났다. 다시 조금 작은 돌을 두드려 보았다. 경쇠 소리가 났다. 고개를 들어 산 정상을 바라보았다. 구름이 만어산 아래로 내려앉고 있었다. 그때 그녀의 눈에 물고기 두 마리가 서로 이마를 맞대고 있는 바위가 들어왔다. 흡사 이마를 맞대고 있는 물고기 두 마리가 구름 위로 올라가는 모습 같았다.

수로왕은 수레에 싣고 온 덩이쇠와 한사잡물을 독로국 거수와 미리미 동국 거수에게 하사했다.

한사잡물을 보고 독로국 거수의 얼굴이 환해졌다.

"이 귀한 것들을 하사하다니 감사합니다."

몸집이 큰 독로국 거수가 고개를 숙여 보였다.

"하하, 우리 왕후가 준비한 거라오."

수로왕이 허왕후에게 고개를 돌리며 말했다.

"돌아가서 신료들에게 나누어 주면 좋아할 겁니다."

독로국 거수가 말했다. 당당하고 늠름한 그는 거수에 오르기 전부터 가 락국을 들락거리며, 가락국의 선진 문물을 받아들였고, 황산하 물길을 이 용해 교역을 늘었다.

"독로국 신료들은 물론 우리 미리미동국 신료들도 좋아할 겁니다."

미리미동국 거수가 희색(喜色)을 감추지 못하고 말곁을 달았다. 그는 거 수에 오른 지 6년 만에 철마산에 철마산성을 쌓아, 외적의 침입에 대비했 고, 낙동강 물길을 이용해 가락국과 교역을 활발히 해 백성들의 살림살이 를 풍족하게 했다.

수로왕 일행이 삼랑나루에 이르렀다. 미리미동국 거수와 독로국 거수 가 병사들의 호위를 받으며 삼랑나루를 떠났다.

"우리는 좀 쉬었다 가도록 하자."

수로왕이 좌우를 둘러보며 말했다.

묵수가 수로왕을 모시고 삼랑정으로 올라갔다. 은어 떼들이 물살을 가 르며 낙동강을 거슬러 올라가고 있었다.

"거문은 사농경을 맡아 다전(茶田)을 비롯한 나라의 농사를 맡아 일하기 로 했고, 거도는 물금성 성주를 맡아 물금 철광산을 관장하기로 했다."

정자마루 끝에 걸터앉은 허왕후의 뒤로 구새 먹은 느티나무가 강물 위 로 가지를 늘어뜨리고 있었다.

"잘 되었네요."

강물을 응시하던 묘견이 고개를 돌리며 짧게 말했다. 오빠들이 벼슬자리를 놓고 얼굴을 붉히는 것을 죽 보아온 그녀는 벼슬자리 같은 것은 시들방귀로 여기고 있었다. 그렇다고 숫보기는 아니었다.

"좁은 가락국에서 아옹다옹할 게 아니라 좀 더 넓은 세상으로 나가보면 어떻겠느냐?"

허왕후의 묘견의 표정을 살폈다. 그녀는 묘견의 속종을 눈치채지 못할 만큼 미욱하지는 않았다.

"……"

묘견이 허왕후의 말에 시척도 않고 고개를 수그린 채 생각에 잠겼다.

"마침 묵수가 다음 달에 상단을 이끌고 왜(倭) 땅으로 간다니까, 너도 함께 가거라."

허왕후가 눈자위와 아늠을 쓰다듬으며 말했다.

"네, 생각해 볼게요."

묘견이 수그리고 있던 고개를 천천히 들었다.

"가락국이 사는 길이 바다 교역 길을 넓히는 일이야."

허왕후가 일어서며 말했다.

"곧 떠난다 합니다. 떠날 차비들을 하세요."

묵수가 삼랑정에서 내려오며 신료들을 향해 말했다.

7

지금의 양산과 김해 사이의 낙동강 하류인 황산하는 낙동강 중상류에서 하류로 내려가 바다로 들어가는 관문이었다. 사로국 국경에서 물금천과 황산하를 건너게 되면 바로 가락국 국경으로 들어갈 수 있었다. 뿐만 아니라, 황산하는 물금 땅에 있는 물금 철광산에서 철광석을 운반하거나

적으로부터 물금 철광산을 방어하는 데 있어서 군사적으로 아주 중요한 곳이었다. 물금나루와 용당나루를 포함하는 지역인 황산진(黃山津)은 가락국에 철광석을 공급하는 중요한 광산이었던 물금 철광산을 놓고 가락국과 사로국이 치열한 공방전을 치렀던 곳이었다. 영취산에서 발원하여 황산하로 흘러드는 물금천 옆에 우뚝 서 있는 물금성은 사로국의 침략을 방어하는 보루였다. 가락국을 비롯한 가야 지역에서는 김해의 무척산(無隻山) 철광산, 양산의 물금 철광산, 합천의 야로(冶爐) 철광산이 알려져 있었다. 가락국의 도성인 봉황성은 바닷길로 서해 연안과 창해 연안의 모든 항구, 그리고 한나라와 왜로 통할 수 있었고, 낙동강 물길을 이용해 영남 내륙 깊숙이까지 오갈 수 있었던 관문(關門)과 같은 중요한 위치에 놓여 있었다. 교역의 중심지로 떠오른 가락국은 물길과 바닷길의 중심부에 해당하는 관문을 차지해 물길·바닷길 교통, 그리고 교역의 요지로서 한반도 남부의 소국들 가운데 맨 위층에 자리 잡게 되었다. 말하자면 철과 물길과 바닷길이 풀무질한 교역의 거점인 가락국은 천구(天球) 위에 구름 띠 모양으로 길게 분포되어 있는 수많은 천체(天體)의 무리인 은하(銀河)의 중심부처럼 변한 정치집단의 중심부가 된 것이었다. 관문사회(關門社會)의 중심 세력이 된 가락국에서 멀리 떨어져 있는 소국일수록 교통과 교역의 중요도가 떨어져 낙동강과 창해 연안에 점점이 박혀 있는 소국들한테 미치는 영향력이 미미하게 되었다. 반로국·감로국·접도국·고순시국·낙노국·주조마국 같은 소국들이 그러했다. 2001년 김해시 해반천과 봉황대 언덕 사이의 습지에서 항만 유적이 발견되었다. 농경지·토기가마·방어 시설·패총(貝塚), 기둥구멍 등의 유구와 함께 교역과 관련된 창고 시설로 추정되는 굴립주 건물지(掘立柱建物址)가 드러났다. 2002년 김해시 봉황동에서 발굴된 대형 기둥 유구(遺構)의 선착장 시설의 흔적과 선박 부재(部材)는 과거 이곳이 바닷가였고 항구였다는 사실을 알려 준다. 항구의 반대쪽 옛 해안에는 거대한 조개무지가 높고 긴 언덕을 이루고 있다. 이것은 가락국 사람들이 수백 년 동안 먹고 버린 조개껍데기가 쌓여 있는 '회현동 패총'이다. '회현동 패총' 속에서 중국 신나라의 왕망이 서기전 14년에 주조한 화폐의 하나인 화천(貨泉)이 출토되어 주목을 끌었다. 화천은 한반도의 서북한 지역으로부터 일본열도의 남부지역까지 광범위하게 출토되기 때문에 가락국이 활발한 대외 교역을 했다는 것을 증명한다. 가락국의 대외 교역과 관련하여 『삼국지』「위서」에 기록되어 있는 〈나라에서 철이 생산되는데, 한(韓)·예(濊)·왜(倭)에서 와서 가져갔다. 시장에서 사고 팔 때에 모두 철을 사용하였다. 마치 중국의 돈과 같이 사용하였다. 또한 철을 낙랑과 대방의 두 군(郡)에도 공급하였다〉라는 기사는 한반도 동남부 변한의 철의 생산과 교역에 관한 실상을 알려주고 있다. 김해시 대성동고분과 부산시 복천동고분에서 출토된 많은 양의 덩이쇠와 납작도끼 같은 철기는 『삼국지』「위서」의 기록이 정확하다는 것을 입증하고 있다. 가락국은 주위의 철광산에서 생산되는 철광석을 제련하는 선진적인 제철 기술을 보유하고 있었다. 봉황대유적에서 제철에 사용되었던 송풍구(送風口)의 파편과 광재(鑛滓)가 출토되었다. 송풍구는 용광로에 바람을 불어 넣는 데 사용하는 흙으로 만든 관(管)으로 강한 불에 타서 까맣게 변질된 상태로 출토되었고, 광재 역시 철을 제련할 때 나오는 쇳물의 찌꺼기가 굳은 것이다. 이것들은 가락국에서 일찍부터 철광석을 제련하여 무쇠를 뽑았다는 것을 증명하는 중요한 유물이다. 『세종실록지리지』와 『신증동국여지승람』에 김해의 감물야촌(甘勿也村)과 창원의 부을무산(夫乙無山)에서 사철(沙鐵)이 생산된다고 기록하고 있다.

바다 표면으로부터 연기가 피어오르는 것처럼 보이는 바다 안개를 뚫고 붉은 달이 구지봉 위로 떠 올랐다. 살의를 품은 듯한 붉은 달빛이 바다 안개를 뚫고 봉황성 위로 쏟아져 내렸다. 봉황성을 에워쌌던 바다 안개가 물러가자, 해반천이 마치 가마 속에서 끓어 번지는 물처럼 물방울을 일으켜 붉은 물꽃을 튕겼다. 냇물이 핏빛으로 변했다. 물고기들이 하늘로 뛰어

올랐다가 물 녘으로 떨어졌다. 이상한 일이었다. 그뿐만이 아니었다. 호계천의 물빛이 온통 붉은 빛으로 물들며 크고 작은 고기들이 하늘로 뛰어올랐다. 황산하의 물고기들이 모래사장과 풀숲 위로 쏟아져 내렸다. 이상한 일이 연속적으로 일어났다. 백성들이 거리로 몰려나왔다.

연자루 옆으로 펼쳐져 있는 다전의 차나무 위로 바다 안개가 스멀스멀 밀려왔다. 찻잎 위에 내려앉았던 바다 안개는 연자루를 에워쌌다. 연자루가 커다란 소리를 내며 울었다.

"연자루가 운다."

다전 옆을 지나가던 길손이 걸음을 멈추었다.

"연자루가 운다아."

걸때가 커다랗고 억세게 생긴 사내가 찻잎을 따다 말고 허리를 세웠다.

"변고가 일어나려나."

백성들은 대여섯 사람씩 떼를 지어 서로 쑥덕거렸다. 도성 안이 무겁게 가라앉았다.

서쪽으로 낙동강 물길을 끼고 있고, 동쪽으로는 태백산맥의 지맥(支脈)을 등에 업고 있던 불사국은 지리적·전략적 요충지였다. 이러한 지형적 특징으로 말미암아 불사국은 진한에 속해 있었으나, 수로왕은 봉황성에 온 불사국 사신이 귀국할 때 덩이쇠와 한사잡물을 범선에 가득 실어 보냈다. 이에 고무된 불사국 거수는 화왕산성과 목마산성을 축성(築城)하여 사로국 등 외국의 침공에 대비하였다. 동아시아를 누비는 해상왕국으로서 입지를 다져가고자 하는 가락국으로서는 든든한 우방국이 생긴 셈이었다. 지리적 위치로 볼 때 불사국은 낙동강 물길을 통해 가락국과 가까운 관계를 맺는 것이 훨씬 유리하였다. 낙동강 연변에 도성이 있는 불사국은 지리상으로 보아 동쪽에 자리 잡은 소국들과 교역을 하는 것보다 강 건너의 반로국·안야국과 남쪽의 가락국과 교역하는 것이 더 손쉬웠던 까닭에 차츰 변한 소국들과의 교류가 많아졌다.

수로왕이 불사국 사신에게 덩이쇠와 한사잡물을 범선에 가득 실어 보냈다는 첩보를 받은 지마니사금은 6부 회의를 소집했다. 신료들이 수로왕이 불사국에 보낸 한사잡물 이야기를 나누다가 물금 철광산 이야기로 흘러갔다.

"자, 한사잡물과 물금 철광산 이야기는 이 정도로 하고……."

지마니사금이 흥감을 떠는 신료들을 향해 말했다.

"언제까지 가락국이 교역을 독점하는 걸 보고만 있을 겁니까. 이젠 불사국마저 가락국의 교역 체계에 들어가 버렸습니다. 신료들이 해찰만 부리고 있을 게 아니라 불사국과 가락국이 교역을 할 때 우리 사로국이 교역품을 가리단죽하든가, 불사국을 공격해 혼쭐을 내주든가 하는 문제를 논의해야 합니다."

한기부 부주 배진의 목소리는 서릿발처럼 차가웠다. 흰목을 쓰는 그는 수로왕의 노복인 탐하리에게 살해당한 한기부 부주 보제의 맏아들이었다.

"가락국 봉황성을 섣불리 공격했다가는 월성이 온전하지 못할 겁니다. 동해 연안 우리 변경을 자주 침범하는 왜적의 뒷배가 가락국이라는 사실을 잊어서는 안 됩니다."

본피부 부주의 겻불내가 나는 목구멍에서 단김이 뿜어져 나왔다.

"무엇보다도 우선 외교 문제만 나오면 풋뜸처럼 피세를 놓지 말라고 신신부탁하는 바입니다. 불사국과 가락국, 가락국과 왜적 문제는 따로따로 떼어 놓고 생각해서는 안 됩니다. 우리 사로국을 위기에 빠트리는 문제의 근원이 가락국입니다. 그렇기 때문에 반드시 가락국을 쳐부숴야 합니다. 수로왕이 늙어 운신의 폭이 좁을 때라 기회는 바로 지금이 좋습니다."

가만히 입을 다물고 있던 사량부 부주가 배진의 말허리를 꺾었다.

배진은 가위눌린 사람처럼 긴숨을 내쉬었다. 창해 연안의 안야국·골포국·칠포국·고사포국·사물국·보라국 가운데 어느 소국을 순방할 것인가 하는 문제를 놓고 신료들이 다투었다. 마침내 골포국·칠포국·고사포국의 세 소국을 순방하기로 하고 6부 회의가 끝났다.

배진이 골포국·칠포국·고사포국, 세 소국을 순방하며 군사 지원을 요청하고 다닌다는 첩보가 봉황성으로 날아들었다. 수로왕은 태자 거등을 미리미동국으로, 공주 묘견을 독로국으로 보내 군사 지원을 요청했다.

지마니사금이 도성 근처의 촌(村) 및 6부(六部)의 군사를 거느리고 월성을 떠나는 날, 큰 바람이 동쪽에서 불어와 나뭇가지를 꺾고 궁궐의 기와를 날렸다. 지마니사금이 이끄는 사로국 군사들이 물금성에 가까이 다가갔을 즈음, 골포국·칠포국·고사포국의 세 소국 군사들을 태운 병선이 해로를 따라 봉황성을 향해 가고 있었다. 사로국이 골포국·칠포국·고사포국의 세 소국과 연합하여 가락국을 북쪽과 남쪽에서 동시에 공격하는 모양새였다. 독로국·미리미동국의 보병들은 가락국의 보병과 함께 사로국에 맞서 싸우기 위해 물금성에 집결했다. 한편 미리미동국 보병과 독로국의 수군은 가락국 수군과 함께 골포국·칠포국·고사포국 수군을 상대하여 전투를 벌이기로 했다.

배진이 이끄는 사로국 연합수군이 묘견이 이끄는 가락국 수군의 병선을 향해 일제히 불화살을 퍼부었다. 가락국 수군의 병선들이 불이 붙은 채 뒷걸음질 쳤다. 붉은 갑옷을 입고 있는 배진이 북을 울리며 추격 명령을 내렸다. 사로국 연합수군의 병선에서 일제히 불화살이 날았다. 가락국 수군의 병선들이 불화살을 쏘면서 뱃머리를 돌려 봉황성 앞바다로 달아났다. 사로국 연합수군의 병선들이 뒤쫓아 갔다. 가락국 수군은 사로국 수군의 병선을 물목 안으로 밀어 넣었다. 둥 둥 둥 둥. 북소리가 물너울을 타고 물마루로 몰려갔다. 가락국 수군이 뒤로 물러나 진을 쳤다. 봉황성에 잠복하고 있던 미리미동국 궁수(弓手)들과 가락국 궁수들은 사로국 연합수군의 병선을 향해 일제히 불화살을 날렸다. 사로국 수군의 병선에 불이 붙었다. 사로국 연합수군이 모래언덕으로 개미같이 기어올랐다. 성문이 열리면서 가락국 군사들이 오른손에 긴 가락검을 쥐고 달려 나왔다. 가락국 군사들이 휘두른 가락검에 사로국 연합수군들이 붉은 피를 풀등에 흩뿌리며 쓰러졌다. 가락국 군사들이 재빨리 성문 안으로 들어갔다. 성문이 닫히자, 미리미동국 궁수들이 연방 불화살을 쏘아댔다. 사로국 연합수군은 빗발치듯 날아오는 불화살을 당해 낼 재간이 없었다. 사로국 연합수군의 병선에 불이 붙어 타들어 가기 시작했다. 독로국 거수가 이끄는 독로국 수군들이 불화살을 줄기차게 쏘아대면서 사로국 연합수군의 병선들 사이로 치달았다. 가락국 수군들은 사로국 연합수군의 병선들의 퇴로를 가로막았다. 사로국 연합수군의 병선들이 화염에 휩싸였다. 하늘을 온통 태워버릴 것처럼 시뻘건 불길이 맹렬하게 치솟았다. 불화살을 맞은 사로국 연합수군들이 비명을 지르며 풀쩍풀쩍 뛰다가 바다에 뛰어들었다. 등에 불이 붙은 사로국 연합수군들이 헤엄을 쳐 모래언덕으로 다가갔다. 망루에서 이들을 감시하고 있던 가락국 군사들이 함성과 함께 성문을 열고 달려나왔다. 활 한바탕 안으로 달려간 가락국 궁수들이 쏜 화살에 사로국 연합수군들이 쓰러졌다. 뒤이어 미리미동국 군사들이 사로국 연합수군을 향해 칼을 휘두르며 달려갔다. 사로국 연합수군은 일시에 무너지고 말았다. 살아남은 사로국 연합수군들은 버림치 꼴이 되었다. 그들은 스스로 더덜뭇해져 이러지도 저러지도 못하고 모래언덕에 쓰러져 있었다. 봉황성 앞바다의 시퍼런 물결은 죽은 사로국 연합수군의 피로 붉게 물들었다.

해종일 바닷바람은 파도가 일렁일 때마다 시체 썩는 냄새를 봉황성 아래 모래톱으로 밀어냈다. 바닷바람의 끝자락에 시체가 썩는 냄새가 묻어 있었다. 창해와 해반천이 만나는 모래톱에서 파도에 밀려온 배진의 시체가 발견된 것은 사흘 전 일이었다. 배진의 시체를 감싸고 있는 갑옷이 예사롭지 않았다. 창해와 동해 연안에서 군사들이 물고기 비늘 같은 갑옷을 입는 소국은 가락국과 사로국뿐이었다. 그런데다 배진은 붉은 갑옷을 입고 있었기 때문에 눈에 쉽게 띄었던 것이다. 수로왕은 배진의 시체를 거두어 사로국에 보내도록 명했다.

사로국에서 달려온 한기부의 병졸들에게 배진의 시체를 넘겨주던 날 거친 파도가 난바다에서 일었다. 바닷물이 빠져나간 풀등에서 비릿한 해감 냄새가 풍겨 왔다. 한기부의 병졸들이 모두 봉황성을 떠나가자, 가락국 보병들은 바닷가로 나가 창과 화살을 수습했고, 가락국 수군들은 봉황성 앞바다로 병선을 타고 나가 부서진 병선의 조각을 끌어당겨 병선에 실었다. 일렁이는 물너울들이 병선을 모래톱으로 밀어냈다. 석양을 받은 먼바다의 수평선에서 노을이 희번덕거렸다. 가락국 수군의 병선 뒤로 까치놀이 졌다.

　사릿물이 되자, 감제고지에 주둔 중인 가락국 군사들의 발걸음이 빨라지기 시작했다. 근년에 들어 안야국 수군과 고자미동국 수군의 동태가 심상치 않아 수로왕이 경계를 게을리하지 말라는 명이 떨어졌기 때문이었다. 봉황성 앞바다는 언제 파도가 일었냐는 듯이 거짓말처럼 잔잔해졌다. 부서진 병선 조각도 둥둥 떠다니지 않았고, 모래톱에도 전투의 흔적은 찾아볼 수 없었다.

8

　아침 일찍 궁궐을 나온 묘견은 부두에 도착하여 교역품을 용선에 싣는 것을 점검했다. 조금 늦게 허왕후와 천부경 신보가 잇달아 부두로 나왔다. 묘견은 제단(祭壇) 앞으로 나가 희생(犧牲)과 폐백(幣帛)을 제물로 해신(海神)에게 올렸다. 묵수가 제문(祭文)을 손에 들고 제단 앞으로 나갔다.

　"바닷길이 3천 리인데 마련한 배가 2척이고 배에 타는 사람의 무리가 15명입니다. 바람이 순하게 불고, 파도가 고요하여 동·서·남·북의 요사스러운 기운이 말끔히 없어져야 용선이 바다 위를 안전하게 항행하게 될 것입니다. 삼가 날짜를 가리고, 희생과 술을 마련하여 깨끗한 음식을 해신께 올렸사오니 신령스러운 덕을 보여주시옵소서."

제사를 마치자, 바다에는 엷은 안개조차 없어 동·서·남·북이 확 트였다. 종정감이 상서로운 조짐이라 말했다.

"바람의 세력이 매우 좋으니 배를 띄울 만합니다."

틀거지가 만만치 않은 묵수가 말했다.

"조심해서 다녀오세요."

신보가 묘견을 향해 말했다.

"감사합니다. 기도 많이 해주세요."

묘견이 고개를 숙여 보였다.

"돌아오면 이 어미와 함께 아유타촌에 가자."

허왕후가 주황빛 깃발을 들고 가까이 다가왔다.

"아유타촌에요?"

묘견이 오른쪽 어깨를 으쓱하며 말끝을 높였다.

"아유타촌에는 아유타국 사람들이 모여 살고 있는 데야. 항해하는 동안 아유타국을 생각하며 항상 기도해라. 물고기들의 가호가 있을 게다."

말을 끝낸 허황옥이 물고기 두 마리가 이마를 맞대고 있는 문양이 은실로 수놓아져 있는 깃발을 묘견에게 건네주었다.

"알겠어요. 혹시나 할아버지와 할머니의 묘소에 대한 소식이라도 들을 수 있는가 해서지요?"

묘견이 너울가지가 있게 웃었다.

"어쩌면 이 어미의 마음속을 속속들이 들여다본 듯이 말하는구나."

허왕후가 묘견의 속 깊은 마음자리가 대견하기 짝이 없어 어깨를 쓰다듬었다.

용의 형상을 한 용선이 두 개의 붉은 빛깔의 돛을 달고 바다로 나갔다. 며칠 동안 바닷바람이 연달아 불었던 까닭으로 물결이 가라앉지 않고 있었다. 바닷바람이 불어왔다. 용선이 흔들리고 기우뚱거렸다. 물고기 두 마리가 서로 마주 보는 문양이 은실로 수놓아져 있는 주황빛 깃발이 돛대 꼭대기에서 펄럭거렸다.

허왕후는 봉황성 감제고지에 올랐다. 가선진 눈을 천천히 들었다. 황산하가 남쪽으로 굽이쳐 흐르며 창해로 흘러드는 물길이 손끝으로 만져질 듯 아른거렸다. 물살이 완만한 강 하구는 물고기들이 떼를 지어 다녔다. 갈매기들이 날개깃을 쳐대며 분산성(盆山城)을 향해 날아갔다. 분산성이 한눈에 들어왔다. 남북으로 긴 타원형을 이루도록 쌓은 분산성의 서남부는 험준한 천연 암벽이 성벽 역할을 하고 있었다. 하늘과 바다가 맞닿아 서로 접하는 두 개 면의 경계 위로 붉은 태양이 솟아오르고 있었다. 허왕후는 일렁이는 바닷물을 바라보며 천천히 손을 흔들었다. 먼바다로 갔다가 창해와 해반천이 만나는 하구로 되돌아오는 은어 떼처럼 묘견과 묵수도 꼭 가락국으로 돌아오리라 생각하며 눈길을 떼지 않았다.

묘견과 묵수가 탄 용선이 주황빛 깃발을 펄럭이며 망산도를 휘돌아 끝이 보이지 않은 짙푸른 바다 한가운데로 미끄러져 가고 있었다.

4. 엄광용 | 도미 부인 - 사랑의 지팡이

은백색의 달빛이 마당으로 물처럼 스며드는 봄밤, 한가롭게 뒷동산 숲 속에서 뻐꾸기가 울고 있었다. 눈을 감고 있어도 바람결에 묻어오는 향기가 도미 부인의 코끝을 스쳤다. 노란 꽃술을 매단 밤나무는 밤중에 더욱 짙은 향기를 내뿜었다. 낮에 궁궐로 불려간 남편 도미는 이슥하게 밤이 깊어도 돌아오지 않았다.

　　낮에 잠깐 재 너머 친정에 다녀오느라, 부인은 집을 떠나 궁궐로 가는 남편의 모습을 보지 못했다. 이웃 사람들 말에 의하면 왕명을 받은 시종 두 사람이 찾아와 데려갔다고 했다. 무슨 잘못을 저질렀다면 창을 든 군사들이 오라를 지워 끌고 갔을 터인데, 임금(개로왕)의 시중을 드는 사람들을 따라 남편이 입궐을 했다는 것이다.

　　여인은 왜 뜬금없이 남편이 임금의 부름을 받아 궁궐에 들어갔는지 도무지 알 수 없었다. 부부가 사는 마을은 궁궐에서 그리 멀지 않으나 벽촌이었고, 남편은 매일 나무를 하다 시전에 내다 팔아 하루하루를 연명하며 사는 가난한 나무꾼이었다. 겨울철이 되면 참나무를 베어 가마에 숯을 구워 귀족들 저택이 즐비한 도성에 들어가 화덕에 쓸 땔감으로 팔아 양식을 구해오기도 했다.

　　원래 도미는 결혼할 때까지만 하더라도 나무꾼이나 숯장사를 할 만큼 집안이 가난하지 않았다. 그래서 재 너머의 부잣집 맏딸과 결혼할 수 있었다. 그러나 결혼 직후 부모가 모두 이름 모를 병으로 앓아눕는 바람에 가세가 기울기 시작했다. 마을에서 소문난 효자였던 도미는 농토를 팔아 첩약을 달인다 고깃국을 끓인다 하여 자식으로서 온갖 공양을 다 하였지만, 끝내 부모는 해를 걸러 모두 저세상으로 떠나고 말았다.

　　결국 도미는 나무꾼이 되어 겨우겨우 끼니를 이어갔다. 처갓집이 잘 살았지만 그는 도움을 받지 않고 살기로 마음먹었다. 그래서 겨울철에는 깊은 산속에까지 들어가 숯을 만들어 도성의 시전에 내다 팔았다.

숯장사를 할 때 부인은 남편 도미에게 주먹밥을 만들어주곤 했다. 가마에 불을 때다 보면 밤을 지새울 적도 있으므로 몇 끼 양식이 될 만큼 충분히 주먹밥을 만들어 베보자기에 싸주었다. 가마 곁에는 숯막이 있어서 낮이건 밤이건 피곤하면 잠시 눈을 붙일 수도 있었다.

어느 몹시 추운 날 서산으로 저녁놀이 지면서 산 아래로 어둠이 내릴 무렵, 나그네 한 사람이 숯막으로 찾아들었다. 산에는 눈이 하얗게 쌓여 어둠이 내려도 사람 얼굴을 식별할 수 있을 만큼 밝았다.

도미는 초라할 정도로 누더기 옷을 걸친 나그네의 모습을 보고, 처음에는 놀라움에 경계심을 가졌다. 그러나 나그네의 얼굴에서 느껴지는 범상치 않은 분위기는 그를 압도하여, 하룻밤 쉬어가자는 말에 거절을 할 수가 없었다. 그는 결국 숯막의 입구를 비켜주어 나그네가 편안한 자리에 다리쉼을 할 수 있도록 배려하였으며, 아내가 싸준 주먹밥을 나누어 먹기까지 하였다.

"참으로 인정이 많은 사람이군요. 잠자리에 끼니까지 얻어먹었으니, 이 사람도 보시를 해야 할 터인데……."

"보시라니요? 혹시 도통하신 스님이 아니신지요?"

도미가 물었다. 나그네의 동굴 같은 그윽한 눈빛과 격식을 차린 말투가 그에게는 그렇게 느껴졌던 것이다. 그러고 보니 어깨에 걸쳤다 벗어놓은 나그네의 바랑이 스님의 그것과 같았다.

"허허, 헛! 도통한 것은 그대인 것 같소. 숯을 구우며 도를 닦은 게 틀림없소. 내가 원래 승려였지만, 이젠 파계승이 되어 보시다시피 구걸이나 하며 떠돌아다니는 돌중이라오. 그래도 내가 한 가지 배운 게 있는데, 바둑과 장기요. 오늘 하룻밤 신세를 지게 된 데다 주먹밥까지 얻어먹었으니 내가 그대에게 장기를 한 수 가르쳐 드리리다."

나그네는 바랑에서 주섬주섬 장기 알을 꺼내 놓았다. 어느 사이 그의 손에는 한지로 된 두루마리가 쥐어져 있었는데, 그것을 펼치자 장기판이 그려져 있었다.

"이것은 장기 알이 아니오?"

도미가 장기 알 중 가장 큰 궁을 들어 보이며 나그네에 말했다.

"맞습니다. 우리 심심한데 장기나 한판 두어봅시다."

"장기는 알지만 두는 방법은 잘 모릅니다."

"그러니 내가 가르쳐드리겠다는 것입니다. 배운 재주가 장기이니, 이것으로라도 보시를 대신해야지요. 우리 장기를 두기 전에 통성명이나 합시다. 나는 도림이라고 하오. 그대는 이름이 무엇이오?"

"나는 도미요."

도미는 얼떨결에 자신의 이름을 댔는데, 상대인 나그네가 호탕하게 웃는 바람에 정신이 번쩍 들었다.

"허허허, 도림과 도미라? 우린 이름으로만 볼 때 '도'자 돌림을 가진 형제가 아니오? 이것은 보통 인연이 아닌 것 같소."

도림의 말에 도미는 은근히 경계심을 갖지 않을 수 없었다. 하룻밤 재워주는 것은 인정상 어쩔 수 없다손 치더라도 '인연'을 들먹이며 아주 여러 날 신세를 질 생각을 한다면 큰일이란 생각이 문득 들었던 것이다.

파계승 도림은 그러거나 말거나 장기판이 그려진 종이 위에 알부터 놓기 시작했다. 홍과 청을 구분해 다 제 자리를 찾아 놓은 다음 그는 도미에게 장기 알의 이름과 가는 길부터 가르쳤다.

처음엔 도미도 그저 도림이 가르쳐주는 대로 머리를 끄덕이며, 이해를 하는 척했다. 어린 시절 마을 서당에서 한문을 배운 적이 있어서, 차(車)며 말(馬)이며 상(象)이며 글자 정도는 알았고 마침내 가는 길을 알게 되자 매우 흥미를 느끼게 되었다.

도림으로부터 몇 번 설명을 들은 후 바로 대국(大局)으로 들어갔다. 도미는 도림이 도사임에 틀림없다고 생각했다. 도미로서는 처음 두어보는 장기지만, 도림은 대국을 할 때 아슬아슬하게 지도록 만들어 그로 하여금 도무지 장기 알을 놓지 못하게 하였다.

장기를 두다 보니 도미는 하룻밤을 꼬박 새웠다. 그는 숯가마의 불을 살필 생각조차 잊어버렸다. 도림이 그만두자고 해도 도미는 장기 알을 손에서 놓지 않았다. 그렇게 한낮이 지나도록 장기를 두었다. 둘이 먹다 보니 주먹밥도 다 떨어졌다. 해가 서산에 걸릴 즈음 배가 고파 견디기 어려웠다.

"스님! 이럴 게 아니라 산을 내려가 우리 집에 가서 장기를 두십시다. 내 반드시 스님을 이길 날이 있으리다."

도미는 가마에서 숯이 되건 말건 아예 내팽개친 채 빈 지게를 지고 집으로 내려왔다. 도림이 바랑을 지고 털레털레 그 뒤를 따라왔다.

"여보! 귀한 손님을 모시고 왔으니 어서 밥부터 지어 내오시오."

도미는 부인에게 새로 저녁밥을 짓도록 한 후 방에 들어앉아 다시 장기를 두기 시작했다.

부인은 남편 도미의 말에 인상 한 번 찡그리지 않고 부엌에 들어가 손님을 위해 새로 밥을 지었다. 그녀는 곧 김이 모락모락 나는 뜨신 밥상을 들고 방안으로 들어섰다.

"진지들 드세요."

부인은 한쪽 무릎을 꿇은 자세로 장기를 두는 남편과 손님에게 말했다. 치마폭으로 감쌌지만, 그 자세는 예의범절이 있고 조신하기 이를 데 없었다. 송진 기름이 타는 등잔불이지만, 다소곳이 숙인 그녀의 얼굴을 본 파계승 도림은 화들짝 놀랐다. 지금까지 보아온 세상의 여인들 중 가장 아름다운 절색의 주인공이 자기 앞에 앉아 있었다. 가슴이 두근거릴 정도로 갑자기 심장이 뛰기 시작했다. 파계승이지만, 그래도 나름대로 도를 닦아 웬만해서는 여색을 탐하지는 않는 편이었다. 어쩌다 술이 거나해져 해롱거릴 때를 제외하곤 승려로서의 계율(戒律)을 지키려고 노력했던 것이다.

그런데 놀랍게도 맨정신으로 여인에게 홀려보기는 처음이었다. 도림은 장기 두는 것도 잠시 잊은 채 등불 아래 비친 도미 부인의 얼굴만 뚫어지게 바라보았다. 그에 비하면 정작 도미는 장기에 몰두하여 장기판에서 도무지 눈을 뗄 줄 몰랐다.

도미 부인은 고개를 숙이고 있었지만, 자신에게 부어지는 도림의 뜨거운 눈길을 의식하곤 어찌할 바를 몰랐다. 남자와 서로 눈이 마주치지 않더라도 여자로서 본능적으로 감지할 수 있는 어떤 느낌 같은 것이 있었다.

한참을 기다려도 남편 도미는 장기판에서 눈을 뗄 줄 몰랐다. 때마침 도림은 양수겸장을 해놓은 상태에서 상대가 궁을 어디로 옮기던 죽게 생기도록 만들어 놓았던 것이다.

"뜨신 밥이 다 식겠어요. 손님도 기다리시니 어서 진지부터 드시고 ……."

부인은 답답한 마음으로 남편이 장기 두는 것을 바라보다 한마디 하지 않을 수 없었다.

"그대가 진 것 같으니 우선 밥부터 먹고 다시 한 판 두어봅시다."

도림은 그러면서 부부를 번갈아 바라보며 빙긋이 웃었다. 그런데 그 웃음이 예사롭지 않았다. 도미 부인을 보는 순간부터 그의 가슴 저 밑바닥에선 오래도록 잠자고 있던 욕망의 불씨가 되살아나고 있었다.

하룻밤 신세를 지겠다고 생각했던 도림은 미적미적 그 집에서 오래도록 묵게 되었다. 백제 도성으로 임금을 만나러 가는 길인데도 불구하고, 도림은 자신의 비밀스런 임무도 잊은 채 장기 투숙객 노릇을 하게 된 것이었다. 물론 집주인이 장기를 더 가르쳐달라며 떼를 쓰듯 붙잡기도 했지만, 도림은 도미 부인으로 인하여 실로 오랜만에 되살아난 욕망의 불씨를 잠재우기 어려웠다.

사실상 도림은 고구려에서 국경을 넘어온 첩자로, 백제 임금을 주색잡기에 빠지게 만들어 나라를 어지럽게 하는 임무를 띠고 있었다. 그런데도 그는 순진한 나무꾼 도미를 만나 장기를 가르치던 끝에, 그의 부인에게 홀려 백제 도성으로 들어가는 것도 잊은 채 그 집에서 장기 투숙을 하게 된 것이었다.

도림은 시시때때로 도미 부인과 마주칠 때마다 미묘한 눈길을 던졌다. 그때마다 거북스러움을 느낀 부인은 애써 눈길을 표했는데, 그럴수록 도림의 동굴 같은 눈길은 마치 짐승의 그것처럼 음흉하면서도 축축한 물기를 드러냈다. 그래서 그 눈길은 느끼하도록 번들거렸다.

어느 날, 양식이 떨어져 도미가 깊은 산속의 숯가마에 가서 숯을 굽지 않으면 안 되었다. 장기 알을 싸 들고 도림도 같이 따라나섰는데, 그는 도중에 배가 아프다며 눈밭에 주저앉아 데굴데굴 굴렀다.

"그러면 스님은 집에 내려가 제 아내더러 약을 지어 달라고 하시지요. 저는 서둘러 숯을 구워 한 지게 짊어지고 내려오겠습니다."

도미는 숯을 굽기 위해 산으로 올라가고, 도림은 도중에 하산하여 다시 집으로 돌아왔다.

"아니 남편은 어쩌고, 스님께서 혼자 돌아오셨는지……."

도미 부인은 깜짝 놀라 도림을 쳐다보았다.

이때 도림은 감싸 쥔 배로 몸을 뒤틀며 죽는시늉을 했다.

"갑자기 배가 아파서……."

도림은 무작정 방 안으로 들어가 누웠다.

도미 부인은 어찌할 줄 몰랐다. 남편도 없는데 한 집에 외간 남자와 있다는 것만으로도 심히 껄끄러운 일인데, 배가 아프다고 방바닥을 뒹굴어 썰썰 기니 모른 척하고 가만 놔둘 수도 없는 노릇이었다.

불길한 예감이 들었지만, 도미 부인은 이웃 마을에 사는 의원에게까지 가서 환약을 지어다 도림에게 주었다. 그런데 바로 그 순간 배를 쓸어안고 있던 그의 손이 부인의 허리를 감았다.

"아니, 왜 이러세요?"

부인은 한발 물러서며 외마디 소리를 질렀다.

"부인, 참으로 아름답소. 이 세상에서 부인처럼 아름다운 여인은 처음 보오."

어느 사이 아픈 기색이 사라진 도림의 얼굴이 부인 가까이 다가오며 음흉한 미소를 던졌다. 그의 손이 다시 부인의 가슴을 더듬으려는 순간이었다.

"더 이상 내 몸에 손을 대려고 했다가는 이 칼로 자진을 할 것이오. 우리 집안은 정절을 최고의 덕목으로 아는 전통을 가지고 있으니, 몸을 정결하게 하기 위해서는 이 목숨이 하나도 아깝지 않습니다. 남편에게서 당신이 한때 스님 노릇을 한 파계승이라 들었소. 아무리 파계를 했다지만, 부처님이 이 세상에서 생명을 가장 소중하게 여긴다는 건 알 것이오."

도미 부인의 손에는 어느 사이 은장도가 들려져 있었다.

부인의 성난 얼굴에 겁을 잔뜩 집어먹은 도림은 낡은 바랑을 짊어진 채 방을 뛰어나가 그 즉시 마을에서 자취를 감추었다.

하룻밤을 지새우고 난 도미 부인은 남편이 숯을 한 지게 짊어지고 돌아오자 언제 그랬느냐는 듯 태연자약하게 평소 하던 대로 새로 밥을 지어 상을 들여왔다.

"배가 아파 도중에 산을 내려왔는데, 스님은 어찌 되었소?"

도림이 집안에 없는 것을 보고 도미가 부인에게 물었다.

"배가 아픈 것은 핑계인 것 같고, 급히 볼 일이 있는지 급히 바랑을 짊어지고 어디론가 가버렸습니다."

부인은 남편에게 거짓말을 하면서, 그래도 마음을 숨길 수는 없어 얼굴이 붉어지고 말았다. 그 붉게 달아오른 얼굴을 보고 도미는 저간 사정을 충분히 짐작할 수 있었다.

도미는 부인을 믿었다. 결혼 이후 오직 남편만을 섬기며 정결을 부인의 덕으로 믿고 살아온 여인이었다. 그래서 그날 그는 더 이상 묻지 않았다.

밤이 깊어갈수록 달은 더욱 밝게 빛났다. 마당을 축축하게 적시던 달빛이 이젠 지붕 처마 밑으로 기어들어 마루 끝에서 출렁이고 있었다.

"아씨, 밤이 늦었습니다."

방에서 한숨 자다 깨어나 밖으로 나온 여종이 길게 하품하며 말했다.

도미 부인은 오랜만에 친정에 갔다가 어려서부터 친하게 지냈던 여종을 집으로 데려왔다. 이미 여종은 시집을 갔다 남편이 일찍 죽는 바람에 시댁에서 쫓겨나 친정집으로 돌아와 있었다. 친정어머니는 도미 부인의 집안 살림을 돕게 하려고 여종을 딸려 보냈다. 시집 간지 여러 해가 되었는데도 태기가 없자, 집안일이 고된 모양이라고 생각해 여종에게 부엌일이나마 시키도록 배려하였던 것이다.

"남편이 돌아오지 않는데, 어찌 맘 편히 방에 들어가 잠을 잘 수 있겠느냐?"

도미 부인은 한숨을 포옥 내쉬었다. 어려서부터 같이 자라난 여종은 주인아씨인 그녀의 손발이 되어주다시피 하였다. 그래서 둘이 있을 때는 이심전심으로 마음이 통하여 거의 친구처럼 스스럼없이 가깝게 지냈다.

"궁궐에서 모셔갔다면 큰 상이라도 줄 모양이죠. 내일이면 주인님이 가마를 타고 금의환향할지 누가 알아요."

여종은 그렇게 도미 부인을 애써 위로해주었다.

"아니다. 아무래도 불길한 생각이 드는구나. 그 도림인지 하는 파계승이 오래전에 궁궐 들어가 임금과 바둑을 즐겨둔다더니, 이제 남편을 끌어들여 뭔 흉계를 꾸밀지 알 수 없는 노릇이지. 들리는 소문에 의하면 임금이 이젠 바둑도 지겨워 장기에 취미를 들였다고 하더라. 오래전에 남편이 사실은 도림에게 장기를 배운 적이 있단다. 아무래도 도림이 임금의 장기 대국자로 남편을 추천해 시종들이 궁궐로 데려간 모양이다. 밤새도록 임금과 장기를 두고 있어서 남편이 집에도 돌아오지 못하는 것 아니겠느냐?"

부인은 예측은 맞았다.

도미는 그날 임금의 명을 받고 나온 두 명의 시종을 따라 궁궐로 들어갔다.

"그대가 도미인가?"

임금이 장기판을 차려놓고 물었다.

"네! 그, 그러하옵니다."

"궐 밖에서 들리는 소문에 의하면 그대가 장기를 아주 잘 둔다고 하더군. 과인과 한 번 겨루어보세."

임금은 바둑이든 장기든 지기를 싫어하는 성격이었다. 그리고 대국을 할 때는 내기를 즐겼다.

도림은 임금의 그러한 성격을 잘 알기 때문에 바둑을 둘 때 한번을 지고 한번은 이기고 하면서 늘 아슬아슬한 대국이 되도록 만들었다. 따라서 적게는 한두 집, 많아야 열 집 이상 차이가 나지 않게 대국을 이끌어 상대로 하여금 도무지 손에서 바둑알을 놓지 못하게 하는 전략을 구사하였다.

바둑에서 자주 지게 되자 어느 날 임금은 도림에게 장기를 두자고 했다. 그러니 장기는 도림에게 적수가 되지 못했다. 그래서 오래전 자신이 장기를 가르쳤던 도미가 생각났던 것이다.

그런데 도미는 고지식한 편이었다. 도림은 임금의 심리를 잘 이용해 졌다 이겼다 하면서 대국을 재미있게 만들었지만, 도미는 자기 실력대로 하여 상대를 제압하였다. 임금의 장기 실력은 도미에게 한 수 뒤지는 편이었다.

화가 난 임금은 계속 도미에게 장기를 두자고 하면서, 반드시 한번은 이기고야 말겠다는 욕심을 드러냈다.

병풍 뒤에 숨어서 두 사람의 대국 장면을 엿보던 도림은, 잠시 쉬는 시간을 이용해 임금을 만나 몰래 도미를 이길 수 있는 방법을 가르쳐주었다.

"도미에겐 정결을 여인의 최고 덕으로 아는 부인이 있습니다. 세상에

다시 없는 타고난 미인입니다. 이번에 도미와 대국을 할 때는 그 부인의 정결을 내기로 걸고 하십시오."

오래전에 있었던 일이지만, 도림은 도미 부인이 은장도를 자신의 목에 갖다 대며 조금이라도 몸을 건드리면 자진하겠다고 하여 그 집에서 도망쳐온 일을 잊을 수 없었다. 그는 특히 여색을 즐기는 임금의 권력으로 도미 부인의 정결한 덕을 짓밟아 복수를 해주고 싶었다.

"자, 다시 한 판 두자. 대국은 뭐니 뭐니 해도 내기를 걸어야 재미가 있는 법. 들으니 그대의 부인이 정결한 덕을 지닌 고결한 여인이라 소문이 자자하고 하더군. 만약 이번 대국에서 그대가 이기면 평생 먹고살 수 있도록 천만금을 줄 것이고, 지게 될 경우 그대 부인의 정결을 과인이 시험해보도록 하겠다. 아무리 정결한 여인이라 하더라도 어둡고 사람이 없는 장소에서 좋은 말로 꾀면 마음이 움직이지 않을 사람이 드물 것이다."

임금의 말에 도미는 은근히 마음속에서 화가 치밀어 올랐다. 아무리 나라에서 최고의 권력을 쥔 임금이라 하더라도 자신의 부인에 대하여 불미스런 생각을 갖고 있는 것만큼은 그냥 넘어갈 수가 없었다.

도미는 그동안 두어본 대국을 통해 볼 때 장기로 임금을 이길 자신이 있었다. 또한 부인의 정결을 시험한다 하더라도 도미는 임금에게 떳떳하게 말할 수 있었다.

"사람의 정은 헤아릴 수 없습니다. 그러나 신의 아내 같은 사람은 죽더라도 어떤 유혹에 대해 마음을 바꾸지 않을 것입니다."

도미는 아내의 순수하고 고결한 마음을 신뢰하였고, 그 믿음만큼은 굳건해서 나름 자신감을 갖고 있었다.

"그대의 말이 틀림없으렷다? 내가 반드시 이번 대국을 이겨 그대의 부인이 정말 정절을 최고의 덕으로 아는 여인인지 시험해보리라."

임금은 실로 재미있는 대국이 될 것으로 기대하였다. 만약 자신이 이기게 될 경우 도미 부인을 시험해보는 것이야말로 매우 흥미를 돋우는 일이 되리라 생각하였다.

드디어 임금과 도미의 새로운 장기 대국이 시작되었다.

내기를 걸고 하는 대국이므로 장기의 말 하나 움직이는 것만으로도 긴장감이 감돌았다. 더구나 도미는 아내의 정절을 걸고 두는 내기 장기이므로 저절로 손에 땀이 날 정도였다. 도림에게 장기를 배운 후 이 마을을 저 마을 돌아다니며 장기의 고수들을 상대로 대국을 벌일 적에 때론 내기도 해보았지만 아내의 정절을 걸고 하는 경우는 난생처음이었다. 일반인들을 상대로 그러한 내기를 걸었다면 화가 나서 자리를 박차고 일어났을 것이다. 그런데 임금과 두는 대국이라 어떤 내기를 걸더라도 감히 거절할수가 없었다.

다만 도미가 그동안 두어본 경험에 의하면, 장기만큼은 임금보다 자신이 한 수 위라는 자신감을 갖고 있었으므로 반드시 이기리라 생각했다. 그리고 만약에 실수를 하여 자신이 진다고 하더라도, 결단코 아내가 정절을 지켜내 임금으로 하여금 다시는 그런 내기를 내세워 자신을 우롱하지 못하게 할 자신도 있었다. 그는 그만큼 아내를 믿었다.

그런데 임금이 두는 장기의 수법이 전과 사뭇 달랐다. 졸부터 전진시켜 졸과 졸끼리 1:1로 먹고 먹히도록 하여 차·상·마가 자유롭게 움직일 수 있는 공간을 확보하였다. 특히 멀리 뛰는 차나 상을 이용해 압박을 가해오더니, 마침내 양수겸장으로 도미의 궁을 꼼짝달싹 못하게 만들었다. 어이없게도 대국이 절반 이상도 끝나기 전에 도미는 두 손을 들고 말았다.

"이제 어찌하겠는가? 그대는 과인에게 내기 장기에 졌으므로 궁궐을 나갈 수 없다. 그대 아내의 정절을 시험하기까지 감시병을 붙여 방안에 가두어 놓겠다."

임금은 호탕하게 웃으며, 졸개들로 하여금 도미를 독방으로 끌고 가라고 명령했다. 졸지에 도미는 구중궁궐에 독방에 갇히는 신세가 되고 말았다. 감시병이 두 명씩 밤새워 교대해가면서 방문 앞을 지키고 있었으므로, 그는 도망도 칠 수도 없었다.

한편 임금은 먼저 도미 부인에게 시종을 보내 남편이 내기 장기에 졌다는 소식을 알리도록 했다. 그와 더불어 그 벌칙으로 부인이 임금의 수청을 들어야 하니, 단단히 준비하라고 일렀다. 그런 연후에 근신 하나를 가짜 임금으로 꾸며, 시종을 여럿 딸려서 도미의 집으로 가게 하였다.

먼저 궁궐 시종으로부터 임금이 곧 도착할 것이라는 소식을 접한 도미 부인은 내기 장기에 진 남편이 어려운 지경에 놓여 있음을 깨달았다. 아무리 그렇다 하더라도 임금이 자신에게 수청을 들라고 하는 것은 크게 잘못된 일이라고 생각했다. 그녀는 남편의 고지식하지만 솔직하고 진실한 마음을 믿었다. 그러한 마음을 알기에 그녀는 정결로서 부인의 덕을 높이는 일로 임금의 절대 권력 앞에서 당당해지리라 마음먹었다.

마침내 곤룡포를 입은 가짜 임금의 행렬이 한밤중에 도미의 집 앞에 당도했다.

"과인이 오래전부터 그대의 아름다움을 소문으로 익히 듣고 한번 보고자 희망했다. 이미 결혼한 몸이라 차마 수청을 들라고 하지 못했으나, 남편 도미가 과인과 내기 장기를 두어졌으므로 그대는 오늘 밤 과인과 잠자리를 같이해야만 한다. 그러고 나서 내일 아침 그대를 궁궐로 데려가 궁인으로 삼을 것이다. 지금부터 그대의 몸은 과인의 것이니, 어서 금침을 깔도록 하라."

가짜 임금의 말에 도미 부인은 예의를 갖추어 말했다.

"국왕에겐 망령된 말이 없다고 하였습니다. 어찌 감히 순종치 않겠나이까? 청컨대 전하께서는 먼저 방 안으로 들어가소서. 제가 몸을 씻고 새 옷으로 갈아입은 후 들어갈 것입니다."

도미 부인은 임금을 방안으로 들여보낸 후, 뒷방으로 돌아갔다. 그곳에는 때마침 친정에서 데리고 온 여종이 있었는데, 사태의 심각성을 안 그녀가 먼저 입을 열었다.

"아씨, 캄캄한 밤에는 얼굴을 알아보기 힘듭니다. 저야 결혼해서 남편을 잃고 돌아온 몸, 부끄러운 것도 없습니다. 제가 아씨 대신 임금의 수청을 들겠습니다."

"내가 먼저 어려운 청을 하려고 했는데, 네가 이미 내 마음을 읽고 있었구나."

도미 부인은 여종에게 새로운 옷을 갈아입히고 얼굴에 지분까지 발라 곱게 단장을 시켜 가짜 임금이 기다리는 방안으로 들여보내기로 했다.

여종은 임금이 들어간 방 앞에서 말했다.

"수청을 들라 하셔서 왔지만, 불이 너무 환해 부끄러워 들어갈 수 없나이다. 불을 꺼주시면 들어가 전하를 모시겠나이다."

가짜 임금은 마음이 급한 나머지 불을 껐다. 여종은 곧 방문을 열고 들어가 옷을 벗고 잠자리에 들었다.

가짜 임금의 방사는 요란스러웠다. 궁궐에서 여색을 즐길 기회가 적었는지, 밤새도록 여종의 몸을 가만히 놔두지 않았다. 그러다 보니 밤늦은 시각에 겨우 눈을 붙일 수 있었는데, 그것이 사단을 불러왔다. 새벽에 일찌감치 일어나 방을 빠져나오려고 했던 여종은, 늦잠을 자다가 아침에 가짜 임금과 얼굴을 마주쳤다.

"아니, 너는 이 집 여종이 아니더냐?"

화가 잔뜩 난 가짜 임금은, 그러나 자신으로선 도미 부인이나 여종에게 죄를 물을 수가 없었다. 임금만이 어명을 내려 처단할 수 있으므로, 그는 급히 궁궐로 들어가 사실대로 일러바쳤다.

"네 말이 사실이렷다. 어찌 사가의 하찮은 아녀자가 그처럼 임금을 우롱할 수 있단 말인가? 우선 그 남편에게 중벌을 내려 아내의 잘못이 얼마나 큰지 몸으로 느끼게 해주리라."

임금은 졸개들로 하여금 독방에 가두어두었던 도미를 끌어내게 했다. 무릎이 꿇려진 도미 앞에 곧 임금의 모습이 나타났다.

"전하! 이자를 어찌하오리까?"

졸개 하나가 임금을 보자 허리를 깊이 꺾었다.

"그 남편에 그 아내로다. 지독한 놈이다. 당장 저놈의 두 눈알을 불 인두로 지져 앞을 못 보게 만들어라!"

임금의 명이 떨어지자 졸개들이 오라로 몸이 묶인 도미에게 달려들었다.

"내 비록 내기 장기에서 졌지만, 아내는 정절을 지켰소. 그러니 장기는 졌지만 내기에선 내가 이긴 것이오. 그런데 왜 나에게 죄인 취급을 하는 것이오?"

도미는 발버둥을 치며 소리를 질렀다.

그러나 졸개들은 도미의 입을 베수건으로 틀어막은 후 벌겋게 단 불 인두로 두 눈알을 지졌다.

다시 임금은 두 눈이 먼 도미를 강가로 데려가 배에 태워 멀리 보내버리도록 했다. 사공도 없이 빈 배에 실린 그는 정처 없이 어디론가 물길을 따라 흘러가는 신세가 되고 말았다.

임금은 그것으로 성이 풀리지 않았다. 이제 그는 직접 도미 부인의 정절을 시험해 보기로 하였다. 그래서 졸개들로 하여금 도미의 집으로 가서 그녀를 궁궐로 데려오라고 명령했다.

졸개들이 도미의 집으로 들이닥쳤을 때 이미 그의 부인은 남편에 대한 소문을 들었다. 벌를 받아 두 눈이 멀게 되었고, 작은 배에 실려 강물에 띄워져 어디론가 흘러갔다는 소문이 마을마다 번져나가 그녀의 귀에도 들어왔던 것이다.

그러한 소문을 듣는 즉시 도미 부인은 남편을 찾아 나서기로 마음먹었다. 그러나 집을 떠나기도 전에 임금이 보낸 졸개들이 먼저 들이닥쳤다.

결국 그녀는 궁궐로 들어가 임금과 상면할 수밖에 없었다.

임금이 도미 부인을 바라보니, 과연 도림에게 듣던 바대로 천하절색의 미인이었다. 그녀를 보는 순간 색정이 느껴졌다.

'앞으로 잠자리를 같이할 여자를 거칠게 다룰 수는 없지.'

임금은 마음속으로 이렇게 뇌까렸다. 도미 부인의 아름다운 얼굴을 보자 생각이 바뀌었던 것이다.

전날 임금은 자신이 보낸 가짜 임금에게 여종을 수청들게 한 행위가 괘씸해 도무지 용서할 수 없어 궁궐로 압송한 것이다. 그런데 임금은 첫눈에 도미 부인의 미모에 반해 자신의 색정을 즐기는 노리개로 삼기로 한 것이다.

"그대의 행위는 어명을 어긴 것이므로 마땅히 남편 못지않은 중벌을 내리는 것이 옳으나, 오늘 밤 수청을 든다면 모든 걸 용서하리라. 그리하겠는가?"

도미 부인은 체념한 표정으로 말했다.

"지금 남편을 잃어버린 몸이니, 단독 일신으로 도저히 혼자서는 살아갈 길이 막막합니다. 더구나 대왕께서 어여삐 봐주시어 이 몸으로 하여금 수청을 들라 하시니 어찌 감히 지엄하신 명을 어길 수 있겠나이까? 그러나 지금은 월경을 하고 있는 때라 몸이 더러우니, 그 기간을 넘겨 깨끗한 몸이 되었을 때 모시도록 하겠나이다."

아무리 색정을 밝히는 임금이지만 도미 부인이 부끄러움을 감수하면서까지 매달 겪는 여자의 생리 현상까지 들먹이자, 일단 참고 지켜보기로 했다. 그만큼 부인의 미모가 아까워 함부로 대할 수가 없었던 것이다.

그날 이후 도미 부인은 궁궐 후원의 독방을 쓰면서 지엄한 어명에 따라 시녀들의 시중을 받았다. 어떻게 해서든 도망갈 궁리를 했으나 감시가 심하여 움직일 수가 없었다. 며칠 지나면 임금이 반드시 부를 것이었다. 사람에 따라 다르긴 하지만 월경은 기간이 정해져 있어서, 그것을 핑계로 하여 더 이상 날짜를 미룰 수는 없는 노릇이었다.

　밤중이 되면 시녀들은 물러가지만, 임금의 특별명령을 받고 후원을 지키는 졸개들은 순번에 따라 교대를 하기 때문에 그들의 눈을 피해 도망칠 기회는 쉽게 주어지지 않았다. 고민 끝에 도미 부인은 시녀 한 명을 잘 꼬드겨 술과 안주를 준비케 하였다.

　"나는 사가에서도 술을 마시지 않으면 잠을 잘 못잡니다. 술과 안주가 필요합니다."

　시녀는 매일 밤 도미 부인의 방으로 술과 안주를 들여보냈다.

　어느 날 이슥한 밤중이 되었을 때, 도미 부인은 그동안 모아두었던 술과 안주를 내다 감시하는 졸개들에게 마시도록 했다.

　처음에는 졸개들이 술잔을 받아 마시길 꺼려하였다. 그러나 둘 중 한 졸개가 딱 한 잔만 하자면서 술잔을 기울이자 다른 한 사람도 따라서 마셨다. 술 한 잔이 두 잔이 되고, 안주가 남았다는 핑계로 서너 잔이 금세 열 잔으로 이어져 둘 다 고주망태가 되었다.

　그렇게 되길 기다리고 있던 도미 부인은 술 취한 졸개들이 졸음에 겨워 하품을 하다 코를 드르렁드르렁 골자, 몰래 독방에서 빠져나왔다. 하현달이 서쪽 하늘에 걸려 있어 그녀가 도망가는 길을 희미하게 비춰주면서 동시에 그림자를 지워주는 역할도 했다. 궁궐 담이 높았으나 인근에 나무가 있었고, 가지 하나가 담 너머로 뻗어 있는 것이 그녀의 눈에 들어왔다. 그녀는 안간힘을 쓰고 나무로 기어 올라가 마침내 휘어진 가지가 찢어지도록 몸을 매달려 궁궐 담 밖으로 굴러떨어졌다.

　도미 부인은 떨어지면서 엉덩방아를 찧고 말았다. 일어서려고 하니 한쪽 다리를 잘 디딜 수 없었다. 땅을 딛으려다 다리를 삔 모양이었다. 그녀는 급히 궁궐에서 멀어져야만 잡히지 않는다는 생각에 절뚝거리며 걷기를 재촉했다.

　날이 밝은 때쯤 도미 부인은 강가에 가까운 마을에 있는 한 오막살이집으로 무작정 들어갔다. 그 순간, 그녀는 막 깨어나 조반을 짓기 위해 부엌으로 들어가려던 여인네와 눈길이 부딪쳤다.

"저를 좀 도와주세요."

도미 부인은 다리를 절면서 마당으로 들어섰다.

"어머나! 어쩌다 아녀자의 몸으로 이 새벽에……."

주인 여자는 한눈에 상대가 누군가에게 쫓기는 몸임을 알아챘다. 여자끼리는 이심전심으로 통하는 바가 있는 법이었다.

도미 부인은 저간의 사정을 이야기했다.

"궁궐 담을 넘다 다리를 접질린 모양입니다. 아침이 되면 제가 도망친 것이 발각되어 곧 임금의 졸개들이 사방으로 찾아 나설 것입니다. 제발 저를 당분간만 숨겨주세요."

"나도 댁과 남편에 대해 소문으로 들은 바 있어요. 제 남편이 뱃사공인데, 얼마 전에 눈먼 장님이 혼자 작은 배에 실려 떠내려가는 걸 보았다고 하더군요. 남편을 눈멀게 한 것도 모자라 그 아내를 겁탈하려고 들다니, 아무리 힘과 권력을 쥔 나라 임금이라 해도 너무 한다는 생각이 드네요. 하늘 무서운 줄 알아야지. 염려 마세요. 내가 숨겨드릴 테니, 우선 부엌으로 들어와 몸부터 녹이고 젖은 옷을 말리세요."

주인 여자의 말에 도미 부인은 염치 불고하고 부엌으로 들어섰다.

곧 아궁이에 불이 짚여졌고, 도미 부인은 밤새 이슬에 젖은 옷을 말렸다. 입은 채로 옷을 말리려다 보니 가슴과 등은 말릴 수 있으나 겨드랑이는 잘 마르지 않아 불편하기 그지없었다.

"혹시 남는 옷이 있다면……."

이 같은 도미 부인의 말을 주인 여자는 바로 알아들었다.

"때마침 어제 빨래해 널어둔 남편 옷이 한 벌 있어요. 그걸 가져다드리지요."

주인 여자는 남편의 옷을 가져다 도미 부인이 갈아입게 했다.

"고맙습니다!"

남장을 하자 도미 부인은 금세 사람이 달라 보였다.

"잘 어울리네요. 부잣집 도령 같아요. 그 모습으로는 남장한 여자라는 것을 금세 알 테니, 궁궐에서 나온 군사들이 보면 탄로 나기 십상이네…… 여기서 궁궐이 가까우니 우리 집에도 그들이 들이닥칠지 몰라요. 옳지! 숯검정을 얼굴에 묻혀 봐요."

주인 여자의 말대로 도미 부인은 얼굴에 숯검정을 칠했다. 머리도 풀어헤쳐 더벅머리 총각처럼 꾸몄다.

"이제 됐나요?"

도미 부인이 물었다.

"숯검정만 가지고는 안 되겠네."

주인 여자는 손에 물을 묻혀 부엌 바닥의 황토에 문질러대더니 곧 도미 부인의 얼굴에 분장을 하듯 흙칠을 했다.

그러는 사이에 도미 부인도 긴장이 풀려 웃을 수 있었다. 그녀는 이를 싱긋 드러내며 웃었다.

"이제 더벅머리 총각 같나요?"

"호호호! 됐어요, 됐어! 열 여자 혼을 빼놓을 머슴 총각이네."

주인 여자는 조반을 지어 안방으로 들여갈 때, 도미 부인과 함께 상을 들고 들어와 남편인 뱃사공에게 저간 사정을 이야기했다.

"참으로 사정이 딱하게 되었구려! 며칠 지나면 궁궐에서 나온 군사들의 추적이 뜸해질 거요. 그동안 우리 집에서 땔나무나 하는 머슴처럼 지내면, 내가 남편을 수소문해서 어디로 갔는지 알아봐 드리리다. 뱃사공은 강 저쪽과 이쪽을 오가는 장사꾼들을 많이 태우니 댁의 남편 소식을 아는 자들이 더러 있을 거외다."

뱃사공 역시 도미 부인의 딱한 사정을 알고 적극적으로 도와주려고 노력했다. 며칠이 지나가는 사이 궁궐에서 나온 군사들이 뱃사공의 오막살이집을 스쳐 지나가기는 했으나, 다행스럽게도 집안까지 수색하지는 않았다.

그러고도 열흘이 더 지났을 무렵, 뱃사공은 도미 부인의 남편 소식을 가지고 돌아왔다.

백제와 고구려의 국경을 이루고 있는 강 한쪽에 천성도라는 섬이 있었다. 고구려에 더 가까운 섬이었다. 따라서 고구려 땅이었지만, 백제 장사꾼들도 자주 그 섬에 들러 물물교환을 하곤 한다는 것이었다.

"그래, 바로 그 천성도가 어쨌다는 거예요?"

뱃사공의 부인이 더 애가 달아 무릎걸음으로 남편에게 다가들며 다그쳤다.

"그 섬에 어디선가 흘러들어온 장님이 있는데, 장기를 아주 잘 둔다는 거야. 손으로 더듬어 장기 알을 구분해 대국을 하는데, 눈뜬 사람보다 더 정확하게 위치를 알아 속임수도 쓰지 못한다고 하더군. 이름은 다르게 쓰지만 바로 그 사람이 도미가 분명하다는 보네."

뱃사공의 말을 듣고 도미 부인은 장기를 잘 두는 장님이 바로 자신의 남편이라고 굳게 믿었다.

"주인님 말씀을 들으니 바로 제 남편임이 틀림없습니다. 어서 저를 남편에게 데려다주십시오. 앞을 못 보는 불쌍한 남편의 눈이 되어 주어야겠습니다."

도미 부인의 두 눈에서는 눈물이 주르르 흘러내렸다.

다음날 뱃사공은 도미 부인을 배에 태웠다. 그동안 정이 들었던 뱃사공의 부인이 강둑까지 나와 배를 타고 떠나는 그녀를 향해 손을 흔들며 배웅해주었다.

마침내 도미 부인은 천성도에 도착하였다. 장기를 잘 두는 장님을 찾으면 되므로, 그녀는 어렵지 않게 남편을 만날 수 있었다.

"여보! 목소리는 분명 당신인데, 어디 얼굴을 볼 수 있어야 말이지."

도미는 두 눈이 보이지 않았으므로, 손으로 아내의 얼굴을 더듬었다.

"이제 아무 염려 말아요. 내가 당신의 눈이 되어드릴 거예요. 내가 당신을 확인했으니, 이제부턴 내 눈을 통해 세상을 보도록 하세요. 당신의 눈이 내 눈이고, 당신의 마음이 바로 내 마음이에요."

도미 부인은 남편을 부둥켜안고 울었다. 남들이 보든 말든 이들 부부는 한동안 그렇게 얼싸안고 눈물을 흘렸다.

"그러나저러나 이제부터 어떻게 살아야 할지 걱정이오. 내가 눈이 멀어 전처럼 나무를 할 수 있나 숯을 구워 팔 수 있나……."

도미의 말에 부인은 오히려 당차게 대답하였다.

"이제부턴 내가 당신을 먹여 살릴 거예요. 여긴 백제와 가까워 위험해요. 고구려 땅 더 깊은 곳으로 들어가 풀뿌리나 캐 먹으며 삽시다."

부인의 말에 도미도 그것이 옳다고 생각했다.

도미 부부는 곧 천성도를 떠나 배를 타고 고구려 땅으로 건너가 깊은 산속으로 들어갔다. 그곳이 바로 산산이란 곳이었다. 높은 산 아랫마을이 있었는데, 이들 부부의 사연을 들은 고구려 사람들이 불쌍히 여겨 의복과 먹을 것을 구해주었다.

비록 객지에서의 구차스런 삶이지만, 산산 아래 살면서 도미 부부는 그래도 행복했다. 마을 사람들은 간혹 고샅길을 지나가는 이들 부부를 목격하곤 했는데, 아내는 앞장을 서고 남편은 뒤에서 따라갔다. 그들을 이어주는 것은 길지 않고 가벼운 명아주 지팡이였다. 마을 사람들 사이에선 어느 사이 그것을 '사랑의 지팡이'라 불렀다.

5. 이진 | 평강공주 - 평강의 숲

1

산그늘 사이론 도무지 길이랄 게 보이지 않았다. 띄엄띄엄 눈에 밟히던 초가지붕들도 어느샌가 자취를 감추어, 물어볼 만한 사람도 더는 찾을 수 없었다. 평강은 우줄우줄 자란 풀더미 위로 주저앉고 말았다. 풀 줄기들이 분질러지며 호도독, 비명을 질러댔다.

차라리 그냥 돌아갈까? 두 손을 싹싹 빌며 용서를 청해 볼까? 궁궐 문을 벗어나면서부터 슬그머니 따라붙은 망설임 하나가 더욱 은근하고 들척지근하게 평강을 구슬렸다. 이제 와서 무슨…? 백기 투항은 고 도령과의 혼사를 받아들이겠다는 신호가 될 거였다. 한숨이 절로 터져 나왔다.

툭! 바로 그때 뭔가가 평강의 발치께로 떨어졌다. 한쪽 날개 끝이 화살에 꿴 멧비둘기였다. 형편없는 활잡이 같으니! 평강은 어떻게든 날아보려고 파닥거리며 애쓰는 멧비둘기를 집어 올렸다. 조잡하기 짝없는 화살이었다. 제대로 깎지 않아 삐뚤빼뚤한 데다, 다듬지 않은 표면은 거칠기 그지없었다. 날갯죽지가 설핏 찢기긴 했으나 화살을 빼내 주기만 하면 언제 그랬냐는 듯 비둘기는 하늘 가운데로 휙 날아갈 것이다.

"내놔!"

시커먼 맨발의 사내아이가 서너 발짝 앞에서 평강을 내려다보고 있었다.

"얠 쏜 게 너야? 이런 솜씨로 무슨 새 사냥을 한다니?"

"도둑질하다 들켰음사 뭔 헛소리?"

멧비둘기를 사내아이가 담싹 잡아채더니 풀숲으로 사라졌다.

"야! 감히 누굴 보고 도둑이래? 거기 서!"

평강은 고래고래 소릴 지르며 사내아일 뒤쫓았다. 풀과 잡목으로 우거져 빽빽하기만 하던 숲이 녀석의 시커먼 맨발 앞에선 쓱쓱 길을 열었다. 신기한 일이었다. 평강은 문득 녀석을 놓쳐버리면 물어볼 사람을 더는 만날 수 없을지 모른다 싶어졌다. 그런데도 말은 영 엇나갔다.

"니 죄는 묻지 않을게."

까마득히 앞서가던 사내아이가 딱 멈춰 섰다. 평강을 쏘아보는 눈빛이 예사롭지 않았다. 둥글넓적한 얼굴에 주먹코, 댈롱거리는 누런 콧물과는 어울리지 않는 형형한 눈빛이었다. 녀석은 주먹으로 제 콧물을 쓱 훔쳐내며 평강에게로 다가들었다.

"죄?"

평강은 자기도 모르게 뒷걸음질 쳤다. 녀석의 골격이 제법 장대했다. 다부진 어깨, 탄탄한 팔뚝, 무쇠 같은 손, 줄줄 흐르는 땟국에 가려 그렇지 평강이 여태껏 보아온 어떤 귀족 집안의 도령보다 더 강인하고 당당해 보였다. 그렇다고 주눅들 평강은 아니었다.

"감히 이 나라 공주를 도둑으로 몬 죄!"

"이런 미친!!"

"하긴 너 따위가 뭘 알겠니? 그건 그렇다 치고 하나 묻자. 혹시 온달이라고 알아?"

흥! 사내아이가 콧방귀를 뀌며 돌아섰다. 길인 듯 길 아닌 길을 따라 녀석은 순식간에 산속으로 자취를 감추어 버렸다. 바람도 아니건만 나뭇잎 사이로 그림자 하나 어룽대지 않았다. 살풋 열리는가 싶던 숲도 이내 길을 닫아 어디가 어딘지 가늠할 수 없었다.

2

복사꽃이 바람에 흩날리던 어린 시절의 어느 봄날,

평강은 저물녘의 서산을 휘감으며 노래처럼 울려 퍼지던 자신의 울음소릴 듣곤 했다. 그럴 때면 후원을 가로질러 아마득한 어딘가로부터 다가들던 아버지의 그림자 하나, 윙윙 신비롭게 속삭였다.

네가 맨날 울어 내 귓전을 어지럽히니 커서 좋은 대로 시집노내기는 글렀구나. 그리도 울어대니 바보 온달에게나 시집보내야겠다.

평강은 너무도 의아하여 울음을 뚝 그쳤다. 시집이 어디인가? 커서 간다는 그곳이 어디인가? 어머니도 다 커서 시집을 간 것인가? 온달에게로 시집을 가면 어머닐 만날 수 있게 되는가?

"마마께선 저를 온달에게 시집보내리라, 어렸을 적부터 늘 말씀하셨지요. 고구려 온 백성의 아버지인 마마께서 그동안 거짓 약속을 해왔다는 말씀이십니까?"

평강은 아버지 평원왕에게 따지고 들었다. 온달이라는 사내가 누군지, 무엇을 하는 자인지 알 순 없으나 어려서부터 그 이름을 하도 많이 들어 마치 친동기간이라도 되는 듯한 정감이 있어왔던 터다. 다만 그 이름자 앞에 붙은 '바보'라는 수식어가 조금 맘에 걸리긴 했다. 그렇더라도 꼴 보기 싫은 고 도령과의 혼사를 물릴 수만 있다면 바보든 멍청이든 별 상관이 없을 것만 같았다.

"한 번 울음보가 터지면 도무지 그칠 줄 모르는 널 어르느라 농담 삼아 했던 말을 금과옥조로 새겼더란 말이냐?"

"어찌 아니 그렇겠습니까? 어린 시절, 귀에 못이 박히도록 새겨주셨지요. 한 나라의 지존께서 한두 번도 아니고 수없이 내리신 말씀을 손바닥 뒤집듯 그리 쉽게 뒤집을 순 없는 일입니다."

평강은 순전히 고 도령과의 혼사를 무마시키겠다는 일념으로 괜한 온달을 끌어들여 아버지에게 대들었는지도 모른다. 상부 고씨의 아들은 왕비의 친조카였다. 평원왕의 후비로서 평강 남매의 계모가 되는 왕비는 왕이 가장 아끼는 딸과 자기 조카를 혼인시킴으로써, 그러잖아도 고구려 최고 가문 중의 하나인 친정 고씨 집안의 권력과 위세를 더욱 공고히 하고자 했다. 선 왕비의 자식들이 후비인 자신과 자기 소생의 왕자들을 업수이 여기지 못하도록 쐐기를 박아놓고자 하는 심사도 작용했을 것이다.

빤히 들여다보이는 수작임을 알고 있었지만 그렇다고 이해 못 할 바도 아니었다. 세도가들끼리 이중 삼중의 겹 혼사는 오랜 관행이었다. 왕실인들 그 은밀한 거래에서 비켜날 수 있을 것인가?

문제는 고 도령 자신이 도무지 평강의 눈에 차지 않는다는 거였다. 사냥터에서 맹수와 맞닥뜨리자 누구보다 앞서 죽을 둥 살 둥 도망치던 자, 제 부하가 화살을 쏘아 맞히자 펄쩍 튀어나와 자신의 공훈(功勳)인 양 자랑스레 떠벌리던 자, 혼담이 오가면서부터 부쩍 느물거리는 눈빛으로 평강을 훑어보며 다정을 과시하던 자.

"마마께선 제가 어린아이였을 적에 이미 저의 짝을 정해 놓으셨습니다. 오랜 약조를 지키소서."

"누굴 닮아 이리 고집인고? 그렇다면 한 나라의 공주가 여항의 비렁뱅이 바보에게 시집을 가는 건 합당한 일이냐? 임금이 열 번 백번을 말했다 하더라도 농은 단지 농일 뿐이거늘."

임금은 솟구치는 분노를 다스리려 애써 목소리를 낮추었다. 그는 딸이 원하는 것이라면 무엇이든 오냐오냐 허락해 온 자애심 넘치는 아버지였다. 마구간이 제집이라도 되는 양 말들과 엉켜 뒹굴어도, 화살이 장난감도 아니건만 전통을 둘러메고 궁사들을 쫓아다녀도, 제 오라비를 따라 사냥터를 휘몰고 다녀도, 크게 나무람하지 않았다. 다만 안쓰러워서였다. 어린 나이에 어미를 잃고, 날이면 날마다 어미 품을 찾아 울어대던 공주가 애달파서였다. 지나친 너그러움이 공주를 망친 것인가? 때늦은 자책이 그의 자제력을 무너뜨리기 시작했다.

"썩 꺼지거라. 두 번 다시 내 눈에 띄었다간 살아남지 못할 터."

"내내 강녕하소서."

평강은 엎드려 깊이 절하고 난 다음 어전에서 물러났다. 더 이상의 아무런 여지도 주지 않고 물러가는 딸의 뒷모습이 평원왕으로선 참으로 야속하고 얄미웠다. 왕은 궁인들 모두에게 들릴 만큼 큰 소리로 외쳤다.

"궁에선 아무것도 가지고 나갈 수 없다. 패물 하나, 엽전 한 푼, 물 한 모금도 챙겨가지 못한다. 다들 새겨들었느냐? 평강은 이제 더 이상 고구려의 공주가 아니다. 내 딸도 아니다. 밥 한 주먹이라도 적선하는 자가 있거든 곤장으로 다스릴 것이다."

3

숲은 금세 어둠에 잠겼다. 우우, 어딘가에서 산짐승들이 울어댔다. 평강은 오싹 한기를 느꼈다. 자신을 따돌리고 숲속으로 내뺀 사내 녀석이 새삼 괘씸스러웠다. 온달의 집을 분명 알고 있는 눈치였건만, 손가락 한 번 까딱으로 방향만 가르쳐줘도 되었으련만, 막막한 산중에다 홀로 버려둔 채 꺼져버리다니!

그런 와중에도 뱃속에선 꼬르륵 소리가 요란하였다. 태자궁의 하녀가 몰래 싸다 준 주먹밥을 아껴 먹는다고 했건마는 바랑 속에는 먹을 게 하나도 남아있지 않았다. 당장 어디 쓸 데도 없는 금붙이 은붙이들만 달그락거렸다.

오라버니 태자의 은밀한 부탁을 받고 수비병들을 매수해 가까스로 평강의 뒤를 쫓아온 궁녀가 건네준 조그만 바랑에는 주먹밥 몇 덩이와 갈아입을 옷가지 몇 벌, 그리고 값진 패물들이 담겨 있었다. 그제서야 평강은 뭔가 단단히 잘못되어가고 있음을 실감했다. 고 도령과는 혼인하고 싶지 않다고, 쓸만한 사내가 나타나면 그때 시집을 가겠다고, 그렇게 말할 수는 없었을까? 울보였던 어린 시절에 아버지가 던진 장난말이 무에 그리 중요한 약속이었다고 그렇게까지 박박 우기고 나섰던 것일까?

멀잖은 곳에서 불빛 하나가 깜빡거리는 게 보였다. 불빛을 따라 구수한 냄새마저 흘러왔다. 평강은 배가 고파 헛것을 보았나 싶어 몇 번이고 눈을 깜짝거려보았다. 분명 반딧불이는 아니었다. 풀숲에 내려앉은 별빛은 더더욱 아니었다. 평강은 정신없이 내달렸다. 가시에 찔리는지 나뭇가지에 긁히는지도 모르고서 오로지 불빛을 향해.

집이었다. 좁다란 분지 한쪽에 거적때기로 대충 얽어놓은 움막이긴 했으나 분명 사람 사는 집이었다. 그 아래 비탈에선 초로의 여인네가 불을 지피고 있었다. 화덕 위 찌그러진 솥단지에선 김이 무럭무럭 피어올랐다. 평강은 숨을 할딱이며 인사를 건넸다. 안녕하세요?

"뉘시라? 해 떨어진 지가 언젠디 이 깊은 산중엘?"

여인은 돌아보지도 않고 혼잣말처럼 중얼거렸다. 반가움과 안도감으로 평강은 여인의 구부정한 등 뒤에다 대고 연신 고개를 조아렸다.

"길을 잃었어요. 하룻밤만 재워주시면 은혜는 잊지 않겠습니다."

구수한 냄새가 허연 김이 되어 숲속으로 흩어지는 걸 바라보며 평강은 침을 꼴깍 삼켰다. 그런 속사정을 아는지 모르는지 여인네는 태평이었다.

"향내가 기이한 걸 보니 귀한 집 처자인가비. 이런 계딱지 같은 더러운 움막에다 함부로 몸을 부릴 수 있간?"

"재워만 주신다면 감지덕지지요. 값은 후하게 쳐 드릴게요."

평강은 조그만 은가락지 하날 꺼내 여인에게 건넸다. 은가락지를 한참 더듬어 보던 여인은 펄쩍 뛰며 그걸 땅바닥에다 팽개치고 말았다.

"이보라! 암만 비루하게 살아도 분에 넘치는 걸 바래거나 남의 귀물을 탐한 적이 없구마는. 사람 같잖게 보지 말라! 잠은 재와줄 거이니, 아모 말썽 부리들 말고 새복같이 떠나라."

불퉁거리면서도 여인은 솥단지에서 국물을 퍼내 한 그릇 내밀었다. 부르르 화를 내던 좀 전과는 사뭇 다른 친절이었다. 평강은 뭐라 따져들 힘도 없어 여인이 내민 죽사발을 후후 불어 가며 둘러 마셨다.

"너무 맛있어요. 이런 맛난 죽은 평생 처음이에요."

"세상 산해진미가 다 죽었간? 칭찬도 과하믄 욕이라니! 야튼 우리 아들한텐 암 말 말라! 지 속으론 에미 눈병 나쇄준다고 잡아다 준 거이니. 몇 년 전부터섬 눈까리가 흐미해지드만 요샌 어룽어룽 그림자 같은 거배끼 안 보인다니. 그놈의 멧비둘기로 뭔 효험을 보리마는!"

평강의 고맙다는 인사에 맘이 누그러진 듯 여인의 사설이 길어졌다. 불현듯 저물녘에 만난 사내아이가 떠올랐다. 여인네의 아들임에 분명했다. 니 죄는 묻지 않을게. 평강은 함부로 지껄였던 자신이 부끄러워졌다.

"아드님은 어디 갔나 봐요?"

"어따 써묵을 디도 없음서나 무술이라니. 밤마다 산꼭대기서 이리 차고 저리 찌르고 야단법석이라믄! 하기사 바보, 천치, 거지라 놀려쌓는 주딩이들 땜에 상한 속도 다슬려야니."

평강은 일이 묘하게 돌아가는 거 같아 심란해졌다. 넙데데한 주먹코에서 누런 콧물이 대롱거리던 그 사내아이가, 촌스러운 낯갖과는 어울리지 않던 형형한 눈빛의 괴씸한 사내 녀석이 설마 온달이었을까? 평강은 정답이 아니길 바라며 물었다.

"사실은 제가 찾는 사람이 있어요. 혹시 온달이라고, 아실라나?"

"으이? 귀한 집 처자가 우리 아들을 왜? 뭔 죄라도 지었간?"

아니라고, 그럴 리가 있겠냐고 손사래를 치면서도 뭔지 모를 설움이 북받쳐 올라 평강은 눈물을 쏟고 말았다. 아버지 평원왕에게 내쳐진 그 순간부터 발이 부르트도록 걷고 또 걸어 마침내 도달했음에 분명한데…. 오랜 세월 이름으로만 들어온 상상 속의 사내를 이미 일별한 게 틀림없는데…

4

안학궁성(평양성) 주변은 이른 아침부터 북적거렸다. 고구려의 내로라 하는 무사들이 사냥대회에 참가하러 속속 도착하고 있는 데다, 그 특수를 노려 돈벌이에 나선 장사꾼들이 전국에서 몰려든 때문이다.

해마다 삼월삼짇날, 낙랑산에서 벌어지는 사냥대회는 고구려의 오랜 풍속이었다. 아무리 사냥을 즐기지 않는 왕이라 해도 이날만큼은 반드시 왕자들을 대동하여 참가자들 앞에서 손수 활쏘기 시범을 보여야 했다. 드 디어 시작을 알리는 북소리가 울려 퍼졌다. 닫혀있던 성문이 활짝 열렸다.

궁궐 악대가 나팔을 불고 쇠와 북을 두드리며 사냥대회 분위기를 한껏 띄웠다. 지난해의 우승자를 필두로 귀족 가문의 청년들과 중앙군 5부의 군관들이 구경꾼의 환호성에 화답하며 행진을 시작했다. 구슬 장식 고들 개를 두른 말들이 은방울을 딸랑거리며 거만스럽게 지나갔다. 뒤이어 왕 실 경호대의 삼엄한 호위를 받으며 왕의 어가와 왕자들의 기마대가 나타 났다. 구경꾼들이 일제히 땅바닥에 엎드려 머릴 조아렸다.

상민 참가자들로 구성된 후미는 별 보잘것이 없었다. 빼입은 무복도 손 에 든 무기도, 타고 있는 말들도 허름하였다. 이들은 귀족이나 무관 청년 들과 감히 어깨를 나란히 할 수 없는 처지라, 오후에 따로 열리는 하품 사냥대회에서 그 기량을 펼쳐야 했다. 아무리 뛰어난 솜씨를 가진 자라 해도 상품 사냥대회를 치르고 난 뒤끝의 사냥터에서 이삭줍기하듯 벌이는 사냥으로 두각을 나타내기는 처음부터 무망한 일이었다.

그래도 최상위 1명에게는 이듬해 상품 사냥대회에 참가할 자격이 주어 졌으므로, 야망 있는 젊은이들에겐 꿈의 도전장이었다. 순위에 들어 높은 분의 눈에 띄기라도 할라치면 세도가의 가병으로든, 중앙군이나 왕실 경 호대로든 출셋길은 열려 있었다. 그래선지 사냥대회가 임박하면 말의 임 대료가 턱없이 오르고, 병기창에서 제조한 고급 화살을 구하려는 자가 줄 을 서 무기상들의 배를 불려주었다.

왕이 시위를 당겨 푸른 하늘로 활을 쏘아 올렸다. 피융! 사냥대회의 시작을 알리는 신호탄이었다. 우우, 함성을 지르며 청년들이 내닫기 시작했다. 지난 1년간 갈고닦은 실력을 유감없이 발휘하려고 모두들 혈안이었다.

한가롭게 풀을 뜯고 있던 사슴들이 겁에 질려 뛰기 시작했다. 게으르게 하품하던 멧돼지들도 덩달아 내달렸다. 와다다다 말발굽 소리에 여우도 늑대도 숨을 곳을 찾아 정신없이 날뛰었다. 사방팔방에서 화살이 어지럽게 날고 창들이 내리꽂혔다. 상처 입은 짐승들이 으르렁거리고, 어미 잃은 새끼들이 울부짖었다.

종(終)!!

한바탕의 야단법석을 무마시키는 외침 소리가 온 산에 울려 퍼졌다. 모두들 무기를 거두고 철수했다. 자기 상전의 포획물을 거둬들이는 하인들의 발걸음이 분주했다. 만약의 경우 시비를 가리기 위해 무사가 사용하는 활이나 창에는 자기 고유의 표식을 새겨두게 하였으므로 순위를 조작하거나 남의 공을 가로챌 가능성은 거의 없었다.

얼마나 시간이 흘렀을까, 사냥대회의 결과 발표를 들으려고 참가 무사들이 왕의 장막 주변으로 몰려들었다. 10등부터 발표가 이어질 때마다 환호성과 탄식이 엇갈려 터져 나왔다. 3등과 2등까지 발표가 끝나자 무사들 태반이 짙은 실망으로 고갤 떨구었다. 마침내 1등인 자가 불리었다.

"1등, 반달 표식을 사용한 자! 누구인고?"

멧돼지 두 마리, 늑대 한 마리, 사슴과 여우, 고라니와 오소리 외에도 검독수리와 새매 같은 날짐승에 이르기까지, 포획물의 질과 양에 있어 압도적인 우승이었다. 혀를 내두르던 무사들이 나름의 추측으로 두런거렸다. 고씨 집안 자제들이 한 사람한테 몰아주길 한 건가? 아녀, 전통에 고급 화살이 백 발은 넘게 들었던 송 도령일걸?

하지만 단상으로 나선 자는 듣도 보도 못한 상민 청년이었다. 무사들 사이에서 장탄식이 터져 나왔다. 아마도 작년 하품 사냥대회의 1등자였던 모양이다. 사실상 대회 내내 그를 눈여겨 본 사람은 아무도 없었다. 이리 뛰고 저리 뛰며 포획물들을 거둬들이는 동안도 자기 상전의 것을 수습하는 하인쯤이거니 했다.

"호오! 참으로 놀랍도다. 네 이름이 무엇이냐?"

평원왕이 최종 승자의 면면을 훑으며 물었다. 그리 잘생긴 얼굴은 아니었다. 키가 훤칠하지도, 귀티가 흐르는 몸가짐도 아니었다. 그러나 눈매가 예사롭지 않았다. 겸손하나 비굴하진 않고, 순박하나 어리석진 않으며, 패기가 넘치나 탐욕에 찌들진 않은, 드물게 보는 형안이었다.

"온달이라 하옵니다."

평원왕은 입을 떡 벌린 채로 할 말을 잊었다.

"온달? 정녕 네 이름이 온달이렸다?"

"사람들이 바보 온달이라 놀리던 바로 그 자올습니다."

온달이라고? 왕은 머릿속에서 서로 튀어나오려고 다툼질하는 질문들을 일목요연하게 줄 세울 수 없어 더듬거렸다.

"그러니까 우리 평강이…, 아니 네가 작년 하품대회 우승자였다면 어찌…,"

곁에 서 있던 태자가 조심스레 간했다.

"궁으로 따로 불러 선후를 물으시지요."

솟구치는 질문거리들을 내리누르며 왕은 단상으로 나섰다. 사냥대회의 관례대로 1등 상은 왕이 직접 시상해야 했다.

5

평강은 하루종일 안절부절이었다. 아직 소식이 올 때가 아니었건만 마음은 자꾸만 낙랑산으로 치달았다. 어린 시절엔 아버지 평원왕을 졸라 사냥대회 구경을 가곤 했었다. 기다란 꼬리를 끌며 하늘 높이 날아오르던 아버지의 화살, 위풍당당한 청년들이 내지르는 함성과 지축을 뒤흔들던 말발굽 소리, 그리고 하늘에 올리는 장엄한 제사 의식.

그대가 사냥한 돼지와 사슴이 나라 제사의 희생물로 올려졌다는 소식이 당도하는 즉시, 혼례식을 준비할 것입니다.

벌써 몇 해째 되풀이된 주문이었다. 사냥대회가 끝나고 천지신명께 올리는 나라 제사에서 상품 대회 우승자가 사냥한 멧돼지와 사슴을 희생물로 올리는 건 고구려의 오랜 전통이었다. 평강은 아무나 할 수 없는 일을 온달에게 요구하고 있는 것이었다.

온달로서는 감히 생각해 볼 수 없는 일이었고, 아무리 노력한들 가능할 리 없다 싶었고, 무엇보다 하고 싶지 않았다. 그러나 달이 가고 해가 가면서 평강의 그 허황된 요구는 언젠가부터 해내고 싶고 또 해내야 하는, 온달 평생의 소원이 되고 말았다.

하품 사냥대회에서 마침내 1등을 거머쥐던 날, 온달은 하늘을 향해 눈물을 뿌렸다. 마침내 찾아온 일생일대의 기회를 헛되이 날려버리진 않겠다고. 어느 날 문득 나타나 자신의 전(全) 생을 뒤집어놓은, 이해 불가의 괴벽스런 계집에게 그동안의 모든 분노를 그러모아 사자처럼 달려들고야 말 거라고. 보일 듯 보이지 않고 열릴 듯 열리지 않는 그녀의 탐스런 몸 저 깊은 곳에다 지울 수 없는 상처를 내주고야 말 거라고. 그날부터 그의 1년은 온전히 이슬과 바위와의 싸움, 별과 바람과의 싸움이었다.

온달이 무술이니 사냥이니에 심취하기 시작한 건 주먹이 제법 굵어진 열 두엇 무렵부터였다. 동냥 바가지를 내밀며 더 이상 바보처럼 헤헤거리고 싶지 않았다. 밥 대신 소금을 뿌려도, 바가질 깨부수며 온갖 욕설을 퍼부어도, 굽신거리며 참아 넘겨야 하는 건 더더욱 싫었다.

처음 평강을 마주친 그날도 온달은 손수 만든 활의 성능을 시험 중이었다. 그 멧비둘기는 애써 깎은 화살을 대여섯 개 이상 잃어버리고서야 겨우 떨어뜨린 그날의 첫 수확이었다. 갈수록 눈이 더 어두워져 간다는 어머니에게 보약 삼아 달여 드시라 하고서 온달은 언제나처럼 뒷산 여우 계곡으로 갔다. 평소처럼 울퉁불퉁한 바윗돌 사이를 넘나들며 찌르고 차고 내질렀다.

그런데 그날따라 무술 연습이 제대로 되지 않았다. 바윗돌 위로 내리뻗은 나뭇가지에 팔이 쓸리우고, 발이 헛나가 계곡 돌 틈으로 고꾸라지곤 했다. 가외의 수확물이던 쏘가리나 꺽지 같은 물고기 한 마리 잡지 못했고, 눈앞에서 알짱거리는 토끼를 놓치기조차 했다. 조금 전에 만난, 마치 하늘나라에서 내려온 선녀 같던 여인이 자꾸만 눈앞에서 어른거리는 탓이었다.

아리따운 자태와 어지러운 향기, 범접할 수 없는 기품과 뻐기는 말투, 온달은 아무래도 귀신이나 구미호에게 홀린 게 아닌가 싶어졌다. 그렇지 않고서야 스스로를 공주라 칭하던 특별한 여인이 바보 온달을 찾을 리가 있겠는가? 온달은 문득 어머니가 걱정되어 집을 향해 뛰었다.

"저는 온달님과 혼인을 하고자 찾아왔습니다."

"뭐라, 시방 우리 온달과 혼인을? 처자가 진짜 공주라믄 미친거이 틀림없고, 공주가 아님서나 지어냈다믄 그 또한 미친거이 분명하지비!"

온달이 몽둥일 마구 휘두르며 울안으로 뛰쳐 들었다.

"당장 나가라! 구미호한테 빼 줄 간은 없으이!!"

평강은 온달의 몽둥이를 이리저리 잘도 피했다. 고개를 살짝 젖히거나 한두 발짝 가볍게 움직이는 게 전부인데도 온달은 단 한 번도 명중시키지 못했다.

"그리 막 휘둘러서야 상대 머리카락 하나 건드릴 수 있겠니?"

온달은 평강의 힘들이지 않는 가벼운 몸놀림에 기가 질리고 말았다. 그렇다고 한번 빼든 몽둥이를 거둬들일 수도 없어 헛손질을 계속하였다.

"괜한 힘 빼지 말고 내 잠자리나 안내해. 니네 어머니가 이미 허락하셨으니."

온달이 슬그머니 몽둥이를 늘어뜨리고선 제 어밀 돌아보았다.

"아니, 뭐 허락이사 하긴 한 거이니!"

워낙에 좁아터진 움막에는 따로 방이라 할 것이 없었다. 창도 가림막도 없이 움막 한쪽에 놓인 나무 평상 하나가 침실의 전부였다. 그나마도 몇 개의 울퉁불퉁한 나무판을 대충 이어 붙여 조잡하기 이를 데 없었다. 온달은 사방팔방 꿰맨 자국투성이인 낡은 삼베 이불 하나를 던져주고 나갔다.

평강은 자신의 무모함이 빚어낸 그 하루가 절대로 현실이 아니기를, 잠에서 깨나면 시녀들이 편히 주무셨느냐 아침 인사를 해오기를, 그러면 재미난 꿈을 꾸었노라 신나게 조잘거리게 되길 간절히 바랐다. 하지만 평강이 바란 현실과 꿈은 외려 그 자리를 뒤바꿔, 아무리 간절히 바라고 또바래도 궁궐에서의 마지막 그 밤을 다시 돌려주지 않았다.

"아씨, 아씨! 해냈답니다! 우리 온달님이 1등 상을 받았답니다."

평강은 겨울잠에서 깨난 개구리마냥 와짝 튀어 올랐다.

6

태자궁이 챙겨 준 금붙이들 덕에 평강이 산자락 아래다 행랑채가 딸린 아홉 칸 기와집을 지어 올리고, 자갈밭을 사들여 소출 높은 옥토로 변모시키기까지도 온달 모자의 뿌리 깊은 의구심은 쉽게 거두어지지 않았다. 서당을 열어 동네 아이들의 눈을 틔워주는 동안도, 무예반을 모집하여 마을 청년들의 의기를 북돋는 동안도, 의원을 청해 인근 여러 고을의 병든 자들을 보살피는 일에도, 삶에 걸맞을 만큼만 평강의 부탁에 응해 왔을 뿐 그 이상의 관심을 보이지 않았다.

여전히 그들은 산비탈 움막에서 내려올 생각을 하지 않았고, 함께 살자는 평강의 제안을 무시했다. 평강이 쓸만한 말 한 마리와 최신식의 활과 화살, 창 따위를 선물했을 때도 온달은 별 반가운 내색을 하지 않았다. 참이상한 일이었다. 그럴수록 평강은 온달의 묵묵부답을 더 허물고 싶었다. 그 고집을 산산조각 내고 싶었다.

어느 겨울날, 온달이 평강의 집엘 찾아들어 여우 털가죽으로 만든 목도리 하나를 불쑥 내밀었다. 눈처럼 희고 봄 햇살마냥 보드라왔다.

"그짝 덕에 백여시를 다 잡아봤구마는. 혼인하자요. 밥벌이는 할만치의 사냥꾼은 되었시니."

귀밑까지 발그레해진 온달의 얼굴을 평강은 빤히 쳐다보았다. 마침내 허물어지는가? 마침내 깨뜨려지는가? 막상 그럴 기미가 보이자 평강은 섣불리 응하고 싶지가 않았다. 이 무슨 변덕인지?

"싫음 말라우. 내 손해 볼 건 하나 없으니."

"그러네. 우리 혼인, 백이믄 백이 다 내 손해지. 그렇담 좋아. 혼인이란 자고로 기울기가 맞아야 하는 법, 네가 고구려 최고의 무사가 되는 날, 너와 혼인을 해주지. 내년 삼월삼짇날 열리는 사냥대회에 출전해."

평강은 스스로도 놀랐다. 언제부터 맘속에 이런 요구가 자릴 잡은 것일까?

"그러면 그렇지. 귀하신 분께서 바보 온달의 아낙이 되고 싶진 않겠지."

말은 그리하면서도 온달은 기가 막혔다. 맨 처음 만난 날, 제 입으로 분명하게 '온달님과 혼인을 하고자 찾아왔습니다.' 하지 않았던가? 어디서 넝쿨째 굴러온 호박이냐, 훌쩍 삼킬 수도 있었지만 분수에 합당치 않은 상대임을 알기에 정중히 거절해 왔다. 그런데 정작 그 제안을 받아들이마 했더니 얼토당토않은 조건을 갖다 붙인다.

온달은 두말하지 않고 돌아섰다. 어쩌다 백여우 한 마리를 운 좋게 잡앉기로 나라 사냥대회에 참가할 자격이 대뜸 주어진단 말인가? 혼자서 주먹구구로 익힌 활쏘기며 창던지기 실력으로 얼마나 많은 이들의 비웃음감이 되려고? 처음부터 날 놀리려는 개수작이었어. 온달은 치밀어 오르는 분노를 다스리려 미친 듯이 말을 몰았다. 그는 밤이고 낮이고 산야를 휘달렸다. 깜찍한 계집 하나에게 홀렸던 마음 자락을 추스르려 그는 쉼 없이 쏘고 또 쏘았다. 찌르고 또 찔렀다.

그런데 참 이상한 일이었다. 이듬해 삼월삼짇날이 다가오자 묘하게 맘이 들썩이고 온몸의 근육이 터질 듯 부풀었다. 평강이 보내온 고급 활과 화살들이 그를 더욱 몰아부쳤다. 고심 끝에 출전한 첫해의 성적은 초라했다. 등위에 들지도 못했고 높은 분의 눈길을 끌지도 못했다.

"죽어도 싫다더니 그래도 참가를 했네? 그 패기, 아주 맘에 들어. 좋아! 실력 있는 선생님 하날 붙여줄 테니 등위에 들거든 갚아."

평강은 언제나처럼 또 그렇게 일방적이었다. 온달은 거절하지 않았다. 평강이 운영하는 무예실에서 다음 날 새벽, 동트기 전에 특별한 무술 사범을 만나기로 했다. 눈만 내놓고 얼굴을 두건으로 감싼 호리호리한 체격의 사범은 온달로서는 평생 처음 보는 놀라운 실력자였다. 검술과 창술은 물론 특히 궁술에서 뛰어난 선생에게 온달은 혹독한 훈련을 받아야 했다. 끝내 이름도 얼굴도 확인하지 못했으나 온달은 느끼고 있었다. 그 스승이 바로 평강 자신임을. 하지만 그녀가 공개하지 않는 한 온달은 아는 척하지 않기로 했다. 그러는 사이 온달의 실력은 어느새 스승을 뛰어넘고 있었다.

고샅이 온통 시끄러웠다. 두 개의 깃털이 꽂힌 절풍(고구려 무사의 모자)을 쓰고서 임금에게 하사받은 말 위에 올라탄 우승자의 거리 행진은 화려하기 그지없었다. 풍물패가 길잡이로 나서고 현령을 비롯한 그 휘하의 관속들이 그를 옹위라도 하듯 둘러싼 가운데, 온달을 바보 거지라며 무시하고 놀려댔던 이들이 너도나도 깃발을 흔들며 행진에 합류했다.

보잘것없는 상민 출신이라 하더라도 임금이 주관하는 나라 사냥대회의 우승자인 만큼 중앙군 군관으로 발탁되거나 왕실 경호대의 주요 보직을 맡게 될 것은 자명한 일이었다. 그들은 온달의 갑작스런 성공에 빌붙음으로써 얻게 될지 모를 이익보다는, 복수의 칼날에 대한 두려움 때문에 더욱 흥겨움을 가장하는지도 몰랐다.

그날 밤 평강은 매파가 가져온 온달의 사주단자를 받았다. 드디어 때가 되었는가? 비로소 내게 어울리는 사내가 나타났는가? 평강은 지난 몇 년을 돌아보며 스스로에게 물었다.

7

평강과 온달의 혼례식은 평양성 안팎은 물론 고구려 변방의 여러 고을들에도 떠들썩한 소문을 뿌렸다. 고구려 역사상 그런 예가 없었고 어쩌면 앞으로도 없을, 공주와 거지의 특별한 혼인은 이야기꾼들의 단골 소재가 되어 시간과 장소를 가리지 않고 떠벌여졌다.

하지만 평양성 밖 공주궁은 평온하기만 했다. 한바탕 어지러운 꿈을 꾸고 난 평강은 타고난 지위와 재물과 하녀들을 돌려받았을 뿐 아니라 듬직한 남편과 사랑스런 아이들까지 얻어 나날이 조화롭기만 했다. 아버지 평원왕의 붕어와 뒤이은 오라버니 영양왕의 즉위로 슬픔과 기쁨이 교차했던 지난 1년을 제외한다면. 신라에게 빼앗긴 고구려의 고토(古土)를 회복하겠다며 남편 온달 장군이 남쪽 한강 유역으로 출전한 이후, 최근 며칠간 머릿속을 어지럽히는 안개만 아니라면.

아버지 평원왕과 공주 평강의 공식적인 화해는 북주(北周) 무제(武帝)와의 전쟁에서 고구려가 승리하여 요하(遼河) 방어선을 지켜낸 다음이었다. 국경을 범한 북주군을 맞아 직접 대군을 휘몰고서 배산 전투를 진두지휘했던 왕이 장수들의 공적을 평가하는 자리에서였다.

"이번 전투에서 공적이 가장 큰 자가 누구인가?"

"감히 아뢰옵니다. 파죽지세(破竹之勢)로 몰려오는 적의 선봉을 일당백의 기개로 교란하여 아군의 사기를 최고조로 끌어올린 당주(幢主, 병졸 100명 이상의 통솔 지휘관) 온달이 아닐까 합니다."

"그렇사옵니다. 온달이 선봉장으로 나서 전장을 자기 집 안마당인 듯 휩쓸고 다닌 덕에 수적으로 열세인 아군이 적을 완전히 무너뜨릴 수 있었습니다."

"좋다. 그리하면 온달에게 대형(大兄, 중간급 성주)의 위를 내림은 어떠한가?"

신료들 사이에서 설왕설래가 이어졌다. 온달의 전공이야 누구나 인정하는 바이지만 출신 성분이 너무 미천하다는 게 문제였다.

"들으라! 그의 전공으로만 보면 대모달(大模達, 상위장군)의 위를 받아도 부족할 것이나 상민 출신임을 고려하여 내린 결정이니 과히 폄하지 말라. 또한 이 자리에서 선포하노니 온달은 짐의 사위이자 공주 평강의 지아비이다. 그대들은 온달을 부마의 예로 대하도록 하라."

여기저기서 적잖은 술렁임이 일었다. 자자하게 퍼졌던 그동안의 소문이 사실로 확인된 데 대한 놀라움이었을 것이다. 그 사이를 비집고 태자의 주청이 이어졌다.

"제가 알아본 바로는 온달의 아비가 신라와의 적성산 전투에서 최후까지 저항한 결사대의 일원이었다 합니다. 목숨을 바치고도 끝내 패배함으로써 서훈은커녕 죄인으로 낙인찍혀, 남은 식구들의 삶이 참으로 비참하였은 즉, 이번 일을 계기로 패배한 전투에서의 전사자 역시 고구려의 충신들인 만큼 이들에 대한 예우 또한 법령으로 정해야 할 것입니다."

왕은 신중하고도 적절한 태자의 발언에 감탄하였다. 그동안 평강의 뒤를 돌보아 준 태자에게 내심 고맙던 터이기도 했다. 호족들의 위세가 갈수록 드높아지는 가운데, 그들의 입김으로부터 자유로운 든든한 무장 하나를 얻게 된 것도 어쩌면 태자의 균형 잡힌 시각 덕일 것이다.

왕은 그날 직접 말을 몰아 안학궁성 밖, 외떨어진 산자락 아래 낮게 엎드린 평강의 집을 찾았다. 평강과 온달이 혼례식을 치른 지 얼마 되지 않은, 단풍 고운 가을날이었다.

"공주마마, 다급한 전갈이옵니다."

평강은 아버지 평원왕의 이윽하던 눈길을 화르륵 털어냈다. 지난 며칠 동안 머릿속을 가득 채운 안개가 마침내 거두어지려는가?

"장군께서 적이 쏜 화살에…."

"냉큼 이르거라. 설마 돌아가신 건 아니겠지?"

"제가 아단성에서 출발할 때까진 아직!"

"가자. 별일 없을 것이다. 하찮은 적군의 화살 따위에 무릎 꿇을 그런 어른이 아니시다."

평강은 가마를 물리고 말에 올랐다. 초록이 짙어지는 여름날의 산야를 그녀는 성급히 밟고 지나갔다. 즉위한 지 얼마 되지 않은 영양왕에게 온달이 출전을 허락받은 건 지난 봄이었다. 평강은 끝까지 그를 말리고 나섰으나 그의 고집을 꺾을 수는 없었다.

"반드시 이겨 거기 버려진 고구려 백성들의 원한을 갚고, 우리 영토를 회복할 것이오. 만약 그렇지 못한다면 아예 돌아오지 않을 작정이오."

온달의 결심은 어쩌면 정처 없이 떠돌던 어린 시절의 비원이었을지 모른다. 아비가 끝내 지키지 못한 땅, 하여 거기 남아 신라의 압제에 신음하고 있을 고구려의 유민들, 그 좌절과 고통을 아는 자만이 세울 수 있는 그런 목표, 그런 결단이었다. 온달은 신라에 빼앗긴 적성산성, 그 건너편 남한강변의 을아단현에 산성을 쌓고 조령과 죽령 이북의 땅을 회복하겠다는 의지로 적극적인 공략에 나섰다.

전황은 일진일퇴(一進一退)를 거듭하며 수개월째 답답한 전세(戰勢)를 이어가고 있었다. 한바탕 휘젓지 않고선 출구를 찾을 수 없으리라 판단한 온달은 그의 장기인 전후방 동시 교란 작전으로 승부를 내고자 했다. 안개 짙은 그믐밤, 온달의 군사가 적성산성의 북문을 집중적으로 타격하는 사이 그의 부장은 정예병을 이끌고 강 건너 적성산성의 후방으로 침투하였다. 앞뒤로 적을 맞은 신라군은 성에서 한 발짝도 나서지 않은 채 오로지 수성에만 온 전력을 기울였다.

적성산성의 북문이 막 괴멸되려는 찰나, 적진 어딘가에서 날아온 화살이 온달의 가슴을 꿰뚫었다. 계속 밀어붙이라. 온달의 마지막 명령은 하달되지 않았다. 고구려군은 유리하게 기울던 전투를 접고 아단산성으로 후퇴하였다.

온달의 시신이 수습된 관을 평양성으로 모셔가기 위해 군사들이 관곽을 묶은 삼베 줄을 막 들어 올리려는 순간, 평강이 도착했다. 평강은 멀거니 그 자리에 멈춰서고 말았다. 무슨 이런 어이없는 끝이 있는가? 그동안의 억울과 신산, 분노와 패기를 어디다 두고 어찌 이리 몸을 함부로 부려 놓는단 말인가?

어영차! 어깨가 떡 벌어진 무사 예닐곱이 관을 들어 올렸다. 그런데 관은 무거운 추라도 달고 있는 것처럼 꿈쩍하지 않았다. 힘센 장정 서넛이 더 달라붙었다. 관은 땅에다 뿌리를 내리기라도 한 양 더욱 완강히 버텼다.

"공주마마! 장군을 끝내 지켜드리지 못했습니다. 죽여주십시오."

평강이 도착했음을 알아차린 온달의 부장이 그녀 앞에 무릎을 꿇었다. 평강은 허청허청 관곽 앞으로 나아갔다. 거기 남겨진 백성들의 원한을 갚아주지 못한다면 아예 돌아오지 않으리라던 온달이었다. 죽어서조차 끝내 자신의 고집을 세우는 온달이 평강으로선 참으로 안타깝고 서러웠다. 평강은 마치 산 사람을 쓰다듬듯 관곽을 어루만지며 입고 있던 겉저고리를 벗어 관 위에다 덮었다.

"삶과 죽음이 이미 갈렸거늘 어이 이곳에 머물려 하십니까? 놓으소서. 약속도 의리도 이제 놓으소서. 가십시다, 나와 함께 우리의 숲으로!"

평강이 군사들에게 다시 관을 메라 일렀다. 이번엔 아무런 저항 없이 들리었다. 평강은 열여섯 어린 시절의 치기가 불러들였던 한바탕의 꿈처럼 이 또한 한 번의 푸릇한 꿈이기를, 언젠간 깨어날 길지 않을 악몽이길 바랐다. 강물은 소리 없이 아단산성을 휘돌아 적성산 아래로 흘러 내려갔다.

6. 정우련 | 선덕여왕 – 여왕의 향기

"여왕이 사는 월성으로 간밤에 큰 별 하나가 떨어졌다."

소문은 궁궐 안팎으로 삽시간에 퍼져나갔다. 월성 해자에 지난여름 활짝 피었던 가시연꽃이 지고 얼음이 꽝꽝 언 정월 초닷새 밤이었다. 낭산 밑에 사는 기와 장인이 땔감 할 말똥을 가지러 나갔다 보았는가 하면 분황사 공양주 보살은 한밤중에 오줌을 누러 나갔다가 보았다 했다. 별이 묵은 장독만 하더라고도 하고 너럭바위만큼 크더라고도 했다. 여왕 폐위를 내세운 비담과 염종의 반란 와중이었다. 월성 동쪽 편 명활산성에 반란군이 주둔하면서 월성을 치고 들어올 태세를 갖추고 있다 했다. 여왕은 왕군과 반군의 동향을 보고받았다. 반란보다 공포가 먼저 와서 여왕은 며칠째 궁궐 밖을 나가지 못했다.

그날 아침, 궁으로 든 내전 사신은 간밤에 여왕의 처소로 큰 별이 떨어졌다는 소문을 전했다. 보고를 들은 여왕의 낯빛이 하얗게 질렸다.

여왕은 내전 사신에게 일관인 법성을 불러오라고 말했다. 일관은 첨성대에 올라 하늘의 해와 달과 별의 움직임을 보고 세상의 길흉화복을 점치는 관리였다. 한때 승려였던 법성은 첨성대가 있는 비둣골에서 노모와 단둘이 살고 있었다. 천문관측 결과를 내전 사신에게 보고하는 게 일과였으므로 큰 변고가 아니면 여왕을 대면할 일은 없었다. 여왕이 소문을 듣고 얼마나 상심했으면 자신을 직접 불렀을까 생각하자 가슴에 맷돌을 얹어놓은 듯 마음이 무거웠다.

가난하고 못 배운 백성들, 어린아이들과 노인들을 먼저 보살피고 홀어미와 홀아비들에게도 땔감이며 양식을 나누어 주며 돌본 어진 여왕이었다. 그런 여왕을 법성의 노모는 솔거가 그린 분황사 관음보살상 벽화를 꼭 닮았다고 입버릇처럼 말했다. 법성은 노모와는 달리 남산 감실석불좌상이야말로 불심 깊은 여왕을 닮았다고 생각했다.

하늘을 아는 것이 곧 세상의 이치를 아는 것과 다름없다고 하던 시절이었다.

선왕인 진평왕이 서거하였을 때도 월성의 우물에 흰 무지개가 덮이고 밤하늘 토성이 달을 범하는 변고가 있었다.

여왕은 내전에 든 법성에게 간밤의 소문이 사실인지 듣기를 청했다.

"여왕 폐하, 간밤에 큰 별이 떨어진 건 사실이옵니다. 소인이 첨성대에 오른 지 두어 시간 지난 자시쯤이었는데 명활산성이 있는 동쪽에서 월성 쪽으로 떨어졌사옵니다. 지난가을에도 사흘 내내 별이 비 오듯이 떨어지지 않았겠습니까. 폐하께서 크게 상심하셨지만 우려할 만한 일은 일어나지 않았사옵니다. 그러니 여왕 폐하, 너무 괘념치 마시옵소서. 다만 반란군들이 별이 떨어진 걸 폐하의 안위에 빗대어 소문을 악용할까 그것이 걱정이옵니다."

자신을 위로하려는 법성의 뜻이야 가상하지만 어쩐지 하나 마나 한 말 같아 맥이 빠지는 기분이었다.

"왜 아니겠는가. 큰 별이 짐의 처소로 떨어졌다는 소문이 났으니 저들은 승기를 잡을 천우신조의 기회다 싶어서 기세등등하지 않겠는가."

여왕은 애써 담담하게 말했다. 법성은 여왕에게서 오랜 세월 나라를 다스려온 사람이 지닐 법한 단단한 평정심을 느꼈다.

"여왕 폐하, 별이 명활산성 쪽에서 월성으로 떨어졌으니 그것은 명활산성에 주둔한 비담이 폐하가 계신 월성으로 붙잡혀 들어올 모양새가 아니겠습니까. 부디 폐하께서는 은결들지 않으시기를 바라옵나이다."

법성은 바닥으로 숙이고 있던 머리를 잠깐 들어 여왕을 일별했다. 여왕은 고개를 끄덕여 보였지만 여전히 불안한 표정을 풀지 못했다.

첨성대에 행차한 여왕을 보기 위해 서라벌 사람들이 구름처럼 몰려들었던 어느 봄날이 떠올라 법성은 가만히 한숨지었다. 여왕이 걸을 때마다 머리에 쓴 금관에 매달려 달랑거리던 곡옥과 황금 달개가 햇빛에 반짝거렸다. 예닐곱 살쯤 되어 보이는 천진한 아이 하나가 신하들의 제지에도 멋모르고 여왕에게 달려들었다. 여왕은 아이를 향해 두 손을 자루 주머니처럼 벌리고 환하게 웃으며 몸을 낮추었다. 여왕이 재빨리 내전 신하에게 눈짓을 하자 그는 궁에서 가져온 그림책을 아이에게 선물로 주었다. 아이들은 먹는 걸로는 채워지지 않는 허기를 책으로 가르쳐야 한다는 여왕이었다.

"여왕폐하, 이럴 때는 가까운 내제석궁에라도 행차하시어 향불을 사루어 올리심이 좋을 듯하옵니다. 향불 향기가 성문 밖으로 퍼져나가면 서라벌 사람들은 그것이 여왕 폐하의 향기인 것을 알아차리고 폐하를 위해 합장하고 기도할 것이옵니다."

내제석궁은 궁궐 안에 있는 오래된 절이었다. 여왕은 자장이 법사가 거처하는 분황사를 떠올렸지만 성문 밖을 나갈 수 없는 상황이었다.

"그리하겠네."

여왕이 짧게 대답했다. 여왕은 보자기에 싼 연잎 차를 법성의 노모에게 전해드리라 이르고 서둘러 지밀로 들었다.

그즈음 여왕은 간헐적인 두통에 시달리고 있었다. 대바늘로 머리 밑을 찌르는 듯한 지독한 통증이었다. 내전 시녀 연화가 이마에 맬 흰 무명 끈을 인두로 빳빳이 다려 건네 드렸지만, 여왕은 손을 내저었다. 연화는 여왕과는 먼 친척뻘이 되는 처녀였다. 입이 별로 없어 조용한데다 조신했다. 언제나 여왕을 잘 살폈다. 연화는 여왕의 탕약이 침상 협탁에 놓인 채 싸늘하게 식어가는 것을 보며 마음을 졸였다.

유신이 이끄는 왕군은 야전 훈련이며 기마 훈련 등으로 단련된 군대였다. 전쟁터를 누빈 관록 또한 막강했다. 반군의 저항도 만만찮았다. 양 진영이 날카롭게 대치했다. 월성의 동문 앞까지 진입했던 반군이 왕군의 방어벽에 막혀 일시 후퇴했다.

선왕인 진평왕 말년에도 모반이 있었다. 아들이 없는 왕이 성골인 딸

덕만공주를 후계로 삼자 칠숙과 석품이 반란을 모의했다. 여자가 왕위에 오른 사례가 없으므로 공주가 후계를 잇는다는 것은 있을 수 없는 일이라 했다. 덕만은 성품이 너그럽고 어질었으며 총명하고 민첩했다. 통찰력 또한 남달랐다. 중국 사신이 보낸 모란꽃 그림에 벌과 나비가 그려져 있지 않은 것을 보고 단박에 이 꽃은 향기가 없을 것이오, 라고 했다. 꽃이 향기가 있으면 벌과 나비가 날아드는 법인데 그렇지 않으니까 향기가 없을 거라고 본 것이었다. 덕만은 자라면서 점점 용과 봉황의 자태를 갖추어 왕이 되기에 손색이 없었다. 그런 덕만을 단지 여자라는 이유로 왕위 계승에 반대하여 칠숙과 석품이 모반을 도모했지만, 사전에 발각되고 말았다. 왕은 반역자를 극형인 기시형으로 다스렸다. 기시형이란, 목을 벤 죄인을 시장 바닥에 버려두어 오가는 사람들에게 수모를 당하게 하는 극형이었다.

왕이 서거하자 덕만은 국인들의 추대를 받아 왕위에 올랐다.

신라 제27대 왕이요 역사 이래 최초의 여왕이었다.

비담과 염종의 반란도 여자 군주는 정치를 잘할 수 없다는 '여주불능선리'가 명분이었다. 비담이 그 잔인했던 반란 실패의 말로를 모를 리 없었다. 명활산성에 집결하여 주둔한 지 일주일이 지나도록 승기가 나지 않자 비담은 초조했다.

그때 월성으로 큰 별이 떨어졌다 한 것이었다.

비담은 마치 하늘의 계시나 받은 듯 기고만장하여 병사들 앞에 썩 나아가 외쳤다.

"별이 떨어진 곳에는 반드시 유혈이 있는 법이다. 이는 필시 여주가 패망할 징조가 아니더냐. 이제 하늘도 우리 편이거늘 제군들은 한 사람도 빠짐없이 나를 따라 곧장 월성으로 진군하라."

비담의 선동에 반군의 사기가 하늘을 찔렀다. 그는 여세를 몰아 다시 월성 문 앞까지 쳐들어갔다. 지축을 울리는 환호 소리가 여왕의 처소까지 들렸다. 보병과 기병이 날린 돌과 화살이 닫힌 월성 문 앞으로 비 오듯이 쏟아졌다.

비담은 화백회의 수장이자 왕 바로 다음 직위인 상대등이었다. 그는 후사가 없는 여왕이 사촌인 승만 공주를 후계로 내정한 걸 알고 반발했다. 비담은 자신이 왕이 되고 싶은 욕망을 숨기로 여왕이 불사에 지나치게 나랏돈을 낭비하고 군사적으로도 실정을 거듭하여 민심이 흉흉해졌다고 비판했다. 비담과 뜻을 같이하는 조정의 주요 대신들 30여 명이 반란에 가담했다. 여왕이 비담을 상대등에 임명한 지 불과 2개월밖에 지나지 않은 때였다. 여왕은 큰 충격에 빠졌다. 앞에서는 신라와 백성들을 걱정하는 척하던 대신들이 뒤에서는 여왕 폐위를 도모하였다니. 그들의 위선에 손이 벌벌 떨렸다.

여왕은 삼국이 통일하여 전쟁이 없고 남녀가 평등한 불국토를 꿈꾸었다.

남편도 자식도 없이 오직 신라의 백성을 남편처럼 섬기고 자식처럼 아꼈다. 외로움 따위는 문제도 아니었다. 외로움도 사리사욕도 없이 오직 신라만을 바라보며 보낸 날들의 끝에 기다리고 있는 것이 반란이었다니.

벼랑 끝에 선 기분이었다.

두통이 조금 잦아들자 여왕은 내전 사신을 불러 가마를 준비하라 일렀다. 굳이 법성의 조언이 아니었더라도 마음은 법당을 향하고 있었다. 연화가, 회랑을 걸어 나가는 여왕의 창황한 발걸음을 지켜보며 수심이 가득한 얼굴로 뒤따랐다.

내제석궁으로 가는 길에 여왕이 잠시 가마를 세웠다. 동쪽 토성 밑 해자 앞에 주둔해 있는 유신의 군사들이 분주하게 움직이는 모습이 내려다보였다. 거기 어디쯤 유신이 있을 것이었다. 유신은 알천, 춘추와 함께 숱한 전쟁의 위기 속에서 신라와 여왕을 지킨 대장군이었다.

얼음이 언 해자는 은색 빙판이었다. 빙판에서 겨우내 썰매를 타고 놀던 아이들은 하나도 보이지 않았다. 해자는 적군이 토성으로 기어오르지 못하게 할 목적으로 땅을 파서 만든 물웅덩이였는데 아이들이야 그런 사실을 알 턱이 없었다. 내란 중이라 집안에 붙들려있을 아이들도 답답할 터였다. 여름날이면 어른 키를 훌쩍 넘는 큰 가시연꽃이 해자를 가득 채우곤 했다. 신라 사람들은 진흙탕 속에서 한 방울의 흙탕물도 묻히지 않고 깨끗하게 피어나는 연꽃을 사랑했다. 연꽃은 신라의 꽃이었고 불법의 꽃이었다. 기와며 절집 문살, 부처님의 좌대까지 온통 연꽃 문양으로 가득했다. 지난여름 가시연꽃이 만발한 해자 옆길을 산책하며 깔깔거리던 내전 시녀들의 웃음소리가 들리는 듯했다.

"올여름에도 해자에는 가시연꽃이 피겠지. 나는 이제 다시는 그 아름다운 연꽃을 보지 못할 것이야."

여왕의 목소리는 낮고 쓸쓸했다. 연화는 가슴이 철렁 내려앉았다. 처음 내전 시녀로 궁에 들어와 여왕을 모신 지 4년이었다. 목소리만 들어도 여왕의 마음이 어떨지 짐작하고도 남았다.

내전 시녀 하나가 멀리 황룡사 9층 목탑을 보고 두 손을 모아 절을 했다. 서라벌 땅 어디서든 고개만 들면 보이는 대탑이었다. 신라 사람들은 길을 가다가도 대탑이 보이면 멈추어 서서 합장을 하고 마음을 모았다. 여왕 일행도 대탑을 향해 두 손을 모았다.

여왕의 시대는 한숨 돌리나 싶으면 전쟁이 일어났다. 특히 이웃의 백제와 고구려의 잦은 침략으로 한시도 맘 편한 날이 없었다. 전쟁터에 직접 나갈 수 없는 여왕이었지만 예지력과 지혜로 군사들을 다스렸다.

637년 재위 5년의 일이었다.

영묘사 옥문지에서 한겨울인데도 난데없이 숱한 개구리 떼가 나타나 사흘 밤낮을 목청껏 울어댔다. 여왕이 변고를 보고받고, 알천과 필탄을 급히 불렀다. 서쪽 교외로 가면 여근곡이 있는데 거기에 백제군이 매복하고 있을 테니 가서 붙잡으라고 명령했다. 두 장군이 각각 군사들을 대거 대동하고 가보았더니 과연 백제군들이 새까맣게 숨어있어서 붙잡아 전멸시켰다.

신하들은 여왕에게 어떻게 보지도 않고 그런 엄청난 사실을 알았는지 궁금하여 여쭈었다.

"개구리 떼가 목청껏 우는 화난 모습은 병사의 모습이요, 옥문은 여자의 성기인 여근이 아니겠는가. 여자는 음이고 그 빛이 백색이니 백색은 서쪽을 뜻하느니라. 그래서 군사가 서쪽에 있다는 것을 알았고, 남근이 여근에 들어가면 죽는 것이 섭리인지라 적군을 쉽게 잡을 것이라 생각했느니라."

설명을 들은 신하들은 여자가 아니면 생각해낼 수 없을 여왕의 특별한 기지에 탄복하여 오래오래 이야깃거리로 삼았다.

그런 여왕에게도 전쟁으로 인한 위기가 매번 찾아왔다. 주로 신라가 침범을 당하긴 했지만 뺏고 빼앗기는 참으로 지긋지긋한 전쟁이었다.

재위 후반에 백제의 공격으로 신라의 중요 거점인 대야성 등 40여 개의 성을 잃고 대패하였을 때는 눈앞이 캄캄했다. 여왕이 어쩔 줄 몰라 당나라에 사신을 보내 신라의 위급함을 알리고 도움을 청할 정도였다. 전쟁에서 대패하자 여왕의 버팀목이 되어주었던 유신과 춘추가 위기를 맞았고 두 장군의 위기는 곧 여왕의 위기로 이어졌다. 여왕은 당에 유학 중인 자장에게 구원을 요청했다. 자장의 아버지와 여왕의 어머니 마야부인이 친남매였으므로 여왕과는 사촌지간이었다. 어릴 때부터 자장의 인간 됨됨이는 보고 들어 익히 알고 있었다. 인재를 등용할 때 골품제와 상관없이 인물됨을 중시하는 게 여왕의 방식이었다. 가야 출신인 유신과 진골인 춘추가 그 증거였다. 자장 또한 혈육 이전에 그 인물됨을 보고 조정에 재상의 자리가 났을 때 나랏일을 맡기려 했다. 하지만 자장은 벼슬에는 관심이 없었다. 단 하루 계율을 지키다 죽을지언정 파계하여 백 년 살기를 원치 않는다 했다. 그는 불교에 심취하여 공부를 더 깊이 할 요량으로 당으로 유학을 갔다. 여왕은 그의 뜻을 이해하고 지원을 아끼지 않았다. 신라의 인재들을 키우고 두루 보살피는 데에 어머니 역할을 자처한 여왕이었다.

자장은 당 태종의 총애 속에서 법덕을 쌓고 영험이 날로 더해갔다. 여왕은 당 태종에게 편지를 보내 유학 중인 자장을 신라로 돌려보내 줄 것을 간청했다. 자장은 위기에 처한 여왕을 걱정하여 서둘러 신라로 돌아왔다. 그가 돌아오자 백성들이 기뻐하며 환호했다.

여왕은 자장을 분황사에 머물게 하고 난세를 수습할 방침을 구했다. 당 태종은 여왕이 덕은 있지만, 여자라서 위엄이 없어 이웃 나라들이 깔본다고 했다. 여왕이 지원군을 요청하러 보낸 사신에게조차 여왕을 대신할 사람을 보낼 테니 신라가 안정을 찾을 때까지 당분간 국왕으로 섬기라는 가당찮은 말로 사신을 어이없게 했다.

자장은 난세를 극복할 방침으로 황룡사에 9층탑을 세울 것을 제안했다.

여왕은 위기를 벗어나야 한다는 절박감에 자장의 제안을 받아들였다. 9층탑 건립은 초입부터 난관이 있다. 신라에는 대탑을 세울 기술자도 없는 데다 전쟁 중에 무리하게 공사를 추진한다고 반대하는 신하들도 있었다. 여왕에게는 선택지가 없었다. 신라의 평화를 위해서라면 어떤 어려움도 감내해내야 하는 게 여왕의 운명이었다.

여왕은 백제에 미륵사지 9층 목탑을 만든 백제의 장인 아비지를 모셔오기 위해 백방으로 힘을 썼다. 사신을 보내 보물과 비단을 전하며 아비지에게 대탑 건립을 간청했다. 아비지는 적대국의 수호탑을 세우는 일이 썩 내키지 않아 망설였다. 그런 갈등 속에서도 그는 오로지 불탑을 만든다는 장인정신 하나로 대탑을 만들어 나갔다. 신라의 솜씨 좋은 장인 200여 명이 동원되었다.

대탑이 완성되던 날, 여왕은 대신들과 함께 황룡사에 행차하였다. 황룡사는 선왕 재위 시 만든 신라 최대의 호국사찰이었다. 그곳에 이번에는 여왕이 신라 최고의 대탑을 세웠다. 9층 목탑의 각 층마다 신라가 극복해야 할 아홉 나라의 이름이 붙었다. 1층은 일본, 2층은 중국, 3층은 오월, 4층은 탁라, 5층은 응유, 6층은 말갈, 7층은 단원, 8층은 여적, 9층은 고구려와 신라가 그 나라들이었다. 여왕은 신하들과 함께 9층탑을 한 층, 또 한 층 밟으며 올라갔다.

대탑 맨 꼭대기 9층 난간에 서자 서라벌 땅이 한눈에 내려다보였다. 집들이 벌집이나 개미집만 했다. 마을의 고샅길은 마치 손금처럼 가늘게 보였다. 전쟁으로 무너져 쇠락한 백성들의 집이 눈에 들어왔다. 전쟁 통에 농사까지 기근이 들면 백성들은 느릅나무 껍질을 벗겨 먹거나 풀뿌리로 죽을 끓여 먹으며 끼니를 때운다 했다. 장인들도 무기 만드는 데 동원되다 보니 질그릇이나 기와를 굽거나 농기구를 만드는 생업은 뒷전이었다. 대탑이 완성된 벅차고 뿌듯한 마음도 잠시였다. 여왕은 백성들이 겪은 고통을 생각하며 눈물을 흘렸다. 아무리 담대한 여왕이지만 백성들의 고통 앞에서는 무너지는 마음을 어찌하지 못했다.

여왕은 불법이 현실의 삶 속에서 실현되면 전쟁 없는 세상, 남녀가 평등한 세상이 될 것이라 믿었다. 자장을 대국통으로 삼아 승려들의 흐트러진 규범을 바로잡고 승통의 일체를 주관하도록 하였다. 자장의 불덕으로 나라 안에 불법에 귀의하는 사람이 열에 여덟을 넘었고 머리 깎고 출가하려는 사람도 날로 늘었다.

남산 기슭에는 크고 작은 절들이 생겨나 염불 소리며 목탁 소리가 끊이지 않았다. 남산에 오르면 산사의 풍경을 가만히 흔들고 지나가는 바람 소리며 예불 시간이면 서라벌의 절마다 동시에 울려 퍼지는 법고 소리가 진풍경을 이루었다. 여왕 재위 시 분황사, 영묘사를 비롯하여 사찰만 25군데가 세워졌으니 숫제 불국토가 따로 없었다.

부처님 사리를 봉안한 80미터나 되는 거대한 9층 목탑은 신라 사람들의 불심과 호국 의지를 다지는 데 등대 역할을 했다. 백제의 장인이 만든 대탑의 아름다움 또한 신라의 예술가들에게 많은 영감을 주었다.

하지만 9층탑이 세워진다고 해서 당장 전쟁이 끝나는 것은 아니었다. 백제와의 전쟁은 계속되었다. 여왕이, 전쟁 중인데도 불구하고 대탑을 건립하는 무리한 공사를 밀어붙인 것에 대해 일부 대신들의 원성이 뒤따랐다. 비담의 무리는 그걸 빌미 삼아 '여주불능선리'를 명분으로 반란을 일으킨 것이었다.

반란군 진압에 나선 것은 유신이었다. 그는 비담 등이 여왕을 폄하하자 사군이충을 들어 여왕을 지지하고 나섰다. 사군이충은 원광국사의 세속오계 중 첫 번째 계율이었다.

"양은 강하고 음은 부드러운 것이 자연의 이치이듯이 임금이 높고 신하가 낮은 것은 사람의 도리가 아니겠소. 이 질서가 무너지면 혼란이 오는 것입니다. 지금 비담 등은 임금이 여자라는 이유로 신하가 임금을 해치려 하고 있소. 아랫사람이 윗사람을 침범하는 것은 난신적자로서 용서할 수 없는 일이요. 임금은 임금의 도리가 있고 신하 또한 신하의 도리가 있는 것이요. 우리가 이 반란을 진압하러 가는 것은 사람의 도리를 지키기 위한 것이므로 제군들은 반군에 맞서서 단 한 발짝도 물러서서는 아니 될 것이요."

유신의 연설은 군사들의 마음을 파고들었다. 선왕 재위 시 낭비성 전투를 승리로 이끈 이래 여왕 시대 크고 작은 전투에서 눈부신 활약을 한 유신이었다. 훗날 태종무열왕이 되어 삼국통일을 이루어내는 춘추와 함께 여왕 시대의 충신이었다.

그는 백제군 방어를 위해 주둔하던 압독군 병력을 동원하여 반군과 맞섰다.

여왕은 월성 문 앞에서 반군에 맞서 싸우고 있을 유신을 생각하며 내제석궁으로 가던 길을 재촉했다.

기별도 없이 들어선 내제석궁의 절 마당은 적요로웠다. 돌탑 아래 기단부에 채 녹지 않은 눈이 군데군데 쌓여 있었다. 법당으로 오르는 돌계단 3개가 곧장 눈에 들어왔다. 11자나 되는 장신에다 체격이 워낙 건장했던 선왕이 올라서다가 한꺼번에 부러졌다는 돌계단이었다. 선왕은 풍채도 당당했지만, 성격도 호방하고 진취적이었다. 왕도를 가르칠 때는 물리에 막힘이 없고 겉보기완 달리 딸들에게는 섬세하고 다감한 아비였다. 칠석과 석품의 모반이 사전에 발각되었을 때, 여왕은 선왕이 그렇게 대노하는 모습을 처음 보았다. 반역 죄인들을 다스리는 형벌이 너무나 끔찍해서 선왕에게서 멀리멀리 도망치고 싶을 정도였다. 여왕은 비담의 난을 겪으면서 비로소 선왕이 반역자들에게 왜 그토록 끔찍한 형벌을 내렸는지 알 것 같았다. 절대왕권에 도전한다는 것은 신하로서 있을 수 없는 대역죄를 범하는 일이었다. 그런 반역을 왕위에 오를 딸이 겪게 될지도 모른다는 아비의 노심초사하는 마음이 그 싹을 아예 싹둑 잘라버리려 했는지도 모를 일이었다.

여왕이 온 걸 뒤늦게 안 스님이 황급히 법당으로 들어섰다. 자장에게서 계를 받은 중년의 비구니였다. 두 사람은 마주 보고 합장을 했다.

"스님, 잠시 향불 하나 사르고 가겠습니다. 저에게는 조금도 신경 쓰지 마시기 바랍니다."

스님도 간밤에 월성에 큰 별이 떨어진 사실을 알고 있었다. 여왕이 설명하지 않아도 그 마음이 어떤 것인지 다 안다는 듯이 연화가 가져온 향갑을 열어 성냥갑과 나란히 좌대에 올려두고 뒤로 물러났다.

여왕이 모래가 반쯤 찬 향로에 향을 꽂고 성냥불을 붙였다. 향불이 제 몸을 태우며 빨갛게 타올랐다. 한 줄기 연기가 법당 안의 찬 공기를 흔들며 흩어졌다. 법당 밖으로 오래 마른 풀 냄새가 퍼져나갔다. 그윽한 향기였다. 절 마당의 양지바른 곳에 앉아서 여왕을 기다리던 내전 사신들은 여왕이 피운 향불의 향기가 연기를 따라 월성 하늘 높이 올라가는 것을 지켜보았다.

여왕은 불상을 향해 삼배를 올리고 가부좌를 틀고 앉았다. 여전히 가마 안에 앉은 듯 흔들리는 마음을 가라앉히려고 가만히 눈을 감았다. 처소에 붙여두고 드나들면 보던 양지 스님이 쓴 시가 떠올랐다.

재 마치니 법당 앞 석장은 한가한데
향로를 차려놓고 향불을 피울까니.
남은 불경 읽고 나니 다른 일 없어,
부처님 빚어두고 합장하고 바라본다.

양지 스님의 시는 정사에 골머리를 썩일 때 떠올리면 한순간에 마음이 한가롭고 고요해지곤 하는 묘한 데가 있었다. 어쩌면 안에서 날뛰는 마음을 그토록 한순간에 붙들 수 있는지 읽을 때마다 불가사의한 느낌을 주었다. 하지만 어쩐 일인지 이번에는 세상의 끝에 다다른 사람의 것처럼 추연한 생각이 들었다.

양지 스님은 당대 최고의 불상 조각가요 천재적인 예술가였다. 그의 조각품들은 이전의 신라 불상에서는 본 적이 없는 독특한 형상을 하고 있었다. 그는 서역을 여행하면서 본 신라의 불상과 다른 불교 조각의 형태를 기억하고 오로지 선정에 든 상태에서 작품을 만들어냈다.

여왕은 양지의 불상 조각은 물론 시와 글씨를 좋아했다. 여왕뿐 아니라 신라 사람들은 누구나 양지를 존경하고 사랑했다.

양지가 영묘사에서 장육삼존상을 만들 때, 시킨 적도 없는데 사람들은 양지를 도와 흙을 나르고 돌을 운반했다. 양지는 노래를 지어 사람들을 위로했다.

오다 오다 오다
오다 서럽더라

서럽더라. 우리네여,

공덕 닦으러 오다.

베틀을 짜거나 농사일을 할 때, 사람들이 함께 부르곤 하던 그 노래에는 어딘지 서럽고도 애달픈 신라사람들의 정서가 고스란히 담겨 있었다.

유신은 여왕이 큰 별이 떨어졌다는 소문을 듣고 충격을 받았다는 사실을 전해 들었다. 그는 곧장 궁궐로 가 뵙기를 청했다. 막 내제석궁에서 향불을 사루고 돌아온 여왕은 유신을 반갑게 맞이하였다.

"어서 오시게 대장군. 그러잖아도 대장군 생각을 하고 있었네."

"여왕 폐하께서 상심하고 계신다는 말을 듣고 걱정이 되어서 들렀사옵니다."

"고맙네."

여왕이 고개를 끄덕이며 유신을 바라보았다. 유신은 여왕이 그새 몰라보게 수척한 데에 못내 마음이 쓰였다. 여왕의 마음고생이 얼마나 심했을지 짐작하고도 남았다.

"대장군, 나는 이 내란이 백제가 침략한 것보다 더 마음이 아프고 혼란스럽구려. 어쩌면 나는 여왕이 되는 순간에 이런 마지막을 예상했는지도 모르겠소."

여왕이 힘없이 웃었다. 눈가에 어두운 그림자가 내려와 있었다.

"여왕 폐하, 어찌 그리 나약한 말씀을 하십니까."

"16년 동안 나는 신라와 신라 백성들 생각에 한시도 마음 편히 보낸 적이 없었소. 그런데도 여왕은 정치를 잘못한다고 월성문을 치고 들어오려는 저들을 어찌해야 한단 말이요. 저들도 내 백성들이 아닙니까. 대장군, 내 인생이 송두리째 와르르 무너지는 느낌이요. 이렇게 허무할 데가 없구려."

"여왕 폐하, 저들은 신하의 도리를 망각하고 자신들이 무슨 짓을 저지른 건지 알지 못하고 있사옵니다. 신라를 섬기다 마침내는 스스로 신라가 되신 여왕 폐하이십니다. 여왕 폐하, 힘을 내셔야 합니다."

유신의 목소리가 떨렸다.

"비담은 별이 월성으로 떨어진 걸 내가 폐위될 징조라고 기세등등해 한다지요."

"여왕 폐하, 세상 만물의 이치는 해석하기 나름이 아니겠습니까. 은나라 주왕은 봉황이 나타났지만 망하였고 노나라는 기린을 잡은 뒤에 쇠망하였으며 은나라 고종은 꿩이 울었음에도 흥하였고, 정나라는 용들이 서로 싸웠음에도 창성하지 않았습니까. 폐하의 덕이 저들의 요망함을 반드시 이길 것이옵니다. 별자리의 변괴 따위는 두려워할 것이 못 되옵니다. 폐하, 부디 근심하지 마시고 마음을 편안히 가지옵소서."

유신은 누구보다 단단한 현실 감각을 지닌 장군이었다. 미신을 믿는다든지 막연한 징조에 휘둘린다든지 하는 허약한 성격이 아니었다. 그랬다면 수많은 전쟁에서 성과를 거두기 힘들었을 터였다. 644년 재위 13년 가을에는 백제의 변경 7성을 빼앗았고, 그 이듬해 봄에도 백제가 쳐들어왔다가 유신에게 대패했다. 여왕은 나라의 존망이 유신에게 달려있다고 크게 치하했다. 전쟁터에 나가는 길에 자신의 집이 코앞인데도 잠시도 대열을 이탈하지 않았다. 그것을 지켜본 군사들은 그의 책임감에 감읍하여 대장군을 충심으로 믿고 따랐다.

"고맙소. 대장군이 그리 말해주니 마음이 한결 편안해지는구려. 아침에 일관이 다녀갔소. 간밤에 첨성대에 올라서 큰 별이 명활산성 쪽에서 월성으로 떨어지는 걸 보았다더군요. 일관은 그걸 보고 비담이 월성으로 붙잡혀 올 징조라고 했소."

"여왕 폐하, 역시 하늘만 보고 사는 사람이라 눈이 여간 매운 게 아닌 듯하옵니다. 일관이 제대로 본 걸로 생각되옵니다."

"대장군이 그리 생각한다니 참으로 안심이 되는구려. 그나저나 날씨가 추워서 걱정이요. 응달에는 눈이 녹지 않았던데 대장군, 한겨울 추위에 군사들이 허기지게 해서는 아니 되오. 식량 창고를 열어 충분히 먹이도록 하시오. 가죽옷을 만들어 따뜻하게 입히고, 대장간 장인들에게는 무기 만드는 일을 게을리하지 않도록 하시오."

유신은 군사들을 아끼고 걱정하는 여왕의 마음이 얼마나 깊은 사랑에서 나오는 것인 줄 잘 알고 있었다. 여왕의 사랑이 마음에 사무쳤다.

여동생 문희가 춘추와 혼인할 수 있게 된 것도 모두 여왕의 배려 덕분이었다. 유신은 처녀가 임신을 했다고 제 여동생을 불태워 죽이려 했었다. 여왕이 춘추와 신하들 몇을 대동하고 남산으로 산책을 나갔다가 우연히 그 장면을 목격했다. 남산 아랫마을에서 연기가 심하게 나는 걸 기이하게 여긴 여왕이 신하에게 웬 연기냐고 물었다. 신하는 유신이 자기 집 마당에서 결혼도 하지 않은 제 여동생이 임신한 사실을 알고 그 여동생을 불태우려 한다고 말했다. 깜짝 놀란 여왕이 임신시킨 남자가 누구냐고 물었다. 옆에 있던 춘추가 사색이 되어 안절부절못했다. 여왕은 춘추가 유신의 집을 드나들면서 가깝게 지낸다는 것을 알고 있었으므로 그 남자가 춘추란 사실을 눈치채고 다짜고짜 호통을 쳤다. 사내가 여인을 품었으면 국법이야 어떻든 끝까지 보살피는 게 도리이거늘, 사랑하는 여인이 목숨을 잃게 된 지경인데도 모른 척하다니. 그래가지고 그게 어디 사내라고 할 수 있겠느냐, 어서 한달음에 달려가서 구출하라고 소리를 질렀다. 춘추가 정신을 차리고 여왕의 분부대로 했다.

여왕이 아니었다면 여동생이 어떻게 되었을지 생각만 해도 아찔한 일이었다. 여왕은 국법보다 윤리보다 사람을, 또한 사랑을 더 귀하게 여기는 사람이었다.

그런 성품을 가진 여왕이었기에 활리역에 사는 역졸 지귀의 안타까운 짝사랑조차 외면하지 않은 것이었다.

지귀가 어느 날 길을 가다 우연히 여왕의 행차를 보았다. 구름같이 모여든 사람들 틈에서 딱 한 번 본 여왕의 아름다움을 잊을 수 없었다. 여왕은 이미 중년을 넘긴 나이였지만 누구도 넘볼 수 없는 기품을 지닌 여인이었다. 짝사랑이 깊어 미쳐버린 지귀는 곡기를 끊고 필사적으로 여왕을 그리워했다. 어느 날 여왕이 영묘사에 행차한다는 소문을 듣고 한달음에 달려가서 여왕을 만나게 해달라고 울부짖었다. 여왕에게 다가가려는 지귀와 제지하는 신하들이 서로 옥신각신하며 다투는 것을 본 여왕이 그 까닭을 물었다. 신하들이 연유를 알려주었다. 여왕은 영묘사 법당에서 분향을 하고 나와 지귀를 만날 테니 기다리게 하라고 일렀다. 지귀는 심장이 터질 듯이 기뻤다. 절 뒷마당의 바위에 기대어 여왕을 기다리다가 따뜻한 햇살에 그만 스르르 잠이 들고 말았다. 분향을 끝내고 나온 여왕은 지쳐서 곤히 잠든 지귀를 연민이 가득한 눈으로 내려다보다가 금팔찌 하나를 빼서 그의 가슴에 얹어주고 떠났다.

귀천 없이 사람을 아끼는 대범하고도 다감한 여왕을 위해서 유신은 어떻게든 전세를 바꿀 방도를 찾아야 했다. 왕궁으로 떨어진 큰 별을 도로 하늘로 올려보낼 방법은 없을까.

여왕의 처소를 나서는 유신의 고민이 깊었다.

유시였다. 저녁 예불 시간이 가까웠다.

둥둥 두둥둥둥 타다다닥 당당당… 가까운 내제석궁에서 법고 소리가 들렸다. 북소리는 모였다 흩어졌다 멀어졌다가는 또 가까워졌다. 그것은 하늘 끝에 닿을 듯 천둥 같은 장엄이었다가 아스라한 그리움이 되어 스러져갔다. 그날따라 북소리가 딴 날과 다르다고 느낀 건 유신뿐만이 아니었다. 여왕에게도 그날의 북소리는 마치 심장을 파고드는 듯했다. 여왕은 법고를 쳤을 비구니의 얼굴을 잠시 떠올리고는 서탁에 앉았다. 며칠 전부터 자장에게 편지를 써야겠다고 벼르기만 하고 있었는데 어쩐 일인지 자석에 이끌린 듯이 서탁으로 가 앉은 것이었다. 연화가 서탁으로 다가가 먹을 갈았다.

유신에게도 그날의 북소리는 예사롭지 않았다. 그는 한순간 무릎을 쳤다. 바로 그것이었다. 하늘에서 떨어진 별을, 퍼져나가는 저 북소리처럼 다시 하늘로 올려보내면 되지 않겠는가 하는 생각이 들었다.

마침내 한 가지 꾀가 떠올랐다. 허수아비를 만들어 불을 붙인 뒤에 그것을 연에 매달아 띄워 올리는 것이었다. 깜깜한 밤하늘 높이 불꽃을 띄워 올리면 땅에서 볼 때 그것은 마치 별이 하늘로 올라가는 듯이 보이지 않겠는가.

유신은 아무도 모르게 서둘러 허수아비와 연을 만들었다. 밤이 되길 기다려 허수아비를 연에 매달아 불을 붙여 밤하늘 높이 띄워 보냈다. 월성 문 안팎으로는 군사를 풀어 마을을 돌아다니면서 소문을 내도록 지시했다.

"지난밤 월성에 떨어진 큰 별이 도로 하늘로 올라갔다."

군사들은 큰 소리를 지르며 마을을 돌아다녔다. 그 소리를 듣고 놀란 사람들이 밖으로 뛰쳐나왔다. 별이 도로 밤하늘로 올라가는 기상천외한 장면을 목격한 사람들은 할 말을 잃었다. 별이 달항아리만 하더라느니 묵은 장독만 하더라고 별의 크기를 따져 쌓던 사람들도 그저 입을 딱 벌릴 뿐이었다.

정월 초엿새 밤이었다. 소문은 또다시 서라벌 땅으로 빠르게 퍼져나갔다.

유신은 큰 별이 떨어져 도로 올라간 자리에서 흰말을 제물로 제사를 지냈다. 축문을 지어 축원을 할 때 여왕을 생각했다. 여왕의 평안을 위한 축원이었다. 그는 남몰래 눈물을 삼켰다. 스스로 신라가 되어버린 여왕이었다. 그런 여왕이 떠난 신라를 생각하는 것만으로도 비통한 일이었다. 여왕이 떠난다고 해서 삶이 그다지 달라질 건 없겠지만 여왕의 빈자리는 오랫동안 슬픔으로 남아 사람들의 가슴을 아프게 파고들 것이었다.

여왕이 신하들에게 유언을 남긴 건 이미 오래전의 일이었다.

— 647년 재위 16년이 되는 해 정월 여드렛날이면 나는 세상을 뜰 것이오. 내가 죽으면 나를 도리천에 묻어주시오.

신하들은 도리천을 알지 못하였고 647년은 영영 오지 않을 것 같은 먼 훗날이었다.

— 여왕 폐하, 도리천이라 하면 어디를 말씀하시는지요?

신하의 목소리에는 아무런 슬픔도 묻어있지 않았다.

— 낭산의 남쪽 봉우리오.

대답하는 여왕도 슬픔을 모르는 방울처럼 명랑하였다.

자신의 갈 날과 돌아갈 곳을 이미 알고 있었던 여왕이었다.

비담의 군사들도 큰 별이 도로 하늘로 올라갔다는 소문을 들었다. 그들은 크게 동요했다. 궁성에 떨어진 별이 다시 하늘로 올라갔으니 비담의 반란은 제압되고 여왕이 승리할 것이라는 소문이 또다시 서라벌 사람들의 입에서 입으로 전해졌다. 반란 10여 일 만에 반군들은 사기를 잃고 말았다. 그 틈에 유신은 군사를 이끌고 가 명활산성을 쳤다. 비담 등은 법성의 예언처럼 월성으로 붙잡혀 들어왔다.

반란의 창망한 와중에 여왕이 세상을 떴다.

오래전 신하들에게 유언을 남긴 바로 그날이었다.

분황사에 머물던 자장에게 연화가 여왕의 편지 한 통을 전했다.

"자장, 월성 문이 막혀 성문 밖으로 오도 가도 못하는 신세가 되었소. 내제석궁에 가서 향불을 사루고 왔소. 이제 향불을 사루듯 이 육신의 허물을 벗고 떠날 때가 된 모양이오. 인생은 공이요 무상이라던 자장의 법문이 생각나는군요. 무엇이 그리 두려워서 내내 떨었는지 모르겠소. 반란보다 공포가 먼저 찾아와서 그랬던 모양이오. 이제 두고 갈 것도 가지고 갈 것도 없는 홀가분한 몸이 되었는데 말이오.

그래도 하 섭섭하여 굳이 무어라도 하나쯤 남기고 가라 한다면 나는 나의 백성들에게서 오래오래 잊히지 않는 향기로 남고 싶소. 그 향기로 영원히 살아남고 싶소.

자장, 절 자리를 보느라 자장과 온 산을 헤매던 기억이며

어릴 때 어른들을 따라 나들이 갔을 때 무덤가에서 본 그 이름 모를 벌레가 기억나는군요.

자벌레처럼 생겼지만, 자벌레는 아닌, 그 이름 모를 벌레는 허공에 매달아 놓은 줄도 없이 어떻게 그 작은 몸이 공중으로 떠오를 수 있었을까요.

호기심 많은 자장이 눈에 보이지 않는 거미줄 같은 것이라도 타고 올라가나 의심을 하면서 막대기를 하나 주워서 벌레를 가운데에 두고 아래위로 마구 휘저었지요. 그런데도 그 벌레는 꼿꼿이 위로 위로 온몸을 비틀면서 올라갔지요.

자장, 우리가 본 게 실제 있었던 사실이었을까요? 어떻게 손가락 길이만 한 벌레가 아무런 줄도 없이 온몸을 비틀며 하늘로 올라갈 수 있었을까요? 오늘 문득, 그 이름 모를 그 벌레가 우리들 모습이 아니었을까 하는 생각을 하였소. 허공에 매단 줄도 없이 그렇게 온몸을 비틀며 위로 위로 올라가는, 자벌레는 아니지만, 자벌레처럼 생긴 그 벌레 말이요.

당에 있는 자장에게 편지를 쓰던 때가 생각나는구려. 하루를 살아도 계를 지키며 살고 싶다고 단호하게 벼슬을 뿌리쳤던 자장이 돌아올 거란 기대는 그리 크지 않았었소. 그때 두말없이 돌아와서 백성들을 지켜준 일 늦었지만 참으로 고마웠소.

자장, 내가 떠난 후에도 여주불능선리를 앞세우는 비담 무리들과 맞서 싸워야하는 승만공주와 저 어질고 소처럼 순한 신라의 백성들을 잘 부탁하오."

자장의 눈길이 여왕의 편지 마지막 문장에서 오래 머물렀다. 그는 편지

를 접어두고 요사체를 나와 법당으로 갔다. 사미승 하나가 대빗자루로 절 마당 구석에 쌓여 있는 눈을 쓸고 있었다. 법당문을 열자 갇혀있던 냉기가 훅 끼쳐왔다. 향로에는 타다 남은 몽당향이 여러 개 꽂혀있었다. 자장이 새 향을 꺼내 향로 가운데에 꽂고 불을 붙였다. 오래된 마른 풀냄새가 향 긋하게 피어났다. 반듯이 올라가던 연기가 문득 공중에서 흔들리며 흩어졌다.

"잘 가시게, 나의 누이여. 잘 가시게, 우리들의 여왕이여."

자장의 낮은 목소리가 향불 연기와 함께 흔들렸다.

7. 김민주 | 문명왕후 - 삼한 통일의 어머니

1

"유신 오라버니, 같이 가요."

문희는 달리는 말 위에서 앞서가는 유신을 불렀다. 숨이 턱에까지 차올라, 맥박이 귀에까지 울리는 것 같았다. 희열이 느껴지는 순간이었다. 곧바로 우렁찬 목소리가 문희에게 화답했다.

"정말 잘 달리는구나. 어서 오너라."

유신은 고삐를 잡아당겨 말을 멈추고 장쾌한 얼굴로 뒤를 돌아보며 말했다.

"넌 남자로 태어났으면 분명 큰 장수가 되었을 거야. 활쏘기에 승마, 사냥까지, 못하는 게 없으니 참으로 아깝구나."

두 남매의 호쾌한 웃음소리가 숲에 퍼졌다.

문희는 태어날 때부터 울음소리가 우렁찼다. 610년 신라의 진평왕 시절이었다. 성은 김, 이름은 문희(文姬). 이름에 글월 문이 들어간 것이 우연인지 필연인지, 문희는 글 읽기를 좋아했고, 지력이 뛰어났다. 모든 사물의 이치가 궁금했고, 호기심 거리였기에 그것을 탐구하기를 즐겨 했다. 어린 시절에는 문희 대신 아지라고 불렸다. 아버지 김서현은 아(阿)가 입 벌리고 있는 사자를 가리키는 말이라고 했다. 용맹스런 사자처럼 문희는 어릴 때부터 겁이 없이 담대했고, 언니 보희가 바느질로 손수 옷을 짓는 것을 즐기는 동안 문희는 오빠 유신이 하는 활쏘기 놀이에 따라다녔다.

"오늘도 오빠와 말을 타고 왔구나."

문희가 집으로 들어서자 어머니 만명과 아버지 서현이 문희를 맞이했다.

"네, 어머님. 유신 오라버니는 무술 연습을 더 하고 온다 하였습니다."

"오냐. 젊은 시절 갈고 닦아야 마땅하다."

만명과 서현은 마주 보며 흐뭇한 미소를 지었다.

"아버님, 오늘도 훌륭한 조상님 이야기를 해 주세요. 지난번 해 주신 금관가야의 마지막 구해왕 이야기는 조금 슬펐습니다. 그래도 그런 분이 저의 증조할아버지라니 저는 너무 자랑스럽습니다. 대의를 위해 자신을 굽힐 줄 아는 멋진 분이십니다."

그 말에 김서현은 크게 기뻐하며 자상하게 답해주었다.

"그렇게 생각한다니 아비도 기쁘구나. 전에도 고구려와 백제, 신라가 한 나라였을 때가 있었다고도 했지. 오늘은 너에게 단군신화에 대해서 이야기를 해주마."

그날 밤 문희의 머릿속에 아버지 서현의 이야기가 오래 남았다. 환웅이 웅녀와 결혼하여 단군왕검을 낳고, 왕검이 이 땅을 단군조선이라 부르며 다스렸고, 그 자손들이 퍼져나가 고구려, 백제, 신라를 이루었다는 이야기였다. 그러기에 삼국은 모두 환웅을 조상으로 하는 한 핏줄이며, 언젠가는 하나가 되어, 외적에 대항해야 한다고 서현은 말했다.

문희의 어머니 만명도 자상하면서도 자녀들의 교육에 있어서는 엄격했다. 학문과 무예를 갈고닦아, 나라의 기둥이 되어야 한다고, 자식들에게 귀에 못이 박히도록 가르쳤다.

어느 날 문희는 절에서 불공을 드리고 오는 만명에게 말했다.

"전에 어머니께서 저에게 뭐가 되고 싶으냐고 물으셨지요. 저는 나중에 커서 왕후가 되겠습니다. 그래서 어머니처럼 훌륭하게 자식을 키우고, 또 전기를 쓰겠습니다."

만명은 딸의 말에 무척이나 놀랐다. 평소에도 당돌했지만, 그 차원을 넘어서는 말이었다.

"어떻게 그런 생각을 한 것이냐?"

"저는 사람들에게 우러름을 받는 사람이 되고 싶습니다. 전에 어머니께서 학문을 열심히 익히다 보면, 인품도 깊어지고, 훌륭한 사람이 되고, 그러면 사람들에게 추앙을 받는다고 하였습니다. 저 역시 훌륭한 일을 하여 추앙받는 사람이 되고 싶습니다."

만명은 문희의 대답에 걱정스런 미소로 대답했다.

"왕후가 되어야만 추앙을 받는 것은 아니란다. 그리고 왕후가 되는 길은 정말 어렵거니와, 아무나 왕후가 될 수 있는 것도 아니란다."

만명의 한숨이 깊어졌다. 만명은 그 일이 얼마나 힘든 일인지 가까이에서 보아온 터였다. 하지만 그 이상으로 큰일을 할 수 있는 자리이기도 하였기에 만명은 말없이 고개를 끄덕여주었다.

문희는 궁궐에 가본 적이 있었다. 문희의 외할머니이자 진평왕의 어머니인 만호태후가 불렀을 때였다. 어머니 만명은 진평왕과 같이 오래전에는 궁궐에 살았다고 했고, 문희의 증조할아버지도 금관가야의 왕이었다고 했으니 불가능한 일은 아닌 것 같았다.

하지만 당시는 골품제라는 신분제가 엄격한 시절이었다. 그것에 따라 집의 크기, 말의 수까지 정해지며, 혼인조차 마음대로 할 수 없다는 것을 몰랐다. 왕족도 성골과 진골로 엄격하게 나뉘어 있었고, 위계는 엄격했다. 또한, 왕의 부인이나 어머니가 되는 일이 얼마나 지난한 일인지 알지 못하였다.

다만 어머니 만명을 보면서, 문희는 자식을 키우는 어미의 슬픔과 적지로 남편을 보내야 하는 아내의 마음을 짐작할 뿐이었다. 만명은 위로는 중국, 아래로는 왜, 그리고 백제와 고구려 사이에서 신라가 살아남기 위해서 남편 서현을 적과 대치하고 있는 국경 지방의 성으로 홀로 보내야 했다. 그렇다면 백성의 어미이자 왕의 아내인 왕후가 겪어야 하는 마음은 또 어떤 것일지 짐작도 못 하지만, 꿈을 이루기 위해서는 그만한 고통이 따르고, 목숨만큼이나 소중한 것을 내놓아야 한다는 것은 어렴풋이 알고 있었다.

2

그즈음 만명은 유신으로 인해 시름이 깊었다. 당시 유신은 문희가 깨어 있을 때 들어오는 법이 없었다. 문희는 화랑들의 이야기를 듣고 싶어 밤늦도록 유신 오빠를 기다리다 잠이 드는 일이 잦았다. 어머니 만명이 유신 오빠를 기다리며 홀로 눈물짓는 것을 보았다. 유신 오빠가 기녀 천관에게 빠져 있었다는 사실은 그 일이 벌어진 후에야 알게 되었다. 어느 날, 집안에 만명 부인의 엄한 호통 소리가 울려 퍼졌다.

"너는 금관가야의 후손일 뿐 아니라, 이 신라의 기둥이다. 지금 너의 위치와 책무를 잊었느냐. 가야의 마지막 왕이자, 네 증조할아버지인 구해왕은 군사적으로 막강한 고구려나 찬란한 문화 전성기를 지나고 있는 백제보다, 신라가 통일이라는 큰 뜻을 이룰 수 있을 거라는 걸 예지하셨다. 가야 백성을 살리고자 굴종을 무릅쓰고 신라에 귀순한 깊은 뜻을 어찌 잊었느냐.

지금은 신라가 백제와 고구려와 힘을 나란히 하고 있지만, 이렇게 된 것도 얼마 되지 않았느니라. 신라가 한반도에서 힘을 겨루게 된 계기가 바로 네 할아버지 김무력 장군의 관산성 전투 이후부터였느니라. 장군께서 관산성을 점령하고, 백제의 성왕과 네 명의 장군을 사로잡은 일이 있는데, 그 이후 고구려와 백제의 힘은 급격히 쇠퇴하고, 삼국 중에서 가장 힘이 약한 신라가 한반도의 패권을 가진 나라로 당당히 오르게 되었느니라.

이제 너는 그 뜻을 이어받아 장차 더 큰 일을 해내야 할 사람이다. 몰락한 가문을 바로 세우고, 가야의 영광을 되찾는 것은 물론, 국력을 키워 한 핏줄인 삼국의 백성을 하나로 묶어야 할 막중한 책임을 가지고 있느니라."

만명의 호통은 이어졌다.

"아버지와 이 어미는 이제 늙었다. 네가 커서 장차 큰일을 해내고 왕과 우리를 기쁘게 해 줄 날을 학수고대하고 있는데, 너는 어찌 한 가문의 장남으로 이 어미의 바람을 주색으로 망치려 하느냐. 조상님 뵙기가 민망하니 차라리 절로 들어가는 것이 낫겠구나."

만명은 울음을 참으며 통렬히 유신을 나무랐다.

며칠 후, 눈이 오던 날 밤, 유신은 밤늦도록 집으로 돌아오지 않았다. 만명의 걱정은 이만저만이 아니었다. 문희 역시 안절부절못하고 오빠 유신을 기다렸다. 늦은 밤 문소리에 문희가 문틈으로 내다보았을 때, 유신이 피 묻은 칼을 들고 있었다. 술에 취해 말을 타고 잠이 들었다 깨어났을 때, 그곳이 천관의 집 앞이라는 사실에 놀란 유신이, 아끼던 애마의 목을 쳤다는 사실을 나중에야 알게 되었다. 그 일이 있은 후, 유신은 심신 수련을 위해 속세를 떠나 중악의 석굴로 떠나버렸다.

"오라버니는 언제쯤 다시 돌아올까요?"

문희는 유신 오빠가 없는 집이 허전하여 어머니에게 물었다.

"걱정하지 말아라. 네 오라버니는 대장부가 되어 돌아올 것이야. 이 어미는 걱정하지 않는다."

만명은 그렇게 말하고 고개를 끄덕였다. 문희는 오빠 유신이 집으로 돌아올 때까지 날마다 기도했다. 만명의 말대로 유신은 새로운 무술과 병법을 몸에 익히고 공부하여, 누구에게도 지지 않을 만큼의 실력을 갖춘 대장부가 되어 돌아와, 곧바로 화랑의 우두머리가 되었다.

3

어느덧 열일곱 살이 된 문희는 이제 혼인할 수 있는 나이가 되었다. 그날따라 보희 언니는 아침 내내 조용했다. 이상한 생각에 문희는 보희의 방 앞에서 조용히 언니를 불렀다.

"보희 언니, 들어가도 돼요?"

안에서 서두르는 기척이 들렸고, 곧 문이 열렸다. 보희의 얼굴은 난감한 일을 당한 것처럼 계면쩍은 얼굴이었다.

"무슨 일 있어요? 언니 얼굴빛이 창백해요."

"꿈이 하도 망측하고 이상해서 아침 내내 그 생각을 하느라 그런가 봐."

문희는 단조로운 날들 속에서 무언가 새로운 일이 일어나기를 기다리던 터라 보희 언니의 꿈이 궁금했다.

"개꿈이면 얼른 말하고 잊어버리는 게 상책이에요."

문희의 말에 보희는 눈살을 찌푸리며 간밤의 꿈을 떠올렸다. 혼자 알고 있기에는 가슴이 너무 답답했다.

"내가 서악의 산에 올라 서라벌을 내려다보고 있었는데 갑자기 요의가 찾아왔어. 부끄럽지만 사람들이 오지 않는 곳을 찾아 얼른 소변을 보려고 했는데, 소변이 멈추어지지 않는 거야. 그 물이 산 아래로 흐르고 흘러, 나중에는 온 서라벌 마을이 다 잠겼지 뭐야. 얼마나 당황하고 창피했는지. 어쩌면 그런 이상한 꿈이 다 있을까?"

보희는 고개를 갸웃했다. 그 꿈이 아침나절 내내 보희의 마음을 어지럽혔다. 평온한 삶에는 작은 변화도 크게 와 닿았고, 보희는 그런 변화를 원하지 않았다. 오히려 문희가 그 꿈에 더 관심을 가졌다. 그 꿈이 예사롭지 않다고 생각했다. 꿈은 예지몽이기도 했다. 온 세상을 다 집어삼키는 물의 이미지는 여느 개꿈과 달랐다.

"보희 언니, 그건 필시 상서로운 꿈 같아요. 서라벌이 발아래 흠뻑 잠기고 그걸 내려다본다고 하면, 높은 지위의 인물이 된다는 뜻이 아닐까요?"

문희는 말하면서도 그 뜻에 놀라, 보희를 바라보았다. 문희의 심각한 말에도 보희는 웃으며 가볍게 손사래를 쳤다.

"우린 몰락한 망국(亡國)의 진골이라 꿈도 꾸지 못하는 일이야. 그리고 난 그런 골치 아픈 일에 관여하고 싶지 않아. 그냥 내가 좋아하는 일을 하고 살고 싶어. 나는 바느질하고, 수 놓고, 옷 만드는 일이 좋아."

당시는 보희 말대로 몰락한 가야의 후손을 아내로 맞을 성골은 없었다. 성골은 왕의 직계 자손으로, 왕가의 혈통을 이어야 하기에 같은 성골끼리 혼인했다. 또 궁중 암투 또한 무시할 수 없을 정도로 살벌하다는 것쯤은 문희도 알고 있었다. 그래도 세상에는 늘 예외, 라는 것이 있었다. 어머니 만명과 아버지 서현 역시 허락받지 못한 사랑을 이루지 않았는가. 만명은 신라의 왕족으로 진평왕과 남매였다. 망국의 가야 후손인 서현과는 신분 차이가 났다. 하지만 만명은 서현의 신분보다 그의 인품을 보았다. 비록 왕실의 피를 잇지는 못하더라도, 자식을 낳아 나라에 충성하도록 잘 키울 수 있다는 자신이 있었다. 그러기에 부모님을 거역하고, 서현을 따라나선 것이었다.

문희는 깊은 생각을 할 것도 없이 언니 보희에게 말했다.

"그럼 보희 언니, 그 꿈 나한테 파는 거 어때요."

"그렇게 할래? 난 상관없어."

보희는 동생의 말에 아무럼 어떠냐 하는 생각이 들었다.

"언니만 좋다면 나도 좋아요. 언니가 좋아하는 비단하고 바꿔요."

"그래, 난 그 꿈 다 잊고 다시 평온한 일상으로 돌아갈 거야."

보희는 망측한 꿈에서 벗어나고 싶기도 했고, 탐나던 비단을 준다니 문희의 제안이 싫지 않았다. 게다가 새 비단에 수 놓아 갖가지 소지품을 만들 생각을 하니 기분이 좋아졌다.

4

그로부터 십여 일이 지난 후 유신이 당대의 귀공자로 소문난 김춘추를 집으로 데리고 왔다.

당시 춘추는 스무 살로 문무가 출중한, 화랑도 서열 두 번째인 부제였다. 유신과는 나이 차가 제법 났지만 두 사람의 우정은 나이와 상관없이 깊고 두터웠다. 설과 대보름을 지나면서 대부분 고향으로 돌아가 한가로운 틈에 유신은 춘추를 불러 사랑방 앞마당에서 축국을 했다. 털 달린 공을 제기 차듯 공중으로 띄워 공을 떨어뜨리지 않는 놀이였다. 놀이가 격렬해지면서 유신이 춘추의 고름을 밟아 떨어뜨렸다.

"이런 실수를…… 미안하오. 춘추공, 이리 오시지요. 옷고름을 다시 달아드리리다."

"괜찮습니다. 놀이하다 보면 그럴 수도 있는 일입니다."

유신의 말에 춘추는 유쾌하게 웃으며 답했다.

"아닙니다. 제 잘못이니 얼른 옷을 고쳐드리겠습니다. 이리 드시지요."

바느질하는 침모가 명절을 맞아 고향에 가고 없었기에 유신은 김춘추를 여동생들이 있는 별채로 안내했다. 유신은 뒤따라오는 춘추의 발소리를 들으며 안타까운 마음을 숨길 수 없었다. 춘추는 키가 크고 하얀 얼굴로 미남이라 소문이 나 있었다. 더구나 춘추의 아버지는 진지왕의 아들이고, 어머니는 진평왕의 딸로 춘추는 정통 왕족의 자손이었다. 궁에서 태어나 열 살 무렵까지 성골들과 같이 생활하면서 왕실의 법도를 익히고, 학문을 하여 인품도 출중하였다. 춘추의 빼어난 용모와 인간성, 그에 못지않은 학문과 무예는 이미 소문이 자자했다. 당시 미실 궁주는 고귀한 춘추의 관상을 보고 천자의 상임을 직감하고, 손녀 보량과 혼인시키기 위해 단번에 춘추의 아버지 용수를 불러 혼약을 맺은 터였다. 봄이 되면 춘추는 보량과 혼례를 치러야 했다.

유신의 집안은 할아버지 김무력 장군의 공이 커서 신라에 인정받는 진골이 되었지만, 신라의 왕족과 혼인할 수 있을 정도의 대귀족은 아니었다. 기녀 천관과 이루어질 수 없는 사랑으로 가슴이 아팠던 유신은 그런 속마음을 숨긴 채 여동생 보희를 불렀다.

"보희야, 춘추공의 옷을 내가 망가뜨렸으니, 네가 좀 손보아 드리면 좋겠구나."

유신의 말에 수줍음이 많고, 음전한 보희는 낯을 붉히며, 크게 당황하였다. 낯선 남자 앞에서 바느질할 수 있을 만큼 대담하지 못했거니와, 그 상대가 서라벌의 처녀들이 흠모하는 춘추라니 더 그랬다.

"오라버니, 죄송하지만 하녀를 시키시지요. 저는 지금 몸이 몹시 좋지 않아 쉬는 중입니다."

유신은 당황해하는 보희의 마음을 이해했기에 나무라지 않고, 다시 문희에게 청하였다.

"걱정하지 마세요, 오라버니. 제가 춘추 님의 옷을 잘 손질해드릴게요."

문희는 무람없이 오빠 유신의 청을 받아들였다.

문희의 방에는 책이 많았다. 논어와 사서삼경은 물론 손자병법 같은 병서들도 많이 있었다. 문희는 전쟁 이야기가 비단 남자들 세상의 이야기가 아니라, 세상을 살아가는데 큰 지혜를 준다는 것을 알았다. 춘추는 문희의 매력에 빠져들었다. 약혼녀 보량도 예뻤지만, 문희의 아름다움은 더 이지적이었고, 그에 걸맞은 총기와 덕이 얼굴빛에 스며 나왔다. 당시 신라는 아름다움을 숭앙했다. 그것은 천부적인 것으로, 학문처럼 갈고닦아서 얻을 수 있는 것이 아니어서였다. 더구나 다산과 풍요를 위해 여인이 숭배되는 시대였기에, 불교의 나라였던 신라에서는 아름다운 여인을 천신에게 제사를 지내는 제사장으로 택했다. 그런데 문희는 정신적인 아름다움에 용맹스런 마음까지 내포하고 있었고, 그것이 춘추의 마음을 사로잡았다.

문희 역시 춘추의 환한 용모를 보고 놀랐다. 오빠 유신이 사내대장부처럼 남자다운 용모를 가졌다면 춘추는 아름다웠다. 과연 신라의 여자들이 왜 다투어 춘추를 연모하는지 알 것 같았다. 하지만 문희는 춘추가 이미 정혼한 남자임을 알았다. 그러기에 흐트러짐 없는 손길로, 하고자

하는 일을 담담히 수행했다. 그것을 보는 춘추의 마음이 더 산란해졌다. 정갈한 체취며 담대한 모습이 다른 여인들에게서 얻지 못하는 기쁨이 있었다.

5

한가위가 다가오자 서라벌이 잔칫집처럼 떠들썩했다. 문희는 마을이나 장터 돌아다니며 사람들 보는 것을 좋아했다. 때마침 곡식이 풍성하여 백성들이 걱정거리가 없는 때였다. 어머니 만명의 허락하에 검소한 차림으로 집을 나섰다. 장터는 시끌벅적하니 사람 냄새가 났고, 엿장수의 흥겨운 가위질 소리도 들렸다. 보릿고개를 무사히 넘긴 사람들의 생기가 좋았다. 물건값을 흥정하는 여인들의 목소리와 아이들의 웃음소리도 좋았다. 살아 있는 풍경이었다.

문희는 집을 짓는 광경도 보았다. 주춧돌로 다진 바닥에 네 개의 기둥을 세우고, 지붕을 얹고 있었다. 네 기둥이 무거운 서까래를 견디고 있는 것이 신기했다. 언젠가 어머니 만명이 오라버니와 같은 화랑들을 나라의 기둥이라고 하던 말이 떠올랐다. 그 화랑들을 키우는 어머니가 기둥을 튼튼하게 잡아주는 주춧돌과 같다고 했는데, 그 말이 맞는 것 같았다.

문희는 한가위 날 궁궐 앞에서 하는 활쏘기 대회를 구경하러 갔다. 용상에 임금이 앉아 있었고, 그 옆에 낯익은 얼굴이 있었다. 춘추였다. 위계와 신분의 차이가 가슴에 닿아 무너지듯 슬펐다. 그로부터 얼마 후 춘추와 보량의 혼례가 치러졌다는 소식을 들었다.

그 가을 문희는 남장 차림으로 말을 타고 숲으로 갔다. 말을 타고 달리는 일은 언제나 유쾌했다. 문희는 달리면서 움직이는 것에 활을 날렸다. 이제는 혼자였다. 오빠 유신은 신라의 이름난 장수가 되었기에 사사로이 쓸 시간이 없었다. 문희는 고요한 숲의 정적도 느끼며, 말을 몰았다. 가을이 깊어 단풍이 아름다웠다. 말에게 물을 먹일 약수터를 찾던 중에 화려한 안장을 얹은 말이 다가오는 것을 보았다. 춘추가 말을 타고 문희를 향해 오고 있었다. 문희는 놀란 와중에도 춘추의 인사에 침착하게 답했다.

"혼인을 축하드립니다. 춘추 님."

"문희 낭자는 여전히 수렵을 즐기시는군요. 집안의 혼약을 깨지 못하였지만, 아직도 아름답고 지혜로운 당신을 잊지 못하고 있습니다."

"이미 늦은 일인가 하옵니다."

"아직 늦지 않았소. 방법을 모색해보겠습니다."

"저는 말에게 물을 먹이러 가고 있는 길입니다."

"나도 같이 가리다. 내가 길을 앞장서겠습니다."

두 사람이 개울에 도착하니 새 소리가 청명하게 울리고, 나뭇잎 사이로 가을볕이 은은하게 들고 있었다. 말이 조용하게 물을 먹으니, 물소리, 새소리 외에는 세상이 고요해졌다. 사랑의 감정이 솟은 춘추가 문희를 지그시 바라보았다. 문희 역시 그 눈길을 거부하지 않았다.

돌아오는 내내 춘추는 문희 생각을 했다. 방법이 없는 것은 아니었다. 춘추의 아버지 용수 역시 호명 궁주를 정부인으로 맞았으나, 진평왕의 큰딸 천명공주를 특별히 두 번째 부인으로 허락을 하지 않았던가. 그렇다면 방법은 왕실로부터 중혼을 허락받는 것뿐이었다.

문희 역시 춘추의 굳은 결심에 한오라기 믿는 마음이 생겼다. 어떤 일을 할 때 막연한 희망만 가지는 것보다 확신을 가지면 더 결의가 굳어지고 용기가 생긴다고 어머니 만명이 말했다. 만명 역시 그런 용기로 집안의 반대를 무릅쓰는 혼인을 감행했다. 문희의 꿈이 조금씩 피어오르기 시작했다. 유신 역시 문희가 춘추와 맺어지기를 바라지만, 보량을 사랑하는 춘추가 과연 문희를 받아들일지 불안하였다.

그즈음 문희는 미실 궁주로부터 청혼서를 받게 되었다. 당시 미실은 김유신의 명성을 잘 알고 있었다. 유신은 열다섯 살에 화랑이 되고, 열일곱 살에 화랑의 우두머리인 국선을 지낸 출중한 인물이었다. 고구려, 백제와의 전투에서 혁혁한 공을 세우고, 국가적 위기 때마다 선두에 서서 나라를 구한 인물이었다. 춘추를 손녀사위로 맞았으니, 문희를 며느리 삼는다면 문희의 오빠인 유신까지 손아귀에 넣을 수 있었다. 감히 이 청혼을 거절하지는 못하리라는 오만함으로 만명 부인에게 청혼서를 넣었던 것이다.

만명은 난감하기 이를 데가 없었다. 언니 보희도 아직 미혼인데 동생 문희에게 청혼서가 온 것도 황당하거니와 미실의 아들인 하종은 이미 정부인이 있는 데다 나이도 문희보다 훨씬 높은 연배였다. 문희는 거절의 의사를 어머니에게 밝혔다.

"정말 큰 일이구나. 미실의 청을 거부했다가 또 어떤 복수를 당할지 모르는 일이니, 장차 이 일을 어떻게 하면 좋겠느냐?"

만명은 미실 궁주의 후환이 두려워 전갈도 미룬 채 전전긍긍하며 유신과 상의하였다.

"방법을 찾아보겠습니다. 어머님. 너무 심려 마시옵소서. 소자가 춘추공과 상의 해 보겠습니다."

그러던 중 문희의 배가 조금씩 불러오고 있었다. 유신은 문희를 위해 특단의 조치를 내려야 했다. 오히려 이 막다른 길이, 출구가 되어줄지도 몰랐다. 춘추를 믿고, 덕만공주의 힘을 믿어보기로 하였다. 덕만공주는 춘추의 이모로 어려서부터 슬기롭고 총명한 데다 성품이 관대하고 너그러워 그녀의 덕은 이미 왕실에서도 인정받은 터였다. 덕만공주만 도와준다면 충분히 가능성이 있었다. 유신은 진평왕과 덕만공주가 남산 제사를 모시는 날만 손꼽아 기다렸다.

얼마 후, 진평왕은 덕만공주와 정사를 논의하며 남산에 올랐다. 서라벌을 내려다보던 왕은 마을에서 연기가 피어오르는 것을 보았다. 연기는 뭉

게뭉게 피어올라 온 서라벌에서 다 보일 정도였다.

"도대체 저기는 누구의 가택인데 연기가 저리 피어오르는가?"

왕이 묻자 옆에 있던 한 신하가 대답하였다.

"대야성의 성주 김서현의 집인 줄로 아뢰옵니다."

"그런데 무슨 일이기에 저리 큰불을 피우는가?"

"장남 김유신이 아비 없는 자식을 가진 여동생을 가문의 수치라 하여 화형 시킨다고 하옵니다."

"음, 그렇다면 그 상대가 누구이더냐?"

왕의 물음에 신하가 대답을 못 하고 머뭇거리자, 옆에 있던 김춘추가 더 당황스러운 얼굴로 머리를 조아렸다. 덕만공주가 마침 그 모습을 보고 사태를 파악하여, 춘추에게 물었다.

"춘추 너의 소행이더냐?"

"심려 끼쳐 황공하옵니다."

춘추가 엎드려 이실직고하자, 덕만공주는 진평왕에게 부탁하였다.

"바라옵건대, 아바마마. 사랑하는 선남선녀를 측은히 여기시어, 두 사람에게 성은을 내려주십시오."

덕만공주의 말에 진평왕은 고개를 끄덕이며 춘추에게 명령했다.

"어서 가서 멈추도록 하여라."

춘추가 말을 달려 유신의 집 안마당으로 들어서 멈추라고 소리치자, 그제야 기둥에 묶여 있던 문희는 안도의 숨을 내쉬었다. 활활 타오르는 장작불 앞에서 자신의 운명을 걸었다. 문희는 목숨을 건 일을 후에도 후회하지 않았다. 이루어질 수 없는 일을 이루어지게 하려면 하늘도 땅도 감복해야 할 정도의 정성을 들여야 했다. 춘추가 만일 이 사태를 멈추지 못했다면 불 속으로 걸어 들어갈 각오가 되어 있었다. 인생을 바꿀 기회가 살면서 세 번은 온다고 한다면, 첫 번째는 보희 언니에게 꿈을 산 것이며, 두 번째가 춘추를 얻기 위해 목숨을 건 사건이다. 세 번째는 어쩌면 목숨보다 더 귀중한 것을 내놓아야 할지도 몰랐다.

문희와 춘추의 혼인은 용기 있는 사랑의 결실이기도 하지만 그보다 더 중요한 정치적 결합이기도 했다. 그 일로 힘의 알력이 존재하는 왕실에서 덕만공주는 김춘추와 김유신이라는 든든한 호위무사를 거느리게 되었다. 후에 진평왕이 승하하고, 덕만공주가 여인의 몸으로 최초로 왕위를 계승하여 선덕 여왕이 되었을 때, 그것을 반대하는 조정의 무리를 막는 방패막이 역할을 톡톡히 해내었다. 반대로 김춘추와 김유신에게는 선덕 여왕이 삼국통일을 위한 힘의 결집에 큰 역할을 하는 든든한 후원자가 되어주었다. 그 결과로 서라벌계 김씨와 가야계 김씨 가문이 동맹하여 삼국통일이라는 큰 꿈을 향해 나아가는 초석을 다질 수 있었다.

6

문희가 혼인을 하고 얼마 있지 않아 정부인이 되었다. 춘추의 첫 부인 보량이 병으로 세상을 떠났다. 주변에서는 권력에 물든 미실 궁주의 표독함에 대한 업보를 손녀가 대신 갚았다고 했다. 문희는 보량의 죽음을 진심으로 슬퍼하였다. 또한, 어미 잃은 젖먹이 고타소를 보살피는 데 애쓰며, 어미 노릇을 하는데 온 힘을 기울였다.

진평왕이 예순일곱 살의 나이로 승하하고 선덕 여왕이 즉위하였을 때 문희는 열 살의 고타소, 아홉 살의 법민, 일곱 살의 인문, 다섯 살의 문영, 세 살의 요석, 젖먹이 지소까지 여섯 아이의 어미가 되어 있었다. 모두 신라를 빛내고 일으켜 세울 기둥들이었기에, 문희는 엄히 가르치고 보살폈다.

그런 날들이 지나던 날, 문희는 시어머니 천명의 부름을 받았다.

"너희 둘이 금실이 좋은 것은 온 신라가 알고 있고, 나 역시 흡족하다.

그래도 이제는 신라를 떠받칠 자손들을 더 많이 길러내야 하지 않겠느냐? 무엇이든 때가 있는 법이다. 나 역시 같은 여자로서 너의 심정을 이해하여 지금까지 기다려왔다. 더는 미룰 수 없는 중차대한 일이기에 내 어려운 결심을 했느니라. 내 마음을 이해하겠느냐?"

그것은 첩을 들여야 한다는 뜻이었다. 아무리 춘추가 부인을 사랑한다 해도 피할 수 없는 일이었다. 신라의 귀족 부인으로서 다산은 나라가 명한 중요한 임무였고, 더구나 잦은 전쟁으로 남자가 부족하였기에 거부할 수 없는 책임이었다. 그렇더라도 춘추의 사랑을 다른 여자와 나눈다는 것은 있을 수 없는 일이었다.

"황공하옵니다, 어머님. 다만 한 가지 부탁이 있습니다."

고심 끝에 문희는 스스로 그 어울리는 배필을 선택할 수 있는 권한을 달라고 천명에게 부탁하였다. 며느리의 총명함을 아는 천명은 흔쾌히 허락했다.

문희는 복장을 갖추고 본가로 가마꾼을 몰았다. 당시 만명 부인은 병색이 짙은 데다, 사별로 혼자가 된 유신과 아직도 미혼인 보희 걱정을 하고 있었다. 문희는 만명에게 먼저 그 문제를 털어놓고, 언니 보희를 마음에 두고 있다고 하니 만명 역시 고개를 끄덕이며 흡족해하였다.

오랜만에 다니러 온 문희를 보는 보희의 마음은 기쁘면서도 질투심이 솟았다. 문희는 아이들을 여럿 키우면서도 행복한 결혼 생활로 얼굴이 화사하게 피어나고 있었다. 보희는 문희가 춘추와 혼인하는 것을 보고, 동생의 혜안에 탄복하면서, 철없이 꿈을 판 것을 후회했다. 그 후 어떤 청혼도 마음에 차지 않아 보희는 거절해 오던 터였다.

"보희 언니, 병든 어머니를 생각해서라도 내 청을 들어주세요."

문희는 언니 보희에게 조심스럽게 춘추의 부인이 되어줄 것을 부탁하였다.

"네가 그런 걱정을 하였다니 나도 마음이 아프구나. 그리고 동생의 부탁이라면 나 역시 고맙게 받아들여야지."

이렇게 하여 보희는 춘추의 두 번째 부인이 되었다.

그 후, 춘추의 집은 새로 태어난 아이들로 더없이 평화롭고 부족함 없
는 나날을 보내고 있었다. 하지만, 얼마 후 문희의 아버지 서현이 낭비성
전투에서 부상을 입고, 그 후유증으로 세상을 떴다. 어머니 만명 역시 병
으로 세상을 뜬 후 나란히 상을 치렀다.

오랜 시간 슬픔에 잠겨 있다 집으로 돌아오기 위해 오빠 김유신에게
인사를 드리러 갔을 때, 김유신은 문희에게 뜻밖의 부탁을 털어놓았다.

"그동안 고생이 많았다. 그런데 또 너에게 중요한 부탁을 해야겠구나."

"무슨 일이 있으신지요? 오라버니."

"이번에 왜 나라와 교역을 시작하려고 한단다."

"왜라고 하면 우리에게 적국이나 다름없지 않습니까?"

문희는 걱정스러운 얼굴로 물었다.

"그렇긴 하지. 하지만 우리 신라는 백제와 고구려에 비해 국력도 약한
데다, 잦은 전쟁으로 장비와 물자까지 많이 부족한 상태란다. 군마와 군비
를 나르는 수레, 황, 화살, 창과 방패, 칼, 마구와 식량 등을 국고로 충당
하기 어렵고, 지방 귀족들에게 헌금 받는 것도 한계가 있어 왜와 물자교역
을 하려고 하는구나. 왜는 오래전부터 백제인들이 많이 건너가 있어서 신
라와는 사이가 좋지 않은데, 왜와 교역을 통해 친해지면 긴요하게 쓰일
때도 있을 것 같아. 그런데 교역 물자를 대는 데 여인네들의 힘이 필요하
구나."

"나라를 위하는 일에 여인들이 쓰인다면 힘을 합해야지요."

"왜는 비단, 필묵, 달력 같은 수공예품이나 일상 용품이 인기라 하니,
네가 힘을 써서 교역품을 모아 보는 것은 어떠냐?"

"좋은 생각이십니다. 오라버니. 작은 힘이나마 모아보겠습니다."

"그런데 말이다. 그 교역의 특사로 춘추 공을 임명하였으니, 네가 잘 준비 해 주기를 바란다. 너의 걱정스러운 마음은 짐작한다만, 신라에 춘추 공만 한 품위와 언변을 겸비한 인물을 못 찾았느니라."

정식 교역도 없는 나라에 남편을 보내야 한다니 문희의 걱정이 앞섰다. 그래도 큰일을 위해서는 희생과 위험을 감수하는 것이 마땅한 일이었다. 춘추의 아내가 되려고 했을 때 이미 각오한 일이기도 했다.

문희는 집으로 돌아와 주변의 귀족 부인들을 모았다. 나라를 위해 교역이 필요함을 알리고, 도움을 요청했다.

"우리의 부지런함과 수고로움이 나라를 지키고 또, 그것이 우리 후대의 자식들을 위한 일이라면 큰일이 아니겠습니까. 피륙을 짜든, 글씨는 쓰든, 자수를 놓든 각자가 잘하는 일을 한가지씩이라도 숙고하여 마음을 기울여 줄 것을 부탁드립니다."

남편인 춘추를 위험한 곳으로 보내야 하는 문희의 설득이기에 부인들은 더 공감하고 동참을 약속해 주었다. 문희는 당나라에서 온 책력이 신라에서도 희귀하니, 그것을 베껴 판매한다면 왜에서도 인기가 있을 것 같아 책력을 손수 만들기 시작했다. 다른 부인들 역시 제 손으로 만든 귀한 생필품들을 하나둘씩 가지고 왔다.

그것들을 모아 떠난 춘추는 가는 데 석 달, 오는 데 석 달하여, 6개월이 지나 돌아왔다. 백제의 문화를 제 것처럼 받아들이고 있던 왜는 신라의 수공예품에도 크게 감동하며, 비싼 값으로 거래를 할 수 있었다. 교역은 기대 이상의 성과가 나, 군수품을 사고 마방을 늘이는데 큰 기여를 하였다.

그런데 얼마 후 청천벽력 같은 소식이 문희에게 날아들었다. 꿈이 뒤숭숭하더니 딸 고타소와 사위 품석이 지키는 대야성이 백제의 군사에 함락되었다는 소식이었다. 더구나 성주 부부인 고타소와 품석이 백제 장수에게 잡혀 절두 되었다는 소식에 춘추는 정신이 나간 사람처럼 얼어붙었다.

문희의 슬픔도 이루 말할 수가 없었다. 어미를 잃은 고타소를 제 딸처럼 키웠고, 고타소 역시 문희를 제 어미로 알고 자랐다.

춘추는 딸의 시신을 찾기 위해 죽음을 무릅쓰고 적지인 고구려에 가서 도움을 요청하였으나 거절당하고, 겨우 목숨만 건져 돌아왔다. 이에 분노한 선덕 여왕은 김유신을 대장군으로 임명하여, 백제를 치도록 허락하였다. 김유신은 사랑하는 조카 내외의 참변에 복수를 다짐하며 백제의 여러 성들을 차례로 함락시켰다. 그리고 백제의 포로 여덟 명을 내어주고, 고타소 내외의 시신을 찾아올 수 있었다. 그제야 문희는 고타소 내외의 장례를 치를 수 있었다.

그 후, 고구려와 백제를 치기 위해 절치부심 때를 기다리고 있던 신라는 김춘추를 당나라로 보냈다. 춘추는 당 태종을 만나 고구려와 백제의 오만무도함을 고하고, 후에 함께 칠 것을 약속하는, 나당 군사동맹을 체결하고 돌아왔다. 삼국통일을 이루기 위한 첫 발자국이었다. 648년 선덕 여왕이 병으로 승하하고, 사촌 언니 진덕이 왕위를 계승한 지 2년째 되던 해였다.

문희에게 춘추는 마음 따뜻한 남편이지만, 신라에 없어서는 안 될, 현실에 밝고 이성적인 외교관이기도 했다. 낭군을 연이어 적지에 보내는 마음이 어떠하랴. 하지만 나라를 살리는 일이, 온정으로 이루어지는 것이 아니라는 것을 이미 배운 바다. 정치에서 가장 중요한 것은 힘의 원리이며, 그 원리를 이용하면 신라의 힘이 최강이 아님에도 다른 나라의 힘을 내 것처럼 쓰면서, 적을 견제하고, 통합할 수 있다는 믿음이 있었다. 또한, 남편 춘추의 외교 능력과 용기를 믿었다.

당시 당 태종과 측천무후는 아름다운 춘추의 용모와 품성, 그보다 더 뛰어난 언변에 감명받아 그를 신하로 두고 싶어 하여 청한 일이 있었다.

"어찌 신하가 두 임금을 섬길 수 있겠습니까?"

춘추는 에둘러 그 청을 거절했다. 이를 괘씸하게 여겼던 측천무후는 당

태종이 죽고 고종이 즉위하자 신라의 복식과 연호를 모두 당의 것으로 따르도록 치욕적인 명령을 내린 것도 모자라 세 명의 신라 왕족을 숙위(볼모)로 당에 머물 것을 명령했다. 숙위는 전쟁이 나면 인질과 다름없었다. 차남 인문을 당으로 떠나보내던 날 문희는 아들을 꼭 껴안았다.

"부디 몸조심하거라. 또한, 몸가짐을 바로 하여 부끄럽지 않은 신라인이 되어야 하느니라."

그 이별이 영영 마지막일 수도 있다는 걸 문희도, 인문도 알았다. 나당연합군이 백제와 고구려를 치고, 삼국을 통일한다고 해도, 그 후에 당이 약속과 달리 평양성 이남까지 탐을 낸다면 당과도 싸워야 할 것이었다. 그래서 가문을 이어야 하는 형 법민 대신 둘째인 인문이 가기를 자청한 것이었다.

"어머님, 소자의 힘은 미약하나 나라의 명예를 드높이고, 가야 혈통의 염원에 기여할 수 있도록 멀리서나마 힘쓰겠습니다."

고타소를 잃은 처지에 아들까지 사지에 보내게 되어 문희는 마음이 몹시 아팠다. 삼한 통일도 중하지만 당장 눈앞의 아들을 못 본다고 하니 가슴이 무너졌다. 하지만 이 또한 견뎌야 하는 것이며, 아들이 더 슬퍼할 것을 우려하여 내색하지 못하였다.

7

어쩌면 그날은 문희의 꿈이 이루어지던 날이었을 것이다. 진덕여왕이 재위한 지 8년째에 병으로 승하하자 화백회의에서 김춘추를 왕위계승자로 선출하였다. 준비된 왕으로서 한 계단 한 계단 올라왔기에 누구도 춘추의 즉위에 반대하지 않았다. 그동안 춘추가 보여 준 성품과 지략, 외교 실력 등 어느 한 가지 왕으로서 부족함이 없었다. 654년 4월 1일 신년하례를 받던 궁궐의 조원전에서 즉위식이 있었다. 이로써 용 무늬의 대례복을 입고 소용돌이 불꽃 같은 금관을 머리에 얹은 춘추와 꽃장식 금관을 쓴 문희는 신라의 무열왕과 문명왕후가 되었다.

그날 저녁 춘추와 문희는 황룡사의 구층탑 위에 올랐다. 황룡사의 거대한 목탑은 68미터로 탑의 철반 꼭지가 서라벌 어디에서 봐도 보일 정도로 높았다. 문희는 서라벌을 굽이 보며 보희 언니에게서 산 꿈을 떠올렸다. 마치 이 장면을 위해 준비된 꿈 같았다.

무열왕은 서라벌을 굽어보며 말했다.

"구층탑은 우리가 막아야 할 아홉 나라를 말하는 것인 걸 중전도 알고 계시지요. 왜, 중화, 오월, 탐라, 백제, 말갈, 거란, 여진, 고구려를 불심으로 물리치고자 하는 염원을 담은 것이기도 하지만, 이 꼭대기에서 적의 동향을 살피기 위한 목적도 숨어있소."

"그 염원이 간곡하고, 백성들조차 목숨을 아끼지 않으니, 이 신라의 불국정토의 꿈이 꼭 이루어질 것이라고 믿습니다."

문명왕후 문희는 마음속으로 통일의 꿈을 한 번 더 다졌다.

그즈음 왕후 문희는 종종 바둑을 두고 사마천의 사기를 읽고, 여러 병서도 탐독했다. 무기와 장비가 아무리 좋아도, 정작 나라를 지키는 것은 그 무기가 아니라 백성의 마음가짐이라는 내용도 있었다. 문희는 종종 마을을 잠행(潛行)했다. 백성들이 어떻게 살고 있는지 보기 위해 평범한 일상복을 입고 마을과 저잣거리를 둘러보았다. 남편과 자식을 전쟁에 보낸 여자들이 나라와 왕을 원망하지는 않는지, 살림살이는 어떤지 민심을 떠보았다. 전쟁에 나가 있는 가족을 그리워하면서도, 나라를 위한 일이기에 기꺼이 감수해야 하는 일이라고 이구동성으로 그들이 말하는 것을 들었다. 백성이 희생을 감내하겠다는 마음이라면 무슨 일이든 이룰 수 있다고 생각했다. 다만 가뭄으로 인한 굶주림과 가난은 두고 볼 수가 없었다. 잠행을 마친 문희는 왕에게 청하였다.

"귀족들은 전쟁에서 이기면 전리품이라도 챙기지만, 백성들은 전쟁에서 살아와도 병든 몸으로 고생하고, 죽으면 남은 가족들이 더 고생이 많습니다. 남편과 아들을 잃은 여자들이 바깥일까지 하면서 남은 아이들을 돌봐야 합니다. 그들이 살아날 수 있는 방편을 강구함이 옳을 것 같습니다."

무열왕은 왕후의 말에 기꺼이 동참해주었다. 문희는 귀족 부인들을 불러서도 도움을 청했다. 오래전, 왜와 교역을 하기 위해 귀족 부인들의 도움을 받았던 때처럼, 이번에도 부유한 귀족 부인들이 기부한 피복과 양곡은 가뭄으로 굶어가는 사람들에게 큰 위로와 격려가 되었다.

8

660년 봄이 되자 백제에서 신라로 귀순하는 장군이 늘어나고, 의자왕이 나라를 보살피는 데 관심이 없는 데다, 사비성 안 우물이 핏빛으로 변했다는 흉흉한 소문도 떠돌았다. 전쟁하기에 이보다 더 좋은 때는 없었다. 오래전 맺은 나당연합군이 드디어 백제를 공격하기 시작했다. 김유신 장군이 황산벌 전투에서 계백을 이긴 후, 백제는 맥없이 무너졌고, 의자왕은 신라에 투항했다. 삼한 통일의 첫 승리였다. 좋은 일이 있으면 슬픈 일도 있는 법, 다음 해 춘추가 왕이 된 지 7년 만인 쉰아홉 살의 나이에 병으로 승하하였다.

"백제는 쳤지만, 아직도 고구려와 당을 남겨놓고 가니, 남은 과업을 부탁하오."

무열왕은 마지막 유언을 남기고 숨을 거두었다.

그 후 태자 법민이 36세로 왕위에 올라 문무왕이 되었고, 이로써 문희는 모태후가 되었다. 문희는 슬픔도 기쁨도 잠시, 문무왕이 된 아들 법민과 함께 오만무도한 당의 횡포를 걱정해야 했다. 그즈음 당나라가 백제의 땅 주인 행세를 하고, 신라를 백제와 같은 당의 속국으로 만들려고 하고 있었다. 문무왕은 크게 분노하여 모태후 문희와 머리를 맞대었다.

"우리 분수를 알고 때를 기다려야지요. 고구려를 치기 위해서는 당나라의 군사가 필요합니다. 나당연합군이 고구려를 치려면 백제에 남아 있는 당나라 군사들을 불러올려야 할 것입니다. 당의 군사가 없는 사이에 신라가 백제를 다스리면서 백제 유민들을 포용해야 합니다. 그리고 연합군이 고구려를 함락시키면, 역시 우리 핏줄인 고구려의 유민까지 포용하여, 셋이 힘을 합하여 당을 물리쳐야 합니다. 그때까지는 참아야 합니다."

문무왕 역시 총명하고 지략이 뛰어났기에, 먼 후일을 위해 당장의 분노를 다스릴 줄 알았다.

얼마 후, 666년 여름 고구려의 연개소문이 병사했다는 소식이 날아들었다. 연개소문을 닮아 포악한 세 아들은 간신들의 이간질로 인해 왕권을 다투며, 서로 치고받는 형국이 되었다. 그 사실을 알게 된 나당연합군이 그해 겨울 평양성을 협공하였다.

당나라 측천무후의 명령으로 문희는 장남인 문무왕을 비롯하여 당에 인질로 남아 있던 차남 인문과 셋째 아들 문영까지 모두 전쟁터에 내보내야 했다. 문희는 그 슬픔을 이길 수 없었지만, 일흔이 넘은 김유신까지 최고 총사령관인 상장군으로 출정하는 데다, 통일이라는 과업과 국운을 위해 마음을 다잡아야 했다.

출정하기 전날 문무왕은 긴장된 마음으로 궁궐의 뒤뜰을 거닐었다. 모태후의 침소에 희미하게 불이 켜져 있는 것을 보고 건너가 마당에 나와 있는 어머니에게 다가갔다.

"어마마마, 늦은 시간이옵니다."

"주상, 내 걱정은 마시오."

문희는 아들의 손을 잡고 휘영청 달을 바라보았다.

"다른 많은 어미들이 전장에서 자식을 잃었지요. 나는 그나마 살아있는 자식을 걱정하는 처지이니 거기에 비하면 아무것도 아니지요. 그래도 꼭 살아 돌아오시오."

문희는 간절한 마음으로 당부, 또 당부하였다.

다음날부터 문희는 마음을 다잡고 귀족 부인들과 함께 전쟁에 보낼 군복과 음식 등 보급품을 수집하고 보내는 일에 열중하며 불안한 마음을 잠재웠다.

권력욕으로 부패한 고구려는 김유신 장군이 이끄는 나당연합군에 의해 668년 맥없이 무너졌다. 무열왕의 바람대로 삼국을 통일하는 순간이었다.

"어마마마, 아바마마의 못다 이룬 과업을 이제야 풀었습니다."

"그동안 주상이 전쟁터에서 고생이 많았습니다."

모태후 문희와 문무왕은 무사히 상봉하여 그 기쁨을 나누었다.

"외숙부 김유신 장군께서 없었다면 이룰 수 없는 일이었지요. 어마마마."

"당나라가 신라를 함부로 대하지 못하는 이유가 상장군 때문이 아니오이까. 그렇더라도 아직 기뻐하기는 이릅니다. 평양성을 차지한 당나라 장수 설인귀가 고구려인들을 마음대로 유린하며 약탈과 범죄를 일삼고 있다 하지 않습니까."

"맞습니다. 더구나 우리 백성은 풀뿌리도 제대로 먹지 못하고, 전쟁의 피해를 고스란히 안고 있는데, 당나라군은 약탈한 양식이 남아돌고 있다 합니다. 지난 4년 동안 계절마다 당나라 군사의 옷을 만들어 입히고, 먹였는데 우리 백성을 이리도 괴롭히니 어찌 참을 수 있겠습니까? 참으로 안타까울 뿐입니다."

고구려를 친 기쁨도 잠시 문무왕과 모태후 문희는 당의 횡포에 대적하기 위해 머리를 맞대야 했다. 당나라는 대동강 아래를 신라가 다스리도록 약조했던 영토 분할 약정을 위반하고, 신라마저 차지하기 위해 모략 중이었다. 문희는 아들 문무왕과 함께 이 땅에서 당의 군사들을 몰아내기 위하여 화전 양면술을 쓰기로 하였다.

670년 봄, 문무왕은 고구려와 백제 부흥군을 포섭하여, 당과 싸울 식량과 물자를 대주면서 나당 전쟁을 시작하였다. 고구려와 백제, 신라는 본디 한 핏줄임을 상기시키며 함께 당의 용병들을 격파하고, 당을 한반도에서 몰아내기 위해 힘을 합하였다. 당에 숙위로 남아 있는 인문에 대한 걱정은 끊이지 않았지만, 전쟁에 나간 더 많은 아들을 위해 문희 또한 희생해야 할 때였다. 또 한편으로는 당나라에 사신과 함께 금은보화를 보냈다. 당나라 군사들의 패악에 어쩔 수 없이 공격할 수밖에 없었음을 헤아려 달라는 사죄문과 함께 화친을 다시 약조하였다. 그렇게 시간을 버는 사이에 신라는 더 많은 무기와 식량을 모으고, 지엽적인 전쟁으로 당을 조금씩 몰아나갔다.

당나라가 무서워하는 김유신 장군이 죽고 나자 조정에서는 당과 화친해야 한다는 목소리가 커졌다. 하지만 어렵게 통일을 이룬 나라를 당나라에게 빼앗길 수는 없었다. 문희의 생각은 확고하여 그 뜻을 문무왕에게 전달하였다.

"주상, 당과의 화친은 돌아가신 선왕의 뜻이 아닙니다."

"맞습니다, 어마마마. 옳다고 하면서도 이를 행하지 못하면 백성을 다스릴 수 없다는 말이 있지요."

"관자의 칠법에 나오는 문장이 아닙니까. 주상도 그 말을 깊이 새기고 있었다니 흡족합니다."

모태후 문희는 문무왕과 함께 조정에서 당과 화친해야 한다는 무리들을 몰아내고 당과의 전쟁을 지속하였다.

673년 측천무후는 그때까지도 신라가 버티고 있자, 당에 숙위로 머물던 인문을 신라의 왕으로 추대했다. 권력욕 앞에서는 누구도 초연하지 못하리라 생각하였다. 왕권을 쥐여 준다면 인문 역시 제 형제를 치는데 망설이지 않을 것이다. 고구려 역시 그렇게 망하지 않았는가. 측천무후는 권력의 줄타기로 황후의 자리까지 오게 된 것을 떠올리며, 자신만만하게 생각했다. 하지만 인문은 죽음을 각오하고 그 명령을 거부했다.

"어찌 사람의 자식으로 태어나 형제를 치라는 말씀에 따를 수 있겠습니까."

인문은 천륜을 저버리라는 명령을 거두어줄 것을 읍소하였다.

그 소식에 문희는 크게 슬퍼했다. 자신이 낳은 자식까지 독살하는 천하의 악독한 황녀의 뜻을 거슬렀으니 살아남기 힘든 상황이었다. 나라가 없으면 아들도 없다는 것도 알고 있지만, 어미로서 큰 슬픔이 아닐 수 없었다. 그 슬픔은 오래가지 못했다. 신라를 집어삼키기 위한 당의 침략에 혼신을 다해 물리쳐야 했다.

675년 매소성 전투에서 신라가 나당 전쟁의 전세를 완전히 역전시키고, 그 여세를 몰아 다음 해 금강 하구에서 벌어진 기벌포 해전에서 신라의 수군함대가 당의 군대를 대파하였다. 이에 당나라는 한반도를 완전히 포기하고 떠났다. 676년, 삼국통일이 완성되는 순간이었다.

망국의 후손이지만 선대의 꿈을 잃지 않았던 문명왕후 문희는 아들 대에서 한민족의 통일이라는 대업을 이루었다. 너무나 큰 대가를 치른 통일이었다. 상장군 김유신과 무열왕 춘추와 아들 문무왕이 목숨을 걸고 이룬 성과였으며, 이 땅을 위해 목숨 바친 세상의 수많은 아들이 이룬 대업이었다. 그녀의 70년이 넘는 생애는 그것을 이루기 위한 지난한 여정이었고, 백성의 힘을 얻을 수 있다면 어떤 국난도 극복할 수 있다는 가르침을 증명해 보이는 국모로서의 여정이기도 했다.

681년 통일신라의 전성기가 시작될 무렵의 늦여름 문명왕후는 자신이 열망했던 태평성대의 세상을 보며 눈을 감았다. 장남인 문무왕과 후에 신문왕이 된 손자 정명과 외손자 설총까지 한자리에 모여 있었다. 진정 부끄럽지 않은 딸이었고, 어머니였고, 아내였고, 여성으로서 한계를 뛰어넘는 삶이었다. 머리맡에는 문명왕후가 일생동안 기록한 사기가 그녀의 마지막을 배웅했다. 신라의 상장군 김유신의 여동생으로서, 외교 술사 무열왕의 부인으로서, 통일신라의 문을 연 문무왕의 어머니로서 각각 보고 들은 것과 가족의 이야기들을 진솔하게 기록한 서책이었다.

8. 유시연 | 기황후 – 고원의 별

태조전으로 향하는 그녀의 발걸음이 만근 쇠뭉치를 달고 가는 듯 무겁다. 황제는 아직 도착하지 않고 황자가 먼저 와 기다리고 있다. 황토빛 피부에 근육질의 건강한 청년으로 성장한 아들이 근심스런 표정으로 어머니 기황후를 쳐다본다. 곧이어 환관들의 분주한 발소리, 용포자락 끌리는 소리와 함께 황제 혜종이 나타나자 제관이 향로에 향을 피웠다. 마유주와 양고기 육포를 올린 후 태묘를 향해 부복하고 섰다.

"위대한 칭기즈 칸이시여, 불초한 후손 토곤 테무르는 조상들의 땅으로 돌아가옵니다. 길을 밝혀주소서."

혜종의 목소리에 울음이 잠겨 있고 여기저기서 조용히 흐느끼는 울음가락이 낮게 깔렸다. 오랫동안 기다려온 정후 자리에 오른 지 삼 년, 그녀는 겨우 언덕을 넘었다고 생각했다. 이민족의 여인인 그녀가 황후라는 영예를 얻기 위해 넘어야 했던 산들은 높고도 험했다. 그녀는 황제의 마음을 알 듯 모를 듯 복잡한 심경이었다. 대대로 옹기라트 가문에서 황후가 나왔지만 그녀는 건강한 아들을 낳은 신분이 아니던가. 후손이 없던 원 황실에 황자가 태어나자 고려 왕실에서는 축하 사절을 보냈고 혜종은 친정 오라비에게 벼슬을 내렸다. 친정은 그녀로 인해 누구도 함부로 하지 못하는 가문이 되었다. 영화를 누리기에도 모자라는 세월 한복판으로 불쑥 끼어든 홍건적, 그 오랑캐에게 밀려 북쪽 초원으로 향하는 그녀의 마음은 의외로 차분했다.

환관이 제구를 거둬 목관 함에 넣는 동안 그녀는 혜종을 바라보았다. 표정이 담담했다.

"이제 우리는 선조들의 땅으로 가오. 검은 모래땅으로."

혜종의 말에 그녀는 고개를 끄덕였다. 아들 아유시리다가 탄 말이 하늘을 향해 길게 포효를 내질렀다. 위대한 선조들의 야망이, 초원을 내달리던 오래전의 정경이 펼쳐진 듯했다. 혜종과 나란히 말을 타고 가던 그녀는 환관이 전해준 홍건적에 대해 물었다.

"주원장은 어떤 인물인가요?"

"탁발승이라 하더이다. 홍건적 밑에 들어가 입지를 넓힌 자요. 이제 와서 무슨 소용이오만."

그녀의 물음에 혜종이 침울한 표정으로 먼 구릉지대를 바라보며 중얼거렸다. 수억 년에 걸쳐 쌓인 모래 언덕이 켜켜이 얕은 능선을 이루어 물결처럼 흘러가는 듯이 보였다. 고조 이래 제국이 영토를 넓히는 동안 수많은 이민족이 일어나거나 소멸해갔다. 가뭄이 들고 식량이 부족하면 도적 떼가 출몰했다. 강남에서부터 도적들이 봉기를 일으켰을 때 군대가 동원되고 다시 잠잠해질 줄 알았다. 그런데 뭔가 분위기가 이상했다. 백련교도들이 폭동을 일으키고 그 휘하 홍건적이 군소 무장 세력을 규합하며 커져갈 때 백성들이 합류했다. 제국이 위태로워질 줄은 꿈에도 몰랐다.

지평선에서부터 모래바람이 불어왔다. 뜨겁고 건조한 바람이었다. 혜종과 황자, 환관들, 종친들, 대신들이 앞에 서고 그 뒤를 병사들이 따랐다. 기황후 주위로는 궁녀들과 무수리들이 걸었고 궁에서 기르던 양 떼와 염소 떼, 당나귀가 뒤를 이었다. 새벽에 출발하여 하루종일 걷느라 아무도 입을 열어 말하지 않았다. 도마뱀이 바위 사이에서 기어 나와 모래 속으로 숨어들어 가자 몇몇 궁녀들의 입에서 비명소리가 새어 나왔다. 야생 낙타들이 느린 동작으로 이동하고 때때로 일행 앞을 당나귀나 야생마가 지나갔다. 쌍봉낙타가 보이기도 하고 에델바이스꽃이 바위 암벽 사이에 피어 흔들렸다. 궁에서 기르던 당나귀가 야생 당나귀 떼를 따라 도망가버린 사건이 났다. 저, 저, 저…… 환관(宦官)이 발을 구르며 소리쳤으나 지친 일행은 아무도 나서서 당나귀를 쫓아갈 생각을 하지 않았다. 기황후는 모래 언덕 너머로 사라진 당나귀를 바라보다가 아주 잠깐 어머니를 떠올렸다.

동지선달의 바람은 매서웠다. 오라버니의 솜바지를 뜯어 그녀의 저고리를 만들어준 어머니는 동구 밖을 나서는 순간까지도 눈물 바람에 막내딸을 제대로 배웅하지 못했다. 오라버니들이 돌아서서 눈물을 삼키는 중에도 그녀는 비교적 담대했다. 눈물을 아껴야 한다고 생각했다. 그녀는 저고리 옷섶을 여미고 무명 목도리를 두 번이나 목에 둘러서 맸다. 압록강을 건널 때는 얼음 빙판에 미끄러져 엉덩방아를 몇 번이나 찧었다. 고려의 겨울은 요동 벌판의 혹한에 비하면 아무것도 아닌, 견딜만한 수준이었다. 어린 소녀들이 손가락 발가락에 동상을 입었다. 눈물은 고드름이 되어 얼어버렸다. 울 수도 없는 상황이었다. 그녀는 이를 악물었다. 지금의 행로(行路)가 낯설지 않았다. 그때의 여정과 비슷하다고 느꼈다. 아들 아유시리다의 조상이 잠든 땅, 원의 옛 수도 하라호름의 별도 이곳처럼 환히 타오르겠지. 오르혼 강 유역에 황도를 건설하고 아들의 대를 이어 손자가 대를 잇고 또 후손이 굳건한 왕조를 이어 갈 것이었다. 제국을 건설한 대칸의 조상이 지켜주리라. 고국을 그리워하던 마음을 접고 자신의 인생을 낯선 땅에 내려놓을 때 그녀는 얼음 강을 건너오던 동지선달의 매서운 바람을 기억했다. 잊지 않으리라 다짐하던 기억이었다. 이제 그녀는 아들의 앞날을 열어줘야 했다. 기황후는 조심스럽게 혜종을 쳐다보았다. 그는 불안한 듯 입술이 말라붙었고 꽉 다문 입술은 모종의 결의를 다지는 듯했다.

붉은 기암절벽이 사막 한가운데 융기하듯 솟아있는 곳에 이르러 말들이 긴 울음소리를 냈다. 말 울음소리를 기점으로 하여 황제가 멈춰 섰다. 뒤이어 일행이 멈춰 섰다. 칠월의 낮 기온은 풀포기를 말려버렸다. 누렇게 말라버린 식물들이 화마에 타버린 것처럼 서 있다. 말도 사람도 지쳐서 더 이상 걷기가 힘들어졌다. 환관이 천막을 쳤다. 상석인 북쪽에 제기를 담은 목관 함을 보관하고 남쪽으로는 사슴 가죽을 깐 의자를 놓고 공단 천을 늘어뜨렸다. 말안장과 화살통, 가죽 장화를 서쪽에 진열하고 남쪽에 문을 냈다. 부엌살림 도구는 동쪽에 뒀다.

말들이 가시나무 잎을 뜯어 먹을 동안 기황후는 발가락에 흰 비단 천을 감았다. 언제까지 말이 힘을 낼지 알 수 없었고 아랫사람들과 같이 걸어가야 할지도 몰랐다. 말린 육포와 치즈, 소시지를 먹고 마유를 마셨다. 석양이 지면서 광활한 대지가 붉게 타올랐다. 장엄한 광경이었다. 그녀는 몸도 마음도 지쳐 있었다. 바람에 일렁이는 모래의 강이 기이한 소리를 내며 울었다. 그녀의 마음을 알아차린 듯 모래언덕이 흘러갔다. 사슴돌 바위벽에는 아주 오래전에 새긴 암각화가 있었는데 새와 말을 탄 사람들, 도마뱀과 늑대, 여우, 야생 동물들의 그림이 있었다. 몇천 년 전에 새겨진 그림이었다. 기황후는 새 그림을 손으로 문지르며 이 굴레에서 벗어나고 싶은 소망을 내비쳤다. 밤이 오고 하늘에 별이 뜨자 기황후는 천막을 벗어나 지평선 쪽으로 걸음을 내디뎠다. 별들이 정수리 위에서 그녀를 내려다보는 듯 가까이에 있다. 손을 뻗으면 금방이라도 떨어져 환하게 빛을 낼 것만 같다. 밤의 기온은 급격히 떨어져서 몹시 추웠다.

　"무슨 생각을 하는 거요."

　어느 사이 혜종이 다가와 여우 목도리를 어깨에 둘러주며 다정하게 속삭였다. 기황후는 혜종을 향해 웃을 듯 울 듯한 표정으로 미소를 지어 보였다. 그녀를 진심으로 귀하게 대했던 남자였으나 이제는 그 일도 까마득한 옛일처럼 느껴졌다. 정사를 돌보지 않고 향락에 빠진 남편 대신 기황후는 아들이 황위를 잇기를 바랐다. 미리 선위를 하고 상왕으로 물러나 편하게 살기를 바랐다. 선위 문제로 유배를 떠나야 했던 기황후는 자신의 앞날을 예측할 수 없어 불안했다. 비구니들이 기거하는 절에서 몇 개인가 계절이 지나갔다. 이대로 끝인가. 아들은 어떻게 되는 거지. 기황후는 아들의 안위가 염려스러워 잠을 이루지 못했다. 비구니 절에 측근을 데리고 혜종이 나타났을 때 기황후는 감정이 북받쳤다. 혜종의 마음 안에 그녀가 깊이 들어앉아 있음을 확인하는 순간이었다. 궁녀가 호들갑을 떨며 그녀를 불렀다. 기황후는 옷매무새를 가다듬고 머리를 틀어 올렸다. 떨리는 가슴을 진정시키려 버섯 차를 한 모금 마셨다. 말 안장에 늠름하게 앉아 있는 혜종과 눈이 마주쳤다. 지나간 설움이 한순간에 사라지고 기쁨이 물결쳤다.

"폐하, 어인 걸음을 하셨사옵니까."

"고생 많았소. 너무 늦게 온 건 아닌지 모르겠소."

혜종이 말에서 내려 그녀의 두 손을 맞잡았다. 비구니들이 바닥에 일제히 엎드려 허리를 숙였다. 황궁으로 갈 채비를 하시오. 열한 살이라는 어린 나이에 대청도로 쫓겨나 어린 시절을 보내야 했던 혜종은 고려 여인인 그녀에 대한 애틋함이 있었다. 그건 설명할 수 없는 어린 시절의 기억과 겹쳐지는 부분이었다. 혜종의 입장을 이해하지 못하는 바 아니었다. 이민족의 반란과 내란으로 어수선한 정국이었다. 권력을 아들에게 넘겨줌으로써 더욱 튼튼한 황실의 기반을 닦을 수도 있었다. 황궁으로 돌아온 후 혜종은 군권을 아들에게 넘겨주었다. 그녀는 이제 권력의 한 축을 담당했다. 줄을 대려는 대신들과 환관들을 보며 기황후는 축출된 타나실리와 그 가문을 떠올렸다. 혜종은 사냥터를 떠돌았다.

늑대 울음소리가 들려왔다. 그 소리는 바람 소리였다가 다시 여러 마리의 짐승이 우는 소리로 들렸다. 기황후는 혜종을 돌아보았다.

"오르혼 강은 여기서 얼마나 먼가요?"

"저 하늘의 별이 수십, 수백 번은 더 떴다 질 때 도달할 거요."

"우리가 다시 돌아올 수 있을까요."

"나는 칭기즈 칸이 세운 하라호름에 정착할 거요. 오르혼 강은 우리에게 드넓은 초지와 풍요를 갖다줄 테고."

그녀는 잠시 혜종을 바라보았다. 그의 말은 대도인 연경으로 가지 않겠다는 뜻이 아닌가. 친정인 개성과는 더 멀어지는 거리였다. 고려로 돌아갈 수 있을까. 아마도 살아생전에는 어려울지도 몰랐다. 점점 고려와 멀어지는 여정이 전개되고 있었다. 천막 주위에 불을 피운 나무들이 사그라지며 연기가 났다. 경비병들의 그림자가 불빛에 비춰졌다. 고단한 하루를 사막에 내려놓은 사람들이 잠에 깊이 빠져든 밤 기황후는 혜종과 나란히 모래 바닥에 주저앉아 별을 헤아렸다. 문득 어린 나이에 만난 혜종이 안쓰럽게 느껴졌다. 그녀는 혜종의 얼굴을 어루만졌다. 수염이 자란 턱밑으로 살집이 잡혔고 피부는 거칠었다.

"칭기즈 칸처럼 옛 고원에 대제국을 다시 세울 수 있을 거예요."

"그렇소."

혜종이 낮은 소리로 대답했고 기황후는 그런 그의 손을 꼭 잡아주었다. 멀리서 야생 짐승의 울음소리가 들려왔다. 기황후는 혜종의 어깨에 머리를 기댔다. 혜종이 그녀의 어깨를 감싸주었고 그들은 처음 만났던 그날의 기억으로 돌아갔다. 쟁반에 다관을 들고 침소로 들어오던 앳된 소녀의 모습, 황위에 올라 늙은 대신들 사이에서 어색해하던 젊은 군주의 모습을 서로 떠올렸다. 따뜻한 백차를 마시고 싶었다. 기황후는 시녀에게 일러 차를 준비하도록 했다. 황실에서 차를 올리는 일은 중요한 업무였다. 그녀는 크고 작은 다기와 전국에서 진상되는 다양한 차 종류를 선별하여 외우고 그 맛을 익히느라 애를 썼다. 비슷비슷한 찻잎에서는 비린내가 났다. 꽃향기가 나거나 과일 향을 풍기는 차도 있었다. 그녀는 차이를 알 수 없었다. 생 녹차와 발효차의 차이는 어렴풋이 알 듯 했다. 혜종은 발효차를 선호했다. 그녀는 녹차의 맑은 향기와 부드러운 맛을 좋아했다. 그녀는 서호 용정차를 주로 올렸다. 뜨거운 물을 부으면 오무라들었던 이파리가 서서히 펴지며 납작한 모양의 연녹색 잎이 꽃잎처럼 벌어졌다. 비취 녹색 이파리에서는 달고 깨끗한 맛이 났다. 계절이 깊어감에 따라 짙은 녹색의 난향이 나기도 했다. 바위 사이에서 자라 황실에 공물로 바쳐지는 몽산차나 이른 봄 어린싹으로 만들어져 흰색 솜털이 보송보송한 백차는 천 년 동안 황실에 바쳐진 귀한 차였다. 시녀가 나무로 된 차판을 놓고 다포를 깔았다. 백자로 만든 찻잔과 주전자에 뜨거운 물을 부어 예열을 했다. 복건성 안계에서 생산한 철관음은 맑은 청향이 났다. 찻잎이 동글동글 뭉쳐져 있다. 물을 붓자 서서히 눈을 뜨는 어린싹처럼 잎이 펴졌다. 그녀는 혜종의 마음이 좀 더 단단해지길 바라는 마음에서 철관음 차를 올렸다. 밤의 사막은 추웠고 추위가 깊어갈수록 별은 더 환하게 빛났다. 그녀는 밍크담요로 몸을 감싼 후 혜종과 나란히 앉아 차를 마셨다. 늑대 울음소리가 멀리서 들려왔다. 시녀를 물리치고 기황후는 직접 찻물을 우렸다. 맛이 짙어지지 않도록 숙우에 찻물을 옮겨 담았다. 거름망은 생략했다. 찻잔 바닥에 부스러기가 남았지만 개의치 않았다. 녹차, 청차, 홍차. 흑차. 백차…… 각지에서 진상되는 차 종류에는 그 지역의 특성이 담겨 있었다. 매번 차를 올릴 때마다 그녀는 생산된 지방의 이름과 유래를 곁들여야 했고 그 일은 진땀 나는 행사였다. 어린 시절을 고려의 외딴섬에서 보낸 혜종도 차에 대해 모르기는 마찬가지였지만 귀족들이나 황실 종친들의 기세에 눌리지 않으려 짐짓 차맛을 아는 것처럼 행동했다. 그녀를 추천한 환관 고용보는 직접 시연을 하며 찻물을 따뜻하게 보존하는 방법을 알려주기도 했다. 물이 식으면 화로에 물을 뎁혀 도자기 주전자에 부었다. 몇 시간이고 차를 우려 마시며 혜종과 기황후는 지난날을 회상했다. 기억이 겹쳐지거나 어긋나는 추억에서는 새삼스러운 듯 그날의 일들을 떠올렸다.

새벽별이 뜰 때 그들은 다시 이동했다. 멀고 먼 길이었다. 몇 날이 흘렀는지 모른다. 밤에는 불을 피우고 짐승의 털을 두르고 잤다. 한낮에는 뜨거운 햇볕을 피해 그늘에서 쉬며 걷고 또 걷다가 양식이 떨어졌고 그럴 때면 염소나 양을 잡았다. 황궁에서 데리고 나온 가축의 수가 점점 줄어들었다. 그들이 라마불교 사원에 이른 것은 대도를 떠난 지 두 달이 지났을 무렵이었다. 사원은 비어 있었다. 사원 안 우물은 맑은 샘이 흘렀다. 그녀는 사원에서 목욕을 하고 부처님 전에 소지를 올렸다. 아들 아유시리다를 통해 조상들의 꿈을 이어가게 해달라고 기원했다. 남편에 대해서는 기대를 접었다. 혜종은 이제 젊은 시절의 야망이 있던 사람이 아니었다. 부모와 형제가 간신의 손에 죽어가고 황위(皇位)를 찬탈당하며 겨우 살아남아 황제가 된 후에도 끊임없이 그를 견제하려는 세력들로 인해 너무 많은 힘을 써야 했고 기운을 뺐다. 혜종의 시대는 끝이 났음을 기황후는 피난길에서도 절감했다. 양식이 떨어져 감에도 사냥할 엄두를 못내는 남편은 이제 예전의 황제가 아니었다. 우유를 공급해주던 양이나 염소가 서서히 줄어들었고 망아지가 먹어야 할 어미 말의 젖을 가로채서 아침 끼니를 때웠다.

경비병들이 도망쳤고 무수리와 궁녀 몇몇이 달아났다. 출발할 때의 일행은 반으로 줄어들었다. 그녀에게 타락죽을 갖다준 무수리가 눈에 들어온 것은 그때였다. 그녀가 추워서 웅크리고 있을 때 돌멩이를 데워 비단 천에 싸서 갖다준 아이였다. 나이는 열여섯쯤 돼 보였다.

"이름이 무엇이냐."

"소인은 일찍 부모를 잃어 이름이 없사옵고 다만 돌무더기에서 발견되었다하여 어워라 불렸습니다."

"내가 이름을 지어주겠다. 고려의 아이처럼 월아라 부르리. 달의 아이란 뜻이다."

"황공하옵니다."

"다들 가버렸는데 너는 남아 있었더냐."

"소인은 마마 곁을 지킬 것이옵니다."

"기특하구나. 무슨 연유라도 있더냐."

"마마 덕분에 소인 부모가 장례를 잘 치렀사옵니다."

"장례라니, 자세히 말해 보거라."

"소인이 여덟 살 때이옵니다. 그때 많은 사람들이 굶어 죽었사온데 마마가 백성들의 장례를 치를 수 있도록 해주셨습니다. 소인은 그 일 이후 마마 곁에서 죽을 때까지 지켜드릴 것이옵니다."

"기특하구나. 어린 것이."

기황후는 오래전, 대기근을 떠올렸다. 황태자의 나이 다섯 살, 십 년 전 일이었다. 전국이 가뭄으로 곡식이 말라가고 전염병이 돌았다. 많은 백성들이 죽어 길바닥에 시신이 나뒹굴었다. 특히 어린아이들이 많이 죽었다. 그녀는 금과 은, 비단과 곡식을 내어 아사자의 시신을 거둬 장례를 치러주었고 그 일로 민심을 얻었다. 종친과 대신들의 신망을 얻은 후 고려 출신 환관과 몽골의 신진세력을 규합하여 자기 세력으로 만들었다. 또한 전국에서 공헌품이 올라오면 진미는 먼저 태묘에 올려 제사를 올린 후 먹었다. 태묘는 칭기즈 칸의 사당이었고 조상을 돌보는 일에 정성을 다했다. 황후 타나실리에게 채찍질과 인두질을 당한 후에도 조상을 섬기는 일은 멈추지 않았다. 황제가 타나실리를 외면하고 기황후를 찾은 다음 날이면 어김없이 불려갔다. 타나실리는 친정 가문을 믿고 나날이 횡포를 부렸다. 궁녀들 앞에서 후궁 신분인 그녀에게 손찌검을 하고 모욕을 주었다. 그녀는 채찍질 당한 몸을 욕조에 담가 피부를 쓰다듬었다. 가슴 속으로 설움과 슬픔이 터져 나왔다. 울음이 나오려는 것을 꾹 참으며 훗날을 기약했다. 고초를 겪을수록 더 단단해졌다. 조상을 섬기는 일에 더욱 정성을 기울였다. 마음 속 깊이 뿌리내린 분노와 슬픔은 상처를 딛고 더욱 성숙해졌다. 살아남는 일이 우선이었다. 틈틈이 그녀는 『효경』과 사서를 읽으며 효(孝)와 충(忠)을 실천했다. 글을 잘 모르는 몽골 대신들이 볼 때 그녀는 품위와 품격을 갖춘 황후였다. 문맹률이 높은 원의 황실에서 고려인 환관들은 그들의 지식과 정보를 내세워 황제 측근으로 고위직에 발을 담글 수 있었다. 그녀는 황실에서 비교적 외롭지 않게 지낼 수 있었는데 고려인 궁녀들과 환관 때문이었다. 많은 사람들이 고려에서 원나라로 끌려왔다. 예절과 여러 면에서 솜씨가 있는 고려인들은 원의 귀족이나 황실에서 제 역할을 하며 지냈지만 때로는 모진 목숨도 부지기수였다. 대부분의 고려 백성들은 몽골 병사들과 강제로 결혼하거나 노비로 살거나 지방의 험한 둔전을 일구며 남의 나라에서 목숨을 부지해야 했다. 그녀는 고려 사람들이 얼마나 끌려왔는지 그 수를 헤아리기 어려웠다. 고려가 원에 항복한 이후 수십 년 동안 해마다 공녀가 차출되어 그 인원이 만만치 않음을 알고 있었다. 제국의 곳곳에서 살아남으려 발버둥을 치며 잊혀진 존재로 살아가야 할 공녀들의 운명에 그녀는 가슴이 아팠다. 그녀로서는 혜종에게 고려인을 그만 데려 오라고 간언을 하는 수밖에 없었는데 어찌 된 일인지 원나라 귀족들이 더 고려인을 원했다. 그들은 고려 복식을 따라 입었고 고려 음식을 먹었으며 고려 음악을 들었다. 원나라 귀족들 사이에는 고려 문화가 성행했다. 그들 은 고려청자와 나전칠기, 고려 종이와 고려 먹, 고려 화문석을 선호했다. 의복과 모자와 장신구가 고려풍으로 변했다. 기이한 일이었다.

초원의 북쪽은 멀었다. 낮에는 더위와 싸우고 밤에는 추위와 싸웠다. 혜종은 파발을 띄워 대도의 소식을 알아보았고 주원장이 이끄는 오랑캐 무리가 시시각각 추격해온다는 정보를 입수했다. 서둘러야 했다. 날이 밝 자 혜종이 황자(皇子)를 데리고 앞서 떠났고 그녀는 월아를 데리고 마차에 올라탔다. 월아는 이름을 불러주면 볼이 발개져서 수줍은 미소를 지었다. 모든 것을 이뤘다고 생각한 순간 그녀는 충신 고용보와 박불화를 잃었고 믿었던 몽골 궁녀들이 밤중에 몰래 도망치는 치욕스러운 일을 겪었다. 누 구도 믿을 수가 없었다. 월아, 저 아이를 믿어야 하는가. 그녀는 월아를 물끄러미 바라보았다. 월아의 표정에 부끄러움과 당혹스러움이 스쳐 지나 갔다. 잘 가르쳐서 데리고 있거나 황자의 수발을 들게 할 참이었다.

두 달여가 지나가자 그녀는 날짜 세는 법을 포기했다. 하늘의 별이 길 을 안내했다. 몽골인은 밤의 별자리와 낮의 태양의 온도를 피부로 느끼며 길을 찾아갔다. 여름밤을 흐르는 별들은 밝고 환했다. 빛나는 별들의 무리 를 따라 밤에도 걸었다. 밤의 기온이 살갗에 따갑게 파고들었다. 주원장의 병사들이 뒤를 쫓는 이상 쉴 틈이 없었다. 얼마나 걸었는지 얼마나 왔는지 알 수 없는 시간이 흘렀다. 그녀는 고려를 떠나 압록강을 건너 원나라의 수도 연경으로 향하던 그날을 떠올렸다. 시간은 과거를 복기하는 듯했다.

"살아남아라. 그것이 너의 숙명이다."

고려인 환관이 들려준 첫 마디는 그녀의 가슴 안에 깊이 틀어박혀 있었다. 살아남아 집으로 돌아가리라. 마음을 다잡았다. 시간이 흘러 그녀는 깨달았다. 살아서 다시 부모를 만나는 일은 요원한 것을. 함께 제국에 도착한 여자아이들은 귀순한 남송의 병사들과 혼인을 하거나 노비로 팔려 갔다. 살아야겠다는 결심과는 다르게 삶은 막막했다. 거란, 말갈, 투르크, 만주, 한족이 뒤얽힌 원나라에서 그녀를 지탱하게 해준 힘은 문명국인 고려의 문화와 고려인들이었다. 혜종은 사냥터를 헤집고 다녔다. 귀족들을 이끌고 사냥을 나가는 혜종의 몸에는 유목민의 피가 흘렀다. 초원을 달리던 그들은 문자도 기록도 문화도 제대로 보존하지 못하고 황량한 고원에 말발굽과 화살촉과 짐승의 가죽을 남기며 흘러왔다. 황실 사람들은 당송 시대의 복식을 좋아했다.

그녀는 모래 먼지 날리는 사막에서 황실의 아침 풍경을 아쉬워했다. 눈을 뜨면 시녀가 황동으로 만든 놋대야에 따뜻한 물을 담아 놓고 패랭이꽃이 수놓인 흰 비단 천을 들고 다소곳이 서 있다. 세수를 하고 옷을 갈아입고 머리 손질이 끝나면 요리가 차례로 차려졌다. 따뜻한 녹차를 한 모금 마신 다음 입맛을 돋우기 위해 채를 썰어 꿀에 절인 유자를 한 젓가락 먹었다. 바다에서 나는 해초류를 식초에 담가 소금을 살짝 뿌려 먹는 음식은 차갑게 혀를 자극했다. 각종 채소와 양고기를 큰 접시에 담아 먹는 볶음요리는 뜨거워서 혓바닥이 델 정도였다. 뜨거운 혀를 식히고 있으면 주요리가 나왔다. 해삼, 전복, 샥스핀, 제비집, 대하를 죽순과 배추, 파, 시금치를 넣어 볶은, 영양을 골고루 담은 요리였다. 때때로 고기류가 큰 접시에 나왔다. 귀, 혓바닥, 간, 위 내장을 푹 삶아 놋대야만 한 접시에 내놓았는데 작은 접시에 옮겨 담아 소금에 찍어 먹었다. 마지막으로 탕을 마셨다. 하얗거나 아니면 빨간색 국물이었다. 과일이나 꿀에 담근 콩이나 밤으로 입가심을 하면 식사는 끝이 났다.

사막의 아침은 고요했다. 붉고 노랗게 하늘이 벗겨지며 어디가 지상의 모래벌판인지 어디까지가 하늘의 경계인지 모호해졌다. 두 달여를 지나는 동안 일행은 온전히 유목민의 삶으로 돌아갔다. 염소젖이나 양젖 혹은 말젖을 마셨고 말린 과일과 말린 고기를 곁들여 먹기도 했다. 익숙한 듯 모두들 잘 먹었고 불만이 없었다. 물이 말라 감질나게 흐르는 강변에서 쉬는 중에도 태양은 대지를 달궜다. 사막의 모래가 붉게 익어갔다. 구릉지대에 이르러 그녀는 숨을 헐떡이며 주저앉았다. 아유시리다가 달려와 그녀의 팔을 부축했다. 가죽 주머니에 담은 물은 미지근하다 못해 따뜻했다. 물을 제대로 마시지 못한 동물들은 몸에서 젖을 만들어내지 못했다. 새끼를 낳은 어미 양의 울음소리가 모래언덕을 떠돌았다. 젖을 먹지 못한 새끼 양은 비쩍 말라서 비칠거렸다. 환관들이 천막을 쳤다. 천막 그늘에 몸을 누이고 그녀는 혜종을 찾았다. 그녀의 발이 부어올라 가죽신이 자꾸 벗겨졌다. 월아가 그녀의 왼발 버선을 벗겼다. 벌겋게 부어오른 발에는 빨간 점이 점점이 찍혀 있었다. 전갈에 물린 것 같다고, 사막에서 잠시 쉴 때 벌레가 슥 지나간 것 같다고 그녀가 말했다. 혜종은 어의를 물리치고 허리띠에 찼던 보석이 박힌 단도 집에서 칼을 꺼내 들었다. 그녀의 부어오른 발등에 상처를 내고 입을 대어 독을 빨아냈다. 다시 입을 대고 독을 빨고 침을 뱉어냈다. 가죽 주머니에 든 물로 마지막에 입을 헹군 혜종은 근심스럽게 그녀의 손을 잡았다. 언덕 아래 천막집에서 저녁 해를 맞이했다. 붉은 하늘과 붉은 모래사막이 불타 버리는 듯 주위는 온통 붉은 빛으로 가득했다.

그날 밤 혜종의 몸에 열이 나기 시작했다. 두통을 호소했고 어지럼증에 시달렸다. 어의가 진맥을 하고는 고개를 갸웃거렸다. 밤새 물에 적신 수건을 혜종의 이마에 갈아주면서 기황후는 애가 탔다. 길을 갈 수나 있을는지 막막함이 몰려왔다. 새벽녘 열이 내린 혜종이 코를 골았다. 코 고는 소리를 들으며 기황후는 눈을 붙였다.

새끼 염소와 새끼 양들이 우는 소리로 하루가 시작되었다. 어미젖을 먹고 경중거리며 뛰어다니거나 장난을 치는 새끼들을 보며 기황후는 잠시 시름에서 벗어났다. 새끼들이 먼저 어미젖을 먹은 후 짜낸 양젖은 기름이 떠다녔다. 고소하고 진했다. 염소와 양고기를 곁들여 내놓은 치즈 덩어리는 하루의 영양과 힘을 비축하게 해주었다. 발등에 부기가 빠진 기황후는 월아와 마차에 올랐다. 열이 내린 혜종은 말에 올라타고 북쪽을 향해 말머리를 돌렸다. 멀리 고원지대에 푸릇푸릇한 녹색식물의 흔적이 보였으나 신기루일지도 모른다고 그녀는 짐작했다. 마차에 같이 오르자는 그녀의 말을 뿌리친 혜종은 진땀을 흘리면서도 말 잔등에 올라타고 선두에 섰다.

　라마 불교사원을 떠나 가을의 초입에 다다랐을 무렵 정찰병이 달려왔다. 강이 나타났다는 전언에 모두 환호성을 질렀고 말들이 앞발을 들어 포효했다. 멀리 지평선 끝에 검은 언덕이 보이고 어슴푸레 나무그림자가 비쳤다. 석 달 열흘이 걸린 여정이었다. 보름달이 네 번 뜨고 그믐이 네 번 지나갔으며 달과 별이 어우러져 사막을 안내한 고단한 여정이었다. 아유시리다가 오르혼 강 상류로 말을 달렸다. 먼지가 뽀얗게 일어났다. 뒤이어 귀족들과 환관들, 궁녀들과 무수리가 발걸음을 재촉했다. 염소와 말과 양 떼도 강을 향해 달려갔다. 그들이 강 유역에 도착하자 힘차게 흐르는 물소리와 푸른 강물이 바위벽을 휘돌아나가는 게 보였다. 누구랄 것도 없이 강으로 뛰어들었다. 사람과 동물이 한데 어우러져 물속에서 갈증에 시달린 몸을 적셨다. 기력을 회복한 사람들은 비로소 주위를 휘둘러보았다. 끝없이 펼쳐진 초원, 지평선 끝에서 불어오는 서늘한 바람, 그 바람에 실려 말라가는 나뭇잎의 향기 같은 것들을 깊이 들이마셨다. 높고 낮은 구릉지대와 가파르게 치솟은 바위벽과 뭉게구름이 드리운 고원지대의 들꽃 향기를 흠향했다.

　아유시리다는 옛 황궁으로 말을 몰았다. 무너진 성벽 틈새로 잡초가 자라고 부서진 기왓장이 나뒹굴었으며 벽체는 훼손된 채 남아 있었다. 서양의 상단이 드나들었던 네 개의 성문으로 바람이 드나들었다. 포도주와 벌꿀과 마유주로 풍요롭던 황궁은 적요했다. 칭기즈 칸 시절에는 모스크와 불교사원과 교회가 나란히 공존하며 실크로드 상인들의 교류가 활발하던 곳이었다. 텅빈 궁에는 보라색 야생화와 노랗고 흰 꽃들이 지천으로 피어 바람에 몸을 내맡겼다. 아유시리다는 궁궐 뜰에 있는 종각을 향해 다가갔다. 오랜 풍상에도 커다란 투구모양의 철제범종은 그대로였다. 아유시리다는 종각 앞에 서서 '황제만세 중신천추(皇帝萬歲 重臣千秋)'라 새겨진 몸통 부분을 쓰다듬었다. 어느새 다가온 어머니 기황후와 혜종이 감격스러운 얼굴로 그 정경을 바라보았다. 종을 매다는 어깨 부분에 새겨진 당초무늬와 파도가 넘실대는 듯한 여덟 개의 능선과 종뉴 부분의 쌍용을 쳐다보는 그들의 눈에 얼핏 물기가 번지는 듯했다. 두 마리의 쌍용이 얽혀 용틀임하는 모양은 힘이 있었다. 파도를 일으키며 하늘로 오르는 모양새 같았다.

"오오, 조상님이시여!"

혜종이 울부짖었다. 그 목소리에 울음이 차 있었다. 아유시리다가 힘차게 종을 치기 시작했다. 육중한 무게의 범종이 높고 길게 초원에 울려 퍼졌다. 종소리에 놀란 새 떼가 날아갔다. 언덕을 지나던 유목민들이 달려왔다. 근처에서 양을 치던 소수민족이 몰려와 합류했다. 그들은 북쪽을 향해 제단을 마련했다. 장작불을 지펴 급하게 양과 염소를 잡아 피를 뿌리고 육고기를 올렸다. 향을 사루고 두 손을 모아 잡고 무사히 조상의 땅으로 돌아왔음을 고했다.

"위대한 원을 세운 태조 칭기즈 칸이시여, 오르혼 강 유역에 터를 잡아 다스리신 쿠빌라이 칸이시여, 여러 위대한 조상들이시여 불초 후손들을 이끌어주심에 감읍하나이다. 영원무궁 영광이 깃드시기를 바라옵니다."

아유시리다가 하늘을 향해 고했다. 기황후는 가슴이 벅차올랐다. 기력이 떨어진 혜종은 어깨를 축 늘어뜨린 채 황자 아유시리다를 흐뭇한 표정으로 바라보았다. 가슴팍과 허벅지가 단단한 청년으로 자란 아들은 이제 제국을 이끌 충분한 자질이 보였다. 언젠가는 자신이 못다 이룬 꿈을 이어 가리라 믿으며 혜종은 눈물이 핑 돌았다. 혜종은 강 주변으로 천천히 말을 몰았다. 멀리 고원의 구릉지대가 겹겹이 초원을 에워싸고 있고 지평선 끝에 돌탑들이 보였다. 하늘을 향한 염원으로 돌탑을 세운 조상들의 흔적이 곳곳에 남아 그의 발길을 인도했다. 어느 순간 어지러움이 일어나며 정신이 가물가물해졌다. 몸이 기우뚱 흔들린 것 같았다. 아득하게 뭔가 바닥에 떨어지는 소리가 나며 그는 정신을 잃었다.

"황제께서 말에서 떨어지셨다!"

아련하게 그 소리가 들려왔다. 평생 말과 더불어 말 잔등에서 살아온 유목민이 말과 분리된다는 건 심각한 상태라는 뜻이었다. 기황후의 얼굴이 어두워졌다. 궁궐 안 침상에 혜종을 누이고 그녀는 그의 손을 잡았다. 뼈마디가 드러나는 앙상한 손가락과 거칠어진 피부, 혜종은 약하게 숨을 쉬었다. 여독이 채 풀리지 않은 몸으로 기황후는 혜종을 간호했다. 간간이 혜종이 가느다랗게 눈을 뜨고 그녀를 쳐다보고는 다시 눈을 감았다. 숨소리가 고르지 않았다. 월아가 그녀 옆에서 뜨거운 물에 적신 비단을 새로 갈아주었다. 옥수숫가루를 우유에 풀어 끓인 죽과 발효유와 치즈와 푹 삶은 양고기를 준비했으나 혜종은 먹지 않았다. 고기를 다져 넣어 기름에 튀긴 만두도 입에 대지 않았다. 아유시리다가 근심스럽게 바라보다가 성곽을 지키는 병사들을 독려하러 나가고 기황후와 혜종만이 남았다.

얼마나 시간이 지나갔는지 기황후는 날짜를 헤아리지 않았다. 도착한 후 보름달이 한 번 떴다가 졌다는 사실만 알았다. 혜종을 모시고 온천으로 떠나며 그녀는 아유시리다를 불렀다. 아들은 어머니의 뜻을 알아챘다. 부황(父皇) 대신 민족을 이끌어야 할 책무가 그의 두 어깨에 달려 있었다. 군데군데 허물어진 성곽과 기둥에는 새똥의 흔적이 보였다. 들쥐가 드나들며 낟알을 흐트러뜨린 흔적도 있었다. 병사들은 무기를 내려놓고 궁궐을 증축하는 데 힘을 보탰다. 성곽을 보수하는 한편 야생동물을 포획했다. 야생마 새끼를 사로잡으면 어미가 도망가지 못하고 근처에서 서성거리며 울음소리를 길게 뽑았다. 어미와 새끼의 울음이 초원의 밤을 수놓았다. 양 떼와 염소 떼, 당나귀와 낙타에 이르기까지 우리를 만들어서 한데 몰았다. 순식간에 동물들이 불어났다. 푸른 비단처럼 흐르는 오르혼 강의 물줄기는 주변 땅을 적시며 짙은 녹색 풀을 키웠다. 너른 초지와 풍부한 물은 제국을 일으키기에 부족함이 없어 보였다. 그녀는 잠시 생각한 후 아들에게 말했다.

"안주할 생각은 말아라."

"네, 어머니."

"언젠가는 힘을 키워 대도로 가야 해. 고려도 가깝고……."

"걱정 마세요. 어머니의 뜻대로 될 것입니다."

"내가 죽으면 고려에 묻히고 싶구나."

그녀는 힘없는 목소리로 혼잣말처럼 중얼거렸다. 고려에는 오라버니들 다섯 명 모두 저세상으로 갔고 언니들과 어머니와 조카들의 소식도 끊어 졌다. 큰오빠 기철에게 몸을 낮추라고 누누이 했건만 그녀 뜻대로 되지 않는 게 세상인심이었다. 왕에게 잘 보이려는 고관대작(高官大爵)들, 환관 들, 귀족들의 선물 보따리로 행주 기 씨 문 앞은 장사진이었다. 백성들의 눈에 보이는 행주 기 씨 집안이 엄청난 부와 권력을 향유하는 듯 비춰졌 다. 큰오빠 기철은 말했다. 내가 아무리 조심하려 해도 뜻대로 안 되는 걸 어쩌란 말입니까.

"그 일은 내가 잘못 판단한 걸까."

그녀는 다시 혼잣말하듯 먼 지평선을 바라보았다. 고려의 공민왕이 오빠 들을 모두 죽이고 가문의 문을 닫았을 때 그녀는 망연자실 뜬눈으로 밤을 새며 괴로워했다. 집안이 망했는데 저는 어찌하라는 건가요? 그녀는 혜종에 게 매달려 울었다. 혜종은 사냥터를 떠도느라 그녀의 호소를 건성으로 들었 다. 그녀는 조용히 세력을 모았다. 고위직에 있는 고려인 환관들과 몽골 대신들, 종친들에게 고려 인삼과 비단을 선물했다. 때때로 끌려온 공녀 중에서 야무지고 고운 아이들을 뽑아 권력자의 부인에게 보내거나 홀아비 대신의 후실(後室)로 들여보냈다. 고려 유민과 고려 유학생을 중요 요직에 천거하였다. 때때로 정치적인 발언으로 혜종에게 경각심을 일깨웠다.

"공녀를 들여오는 것은 그만해야 합니다. 이러다 칸의 나라가 고려인들로 채워질까 두렵습니다."

혜종은 그녀의 말에 일리가 있다고 여겨 공녀 제도를 금지시켰다.

"또한 고려국을 원의 지방성(城)으로 편입시키는 것도 안 됩니다. 고려인들은 호전적이라 무슨 책동을 벌일지 모릅니다."

그녀의 말을 곰곰 따져보던 혜종은 결론을 내렸다. 강화도로 피신한 고려왕과 귀족들이 투항을 거부하고 끝까지 항전한 일은 원으로서도 골치 아팠다. 삼별초와의 전쟁과 대치는 원을 지치게 만들었고 고려인의 끈질김에 원나라로서도 진퇴양난일 수밖에 없었다. 그런 이력을 알기에 혜종은 최종적으로 고려를 지방성(城)으로 편입시키는 일은 금지를 했다. 그녀의 말이 옳았다.

기황후는 군권력을 손에 쥐고 오라버니와 가문의 원수를 갚을 준비를 했다. 대대로 황실 곳간을 책임진 휘정원을 자정원으로 이름을 바꾸었다. 자정원의 책임자인 자정원사를 고려인 환관 고용보로 세우고 황실의 모든 물자를 통솔 지휘했다. 곳간을 손에 넣은 그녀의 행보는 자유롭고 대담했다. 백성들이 굶주림에 노숙인으로 떠돌자 황실 곳간을 풀어 죽을 쑤어 굶주림을 구제했다. 의복이 남루한 자는 옷을 제공했고 고기를 나누어주었다. 기황후를 공경하는 백성들의 마음은 아들 아유시리다로 향했다.

모든 것을 가진 그녀였음에도 고려에 대한 정벌은 함부로 결정을 할 수 없었다. 혜종의 처분을 기다려야 했다. 기황후는 공민왕을 몰아내고자 했다. 다른 것은 필요하지 않았다. 오직 오라버니들을 죽인 공민왕만 제거하면 그만이었다.

속이 깊은 아들은 어머니의 뜻에 동조하지 않았다. 그 무렵 원 황실에서는 수상한 고려 조정의 일을 알게 되었다. 첩자를 심은 고려에서 소식이 오기를 공민왕과 고려 조정은 북벌을 논하며 대도로 쳐들어올 기세라고 했다. 북벌이라니. 기황후는 정보를 믿을 수 없었다. 혜종은 공민왕의 북벌 계획을 듣고 대노했다. 최근에는 공민왕이 원(元)의 복장을 거부하고 변발을 풀어헤치며 저항한다는 정보를 들은 터여서 더욱 괘씸했다. 공민왕이 영토회복과 국권 회복을 하려 한다는 것은 자명한 일이었다. 이대로 둘 수 없었다. 혜종은 그녀의 의견을 받아들여 충선왕과 궁녀 사이에서 태어난 덕흥군 혜에게 군사 일만을 주어 고려를 침공하게 하였다. 덕흥군은 연약한 왕자였으나 야망이 있었고 기황후의 바람대로 고려의 왕이 되고자 열망했다. 의주에 진을 친 덕흥군은 최유를 앞세워 공격했으나 최영 장군과 이성계 장군에게 패했다. 물러난 제국의 병사들은 전의를 상실했다. 원 내부에는 곳곳에서 일어나는 반란군으로 인해 어수선하였다.

"고려가 그토록 강하단 말인가. 제국의 군사가 고려에 패하다니."

기황후는 아들 아유시리다가 들으라는 듯 소리를 높여 말했다. 아유시리다는 고려를 그리워하면서도 애증 관계에 있는 어머니의 의중을 알아채고 양 입술을 꽉 물었다. 백성을 지켜주지 못하는 나라가 어디 나라인가. 수많은 백성들이 제 나라를 떠나 이국에서 노예로 살아가거나 첩이 되거나 병사들과 혼인하여 눈치 아닌 눈치를 보며 살고 있었다. 아유시리다는 어머니 기황후에게 때를 기다리자고 말했다. 그때가 언제일까. 대도인 연경(燕京)은 하라호름에서 몇천 리나 떨어진 곳이 아니던가. 기황후는 막막했다. 남편 혜종마저 병마에 시들어가고 있었다.

"슬퍼 마오."

혜종이 기황후의 손을 꼭 잡았다. 그녀는 한숨을 길게 내쉬었다. 다시 돌아온 황도(皇都)에서 그녀는 오로지 혜종의 건강을 회복시키는데 온 힘을 기울였다. 노천온천을 가거나 초원을 산책하거나 군사훈련을 하는 병영을 보여주었다. 혜종과 함께 있는 시간이 늘어나자 기황후는 혜종의 나약한 면을 가까이에서 볼 수 있었다. 환관과 신하들에게 둘러싸여 황제로서의 권위를 보여주던 남편의 모습은 병상에서 어린 아들처럼 굴었다. 기황후가 옆에 없으면 불안해했다. 그날은 혜종과 나란히 석양을 보고 돌아와 저녁을 먹었다. 기황후는 침대에 드러누운 혜종 곁에서 지나간 추억을 복기하고 있었다. 문득 황제가 그녀의 손을 잡았다.

"황후, 고려인 솔랑카는 좋은 집안에서 태어나 이 나라에 와서 짐을 받들어 섬겼소. 그대는 항상 조심하고 자세를 낮추면서 신망이 두텁고 성실하였지. 긴 세월 검소하게 살았고. 성실하게 아랫사람들을 이끌어 왔소. 만복의 근원이 그대에게서 왔음을 내 알겠구려."

그 말을 남기고 혜종은 잠에 들었다. 다음 날 새벽 혜종은 일어나지 못했다. 그는 조상들의 나라, 몽골고원에서 조용히 눈을 감았다. 기황후는 지난 밤 혜종이 한 말을 새기며 슬프게 울었다. 환관과 궁녀들, 귀족들과 종친이 모두 슬퍼하였다. 그들의 울음이 낮고 길게 휘파람처럼 초원으로 퍼져나갔다.

기황후는 하늘이 무너져내리는 듯했다. 대평도의 섬에서 어린 시절을 보낸 황제는 때때로 섬에서 나는 바다생물을 이야기했고 기황후가 맞장구를 치면 즐거워했다. 황궁에서 태어난 소년에게 바다생물은 신비했고 그 기억은 평생 갔다. 문어, 소라게, 고둥, 칠게를 모랫바닥에 그림을 그려가며 설명하는 혜종을 그녀는 애틋한 시선으로 바라보았다. 혜종은 자신이 조상들의 땅, 지하세계로 간다는 것을 알고 있었는지도 모른다. 슬퍼만 하고 있을 사이도 없었다. 기황후는 아들을 지켜야 했다.

수도인 연경을 떠난 지 일 년, 기황후의 아들 아유시리다가 북원의 황제 빌릭토 대칸 소종 1세로 즉위했다. 칭기즈 칸이 세운 하라호름 궁전에서였다. 초원의 북쪽, 북원의 황제가 된 아유시리다는 무엇보다도 선황(先皇)의 바람인 대도를 회복하는 과제를 떠안았다.

혜종이 묻힌 무덤 앞에 둥근 천막집이 들어섰다. 기황후는 천막집 게르에 머물며 죽은 혜종의 영혼을 위해 기원했다. 어린 시절 어머니가 장독대에 정화수를 떠 놓고 빌듯이 그녀 역시 사발에 청수를 떠 놓고 죽은 혜종의 영혼을 위해 기원했다. 기황후가 하는 일은 오직 그것뿐이었다. 어두운 밤이었다. 기황후는 통으로 짠 얇은 명주 비단옷을 입고 밖으로 나왔다. 지평선 끝으로 어슴푸레하게 오로라가 보였다. 오로라를 쫓아 두 팔과 두 손을 휘저으며 걸었다. 발바닥이 따가웠다. 기황후는 바닥을 내려다보았다. 맨발로 얼음 강을 건너고 있었다. 얼음 밑으로 검푸른 강물이 흐르는 소리가 낮게 들렸다. 차갑고 따가운 발바닥을 오므리며 얼음 빙판을 밟았다. 어느 순간 오로라가 사라지고 검은 사막의 능선이 보였다. 기황후는 발바닥에서부터 통증이 심하게 올라와 멈춰 섰다. 멀리서 짐승의 울음소리가 들려왔다. 공포가 몰려왔다. 빙판 위에서 방향을 잃고 사방을 둘러보았다. 온통 검은 모래사막이었다. 그 순간 뾰족하고 차가운 송곳 같은 도구가 발바닥을 세게 찔렀다. 기황후는 비명을 질렀다.

"후우, 꿈이었구나."

잠에서 깨어나니 한밤중이었다. 여우 울음소리가 들렸다. 고려로 돌아갈 수 있을까. 아들 아유시리다를 만나야겠다고 생각했다. 새벽별이 깜박거리며 어두운 대지를 비춰주었다. 기황후는 훗날 '보현숙성황후(普顯淑聖皇后)'라는 시호(諡號)로 불리게 될 자신의 앞날을 예측하지 못한 채 혜종의 묘지를 지키며 고원의 별을 헤아렸다. 환하고 밝게 타오르는 별, 그 별은 고려 개성을 떠나 온갖 고생 끝에 원나라 수도 연경에 머문 그녀가 소망했던 꿈이었다. 이제 그 꿈을 이루었건만 황량한 고원에서 홀로 남아야 하다니 가슴이 먹먹해졌다. 북원의 황제가 된 아들, 아유시리다는 곳곳에 적과 대치하고 있었다. 몽골계와 이민족의 부족이 언제라도 쳐들어올 기세였다. 기황후는 막막한 어둠 속에 고요히 먹이를 주시하는 늑대의 심경이 되어 다시 홀로 타오를 별이 되기를 빌었다.

한국문화사 연표

서기전 70만년 한반도 일대에 구석기 문화 형성. 단양 금굴 유적, 공주 석장
　　　　　　　리 유적 형성.

서기전 1만년　중석기 문화 형성. 동관진 유적, 욕지도 유적 등 형성. 활과 화
　　　　　　　살 발명.

서기전 8000년 한반도 일대에 신석기 문화가 시작.

서기전 2333년 단군 왕검, 고조선을 건국.

서기전 21세기 ~ 서기전 16세기　　　한반도 일대에 청동기 문화가 시작.

서기전 10세기 ~ 서기전 03세기　　　한반도 일대에 철기 문화가 시작.

서기전　4세기 한반도 남부에 진국(辰國) 성립.

서기전 238년　부여 건국.

서기전 238년　명문(銘文) 있는 진과(秦戈)가 평양에서 출토.

서기전 194년　위만이 왕검성을 공격해 준왕을 몰아내고 정권을 탈취해 위만
　　　　　　　조선을 성립시킴.

서기전 109년　고조선의 우거왕, 한(漢)의 요동도위(遼東都尉)를 공격하여 살
　　　　　　　해.

서기전 108년　니계상(尼谿相) 삼(參) 우거왕을 죽이고 한(漢)에 항복. 위만조
　　　　　　　선 멸망.

서기전　59년　북부여 건국.

서기전　57년　신라, 혁거세거서간 즉위. 국호를 서라벌이라 하고 왕호를 거
　　　　　　　서간이라 함.

서기전　37년　졸본에서 동명성왕 주몽, 고구려 건국.

서기전　18년　위례성에서 온조왕, 백제 건국.

서기전　17년　유리왕, 「황조가(黃鳥歌)」 지음.

서기전　19년　고구려, 선비(鮮卑)를 공격하여 항복시킴.

서기전	6년	고구려, 왕모(王母) 예씨(禮氏) 죽음.
서기전	5년	백제, 도성(都城)을 하남위례성에서 한산으로 옮김.
서기전	3년	고구려, 도성을 졸본에서 국내성으로 옮김.
	6년	백제, 웅진책(熊津柵)을 쌓았다가 마한왕의 질책으로 철거함.
	8년	백제, 목지국 통합.
	19년	북명(北溟) 사람이 밭을 갈다 예왕인(濊王印)을 얻어 신라의 남해차차웅에게 바침.
	20년	고구려, 동명왕묘(東明王墓)를 세움.
	23년	백제 한수(漢水) 동북지역 주민을 동원하여 위례성을 보수함.
	28년	신라, 쟁기와 보습을 농사에 사용. 「도솔가(兜率歌)」.
	29년	백제, 시조 동명묘에 제사를 지냄.
	37년	고구려 호동왕자, 최리의 딸 낙랑공주와 내통하여 낙랑을 공격해 항복시킴.
	42년	수로왕, 김해 지역에 가락국(금관가야) 건국. 가락국인들이 수로왕을 맞기 위해 구지봉에 모여 흙을 파며 「구지가(龜旨歌)」를 부름.
	43년	가락국, 수로왕이 신답평(新畓平)에 도읍을 정함.
	48년	아유타국 출신 허황옥, 가락국으로 와서 왕비가 됨. 9간의 명칭을 고침.
	53년	고구려 모본왕, 두로(杜魯)에게 살해당함. 태조왕 즉위. 계루부(桂婁部) 출신이 왕위 독점.
	56년	동옥저(東沃沮)를 정벌하여 고구려의 성읍(城邑)으로 삼음.
	69년	낙랑, 수평12년명신선화상칠안칠배(水平十二年銘神仙畵像漆案漆杯) 제작.
	77년	신라 아찬 길문(吉門)이 이끄는 신라군들이 가락국 군사들과 황산진구에서 싸워 승리함.

94년	가락국, 신라의 남부 지역을 침공. 가성주(加城主) 장세(長世) 전사.
102년	음즙벌국과 실직곡국 사이에 영토 분쟁 발생. 파사니사금의 요청으로 가락국 수로왕이 중재하였으나 음즙벌국이 이에 불복하여 반란을 일으킴. 파사니사금, 음즙벌국과 실직곡국을 병합함.
111년	고구려 예맥(濊貊)과 함께 현도(玄菟)를 침.
115년	신라 지마니사금, 가락국을 공격하다가 황산하에서 가락국의 복병에게 패퇴함.
132년	백제, 북한산성을 쌓음.
165년	고구려 명림답부(明臨答夫), 차대왕을 시해(弑害). 신대왕 즉위.
166년	백제, 개루왕 때 도미와 그의 아내가 고구려로 도망감.
172년	명림답부가 이끄는 고구려군, 후한(後漢)의 침략군을 격퇴시킴.
185년	신라 파진찬 구도(仇道)와 일길찬 구수혜(具須兮)로 하여금 조문국(召文國)을 치게 함.
194년	고구려, 을파소에 의해 진대법(賑貸法) 실시.
209년	고구려, 도성(都城)을 환도성으로 옮김.
212년	신라, 가락국의 왕자를 볼모로 잡음. 골포·칠포·고사포 등 3국이 갈화성을 침공함.
242년	고구려, 요동과 서안평을 공격하여 격파. 백제 남쪽 물가에 도전(稻田)을 개척.
244년	위나라, 관구검을 시켜 고구려를 침공하여 환도성(丸都城)을 점령.
247년	고구려, 평양성 축조.
260년	고구려, 중천왕 졸본에 가서 시조묘에 제사 지냄. 백제, 율령을 반포함.

293년	고구려, 모용외의 침공으로 봉상왕이 피난.
294년	고구려, 대사자(大使者) 창조리(倉助利)를 국상으로 삼음.
297년	신라, 이서국(伊西國) 군사들이 침입하여 금성을 포위함. 죽엽군의 도움으로 물리침.
300년	고구려, 국상 창조리 봉상왕을 폐함. 미천왕(美川王) 즉위.
303년	신라 기림니사금, 우두주(牛頭州)에 이르러 태백산을 바라보며 제사 지냄.
304년	백제 분서왕, 낙랑태수가 보낸 자객에게 살해당함. 비류왕 즉위.
313년	고구려, 낙랑을 공격하여 멸망시키고 남녀 2천 명을 포로로 잡음.
314년	고구려, 대방군을 공격하여 점령함.
342년	모용황, 고구려 환도성 함락. 미천왕릉 도굴. 왕모(王母) 및 왕비를 포로로 잡아감.
371년	백제 근초고왕, 고구려 평양성을 공격, 고구려 고국원왕 전사, 소수림왕 즉위.
372년	고구려, 태학을 설치, 불교 전래. 백제, 왜왕에게 칠지도(七支刀)를 하사.
373년	고구려, 율령을 반포.
377년	신라, 전진(前秦)에 독자적으로 사신을 보냄.
384년	남조(南朝)의 동진(東晉)을 거쳐 백제로 건너온 인도의 승려 마라난타(摩羅難陀), 백제에 불교 전래.
392년	고구려, 백제를 침공하여 관미성을 함락시킴.
395년	신라, 북변(北邊)을 침공한 말갈을 실직(悉直)에서 격퇴.
396년	고구려 광개토왕, 백제 침략, 백제 항복.
400년	광개토대왕, 신라를 침공한 백제·가락국(임나가라)·왜의 연합국을 격퇴.
410년	고구려, 동부여를 멸망시킴.

414년	고구려, 장수왕이 「광개토대왕릉비(廣開土大王陵碑)」를 건립.
417년	신라 눌지 마립간, 실성 마립간을 살해하고 즉위.
427년	고구려, 평양성으로 천도.
431년	신라, 왜구가 명활산성(明活山城)을 포위하다 돌아감.
433년	신라와 백제가 나·제동맹을 체결.
444년	신라, 금성을 침공한 왜구에게 대패(大敗).
449년	고구려, 「중원 고구려비」(「충주 고구려비」) 건립.
450년	고구려 장수가 실직원야(悉直原野)에서 사냥하다가 신라 군사에게 살해당함.
452년	가락국 질지왕, 수로왕과 허왕후의 명복을 빌기 위해 왕후사를 창건.
463년	백제 화공 인사라아(因斯羅我), 왜에 건너가 일본 회화의 종조(宗祖)가 됨.
468년	고구려, 말갈과 함께 신라의 실직성(悉直城)을 공격.
475년	백제 도성인 한성이 고구려군에 함락되고 개로왕이 피살됨. 문주왕이 즉위하고 웅진으로 천도.
476년	탐라국, 백제에 방물을 바침. 사신에게 은솔(恩率)의 관등을 줌.
479년	신라, 백결선생 대악(碓樂)을 지음.
480년	고구려, 남제(南齊)와 교빙. 신라 소지마립간, 시조묘 배알.
481년	고구려, 말갈과 함께 신라 북변(北邊)을 공격.
493년	백제 동성왕이 청혼하자, 신라 소지마립간이 이벌찬 비지(比智)의 딸을 보냄. 나제 결혼동맹.
494년	부여, 물길(勿吉)의 공격으로 멸망. 부여왕실, 고구려에 항복.
495년	고구려, 백제의 치양성 포위. 신라 구원병의 도움으로 고구려군을 대패시킴.
501년	백제, 위사좌평 백가의 자객(刺客)에 의해 동성왕 피살됨. 무령

왕 즉위.

502년	신라 지증왕, 신궁(神宮)에 제사. 순장법 폐지. 우경(牛耕)을 시작.
503년	신라 지증왕, 국호를 '신라(新羅)' 왕호를 '왕(王)'으로 정함.
505년	신라, 처음으로 얼음을 보관하게 하고 주즙(舟楫)을 권장.
509년	신라, 도성에 동시(東市)를 설치.
512년	신라, 이사부(異斯夫)가 우산국(于山國)을 정벌(征伐).
513년	백제, 오경박사(五經博士) 단양이(段楊爾)를 왜(倭)에 파견.
516년	백제, 오경박사(五經博士) 고안무(高安茂)를 왜에 파견.
517년	신라, 병부(兵部) 설치.
520년	신라, 율령(律令) 반포, 백관(百官) 공복(公服) 제정.
527년	신라, 이차돈 순교. 불교 공인.
532년	가락국(금관가야) 구형왕, 신라 법흥왕에 항복.
536년	고구려, 건흥오년병진명금동광배(建興五年丙辰銘金銅光背) 제작.
538년	백제, 남부여로 개명, 사비성으로 도성을 옮김.
540년	신라, 아시량국(아라가야) 통합. 신라 법흥왕 죽음, 진흥왕 즉위.
545년	신라, 국사(國史) 편찬.
550년	백제, 고구려의 도살성(道薩城)을 점령. 고구려, 백제 금현성(錦峴城) 점령.
551년	백제와 신라 연합군이 고구려를 공격하여, 백제는 한강 하류 지역을 차지하고, 신라는 죽령 이북 10개 군을 점령함.
552년	백제, 왜에 불교 전래.
553년	신라, 한강 유역 점령.
554년	백제와 신라의 관산성 전투에서 백제 성왕이 전사하고, 나제동맹이 결렬, 백제 위덕왕이 즉위. 백제, 담혜(曇惠) 등 승려 9명이 왜로 건너감. 왜에 의박사(醫博士) 오경박사 의학박(醫學博士)를 보냄.

555년	신라, 하주(下州) 설치. 진흥왕, 북한산을 순수하고 북한산진흥왕순수비를 세움.
556년	신라, 비열홀주(比列忽州) 설치.
557년	신라, 국원소경(國原小京), 감문주, 북한산주 설치. 지명을 중국식으로 고침.
760년	신라, 월명사의 「도솔가(兜率歌)」.
562년	신라, 대가야 병합. 왜의 화약사주(和藥使主)가 백제에 와서 내외전·약서·명당도·불상등을 가져감.
563년	신라, 계미명금동삼존불(癸未銘金銅三尊佛) 제작.
565년	신라, 대야주(大耶州) 설치. 충담사의 「안민가(安民歌)」.
568년	신라 진흥왕, 황초령진흥왕순수비와 마운령진흥왕순수비 건립.
571년	고구려, 신묘명금동삼존불상(辛卯年銘金銅三尊佛像) 제작.
576년	신라, 수나라로 유학가서 불법을 구하였던 안홍(安弘)이 호승(胡僧) 비마라(毘摩羅) 등 3인과 함께 귀국하면서 『능가경(楞伽經)』·『승만경(勝鬘經)』 등의 경전과 불사리(佛舍利)를 가지고 옴.
579년	백제 무왕의 「서동요(薯童謠)」.
583년	고구려, 백성들에게 농사와 양잠을 장려.
584년	백제, 왜인(倭人)들이 와서 녹심신(鹿深臣)이 미륵석상(彌勒石像)을, 좌백련(佐伯連)이 불상(佛像)을 가지고 감.
586년	고구려, 대성산에서 장안성으로 도성을 옮김.
588년	백제, 사신·승려·건축가·미술가 등을 왜에 보내 불사리(佛舍利)를 전하고 비조사(飛鳥寺) 건립.
589년	신라, 원광(圓光), 진(陳)에 가서 불법(佛法)을 구함.
590년	온달, 신라의 아차성에서 전사.
591년	신라, 전국적으로 역역(力役)을 동원하여 경주 남산에 남산신

성을 쌓은 후 「남산신성비(南山新城碑)」세움.

592년   백제 기술자들이 왜의 법흥사(法興寺)의 불당(佛堂)·보랑(步廊) 완성.

598년   수(隋), 30만 군대로 고구려를 침입함. 여·수 전쟁이 시작됨.

600년   고구려, 이문진이 『유기(留記)』 100권을 편집하여 『신집(新集)』 5권을 편찬. 백제 법왕 죽음. 무왕 즉위. 신라, 원광 수(隋)에서 돌아옴.

610년   고구려, 승려 담징 정법을 일본에 보내 종이·먹·수레·맷돌 등의 기술을 전함.

612년   수, 고구려를 재침, 을지문덕이 살수에서 수나라 군대를 대파(살수대첩). 을지문덕, 「여우중문시(與于仲文詩)」 지음.

618년   고구려, 도교를 받아들임.

624년   당(唐)의 도사(道士)가 천존상과 도법을 가지고 고구려에 와서 『노자(老子)』를 강의(고구려 도교 전래).

632년   신라, 첨성대 건립. 융천사의 「혜성가(彗星歌)」.

640년   고구려·신라, 자제(子弟)를을 당(唐)의 국학(國學)에 입학시킴.

642년   고구려, 연개소문이 정변(政變)을 일으켜 영류왕을 죽이고, 보장왕을 즉위시킴. 백제, 신라를 공격하여 대야성 등 40여 성을 점령.

645년   당나라, 고구려를 침공. 양만춘이 안시성 전투에서 당 태종의 군대를 대파. 김유신, 매리포성(買利浦城)을 침공한 백제군을 대파(大破).

647년   신라, 첨성대(瞻星臺)·황룡사구층목탑(皇龍寺九層木塔)·영묘사(靈廟寺) 등을 건립하여 불교 진흥에 힘썼으며 김춘추·김유신을 등용하여 삼국통일의 기초를 닦은 선덕여왕 죽음. 진덕여왕 즉위. 비담(毗曇)과 염종(廉宗)이 반란을 일으킴.

648년	신라와 당(唐)이 나당동맹을 체결.
650년	고구려 승려 보덕, 도교 숭상에 반발하여 백제로 이주. 신라 진덕여왕, 「치당태평송(致唐太平頌)」을 지어 비단에 수 놓아 김법민으로 하여금 당 고종에게 바치도록 함.
654년	고구려, 신성(新城)에서 거란군 대파.
658년	고구려, 당의 군대와 요동에서 전투.
660년	백제 멸망.
662년	고구려 연개소문, 사수(蛇水)에서 당의 군대 대파.
663년	나당연합군과 백제·왜연합군 사이에서 백강전투가 일어남.
668년	고구려 멸망.
675년	신라와 당 사이에서 매소성 전투가 일어남.
676년	신라가 당의 군대를 축출하고, 대동강 이남 통일(삼국 통일).
681년	신라, 광덕, 「원왕생가(願往生歌)」. 설총의 「화왕계(花王戒)」 (681년~702년)
682년	신라, 국학을 세움.
685년	신라 9주 5소경 설치. 문무 관료전 지급.
686년	『대혜도경종요(大慧度經宗要)』·『금강반야경소(金剛般若經疏)』·『금강삼매경론(金剛三昧經論)』·『화엄경소華嚴經疏』와 「무애가(無㝵歌)」 등을 지은 원효(元曉) 죽음.
689년	신라, 녹읍 폐지.
698년	대조영, 동모산에서 발해 건국.
702년	김대문, 『화랑세기』·『고승전』·『계림잡편』 지음.
720년	신라, 감산사 아미타여래상 조성. 황룡사 9층탑 중수.
722년	신라, 정전 지급.
732년	발해, 당의 덩조우(登州)를 침공.
737년	신라, 「헌화가(獻花歌)」 지어짐.

751년	신라, 불국사와 석굴암 세움.
754년	신라, 황룡사종 주조.
756년	발해, 돈화(敦化) 동모산(東牟山)에서 상경 용천부로 천도.
760년	승려 월명사, 「도솔가」를 지음.
765년	신라, 「도천수관음가(禱千手觀音歌)」·「산화가(散花歌)」 지어짐.
771년	신라, 성덕대왕신종 주조.
780년	신라, 이찬 김지정 모반. 혜공왕과 왕후 반란군에 피살됨. 선덕왕 즉위.
786년	발해, 도성을 상경용천부로 옮김.
787년	신라, 『왕오천축국전(往五天竺國傳)』의 저자 혜초(慧超) 죽음.
788년	신라, 독서삼품과(讀書三品科) 설치.
791년	신라, 김생(金生) 죽음.
798년	신라, 영재, 「우적가(遇賊歌)」 지음.
800년	신라, 백율사(栢栗寺)의 청동약사여래입상(靑銅藥師如來立像) 제작.
822년	신라, 웅천주 도독 김헌창이 반란을 일으킴. 국호를 장안이라고 하고, 연호를 경운이라고 함.
828년	신라, 장보고가 완도 청해진 대사가 됨.
838년	신라, 상대등 김명과 시중 이홍 등이 반란을 일으킴.
839년	신라, 민애왕 피살당함. 장보고의 도움으로 신무왕 즉위.
846년	신라, 청해진대사 장보고 반란을 일으킴. 염장에 의해 피살됨.
857년	신라, 『계원필경(桂苑筆耕)』·『당대천복사고사주번경대덕법장화상전(唐大薦福寺故寺主飜經大德法藏和尙傳)』·『사산비명(四山碑銘)』과 「토황소격문(討黃巢檄文)」 등을 지은 최치원 태어남.
864	신라 경문왕, 감은사에서 바다에 망제(望祭)를 지냄.
865년	신라, 도피안사(到彼岸寺) 철조비로자나불좌상과 삼층석탑 건립.

875년	신라, 황룡사에서 백고좌회(百高座會)를 열고 불경을 강론하게 함.
879년	신라, 처용의 「처용가(處容歌)」 지어짐.
888년	신라, 대야주 은사(隱士) 왕거인(王巨人)을 국왕 비난 혐의로 투옥. 상대등 위홍, 대구화상과 함께 『삼대목(三代目)』 편찬.
889년	신라, 견훤과 양길이 반란을 일으킴. 원종·애노가 이끄는 농민 봉기 발생.
894년	신라, 최치원 시무 10조를 올림. 최치원 아찬에 임명됨.
900년	후백제의 견훤, 왕을 칭하고 완산주에서 건국.
901년	후고구려의 궁예, 왕을 칭하고 송악에서 건국.
904년	후고구려가 마진으로 개명하고, 도성을 철원(鐵圓)으로 옮김.
911년	마진의 국왕 궁예, 국호를 태봉, 연호를 수덕만세(水德萬歲)로 정함.
918년	왕건, 궁예를 몰아내고 송악에서 왕위에 오름. 국호를 고려라 하고 연호를 천수(天授)라 함.
926년	발해, 거란의 침공으로 멸망. 거란이 발해를 동단국(東丹國)으로 바꿈.
927년	후백제가 신라를 침공, 신라 경애왕 죽음, 경순왕 즉위, 고려와 후백제 사이에서 공산 전투가 일어남.
930년	고려 태조, 신라의 도성(都城)을 방문하여 임해전에서 잔치.
935년	후백제 견훤, 나주로 도망하여 고려에 항복함. 신라 경순왕이 고려에 항복. 신라 멸망.
936년	고려, 후백제 병합. 후삼국을 통일함.
940년	고려, 역분전제(役分田制)를 정함.
945년	왕규가 반란을 일으키자 서경의 대광(大匡) 왕식렴이 개경으로 와서 그를 죽임.

950년	광덕(光德)이라 건원(建元)함. 광종 『정관정요(貞觀政要)』를 읽음.
956년	고려 광종, 노비 안검법(奴婢按檢法)을 실시.
958년	고려 광종, 후주의 쌍기(雙冀)의 건의에 따라 과거 제도 실시. 쌍기를 지공거(知貢擧)로 함.
967년	최행귀, 균여(均如)의 향가 「보현시원가(普賢十願歌)」를 한역(漢譯).
973년	공사진전(公私陳田)의 개간·경작에 관한 수취 규칙을 정함. 균여대사의 「보현십종원왕가(普賢十種願王歌)」(949년~973년).
976년	시정전시과(始定田柴科) 설치. 전시과 제도를 실시.
982년	최승로, 시무 28조를 올림.
983년	12목(牧) 설치.
987년	노비방량법(奴婢放良法) 제정.
989년	동북면(東北面)·서북면(西北面)에 병마사(兵馬使) 처음 설치.
990년	송(宋)의 무악(舞樂) 전래.
992년	국자감(國子監) 설치. 공전(公田)의 수조액(收租額) 정함.
993년	거란(요), 고려를 1차 침입, 서희가 거란의 소손녕과 담판하여 군사를 철수케 하고 강동 6주를 양도받음. 비색청자(翡色靑瓷) 제작 시작.
996년	건원중보(乾元重寶) 주조.
998년	개정전시과(改定田柴科) 설치.
1009년	강조의 정변이 일어남. 강조, 목종을 폐하고 현종을 즉위시킴.
1010년	거란(요), 강조의 정변을 구실로 고려 2차 침입.
1011년	거란군 개경 침입. 탐라를 주군(州郡)으로 인정하는 증명서를 지급함. 초조대장경(初雕大藏經) 간행 시작(~1086년).
1018년	거란(요)의 소손녕(蕭遜寧), 10만 대군을 이끌고 고려 3차 침입.
1019년	강감찬, 귀주 싸움에서 거란을 대파(귀주 대첩).

1021년	대장경 판각 시작.
1036년	팔관회(八關會) 개최.
1040년	대식국(大食國) 상인 등이 수은·몰약(沒藥) 등 각종 물자를 바침.
1044년	천리장성 완공.
1063년	거란, 『대장경(大藏經)』을 보내옴.
1069년	양전보수법(量田步數法) 정함. 전세(田稅) 정함.
1074년	혁련정(赫連挺), 『균여전(均如傳)』 지음.
1076년	전시과 재개정, 관제 개혁.
1083년	송(宋)에서 보내온 『대장경』을 개국사에서 보관하게 함.
1086년	의천, 송(宋)에서 돌아와 불경 천여 권을 바침. 흥왕사에 교정도감(教定都監)을 두고, 『속장경(續藏經)』 간행 시작.
1095년	중추원(中樞院)을 추밀원(樞密院)으로 고침.
1097년	주전도감(鑄錢都監) 설치.
1098년	해인사에서 『대방광불화엄경(大方廣佛華嚴經)』 펴냄.
1099년	윤관, 송(宋)에서 『자치통감(資治通鑑)』을 가져옴. 대흥왕사에서 『대반열반경소(大般涅槃經疏)』 등 조조. 주부군현(州府郡縣)에 둔전(屯田) 5결의 경작을 허락함.
1101년	서적포(書籍鋪) 설치. 『금자묘법연화경(金字妙法蓮華經)』 완성. 송(宋)에서 『신의보구방(神醫普救方)』을 가져옴. 송(宋)에서 『태평어람(太平御覽)』 1천 권을 보냄.
1102년	고주법(鼓鑄法) 제정. 해동통보(海東通寶) 1만 5천 관을 주조. 남경(南京)의 경계 확정.
1103~1104년	송(宋) 손목(孫穆), 『계림유사(鷄林類事)』 지음.
1104년	윤관을 동북면행영병마사(東北面行營兵馬使)로 임명. 임간, 여진 1차 정벌 실패. 윤관, 별무반(신기군·신보군·항마군) 설립.
1107년	윤관, 여진 촌락 135곳 격파(여진 정벌). 함주(咸州) 등 6성을

쌓음. 요(遼)에서 『대장경(大藏經)』을 보냄. 각도에 안무사(安撫使) 파견. 수렵(狩獵)과 화전(火田) 개간을 금지.

1108년	윤관 등, 여진 평정. 북계(北界)에 9성을 쌓음.
1112년	혜민국(惠民局) 설치.
1113년	『시정책요(時政策要)』 편찬. 예의상정소(禮儀詳定所) 설치.
1114년	송악(宋樂)을 연주함.
1116년	예의상정소에서 의복제도를 개정. 왕자지(王字之)·문공미(文公美), 송(宋)에서 대성아악(大晟雅樂) 등을 가져옴(고려악 정비). 보문각(寶文閣) 설치. 김록(金綠) 등에게 『정관정요(貞觀政要)』를 주해하여 올리도록 명함.
1119년	동북 변경에 장성(長城)을 축조. 국학에 양현고(養賢庫)를 설치.
1120년	예종, 팔관회에서 「도이장가(悼二將歌)」를 지음.
1122년	박승중·정극영·김부식 등 『예종실록』 편찬.
1124년	서긍(徐兢), 송(宋)에서 『선화봉사고려도경(宣和奉使高麗圖經)』 40권을 출간.
1126년	이자겸의 난이 일어남.
1129년	인종, 서경 행차. 서경 대화궁 낙성. 묘청 등이 칭제건원(稱帝建元)을 청함.
1134년	김부식, 서경 천도를 반대. 처음으로 대성악(大晟樂)을 사용.
1135년	묘청, 서경 천도를 주장하였으나 실패(서경 천도 운동). 묘청 등, 서경에서 반란을 일으킴(묘청의 난). 공상악인(工商樂人)의 자손은 공이 있어도 벼슬을 못하게 함.
1137년	윤보, 『정관정요(貞觀政要)』를 주진(注進).
1145년	김부식, 『삼국사기』 50권을 편찬하여 바침.
1146년	윤보, 『법화경(法華經)』을 수사(手寫)함. 대평광기촬요기 (大平廣記撮要記) 100수를 찬진함. 이녕(李寧), 「예성강도(禮成江圖)」

·「천수원남문도(天壽院南門圖)」그림.

1151년	정서(鄭敍), 「정과정곡(鄭瓜亭曲)」을 지음.
1153년	문무양반(文武兩班)에게 전시(田柴)를 내림.
1161년	『국조예악의문(國朝禮樂學儀文)』 상정, 「상정예악(詳定禮樂)」 가르침.
1170년	정중부·이의방 등이 무신정변을 일으켜 문신(文臣)들을 살해하고 정권 장악. 무신 정권 수립. 고려 국왕 의종 거제현으로 피신, 명종 즉위. 정서(鄭敍)의 「정과정(鄭瓜亭)」(1147년~1170년).
1173년	김보당, 의종을 복위시키려 반무신란(反武臣亂)을 일으킴(김보당의 난). 김보당 처형. 이의방, 문신(文臣)들을 살육.
1174년	조위총의 난 일어남.
1176년	공주 명학소 망이·망소이의 난 일어남.
1178년	『선문염송집(禪門拈頌集)』·『조계진각국사어록(曹溪眞覺國師語錄)』·『구자무불성화간병론(狗子無佛性話揀病論)』·『무의자시집(無衣子詩集)』·『금강경찬(金剛經贊)』·『선문강요(禪門綱要)』를 지은 혜심(慧諶) 태어남.
1179년	경대승, 정중부·송유인 살해. 도방(都房)을 둠.
1193년	운문(지금의 청도)에 근거지를 두고 있던 김사미와 초전(지금의 밀양)에 근거지를 두고 있던 효심이 주동이 된 농민들이 항쟁을 일으킴. 이규보, 장편서사시 『동명왕편(東明王篇)』 지음.
1196년	최충헌이 정권을 장악, 최씨 무신 정권 수립.
1197년	임춘, 「국순전(麴醇傳)」「공방전(孔方傳)」(1147년~1197년) 지음.
1198년	만적이 난을 일으킴(만적의 난).
1215년	각훈(覺訓)의 『해동고승전(海東高僧傳)』.
1220년	『파한집(破閑集)』의 저자 이인로 죽음.

1231년	몽골군, 제1차 고려 침입. 몽골군, 부인사의 『대장경(大藏經)』 불사름.
1232년	고려, 강화도로 도성을 옮김. 몽골, 제2차 고려 침입. 김윤후, 처인성에서 몽골 사령관 살레타이(撒禮塔) 사살.
1234년	세계 최초 금속활자(鑄字)를 이용하여 『고금상정예문(古今詳定禮文)』 50권 간행.
1235년	몽골군, 안변도호부 침공(제2차 고려 침공).
1236년	강도(江都)에 대장도감을 두고 제2차 『대장경』 판각(재조 대장경) 시작(~1251년).
1237년	이규보, 『동국이상국집』, 『백운집』 지음.
1238년	몽골군, 황룡사 9층탑 불태움.
1241년	이규보 죽음. 이규보의 「국선생전(麴先生傳)」, 「청강사자현부전(淸江使者玄夫傳)」(1214년~1241년). 이규보의 『동국이상국집』 간행.
1251년	『대장경』 판각 완성.
1254년	최자(崔滋)의 『보한집(補閑集)』.
1258년	쌍성총관부 설치함.
1259년	고려, 몽골에 항복. 한림제유(翰林諸儒)의 『한림별곡(翰林別曲)』(1214년~1259년).
1270년	고려가 개경으로 환도, 삼별초의 대몽 항쟁. 몽골이 서경에 통치기관인 동녕부(東寧府)를 설치함.
1272년	삼별초, 탐라 주둔.
1273년	몽골, 탐라에 탐라총관부 설치.
1274년	결혼도감(結婚都監)을 둠. 고려군 8천 명, 몽한군(蒙漢軍) 2만 5천여 명이 연합하여 일본 정벌을 시도. 태풍으로 실패.
1276년	통문관(通文館) 설치.

1280년	몽골, 일본 원정을 위한 전방사령부로서 정동행성(征東行省)을 고려에 설치함.
1282년	몽골, 정동중서성(征東中書省) 폐지.
1285년	일연, 『삼국유사』 완성.
1287년	이승휴의 『제왕운기(帝王韻紀)』 출간.
1288년	전민변정도감(田民辨整都監) 설치.
1290년	몽골, 동녕부 폐지.
1297년	몽골, 고려에 탐라 반환.
1304년	국학의 대성전이 완성됨.
1308년	몽골, 탐라에 다루가치(達魯花赤)을 파견. 쌍화점(雙花店)(1275년~1308년).
1314년	몽골(元)에서 책 1만 8백 권을 구입해 들여옴.
1340년	『졸고천백(拙藁千百)』의 저자 최해(崔瀣) 죽음. 기황후, 원나라 순제의 황후가 됨
1348년	덕성부원군(德成府院君) 기철(奇轍)과 정승왕후, 정동성의 일을 대행. 「죽계별곡(竹溪別曲)」·「관동별곡(關東別曲)」·『근재집(謹齋集)』의 지은이 안축(安軸) 죽음.
1351년	「죽부인전(竹夫人傳)」·『가정집(稼亭集)』의 지은이 이곡(李穀) 죽음.
1367년	『익재난고(益齋亂藁)』·『역옹패설(櫟翁稗說)』·『소악부(小樂府)』를 지은 이제현 죽음.
1356년	기철 등을 제거. 정동행중서성이문소(征東行中書省理門所) 폐지. 쌍성총관부를 수복.
1359년	홍건적, 고려를 침입(~1361년).
1360년	이승휴, 『제왕운기(帝王韻紀)』 발간.
1363년	문익점, 원(元)에서 목면(木棉) 씨를 들여옴.

1366년	공민왕, 전민변정도감(田民辨整都監)을 설치하고 신돈을 판사로 임명.
1376년	최영, 홍산(鴻山)을 침입한 왜구 격퇴(홍산대첩).
1377년	이성계, 해주를 침입한 왜구 격파. 최무선, 화통도감(火㷁都監)이 설치되면서 그 제조로 임명되어 화약을 이용한 무기 제조.
1380년	최무선, 진포에서 화통(火㷁)을 사용하여 왜구 격파. 이성계, 황산에서 왜구 격파(황산대첩).
1388년	이성계, 위화도 회군을 통해 정권을 장악.
1389년	박위, 대마도(對馬島, 쓰시마 섬)를 정벌.
1391년	과전법(科田法) 공포. 상복제도(喪服制度) 제정.
1392년	고려 멸망, 태조 이성계, 배극렴 등의 추대로 즉위. 조선 건국. 『포은집(圃隱集)』을 지은 정몽주 죽음.
1393년	조선 태조가 국호를 조선(朝鮮)으로 개칭.
1394년	한양으로 천도. 공양왕과 두 아들을 교살함. 사역원(司譯院) 설치. 정도전의 「신도가(新都歌)」. 정도전, 『조선경국전(朝鮮經國典)』 찬진(撰進).
1395년	『대명률직해(大明律直解)』 간행.
1398년	제1차 왕자의 난이 일어남, 조선 정종 즉위. 전국에 양전(量田)(토지사업) 실시. 『학자지남도(學者指南圖)』·『심문천답(心問天答)』·『심기리편(心氣理篇)』·『불씨잡변(佛氏雜辨)』·『조선경국전』·『경제문감』·『경제문감별집』·『금남잡영(錦南雜詠)』·『금남잡제(錦南雜題)』과 「문덕곡(文德曲)」·「몽금척(夢金尺)」·「수보록(受寶籙)」·「납씨가(納氏歌)」·「정동방곡(靖東方曲)」 등을 지은 정도전 죽음.
1400년	제2차 왕자의 난 일어남, 방간을 토산으로 유배. 정종, 방원에게 왕위를 물려줌. 조선 태종 즉위.

1401년	가묘제(家廟制) 시행을 엄히 함. 노비변정도감(奴婢辨定都監) 혁파. 신문고 설치.
1402년	처음으로 무과 실시. 호패법(號牌法)을 실시함(16세 이상 남자에게 호패 발급, 이름, 직업, 계급 등 기록).
1405년	의정부의 일을 이조·호조·예조·병조·형조·공조로 구성된 6조(六曹)에 귀속시킴.
1413년	호패법을 전국적으로 실시함. 8도 지방행정조직 완성. 『태조실록(太祖實錄)』 편찬.
1414년	비첩소산한품속신법(婢妾所産限品贖身法)을 정함.
1416년	『동국정운(東國正韻)』을 간행.
1418년	세자를 폐하여 추방하고 충령대군(세종)을 세자로 책봉함. 세종 즉위.
1419년	이종무, 왜구의 근거지인 쓰시마섬(對馬島) 정벌.
1420년	집현전(集賢殿) 설치. 『사가집(四佳集)』·『역대연표(歷代年表)』·『동인시화(東人詩話)』·『태평한화골계전(太平閑話滑稽傳)』·『필원잡기(筆苑雜記)』·『동인시문(東人詩文)』 등을 지은 서거정(徐居正) 태어남.
1423년	『고려사』 편찬. 수령고과지법(守令考課之法)을 개정.
1429년	정초·변호문 등, 『농사직설(農事直說)』 편찬. 상고행상(商賈行商)에 대한 납세법을 전국으로 확대.
1430년	『아악보(雅樂譜)』 편찬.
1432년	설순(偰循) 등, 『삼강행실도(三綱行實圖)』 편찬. 삼군도총제부(三軍都摠制府) 혁파. 중추원 설치.
1433년	압록강 상류인 여연, 자성, 무창, 우예의 4군(四郡)을 설치.
1434년	앙부일구(仰釜日晷)를 제작하여 설치하고 시간을 측정함.
1435년	한성부 호적 작성(성내 1만 9552호, 성저10리 2339호).

1437년	두만강 하류 남안에 설치한 종성·온성·회령·경원·경흥·부령의 6진(鎭) 설치.
1438년	김시습의 『금오신화(金鰲新話)』 간행.
1440년	『주문공가례(朱文公家禮)』에 따라 남자 16세, 여자 14세 이상이면 혼인을 허락함.
1441년	측우기(測雨器) 제작. 화초(火鞘)를 개발하여 평안도·함길도에 배치함.
1443년	세종대왕, 훈민정음(訓民正音) 창제. 정조나례(正朝儺禮)에 여악(女樂)을 없애고, 남악(男樂)을 쓰도록 함.
1444년	전분6등(田分六等)·년분9등(年分九等)의 공법을 확정함. 『칠정산내외편(七政算內外篇)』, 『중수대명력(重修大明曆)』 간행.
1445년	『용비어천가(龍飛御天歌)』 완성. 『의방유취(醫方類聚)』 365권 완성.
1446년	세종대왕, 『훈민정음(訓民正音)』 반포.
1447년	『용비어천가』 주해 완성. 안견, 「몽유도원도(夢遊桃源圖)」 그림. 신숙주 등 『동국정운(東國正韻)』·『사성통고(四聲通考)』 등 완성. 부녀자들의 산사(山寺) 출입을 엄금(嚴禁).
1449년	『석보상절(釋譜詳節)』, 『월인천강지곡(月印千江之曲)』 간행.
1450년	『동국병감(東國兵鑑)』 완성.
1451년	김종서 등, 『고려사(高麗史)』 139권 편찬.
1452년	수양대군, 『역대병요(歷代兵要)』를 편찬.
1453년	수양대군, 김종서·황보인 등을 죽이고 정권을 장악(계유정난 일으킴). 이징옥, 함길도 종성에서 난을 일으켜 대금황제(大金皇帝)를 칭하다가 처형됨.
1455년	『홍무정운역훈(洪武正韻譯訓)』 완성. 단종, 수양대군에게 선위(禪位).

1456년	이개·하위지·유성원·유응부·성삼문·박팽년의 여섯 충신이 단종 복위를 꾀하다 잡혀 죽은 사육신(死六臣) 사건 일어남.
1458년	『국조보감(國朝寶鑑)』 완성. 『박통사(朴通事)』, 『노걸대(老乞大)』를 간행.
1459년	『월인석보(月印釋譜)』 간행. 호패법 시행.
1461년	간경도감(刊經都監) 설치. 『신찬경국대전형전(新撰經國大典刑典)』 반행(頒行). 승니호패법(僧尼號牌法) 제정.
1462년	간경도감, 『능엄경언해(楞嚴經諺解)』 10권 간행. 호적 완성.
1463년	간경도감, 『법화경(法華經)』 간행. 『반야심경(般若心經)』 번역.
1464년	간경도감, 『선종영가집언해(禪宗永嘉集諺解)』·『금강경언해(金剛經諺解)』·『심경언해(心經諺解)』·『아미타언해(阿彌陀諺解)』 간행. 『삼갑전법(三甲戰法)』 간행.
1465년	『원각경언해(圓覺經諺解)』 완성. 양성지, 『오륜록(五倫錄)』 찬진(撰進).
1466년	과전법(科田法) 혁파. 과전(科田)의 지급 대상을 현직 관리로 한정, 직전법(職田法) 실시.
1467년	함경도에서 이시애의 난 일어남. 양성지, 『해동성씨록(海東姓氏錄)』 찬진.
1469년	『경국대전』 완성. 세계지도 「천하도(天下圖)」 완성. 둔전(屯田)의 민경(民耕)을 허가함.
1471년	신숙주, 『해동제국기(海東諸國記)』 간행.
1474년	서거정, 『동인시화(東人詩話)』. 『국조오례의(國朝五禮儀)』 편찬.
1475년	인목대비(仁穆大妃) 한씨(韓氏)의 『내훈(內訓)』 간행.
1477년	『의방유취(醫方類聚)』 30부 간행.
1478년	윤자운, 『한몽운요(韓蒙韻要)』 찬진. 서거정, 『동문선(東文選)』 편찬. 『향약집성방(鄕藥集成方)』 간행.

1481년	서거정 등, 『동국여지승람(東國輿地勝覽)』 편찬.
1484년	서거정 등, 『동국통감(東國通鑑)』 찬진.
1485년	『경국대전』 반포. 20가(家) 30가(家)로 작통(作統) 하도록 함.
1488년	유호통 등이 편찬한 『향약집성방(鄕藥集成方)』 중 자주 쓰이는 약방을 한글로 번역, 간행하게 함.
1487년	손순효, 궁중 식이요법서 『식료찬요(食料贊要)』 찬진.
1489년	윤호 등, 『신찬구급간이방(新撰救急簡易方)』 찬진. 『화담집(花潭集)』과 「원이기(原理氣)」·「이기설(理氣說)」·「태허설」·「귀신사생론(鬼神死生論)」을 지은 서경덕(徐敬德) 태어남.
1493년	성현·유자광 등, 『악학궤범(樂學軌範)』 완성. 「만복사저포기」·「이생규장전」·「취유부벽정기」·「용궁부연록」·「남염부주지」 5편을 수록한 한문 단편 소설집인 『금오신화(金鰲新話)』을 지은 김시습(金時習) 죽음.
1498년	무오사화(戊午史禍·戊午士禍) 일어남.
1499년	춘추관(春秋館)에서 『성종실록(成宗實錄)』을 찬진.
1500년	『농사언해(農事諺解)』·『잠서언해(蠶書諺解)』·『여사서내훈언해(女四書內訓諺解)』 등 간행.
1501년	『역학계몽전의(易學啓蒙傳疑)』·『성학십도(聖學十圖)』·『주자서절요(朱子書節要)』·『자성록(自省錄)』·『송원이학통록(宋元理學通錄)』과 「심경후론(心經後論)」·「양명전습록변(陽明傳習錄辨)」·「도산십이곡(陶山十二曲)」·「도산이십육영(陶山二十六詠)」·「도산잡영병서(陶山雜詠幷序)」 등을 지은 이황(李滉) 태어남.
1503년	임산부의 음식 섭취 및 섭생 등을 기술한 의서(醫書) 『임신최요방(妊娠最要方)』 간행.
1504년	갑자사화(甲子士禍) 일어남. 언문(한글)의 사용을 금함.
1506년	중종반정으로 연산군 폐위되고, 중종 즉위.

1510년	삼포왜란 일어남. 여악(女樂)을 혁파함. 종실(宗室) 자녀의 혼인 문제를 논의함.
1512년	조선과 일본이 임신약조(壬申約條) 체결, 세견선(歲遣船)과 세사미(歲賜米)를 반감함.
1514년	신용개 등, 『속삼강행실(續三剛行實)』 찬진.
1515년	승려 소생을 천인(賤人)으로 하는 법을 고쳐 종량(從良) 시켜서 군역(軍役)에 충당함. 천처첩(賤妻妾) 자녀의 종량(從良)의 길을 넓힘.
1517년	김안국, 『여씨향약(呂氏鄕約)』 간행. 사학(四學)·팔도(八道)에서 『소학(小學)』·『대학(大學)』으로 유생(儒生)과 동몽(童蒙)을 가르치고 우수한 자를 천거(薦擧)하도록 함.
1519년	기묘사화(己卯士禍) 일어남. 조광조, 능성 유배지에서 사약(死藥)을 받고 죽음. 향약(鄕約) 실시.
1525년	의관(醫官) 김순몽·유영정·박세거 등이 편찬한 『간이벽온방(簡易辟瘟方)』 간행.
1529년	비변사(備邊司), 큰 사건을 의정부와 같이 의논하기로 결정.
1536년	『성학십도(聖學十圖)』·『성학집요(聖學輯要)』·『격몽요결(擊蒙要訣)』·『기자실기(箕子實記)』와 「천도책(天道策)」·「인심도심설(人心道心說)」·「김시습전(金時習傳)」·「동호문답(東湖問答)」·「만언봉사(萬言封事)」·「고산구곡가(高山九曲歌)」를 지은 이이(李珥) 태어남.
1539년	최세진, 『이문속집즙람(吏文續集輯覽)』 찬진.
1542년	풍기군수 주세붕, 백운동에 안향의 사묘(祀廟)를 세움. 단천의 채은(採銀)을 금(禁)함.
1543년	주세붕, 백운동서원 건립.
1544년	왜인(倭人)들의 약탈 사건인 사량진왜변(蛇梁鎭倭變) 일어남.

서경덕, 「원이기(原理氣)」·「이기설(理氣說)」·「태허설(太虛說)」·「귀신사생론(鬼神死生論)」 등을 지음. 8수가량의 시조를 남겼고 「별김경원(別金慶元)」·「영반월(詠半月)」·「송별소양곡(送別蘇陽谷)」·「등만월대회고(登滿月臺懷古)」·「박연(朴淵)」·「송도(松都)」 등의 한시를 남긴 황진이는 서경덕·박연폭포와 함께 송도삼절(松都三絶)이라고 불리워졌다. 『어우야담(於于野談)』·『송도기이(松都紀異)』·『금계필담(錦溪筆談)』·『조야휘언(朝野彙言)』 등의 문헌에 황진이에 관한 일화가 실려 전한다.

1547년	정미약조(丁未約條) 체결.
1550년	을사사화(乙巳士禍) 일어남. 명종, 백운동서원에 '소수서원'(紹修書院)이라는 현판과 『사서오경(四書五經)』과 『성리대전(性理大全)』 등의 서적을 하사.
1551년	「자리도(紫鯉圖)」·「산수도(山水圖)」·「초충도(草蟲圖)」·「노안도(蘆雁圖)」·「연로도(蓮鷺圖)」·「요안조압도(蓼岸鳥鴨圖)」를 그리고 한시 「유대관령망친정(踰大關嶺望親庭)」·「사친(思親)」 등을 지은 신사임당 죽음.
1554년	『구황촬요(救荒撮要)』 저술.
1555년	비변사(備邊司) 설치. 『제승방략(制勝方略)』을 반포함.
1556년	백광홍, 「관서별곡(關西別曲)」 지음.
1559년	전라도 남부에서 을묘왜변(乙卯倭變)이 일어남. 이황, 『이학통록(理學通錄)』을 편찬함. 임꺽정, 황해도 구월산 등을 근거지로 민란을 일으킴(임꺽정의 난).
1560년	정철, 「성산별곡(星山別曲)」 지음.
1562년	임꺽정, 황해도 토포사 남치근 등에 의해 포살됨.
1563년	『난설헌집(蘭雪軒集)』과 한시 「야야곡(夜夜曲)」·「춘우(春雨)」·「몽유광상산(夢遊廣桑山)」·「유선사(遊仙詞)」·「규원(閨怨)」·「곡

자(哭子)」·「견흥(遣興)」·「빈녀음(貧女吟)」, 국한문가사 「규원가 (閨怨歌)」·「봉선화가(鳳仙花歌)」를 지은 허난설헌이 태어남.

1565년   이황, 시조 「도산12곡(陶山十二曲)」 지음.

1566년   후한(後漢)의 조대가(曹大家)가 지은 『여계(女誠)』·『여칙(女則)』
        ·『여헌(女憲)』을 궐내에 진헌함. 이황, 「심경후론(心經後論)」을
        지음.

1567년   어숙권의 『패관잡기(稗官雜記)』(1546년~1567년).

1569년   『성소부부고(惺所覆瓿藁)』·『학산초담(鶴山樵談)』·『국조시산(國
        朝詩刪)』·『홍길동전』과 「성수시화(惺叟詩話)」·「호민론(豪民論)」·
        「관론(官論)」·「정론(政論)」·「병론(兵論)」·「유재론(遺才論)」·「한정
        록(閑情錄)」을 지은 허균 태어남.

1574년   도산서원 건립.

1575년   이이(李珥), 『성학집요(聖學輯要)』 찬술.

1580년   정철, 「관동별곡(關東別曲)」(가사) 「훈민가(訓民歌)」(시조) 지음.

1582년   이이, 「인심도심설(人心道心說)」 「선악기도(善惡幾圖)」 「김시습
        전(金時習傳)」을 지음.

1583년   이이, 시무 6조를 상소함. 10만 양병설을 건의.

1587년   『계곡만필(谿谷漫筆)』·『계곡집(谿谷集)』·『음부경주해(陰符經注
        解)』를 지은 장유(張維) 태어남.

1589년   붕당 정치 시작. 정여립, 모반 실패 후 자결함(기축옥사).

1591년   일본에 통신사(通信使)로 갔던 통신정사(通信正使) 황윤길은 일
        본이 침략할 것이므로 대비해야 할 것이라고 보고하고, 통신부
        사(通信副使) 김성일은 도요토미 히데요시(豊臣秀吉)의 인물됨
        이 보잘것없고 준비된 군사가 없었다며 상반되게 보고했다.

1592년   일본의 수령 도요토미 히데요시의 명령으로 고니시 유키나가
        (小西行長) 등 일본군 21만이 부산을 침입(임진왜란 발발). 한

산섬 앞바다에서 전라좌수사 이순신, 전라우수사 이억기 및 경상우수사 원균이 거느린 조선 수군이 일본 수군의 주력대를 무찌름(한산도대첩). 진주목사 김시민 진주성에서 대승을 거둠(진주전투).

1593년	권율, 행주산성에서 일본군을 격파함(행주대첩). 이순신, 웅천을 공격함.
1597년	일본군 20만 명이 다시 조선을 침략하여 정유재란(丁酉再亂) 발발. 이순신, 명량해전(鳴梁海戰) 승리.
1598년	노량해전(露梁海戰)이 일어남. 통제사 이순신이 전사함. 박인로, 가사 「태평사(太平詞)」 지음.
1599년	조선의 붕당(朋黨)들인 북인(北人)·남인(南人)·소북(小北)·대북(大北)의 갈등이 시작됨.
1605년	박인로, 가사 「선상탄(船上嘆)」 지음.
1608년	이원익의 요청으로 선혜청(宣惠廳)을 설치하고, 경기도에 대동법 실시.
1609년	일본과 국교를 회복하고 대마도의 세견선(歲遣船)을 20척으로 정함(기유약조).
1610년	허준, 『동의보감(東醫寶鑑)』 25권 편찬해서 바침.
1613년	계축옥사(癸丑獄事) 일어남. 『동의보감』을 내의원(內醫院)에서 간행.
1614년	이수광, 『지봉유설(芝峯類說)』 완성.
1617년	『동국신속삼강행실도(東國新續三綱行實圖)』 완간됨.
1623년	김류(金瑬)·이서(李曙)·이귀(李貴)·이괄(李适) 등 서인(西人) 일파가 광해군 및 집권당인 대북파를 몰아내고 능양군(인조)을 왕으로 세움(인조반정).
1627년	부원수 이괄, 반란을 일으킴. 인조반정으로 조선 광해군이 폐

위되고, 조선 인조 즉위. 후금 태종, 3만 명의 병력으로 조선에 침입(정묘호란).

1628년　유성룡, 『징비록(懲毖錄)』 간행. 네덜란드인 얀 야너스 벨트브 레(박연), 제주도 표착(漂着).

1634년　이수광이 편찬한 백과사전으로 총 3천 4백 35개 항목, 20권 10책으로 이루어져 있는 『지봉유설(芝峰類說)』 출간.

1635년　전세(田稅) 징수에 관한 법인 영정법(永定法)을 실시함.

1636년　청(후금)이 조선을 침입(병자호란). 인조, 남한산성으로 피난.

1637년　인조가 삼전도(三田渡)에서 청 태종에게 항복. 소현세자 일행, 볼모로 심양(瀋陽)으로 출발. 『서포만필(西浦漫筆)』·『서포문집 (西浦文集)』·『구운몽(九雲夢)』·『사씨남정기(謝氏南征記)』 등을 지은 김만중 태어남.

1638년　청에 포로로 잡혔다 속환하여 돌아온 여인들에 대한 이혼을 불허함. 윤선도, 「산중신곡(山中新曲)」(시조) 지음.

1640년　김종직의 『점필제집(佔畢齊集)』 간행.

1643년　『해동이적(海東異蹟)』·『소화시평(小華詩評)』·『순오지(旬五志)』· 『시평보유(詩評補遺)』·『동국역대총목(東國歷代總目)』·『증보역 대총목(增補歷代總目)』·『시화총림(詩話叢林)』·『동국악보(東國樂 譜)』·『명엽지해(蓂葉志諧)』·『동국지지략(東國地志略)』를 지은 홍만종 태어남.

1645년　소현세자, 아담 샬로부터 천문(天文)·산학(算學)·천주교 관련 서적들을 가지고 한성으로 돌아옴.

1649년　김육, 충청도에서 대동법을 실시할 것을 건의.

1651년　동점(銅店)을 허락하고 세금을 징수함.

1653년　시헌력(時憲曆) 채택. 홍만종, 『시화총림(詩話叢林)』 편찬. 네덜 란드 상인 하멜, 제주도에 표류.

1654년	함북우후 변급(邊岌) 등, 러시아(羅禪) 군사들을 격파하고 돌아옴(나선정벌).
1655년	문신·농학자 신속(申洬), 『농가집성(農家集成)』 편찬.
1657년	송시열, 시정(時政) 18조를 상소.
1659년	호서지방 대동법 실시.
1731년	『담헌서(湛軒書)』·『의산문답(醫山問答)』·『주해수용(籌解需用)』과 「항전척독(杭傳尺牘)」·「연기(燕記)」 등을 지은 홍대용 태어남.
1674년	권근의 『양촌집(陽村集)』 간행.
1675년	지폐법(紙幣法) 시행.
1676년	박세당, 농서(農書)인 『색경(穡經)』 편찬. 양예수, 『의림촬요(醫林撮要)』 간행.
1677년	경상도에 대동법 실시.
1678년	상평통보(常平通寶) 주조.
1680년	남인(南人) 일파가 정치적으로 서인에 의해 대거 축출된 사건인 경신대출척(庚申大黜陟) 일어남.
1683년	노론·소론 대립이 심화됨.
1687년	『송강가사(松江歌辭)』 성주본 간행됨.
1689년	후궁 소의 장씨(昭儀張氏) 소생을 원자로 정호(定號)하는 문제를 계기로 서인이 축출되고 남인이 장악한 사건인 기사환국(己巳換局)이 일어남.
1694년	숙종의 폐비(廢妃) 민씨(閔氏) 복위운동을 둘러싸고 소론이 남인을 몰락시킨 사건인 갑술환국(甲戌換局)이 일어남.
1696년	안용복, 독도에 불법으로 들어온 일본어선을 쫓아냄.
1701년	장희빈, 인현왕후를 질투해 모해(謀害)했다는 죄목으로 자진하라는 숙종의 명이 내려져, 자진(自盡).
1708년	전국적으로 대동법 시행.

1712년	백두산에 정계비를 건립.
1716년	소론을 배척하고 노론을 중용한 병신환국(丙申換局)이 일어남.
1723년	초학자에게 한시를 가르치기 위해 칠언고시 중 연구(聯句) 100개를 뽑아 풀이한 언해서인 『백련초해(百聯抄解)』 간행.
1725년	영조, 붕당(朋黨)의 폐단을 교유(敎諭)하고 색목(色目)을 떠난 수용을 강조한 탕평책(蕩平策) 실시.
1728년	이인좌의 난. 서원의 사액(賜額)을 중단시킴. 김천택, 『청구영언(靑丘永言)』 편찬.
1733년	박문수, 노론·소론만의 탕평을 비판.
1736년	『여사서(女四書)』를 번역, 간행함.
1737년	『열하일기(熱河日記)』·『과농소초(課農小抄)』·『한민명전의(限民名田議)』·『안설(按說)』과 「허생전(許生傳)」·「민옹전(閔翁傳)」·「광문자전(廣文者傳)」·「양반전(兩班傳)」·「김신선전(金神仙傳)」·「역학대도전(易學大盜傳)」·「봉산학자전(鳳山學者傳)」·「일야구도하기(一夜九渡河記)」 등을 지은 박지원 태어남.
1742년	영조가 "두루 원만하고 편향되지 않음이 군자의 마음이고, 편향되고 원만하지 못함이 소인의 사사로운 마음이다(周而弗比, 乃君子之公心, 比而弗周, 寔小人之私意.)"라고 몸소 쓴 것을 비(碑)에 새긴 「탕평비(蕩平碑)」를 세움.
1750년	균역청 설치. 양포세(良布稅)를 반으로 줄이고, 그 부족액은 어업세·염세·선박세 등으로 보충하는 균역법(均役法)을 시행함. 신경준, 『훈민정음운해(訓民正音韻解)』 지음.
1755년	김수장, 『해동가요(海東歌謠)』 편찬.
1762년	『경세유표(經世遺表)』·『목민심서(牧民心書)』·『흠흠신서(欽欽新書)』를 지은 정약용 태어남.
1763년	조엄, 고구마 전래.

1744년	『경국대전』 편찬 이후 최초로 개정된 정식 법전인 『속대전(續大典)』 완성.
1769년	유형원의 『반계수록(磻溪隧錄)』 인출(印出).
1776년	역대 임금의 글·글씨·고명(顧命)·유교(遺敎) 등과 어진(御眞)을 보관하던 관아인 규장각(奎章閣) 설치.
1778년	박제가, 『북학의(北學議)』 간행.
1781년	서명응 등, 조선시대 역대 왕의 업적 가운데 선정(善政)만을 모아 편년체로 서술한 『국조보감(國朝寶鑑)』 편찬.
1786년	정극인의 『불우헌집(不憂軒集)』 간행.
1784년	이승훈, 천주교 전도. 유득공, 『발해고(渤海考)』 완성. 김홍도, 「단원도(檀園圖)」를 그림.
1785년	『경국대전』과 『속대전』 및 그 뒤의 법령을 통합하여 편찬한 법제서로 6권 5책의 목판본인 대전통편(大全通編) 완성.
1786년	서학(천주교) 금지령을 발표.
1790년	『무예도보통지(武藝圖譜通志)』 완성.
1791년	천주교도 윤지충·권상연 등을 처형함. 육의전(六矣廛)이나 시전상인(市廛商人)이 난전(亂廛)을 금지 시킬 수 있었던 권리인 금난전권(禁亂廛權)을 폐지하는 신해통공(辛亥通共) 실시.
1792년	정약용, 기중기(起重機) 발명.
1795년	제주상인 김만덕, 제주도에 흉년이 들자, 자신의 전 재산으로 육지의 곡식을 구매하여 백성들을 구휼. 『충무공이순신전서(忠武公李舜臣全書)』 간행. 혜경궁홍씨, 『한중록(閑中錄)』 지음. 이의평, 『화성일기(華城日記)』 지음. 이덕무의 『청장관전서(靑莊館全書)』 간행.
1796년	수원 화성 완공.
1798년	정조, 농정을 권하고 농서(農書)를 널리 구하는 윤음(綸音) 반포.

1799년	금광 잠채(潛採)를 엄금함.
1800년	충청도·전라도·경상도 지방에서 천주교 확산.
1801년	정약종·최창현·최필공·홍교만·홍낙민·이승훈이 처형당하고, 권철신·이가환은 옥사했으며, 정약전·정약용 형제가 유배당한 신유사옥(辛酉邪獄)이 일어남. 황사영 백서(帛書) 사건 일어남. 공노비(公奴婢) 해방.
1803년	김만중의 『구운몽(九雲夢)』 간행. 『농정회요(農政會要)』·『육해법(陸海法)』·『청구도제(靑丘圖題)』·『추측록(推測錄)』·『강관론(講官論)』·『신기통(神氣通)』·『기측체의(氣測體義)』·『감평(鑑枰)』·『의상이수(儀象理數)』·『심기도설(心器圖說)』·『소차유찬(疏箚類纂)』·『습산진벌(習算津筏)』·『우주책(宇宙策)』·『지구전요(地球典要)』·『기학(氣學)』·『운화측험(運化測驗)』·『인정(人政)』·『명남루수록(明南樓隨錄)』 등을 지은 최한기 태어남.
1805년	안동 김씨 세도정치 시작(~1863년).
1811년	평안도 곡산 농민들이 난을 일으킴. 홍경래 등이 지휘하는 평안도 농민전쟁(홍경래의 난) 일어남(~1812년).
1818년	정약용, 『목민심서(牧民心書)』 지음.
1819년	정약용, 『아언각비(雅言覺非)』 지음.
1824년	유희, 『언문지(諺文志)』 지음.
1831년	천주교 조선교구 설치됨.
1832년	영국의 동인도회사의 무역선 로드 암허스트호가 최초로 통상을 요구.
1833년	한양에서 쌀값이 폭등하여 도시빈민들이 폭동을 일으킴.
1848년	이양선(異樣船), 경상도·전라도·황해도·함경도에 출현.
1860년	최제우, 동학(東學) 창시.
1861년	김정호, 「대동여지도(大東輿地圖)」 간행.

1862년	진주에서 임술 농민 봉기 일어남. 민란, 전국 각지로 확산. 삼정(三政)의 잘못을 바로잡는 임시 관서인 삼정이정청(三正釐整廳) 설치.
1863년	고종 즉위, 흥선대원군 집권.
1864년	동학 교주 최제우 처형.
1865년	경복궁 중건(~1872년).
1866년	프랑스인 베르뇌 등 9명의 선교사와 남종삼 등 천주교도들 처형됨(병인박해). 미국 상선 제너럴 셔먼호, 무단으로 대동강 진입 시도하다가 소각됨. 프랑스군, 강화도를 점령함(병인양요). 정조 대에 편찬된 『대전통편(大典通編)』 이후 반포된 수교와 각종 조례 등을 보충한 『대전회통(大典會通)』 편찬.
1867년	육조 각 관아의 사무 처리에 필요한 행정법규와 사례를 편집한 법제서인 『육전조례(六典條例)』 반포.
1868년	독일의 상인 오페르트(Ernest Jacob Oppert), 남연군 묘 도굴 사건을 일으킴. 흥선대원군, 서원을 47개만 남기고 철폐.
1869년	광양에서 민란 발생. 경상도 고성에서 민란 발생.
1871년	미국 군함 5척이 강화도 해협에 침입(신미양요). "서양 오랑캐가 침범하는데 싸우지 아니하면 화친하는 것이고, 화친을 주장하는 것은 나라를 파는 것이다"라고 새겨져 있는 척화비(斥和碑) 건립. 이필재의 난, 일어남.
1873년	최익현, 흥선대원군 탄핵, 고종, 친정(親政) 선포.
1875년	해군의 군선(軍船)인 운요호(雲揚號), 조선 해안 탐사를 빙자해 강화도를 침범.
1876년	일본과 「강화도 조약」(조일수호조규)을 체결. 김기수 등 수신사를 일본에 파견. 「조일수호조규(朝日修好條規)」 부록 체결. 안민영, 『가곡원류(歌曲源流)』 편찬.

1879년	지석영, 종두법 실시.
1880년	통리기무아문(統理機務衙門) 설치. 원산항 개항. 김홍집 등 수신사(修信使)를 일본에 파견. 김홍집, 고종에게 일본 주재 청국 공사관 참찬관(參贊官)인 황쭌셴(黃遵憲)이 지은 『조선책략(朝鮮策略)』을 바침. 파리외방선교회한국선교단의 리델(Felix-Clair Ridel)주교, 『한불자전(韓佛字典)』 간행. 최시형, 포덕문(布德文)·논학문(論學文)·수덕문(修德文)·불연기연(不然其然)의 네 편으로 되어 있는 『동경대전(東經大全)』 간행. 『조선상고사(朝鮮上古史)』·『조선상고문화사(朝鮮上古文化史)』·『조선사연구초(朝鮮史研究草)』 등을 지은 신채호 태어남.
1881년	이만손 등, 중국·일본·미국과 연합하여 러시아를 막는다는 주장의 불합리함을 지적한 「영남만인소(嶺南萬人疏)」를 올림. 일본에 신사유람단(조사시찰단) 파견. 별기군 창설. 청에 영선사 파견.
1882년	미국, 영국, 독일과 통상조약 체결. 구식 군인들이 신식 군대인 별기군(別技軍)과의 차별 대우에 불만을 품고 일으킨 임오군란(壬午軍亂) 일어남. 청(淸)의 간섭 강화.
1883년	태극기, 조선의 국기가 됨. 원산학사 설립. 『한성순보(漢城旬報)』 발간.
1884년	우정국 설치, 갑신정변(甲申政變)이 일어남.
1885년	영국, 불법으로 거문도 점령(~1887년). 배재학당 설립. 서울↔인천간 전신 개통. 서양식 병원(광혜원) 설립.
1886년	통리아문 박문국에서 『한성순보』의 복간 형식으로 한성주보(漢城周報) 창간. 이화학당 설립.
1889년	함경도, 곡식의 수출을 금지하는 방곡령(防穀令) 실시.
1893년	평안도 함종부민(咸從府民), 부사 심인택의 포학한 정치에 항

거하여 봉기(蜂起). 동학교도, 보은·금구 집회.

1894년	강원도 금성에서 농민 봉기. 동학농민운동(갑오농민전쟁) 일어남. 청일전쟁 발발. 갑오개혁 추진. 공문서에 처음으로 한글 사용.
1895년	일본 공사 미우라 고로우(三浦梧樓)가 일본 군인과 낭인을 시켜 명성황후를 살해하게 함(을미사변). 지방제도를 8도에서 23부로 개편. 을미개혁의 일환으로 상투 풍속을 없애고 머리를 짧게 깎도록 한 명령인 단발령(斷髮令) 공포. 일본의 명성황후 시해 사건과 단발령의 시행에 반발하여 강원도와 충청도 유생(儒生)을 중심으로 시작된 대규모 항일의병 운동인 을미의병(乙未義兵)이 일어남.
1896년	봄 2월 11일부터 약 1년간에 걸쳐 고종과 태자가 친(親)러시아 세력에 의하여 러시아 공사관으로 옮겨서 거처한 사건인 아관파천(俄館播遷)이 일어남.
1897년	국호(國號)를 대한(大韓)으로 바꾸고 황제국을 선포. 대한제국(大韓帝國) 선포.
1898년	독립협회, 만민공동회 개최. 독립협회 해산.
1899년	대한제국 국제 반포, 최초의 철도인 경인선 개통. 경복궁에 전등 설치.
1900년	만국우편연합 가입. 활빈당 활동. 성서번역국, 『신약전서』 간행.
1901년	제주도 대정군에서 도민(島民)과 천주교도가 충돌하여 수백 명의 사상자가 발생(이재수의 난).
1904년	러·일전쟁 발발. 한일의정서 맺음.
1905년	미국과 일본, 가쓰라—태프트 밀약 체결. 을사조약 체결. 동학, 천도교로 개칭, 통감부 설치. 이용익, 최초의 정규 고등교육기관인 보성전문학교(고려대 전신) 개교.
1906년	대강 자강회 조직. 신돌석, 의병 봉기. 최익현, 쓰시마섬에서

순절. 이인직, 최초의 신소설 『혈(血)의 누(淚)』 만세보에 연재.

| 1907년 | 국채보상운동 전개, 신민회 조직, 헤이그 특사파견으로 고종 퇴위, 군대 해산. 신민회 결성. 13도 창의군 활동. |

1907년 국채보상운동 전개, 신민회 조직, 헤이그 특사파견으로 고종 퇴위, 군대 해산. 신민회 결성. 13도 창의군 활동.

1908년 의병, 서울진공작전 실패. 일제의 한국농민 수탈의 선봉이 되어 민원(民怨)의 대상되었던 동양척식주식회사 설립.

1909년 안중근, 이토 히로부미(伊藤博文) 사살. 일본, 남한대토벌작전 벌임. 독립운동 세력들은 간도와 만주 지방으로 피신. 나철, 대종교 창시.

1910년 홍범도 등, 연해주 의병 국내 진격 작전, 경술국치(한일합방) 일본의 식민국이 됨. 주시경, 『국어문법』(박문서관) 출판.

1911년 105인 사건이 일어나면서 신민회 해체, 조선교육령 반포.

1912년 임병찬, 대한독립의금부 창설. 토지조사사업 시작(~1918년).

1913년 흥사단 창설. 경상북도 풍기(현 영주시)에서 대한광복단(大韓光復團) 결성.

1914년 박용만, 하와이에서 국민군단 창설.

1915년 대구에서 대한광복회 조직.

1916년 박중빈, 원불교(圓佛敎) 창시.

1917년 이광수, 동시대 사람들의 삶과 성격을 핍진하게 묘사한 장편소설 『무정(無情)』을 매일신보에 126회에 걸쳐 연재. 연희전문학교(연세대학교 전신) 개교.

1918년 이광수, 장편소설 『무정』(광익서관) 출간.

1919년 고종황제 죽음, 윌슨(Thomas Woodrow Wilson)의 민족자결주의로 인해 전 국토에서 3.1운동 발발. 이화학당 학생 유관순, 4월 1일, 조인원·유중권·유중무 등과 함께 병천 시장에서 수천 명이 참여한 만세시위를 주도. 상해에 대한민국 임시정부 수립. 대한애국부인회 조직됨. 의열단 조직. 김동인·전영택·주요한 등, 최초의 문예동인지『창조』창간. 경성여고등보통학교에 임시여자교원양성소 부설. 최초의 한국 영화「의리적(義理的) 구투(仇鬪)」, 단성사에서 상영됨(제작 박승필·김도산, 촬영 이필우, 출연 변기종). 조선총독부에서 3.1운동 이후의 여파를 진정시키기 위하여 대동사문회(大東斯文會) 조직.

1920년 　김좌진 장군의 청산리 대첩. 조선물산 장려회 조직. 조선일보·동아일보 창간. 만주 지역에서 항일 세력에 대한 정보수집 및 조선인 사회 통제를 목적으로 만주보민회(滿洲保民會) 결성. 반독립 친일 여론의 조작과 선전 유포를 목적으로 한 국민협회(國民協會) 결성.

1921년 　김억, 번역시집『오뇌(懊惱)의 무도(舞蹈)』(광익서관) 출간.

1922년 　소파 방정환, 어린이날 제정. 민립대학 설립 운동 추진. 이광수,「민족 개조론」발표.

1923년 　암태도 소작농민 투쟁(~1924년). 관동대지진 조선인 대학살. 나도향, 소설집『진정(眞情)』(영창서관) 출간. 현진건, 소설집『타락자』(한성도서주식회사) 출간. 김억, 시집『해파리의 노래』(한성도서주식회사) 출간.

1924년 　황해도 재령군 북률 농민항쟁 일어남. 조선청년동맹, 조선노·농 총동맹 결성. 염상섭, 소설집『견우화(牽牛花)』(박문서관) 출간.

1925년 　조선공산당 결성. 김동환, 서사시집『국경의 밤』(한성도서주식회사) 출간. 김소월, 시집『진달래꽃』(매문사) 출간. 일본 민족의 우위성을 고취하고 역사 교육을 통해 한국인의 민족의식을 배제하고자 조선사편수회(朝鮮史編修會) 설치.

1926년 　6.10만세운동. 나석주, 동양척식회사에 폭탄 투척. 경성제국대학 개교. 한용운, 시집『님의 침묵』(회동서관) 출간. 최남선, 시조집『백팔번뇌』(동광사) 출간. 최서해, 창작집『혈흔(血痕)』

출간. 염상섭, 창작집 『금반지』(글벗집) 출간. 현진건, 소설집 『조선의 얼굴』 출간.

1927년	신간회 결성. 경성방송국, 라디오 방송 시작. 이기영, 소설집 『민촌(民村)』(문예운동사) 출간.
1928년	원산 총파업(~1929년). 홍명희, 대하소설 『임거정전(林巨正傳)』(조선일보) 연재. 조명희, 창작집 『낙동강』(백악사) 출간.
1929년	광주학생항일운동 일어남.
1930년	조선프롤레타리아 예술동맹, 카프(KAPF)로 약칭(略稱)하기로 함.
1931년	일제의 만주 침략. 신간회 해소. 동아일보, 브 나로드 운동(V narod movement) 전개(~1934년). 조선어연구회를 조선어학회로 개칭(改稱)하고 기관지 『한글』을 다시 창간. 조선프롤레타리아예술동맹원 70여 명 검거됨(제1차 카프 검거). 염상섭, 장편소설 『삼대』(조선일보) 연재. 평양 소재 평원고무공장의 여공인 강주룡, 을밀대고공투쟁(乙密台高空鬪爭)으로 여론을 환기하려다가 일본 경찰에 체포되어 단식 투쟁 끝에 30세에 요절함.
1932년	이봉창, 윤봉길 의거. 조선혁명군과 한국독립군이 한·중연합군 조직.
1933년	한글맞춤법 통일안 발표. 조선총독부, 농촌진흥운동 시작. 이기영, 장편소설 『고향』(조선일보) 연재. 동아일보사, 여성잡지 『신가정』 창간. 이효석·정지용·이무영·이태준·김기림 등이 구인회 조직.
1934년	강경애, 장편소설 『인간문제』(동아일보) 연재. 박태원, 중편소설 「소설가 구보씨의 1일」(조선중앙일보) 연재.
1935년	조선총독부, 각 학교에 신사 참배 강요. 심훈, 장편소설 『상록

수』(동아일보) 연재. 김유정, 중편소설 「만무방」(조선일보) 연재. 최현배, 『중등조선말본』 출간. 진단학회 창립, 기관지 『진단학보』 창간. 조선프롤레타리아 예술동맹원 80명이 제2차 카프 사건으로 검거됨. 경기도 수원군 반월면 샘골(지금의 안산시 본오동)에서 농촌계몽과 민족의식을 고취시키던 농촌운동가 최용신, 장중첩(腸重疊)으로 병사. 최남선 편, 『시조유취(時調類聚)』 간행. 박승빈, 『조선어학』 출판. 전조선 9개도(道) 교화단체연합회와 그에 소속된 7천 2백 75개 친일교화 단체를 망라하는 중앙조직인 조선교화단체연합회(朝鮮敎化團體聯合會) 출현. 이용악, 시집 『분수령』 출간. 정지용, 시집 『정지용시집』(시문학사) 출간.

1936년   손기정, 베를린 올림픽 마라톤 우승. 동아일보 일장기 말살 사건. 백석, 시집 『사슴』 간행. 김기림, 시집 『기상도』(창문사) 간행.

1937년   중일전쟁 시작. 황국신민의 서사(皇国臣民ノ誓詞) 제정. 신사참배 강요. 화신 백화점 개점. 채만식, 장편소설 『탁류(濁流)』(조선일보) 연재. 최현배, 『우리말본』 출간. 이윤재, 『표준조선말사전』 출판. 일본의 침략전쟁을 지원하기 위해 상류층 부녀들을 중심으로 금제품과 국방비 헌납, 일본군 환송 따위의 활동을 한 단체인 애국금차회(愛國金釵會) 결성. 오장환, 시집 『성벽(城壁)』(아문각) 출간. 이기영, 소설집 『서화(鼠火)』 출간.

1938년   일제, 학교 교육과정에서 국어교육 폐지(한글 교육 금지). 김원봉 등, 조선의용대 조직. 김윤경, 『조선문자급어학사(朝鮮文字及語學史)』 출간. 문세영, 『우리말사전』 출판. 민족운동 또는 사회주의운동을 했던 사람 중 친일로 변절한 자를 맹원으로 한 시국대응전선사상보국연맹(時局對應全鮮思想報國聯盟) 창설.

임화, 시집 『현해탄』(동광당서점) 출간. 최재서, 평론집 『문학과 지성』(인문사) 출간.

1939년	강제 동원 시작. 국민 징용령. 이태준, 문예지 『문장』 창간. 최재서, 문예지 『인문평론』 창간. 조선총독부 어용문인단체인 조선문인협회 결성. 김기림, 시집 『태양의 풍속』(인문사) 출간. 신석정, 시집 『촛불』(인문사) 출간.
1940년	창씨 개명, 민족 말살 정책 강화, 한국 신문 강제 폐간, 대한민국임시정부, 한국 광복군 결성. 조선총독부 차원에서 조직된 친일단체인 국민총력조선연맹(國民總力朝鮮聯盟) 결성.
1941년	대한민국 임시정부, 건국 강령 발표 및 대일 선전포고. 친일잡지 『신세대』, 『춘추』 창간. 태평양 전쟁 시기에 회화봉공(繪畫奉公)과 화필보국(畫筆報國)을 내세운 조선미술가협회 결성. 친일문학지 『국민문학』 창간. 음악보국 주간행사, 전선음악경연대회, 국민개창운동 등의 사업을 전개하며 활동한 조선음악가협회 결성. 서정주, 시집 『화사집(花蛇集)』(남만서점) 출간. 정지용, 시집 『백록담』(문장사) 출간.
1942년	조선어학회 사건 일어남. 독립 동맹 및 조선 의용군 결성. 양주동, 『조선고가연구』 출간. 전쟁협력운동을 목적으로 임전대책협의회와 흥아보국단준비위원회가 통합되어 조직된 조선임전보국단(朝鮮臨戰報國團) 결성. 대동아공영권 구상을 선전하기 위해 대동아공영권의 문학 건설이라는 기만적인 목표를 위해 대동아문학자대회(大東亞文學者大會)를 개최(~1944년). 조선총독부의 지휘를 받으며 연극을 통한 한민족의 황국신민화 운동에 앞장섰던 조선연극문화협회 결성.
1943년	광복군, 미얀마에 군대 파견. 일제 징병제 학병제 실시로 조선 청년을 일본군으로 끌고 감. 조선문인협회, 조선하이쿠작가협

회, 조선센류협회, 국민시가연맹이 통합하여 친일문인단체인 조선문인보국회 결성. 시인 윤동주, 사상범으로 일본 교토(京都)에서 체포됨.

1944년   시인 이육사(이활), 중국 베이징(北京)에서 옥사(獄死). 조선총독부, 여자 정신대 근무령 공포 시행, 여운형 건국 동맹 결성.

1945년   한국과 일본의 언론 출판계 인사들이 대연합군 전쟁을 독려하기 위해 조직한 친일 단체인 조선언론보국회(朝鮮言論報國會) 결성. 조선인을 총알받이로 내모는 일제의 말기적 동원체제인 조선국민의용대(朝鮮國民義勇隊) 조직. 8.15 광복. 포츠담 선언으로 한민족 독립 약속. 얄타회담으로 분단통치 결정. 여운형, 조선건국준비위원회 발족. 이승만, 미국에서 귀국. 대한민국임시정부 김구, 중국에서 귀국. 계용묵, 창작집 『백치아다다』(조선출판사) 출간.

1946년   남조선국방경비대 창설. 북조선임시인민위원회 창설. 제1차 미소공동위원회 개최. 이승만이 정읍에서 단독정부수립을 공식적으로 언급(정읍발언). 정지용, 시집 『지용시선』(을유문화사) 출간. 박목월·조지훈·박두진, 공동시집 『청록집』(을유문화사) 출간. 이육사, 시집 『육사시집』(서울출판사) 출간. 김광균, 시집 『와사등(瓦斯燈)』(정음사) 출간. 김동리, 소설집 『무녀도(巫女圖)』(백민문화사) 출간. 38선 이북으로 통행금지.

1947년   북조선인민위원회 창설. 제2차 미소공동위원회 개최. 여운형, 피살. 김동리 창작집 『황토기(黃土記)』(인간사) 출간. 유치환, 시집 『생명(生命)의 서(書)』(행문사) 출간. 이용악, 시집 『오랑캐꽃』(아문각) 출간. 임화 시집 『찬가(讚歌)』(백양당) 출간. 신석정, 시집 『슬픈 목가(牧歌)』(낭주문화사) 출간. 염상섭, 장편소설 『삼대』(을유문화사) 출간.

1948년	김구 김규식 등, 남북협상에 참가. 제주 4·3 사건(제주 4·3 항쟁) 일어남. 여수·순천 사건 일어남. 남한 총선거. 대한민국 헌법이 공포됨. 대한민국 정부 수립. 조선민주주의인민공화국 정부 수립. 윤동주, 시집 『하늘과 바람과 별과 시』(정음사) 출간.
1949년	국회 프락치 사건 일어남. 정부, 농지 개혁법 공포. 김구, 안두희에 피살. 박두진, 시집 『해』(청만사) 출간. 한용운, 시집 『님의 침묵』(한성도서주식회사) 출간. 심훈, 시집 『그날이 오면』(한성도서주식회사) 출간. 김광섭, 시집 『마음』(중앙문화협회) 출간. 유진오(俞鎭五), 시집 『창(窓)』(정음사) 출간. 정인보, 시조집 『담원시조』(을유문화사) 출간.
1950년	한·미상호 방위원조 협정 조인. 북한 남침으로 6·25전쟁 발발. 중국군, 한국전 개입. 황순원, 장편소설 『별과 같이 살다』(정음사) 출간.

집필 작가 소개(가나다순)

김민주 2010년 문화일보 신춘문예 단편소설 당선. 김만중 문학상 수상. 상명대 문화기술대학원 소설창작과 졸업. 소설집 『화이트 밸런스』, 공동창작집 『쓰다 참, 사랑』 출간.

김종성 1986년 월간 『동서문학』 신인문학상 중편소설 당선. 경희문학상 소설 부문 수상. 고려대 국문과 및 경희대 대학원 국문과와 고려대 대학원 국문과 졸업(문학박사). 소설집 『마을』·『탄(炭)』·『연리지가 있는 풍경』·『말 없는 놀이꾼들』·『금지된 문』 등 출간. 연구서 『한국 환경생태소설 연구』·『글쓰기의 원리와 방법』·『글쓰기와 서사의 방법』·『한국어 어휘와 표현 I·II·III·IV)』 등 출간. 전 고려대 문화창의학부 교수. 현 한국작가회의 소설분과 위원회 위원장.

박선욱 1982년 『실천문학』 신인문학상 시 당선. 롯데출판문화대상 본상 수상. 시집 『회색빛 베어지다』·『눈물의 깊이』·『풍찬노숙』, 청소년소설 『고주몽:고구려를 세우다』, 장편소설 『조선의 별빛: 젊은 날의 홍대용』, 평전 『윤이상평전:거장의 귀환』 등 출간. 전 도서출판 풀빛 상임 편집위원.

엄광용 1990년 월간 『한국문학』 신인문학상 중편소설 당선. 1994년 삼성문예상 장편동화 부문 수상. 류주현 문학상 수상. 중앙대 문예창작과 및 단국대 대학원 박사과정 사학과 수료. 소설집 『전우치는 살아있다』, 장편소설 『황제수염』·『사냥꾼들』·『사라진 금오신화』·『천년의 비밀』·『광개토대왕 담덕』, 동화집 『이중섭과 세발자전거를 타는 아이』·『초롱이가 꿈꾸는 나라』·『황소개구리와 금두꺼비』·『우주에서 온통키 박사』 등 출간. 현 한국문명교류연구소 연구원.

유시연 2003년 계간 『동서문학』 신인문학상 단편소설 당선. 현진건문학상 수상. 동국대 문화예술대학원 문예창작과 졸업. 소설집 『알래스카에는 눈이 내리지 않는다』·『오후 4시의 기억』·『달의 호수』·『쓸쓸하고도 찬란한』, 장편소설 『부용꽃 여름』·『바우덕이전』·『공녀, 난아』·『벽시계가 멈추었을 때』, 산문집 『이태리에서 수도원을 순례하다』 등 출간. 현 한국작가회의 소설분과 위원회 간사.

이 진 2001년 무등일보 신춘문예 단편소설 당선. 전남대 생물학과 및 광주여대 대학원 문예창작과와 목포대 대학원 국문과 졸업(문학박사). 소설집 『창』·『알레그로 마에스토소』·『꽁지를 위한 방법서설』, 장편소설 『하늘 꽃 한 송이, 너는』·『허균, 불의 향기』, 연구서 『'토지'의 가족서사 연구』 등 출간. 전 광주여대 교수. 현 오월문예연구소 사무처장.

정우련 1996년 국제신문 신춘문예 단편소설 당선. 부산소설문학상·부산작가상 수상. 부산여대 문예창작과 및 경성대 대학원 박사과정 국문과 수료. 소설집 『빈집』·『팔팔 끓고 나서 4분간』, 산문집 『구텐탁, 동백아가씨』 등 출간. 전 부산외대 겸임교수.

하아무 2007년 전남일보 신춘문예 단편소설 당선. MBC 창작동화공모 대상 수상. 남명문학상 수상. 소설집 『마우스브리더』·『푸른 눈썹』, 동화집 『두꺼비 대작전』·『일어선 용, 날아오르다』 등 출간. 현 평사리 문학관 사무국장.